103

EALING LIBRARIES
11 408 481 0

# कृष्णायन

# कृष्णायन

काजल ओझा वैद्य

अनुवाद
डॉ. अंजना संधीर

प्रभात प्रकाशन, दिल्ली™
ISO 9001:2008 प्रकाशक

प्रकाशक • **प्रभात प्रकाशन**TM
४/१९ आसफ अली रोड,
नई दिल्ली–११०००२


सर्वाधिकार • सुरक्षित


संस्करण • प्रथम, २०१०
मूल्य • दो सौ पचास रुपए
मुद्रक • भानु प्रिंटर्स, दिल्ली

**KRISHNAYAN** *novel* by Kaajal Oza-Vaidya Rs. 250.00
Published by Prabhat Prakashan, 4/19 Asaf Ali Road, New Delhi-2
ISBN 978-81-7315-816-2

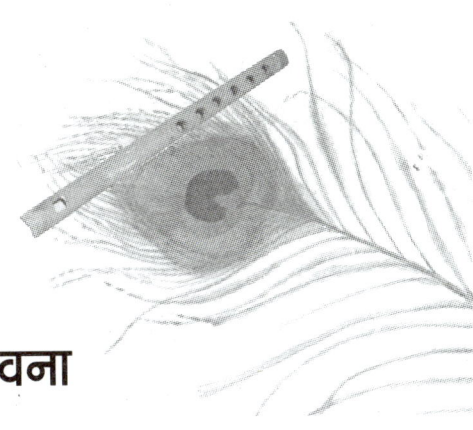

## प्रस्तावना

सच पूछो तो 'कृष्णायन' की कोई प्रस्तावना ही नहीं है।

कई लोगों ने मुझे कहा, "कुछ नया लिखो। कृष्ण के बारे में बहुत कुछ लिखा जा चुका है।" इन बहुत सारे लोगों में दिगंत ओझा''मेरे पिता भी शामिल हैं।

इन सबके बावजूद मैंने जिस कृष्ण को ढूँढ़ा वे मुझे 'कृष्णायन' में मिले हैं।

शायद इसका कारण यह हो सकता है कि मैंने कृष्ण को कभी भगवान् के रूप में देखा ही नहीं है। कृष्ण एक ऐसा व्यक्तित्व है, जिसे आप 'विराट' कह सकते हैं। अपने समय से बीस हजार साल पहले जन्मा वह मनुष्य''अगर वह जन्मा था और जिया था तो वह उसके समय का चमत्कार था। इसमें कोई शंका नहीं है।

'महाभारत' में कृष्ण एक राजनीतिज्ञ के रूप में प्रकट होते हैं तो 'भागवत' में उनका दैवी स्वरूप दिखाई देता है। 'गीता' में वे गुरु हैं, ज्ञान के भंडार हैं। स्वयं चेतना बन प्रकट होते हैं तो कभी सहज, सरल मानवीय संवेदनाओं के साथ। हम क्यों उन्हें नहीं देख सकते? द्रौपदी के साथ उनका संबंध आज से हजारों वर्ष पहले स्त्री-पुरुष की मित्रता का एक श्रेष्ठ उदाहरण प्रस्तुत करता है। रुक्मिणी के साथ का दांपत्य-जीवन विद्वत्तापूर्ण, समझदारी पर आधारित, स्नेह और एक-दूसरे के प्रति परस्पर सम्मान से भरा गृहस्थ-जीवन है। राधा के साथ उनका प्रेम इतना सत्य है कि सिर्फ विवाह को मान्यता देनेवाले इस समाज ने राधा-कृष्ण की पूजा की है।

ऐसे एक व्यक्तित्व को मैंने हमेशा उनके अपने समय के अद्भुत इनसान के रूप में देखा है, परंतु आखिर वे हैं तो मनुष्य ही न''कृष्ण हमेशा प्रत्येक क्षण मेरे आसपास, मेरे तमाम सुख और दु:ख में साथ ही रहे हैं, फिर भी मैं उन्हें भगवान् नहीं मानती। वे एक ऐसे इनसान हैं, जिनका शरीर शायद यह दुनिया छोड़कर चला गया, परंतु आत्मा की प्रबलता अथवा स्वच्छता या दिव्यता इतनी थी कि यह प्रकृति अथवा उसके 'कॉसमोस' में कहीं सर्वव्यापी बन फैल गई। यह मेरी परिभाषा है और सादी-सरल परिभाषा है''।

कोई भी मनुष्य, जिसने इतना भव्य जीवन जिया हो, इतनी सारी चाहतों तथा जीवन के प्रवाह के साथ बहते हुए जिया हो, वह मनुष्य जब अपनी देह का त्याग करे, तब उसे कैसी भावनाओं का अनुभव होगा? क्या वह फिर पीछे मुड़कर अपने बीते जीवन को एक बार देखता होगा? जिए जा चुके जीवन में क्या कोई बदलाव करना चाहेगा? और यही जीवन अगर फिर एक बार जीने के लिए कहा जाए तो क्या वह उसे इसी तरह जिएगा या इससे भिन्न रूप में? दुनिया जिसे पुरुषोत्तम कहती हो, उसके जीवन में नारी की क्या कोई कमी हो सकती है?

भागवत और पुराणों में कृष्ण की १६,१०८ रानियाँ गिनाई हैं। क्या वे सचमुच थीं या नहीं, इस चर्चा में न जाएँ, तो भी उनके जीवन में तीन महत्त्वपूर्ण स्त्रियाँ तो थीं ही—प्रेमिका, पत्नी और मित्र···राधा, रुक्मिणी और द्रौपदी। इनके साथ कृष्ण के संबंध मधुर व गहरे रहे हैं। ये तीनों ही स्त्रियाँ कृष्ण के बारे में क्या मानती हैं अथवा मानती थीं, इसे जानने की उत्सुकता मुझे हमेशा रही है। यह उपन्यास संभवत: मेरी उसी उत्सुकता का एक सुखद परिणाम भी हो सकता है।

माँ, बहन या अन्य संबंध व्यक्ति को विरासत में प्राप्त होते हैं। व्यक्ति के जन्म के साथ ही ये संबंध उसके खाते में लिख दिए जाते हैं; लेकिन प्रेमिका तथा कुछ हद तक पत्नी और मित्र ये तीन संबंध ऐसे हैं, जिन्हें व्यक्ति खुद पसंद करता है, खुद पैदा करता है, पालता है और खुद ही जीता है···कृष्ण के जीवन की ये तीन महत्त्वपूर्ण स्त्रियाँ और उनके कृष्ण के साथ के संबंधों से जुड़ी यह कथा है। अगर मैं ऐसा कहूँ तो गलत नहीं है।

मृत्यु को देख चुके, अनुभव कर चुके कृष्ण के जीवन के अंतिम क्षणों में जीवन की कुछ घटनाओं को फिर एक बार देखते हैं, उनको महसूस करते हैं, उन्हें फिर जीते हैं। जीवन के अंतिम प्रयाण से पहले के कुछ क्षणों का एक सूक्ष्म पड़ाव अर्थात 'कृष्णायन'।

इस कथा का इतिहास, हकीकत अथवा कृष्ण से जुड़े संशोधनों के साथ कोई संबंध नहीं है। कौन उससे पहले हुआ और कौन उनके बाद मरा, इस बात को छूने तक का प्रयास मैंने नहीं किया है। यह मेरे मन में पैदा हुई, क्षण-क्षण मेरे अंदर जीवित, मेरी संवेदना के अनुभव की कथा है।

परंतु कृष्ण के बारे में लिखने के लिए मैंने किसी संदर्भ ग्रंथ अथवा ऐतिहासिक संशोधनों का आधार नहीं लिया है। हाँ, कभी कुछ पूछने जैसा लगा तो मैंने अपने अंदर बसे कृष्ण से पूछा है···।

इस कथा की द्रौपदी, रुक्मिणी और राधा शायद मैं ही हूँ।

कृष्ण के समय से आरंभ कर आज तक कृष्ण के जीवन का एक हिस्सा बनने की मेरी आशा, इच्छा ही शायद मुझे 'कृष्णायन' की तरफ खींच कर ले गई है। यह कथा मुझे मिली, अनुभव हुई कृष्ण कथा ही है। मेरे मन में बसे हुए कृष्ण की कथा है। हाँ, इसीलिए

यह 'कृष्णायन' मेरा निजी 'कृष्णायन' है। मेरे साथ जुड़ मेरे लेंस में से कृष्ण को देखना चाहते अपने तमाम पाठकों को मैं यह 'कृष्णायन' समर्पित करती हूँ।

ये वे कृष्ण हैं, जिन्हें आप कॉफी की टेबल पर सामने देख सकते हैं। ये वे कृष्ण हैं, जो आपकी दैनिक दिनचर्या में आपके साथ रहेंगे। ये कोई योगेश्वर, गिरधारी पांचजन्य फूँकनेवाले, गीता का उपदेश देनेवाले कृष्ण नहीं हैं। ये तो तुम्हारे साथ मॉर्निंग वॉक करते-करते तुम्हें जीवन का दर्शन समझानेवाले तुम्हारे ऐसे मित्र हैं, जिन्हें तुम कुछ भी कह सकते हो और वे वेल्यूसीट पर बैठे बिना तुम्हें समझाने का प्रयास करेंगे।

यह मेरा तुमसे वायदा है।

अगर तुम कृष्ण को अपना मानोगे तो वे तुम्हें इतने अपने लगेंगे कि तुम्हें कभी किसी मित्र की, साथी की, किसी सलाहकार अथवा किसी के सहारे की खोज नहीं करनी पड़ेगी...।

कृष्ण स्वीकृति का खुद परम स्वीकृति का एक अद्भुत उदाहरण हैं। आप उन्हें जो समर्पित करते हैं, सहज भाव से। वे प्रश्न नहीं पूछते, लेकिन सत्य यह है कि हम उन्हें जो भी देते हैं, वह क्या उनका दिया हुआ नहीं है?

द्रौपदी ने अंतिम मुलाकात में कृष्ण से कहा था, वही मुझे भी कृष्ण को कहना है—

त्वदीयं वस्तु गोविन्दं तुभ्यमेव समर्पये।

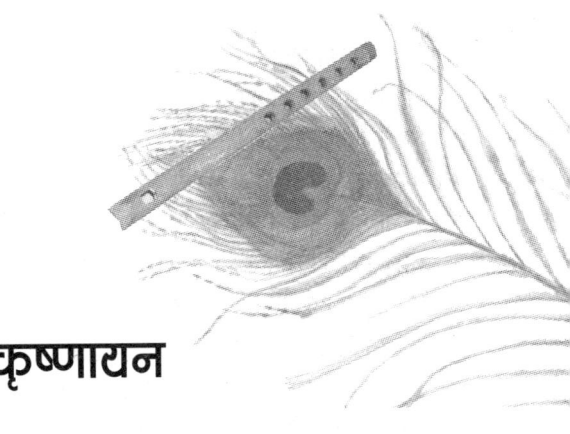

# कृष्णायन

**पी**पल के पेड़ के नीचे सोए हुए कृष्ण की आँखें बंद थीं। तरह-तरह के दृश्य उनकी आँखों में आते और निकल जाते।

द्वारका का वह महालय...कुरुक्षेत्र का युद्ध, द्रौपदी स्वयंवर, रुक्मिणी-हरण और प्रभासक्षेत्र की तरफ जाते समय देखी हुई सत्यभामा की आँखें...

कभी आगे तो कभी पीछे समय-चक्र को हिलाते व्यक्ति और दृश्य उनके स्मृतिपट पर आते और विलीन हो जाते थे...पीपल का पेड़ ऐसा लग रहा था मानो शेषनाग अपना फन फैलाए उनके माथे पर छाया कर रहा हो। वहीं सामने हिरण्य, कपिला और सरस्वती नदियाँ तीन दिशाओं में से कल-कल करती बह रही थीं। ये त्रिवेणी संगम की वह पवित्र भूमि थी, जो सोमनाथ मंदिर के पास थी। प्रभासक्षेत्र नाम से प्रसिद्ध इस स्थान में कला और साहित्य का बेहद सम्मान होता था।

अभी तो कुछ समय पूर्व ही सोमनाथ मंदिर के पुनरोत्थान का कार्य श्रीकृष्ण ने किया था। मंदिर को सोने-चाँदी से सजा दिया था। यादवों ने अभी कुछ ही समय पूर्व इस मंदिर में पूजा-अर्चना की थी।

और इस क्षण पीपल के पेड़ के नीचे बैठे श्रीकृष्ण आँखें बंद कर बीते हुए एक-एक पल को निहार रहे थे।

उनके शरीर से भयानक पीड़ा की एक लहर दर्द दे गुजरती थी। ऐसा लगता था मानो हजारों बिच्छू एक साथ उन्हें डंक मार रहे हैं।

उनके सामने हाथ जोड़कर जरा बैठा था...पैर में लगे तीर के कारण टपकते हुए खून का मानो एक छोटा सा तालाब बन गया था।

प्रभासक्षेत्र के जंगलों में से त्रिवेणी संगम तक आते-आते तो मानो कृष्ण को सदियाँ लग गई थीं।

माता गांधारी का शाप...

९

दुर्वासा का शाप...

निष्फल कैसे जाते!

एक के बाद एक उनके भाई, चाचा, भतीजे, पुत्र, पौत्र, मित्र और स्नेहीजन सबके सब महाकाल की भयंकर ज्वाला में समाप्त हो जाने वाले थे और आखिर में वे खुद भी इसी दिशा में प्रयाण करने वाले थे।

सबकुछ जानते हुए भी कृष्ण असहाय बन यह सारी परिस्थिति साक्षी-स्वरूप देख रहे थे। हाँ, इस क्षण तक भी उनके मस्तिष्क में मौत के मुँह में जाते हुए यादवों की अंतिम चीखें, रुदन सुनाई पड़ता था।

"एक-दूसरे को जूठे बरतन मार, मुँह से काट-काटकर एक-दूसरे को मृत्यु के मुँह में धकेलते यादवों के करुण दृश्य देखने का दुर्भाग्य क्यों उन्हें मिला होगा?" कृष्ण सोच रहे थे।

कुरुक्षेत्र के मैदान में शस्त्र न उठाकर कृष्ण ने संहार नहीं किया था, यह बात सत्य है; लेकिन इस युद्ध में हुए नरसंहार, रक्तपात और विनाश उनके मन को संताप की अग्नि से जला रहे थे, "क्या अर्जुन का कथन सत्य था? भाई-बंधु, चाचा-भतीजे आदि को मार प्राप्त किया हुआ राज्य क्या व्यर्थ था? अगर यह सचमुच नहीं था तो क्यों पांडवों सहित कोई भी सुख की नींद नहीं सो सकता था? कुरुक्षेत्र के युद्ध के बाद धर्म की विजय तो हुई थी शायद...पर क्या अधर्म का सचमुच नाश हो गया था?" श्रीकृष्ण के मन-मस्तिष्क में तरह-तरह के विचार नदी में उठ रहे प्रवाह की तरह हिलोरें लेते आ-जा रहे थे।

किसलिए आ रहे थे ये विचार? क्यों शांत नहीं हो पा रहा था मन?

"क्या जीवन-समाधि की अंतिम घड़ियाँ ऐसी ही होती हैं?" कृष्ण को एक दूसरा विचार आ गया। असंख्य शब्द, सैकड़ों पल, अनगिनत आँखें और उन आँखों में डूबते-तैरते कैसे-कैसे भाव कृष्ण को एक पल के लिए भी विचारहीन नहीं होने दे रहे थे।

जैसे ही वे ध्यानमग्न होने लगते वैसे ही उनका ध्यान विचलित होने लगता...

वे ध्यानमग्न हो समाधि में लीन हो जाना चाहते थे। वे अपनी आत्मा को जगन्नियंता परम ब्रह्म में आत्मलीन कर अपनी अंतिम यात्रा को सरल बनाना चाहते थे; परंतु एक-एक विचार इस तरह से उठता कि उन्हें सिर से पाँव तक हिला जाता, विचलित कर जाता। अभी एक विचार मन से हटता नहीं कि दूसरा विचार खड़ा हो जाता और कृष्ण का मन छिन्न-भिन्न कर डालता।

यह आत्मा, जो निरंतर साधुत्व, समाधि और स्वीकार में जीवंत रही, क्यों आज इतनी विचलित, परेशान थी? क्या था, जो उन्हें इतना कष्ट पहुँचा रहा था? जिसे समय ने स्वयं 'ईश्वर' कहकर सम्मानित किया, पूर्ण पुरुषोत्तम के रूप में पहचाना, वह खुद आज अपने पूर्णतत्त्व की प्राप्ति हेतु संघर्ष कर रहा था।

कैसे बचा सकते थे कृष्ण स्वयं अपने आपको?

स्वयं जब मानव-रूप में जन्म लेते हैं ईश्वर तब अपनी किस्मत के लेख के सामने कितने लाचार-असहाय हो जाते हैं? तो बेचारे मनुष्य की इस बारे में क्या बिसात?

यादव-वंश अभी-अभी ही खत्म हुआ था। भाई-बंधुओं, पुत्रों और प्रपौत्रों के क्षत-विक्षत शव अभी प्रभासक्षेत्र के जंगलों में ही बिखरे पड़े थे।

वहाँ से थोड़ी दूर हिरण्य, कपिला और सरस्वती के संगम स्थल पर सूरज उगने की तैयारी थी। आकाश रक्त-वर्ण हो चुका था। फर-फर करती ठंडी हवा बह रही थी। पीपल के पत्ते पवन के साथ बहते कृष्ण की पीड़ा का संदेश दसों दिशाओं में फैला रहे थे। पिघलता अँधेरा और रक्तिम आकाश ऐसा लग रहा था, मानो चिता की ज्वाला आकाश में कोई आकार रच रही हो।

हजारों ब्राह्मण मानो एक साथ वेदों का गान कर रहे हों, ऐसी चारों दिशाओं में ध्वनि की गूँज सुनाई पड़ रही थी।

ममैवांशो जीवलोके जीवभूतः सनातनः।
मनः षष्ठानीन्द्रियाणि प्रकृतिस्थानि कर्षति॥

मेरा ही सनातन अंश इस मृत्युलोक में जीव बनकर प्रकृति में निहित पाँच इंद्रियों व छठा मन अपने अंदर विलोपित करता है, खींचता है।

मृत्यु-जीवन अथवा जीवन से भरपूर मृत्यु—इन दो के बीच के सत्य की कशमकश कभी जिसे व्यक्ति समझ नहीं पाया, आज स्वयं इस उलझन में फँसे सत्‌चिदानंद में लीन होते देख कृष्ण बेचैन हो रहे थे। महासंहार के बीच जिस सनातन ने अपने अजर-अमर, आदि-अनादि अस्तित्व के दर्शन विश्व को करवाए, आज वही सनातन अपने ही अंश, जिसे मृत्युलोक में मानव-रूप लेकर भेजा था उसे, अब अपनी तरफ वापस बुला रहे थे तो जाने क्यों कृष्ण को द्रौपदी का कहा हुआ कथन स्मरण हो आया।

त्वदीयं वस्तु गोविन्दं तुभ्यमेव समर्पये।

कृष्ण आँखें बंद किए जिया हुआ जीवन एक बार फिर जी रहे थे। अभी उन्हें यह समझ नहीं आया था कि द्रौपदी ने ऐसा क्यों कहा था?

उस दिन अचानक द्वारका से हस्तिनापुर जाते हुए द्रौपदी ने कहा था।

पीड़ा से गला भर गया था उसका, लेकिन आवाज स्थिर थी। आँखें खाली-खाली थीं, तथापि द्रौपदी के शब्दों का गीलापन कृष्ण अनुभव कर सके थे।

"आपने ही कहा था न? संशयात्मा विनश्यति।"

...हे सखा! यह सत्य ही है, ज्ञान प्रश्न उत्पन्न करता है। हाँ, सारा जीवन एक

प्रश्नावलि की तरह ही व्यतीत कर दिया है मैंने और हर प्रश्न प्रत्यंचा की तरह मुझे ही सालता रहा है। मेरे प्रश्न वेदना के तीक्ष्ण बाण बनकर मेरे ही प्रियजनों को बेधते रहे, रक्त-रंजित करते रहे...मेरा संशय, मेरे ही प्रश्न मेरी आत्मा को विनाश की तरफ ले गए...मेरे ही प्रियजनों को दुःख देता रहा, अब मुझे मुक्त करो—संशय में से, प्रश्नों में से, वेदना में से...

कृष्ण के मन में आज कितनी ही बातें समुद्र की लहरों की तरह उठ रही थीं। ये लहरें मन के कोनों से टकरा झाग बन बिखर रही थीं, लेकिन आज क्यों वे बातें स्मृति-पट पर छा रही हैं? यहाँ...इस परिस्थिति में? मुक्त होने के क्षणों में...बंधन क्यों याद आ रहे थे?

द्रौपदी जब मुक्ति प्राप्त करने की प्रार्थना ले आई, तब कृष्ण खुद कहाँ मुक्त थे? अभी तो कितने प्रश्नों के उत्तर देने बाकी थे...एक के बाद एक सब अपने अधिकार माँगने वाले थे, सभी उन्हें बंधनों में बाँधने वाले थे...सभी से उन्हें मुक्ति माँगनी थी...

शायद सबको मुक्ति देकर स्वयं को मुक्त करने की प्रक्रिया शुरू हो चुकी थी।

◻

"पशु की मौत मरेगा—एकदम अकेला, असहाय और पीड़ित।" माता गांधारी ने कुरुक्षेत्र के युद्ध से वापस गांधारी से मिलने आए कृष्ण से कहा था। हृदय को हिला दे इतनी भयंकर पीड़ा थी उस आवाज में।

न जाने क्यों कृष्ण को यह आवाज गोकुल से निकलते समय सुनी यशोदा की आवाज में मिश्रित होती-सी लगी, ''पुत्र-वियोग की पीड़ा एक जैसी ही होती होगी। युग कोई भी हो और माँ कोई भी।''

गांधारी ने कहा था, "निन्यानबे पुत्र खोए हैं मैंने। दुर्योधन की जाँघ से बहता लहू अभी भी मेरे पैर भिगो रहा है...थक जाती हूँ अपने पैर धुला-धुलाकर...दुःशासन का धड़ से अलग हुआ हाथ आधी रात को मुझे बुलाता है...कृष्ण, तुमने यह ठीक नहीं किया।"

सबकुछ जानने के बावजूद कुंती ने भी कृष्ण को ही जिम्मेदार ठहराया था।

"कृष्ण, मेरे पुत्रों ने चाहे विजय हासिल की, लेकिन हस्तिनापुर की बहुत सी माताओं को तुमने पुत्र-विहीन किया है। कितने ही वंश उजड़ गए हैं। ऐसे समय में मुझे विजय उत्सव मनाना अच्छा नहीं लगता। बहन गांधारी की पीड़ा तुझे कभी नहीं समझ आएगी कृष्ण, क्योंकि तू माँ नहीं है...।"

गांधारी की पीड़ा कृष्ण नहीं समझते थे, ऐसी बात नहीं; लेकिन यह तो होना ही था, तय था। जिस काम के लिए कृष्ण ने यहाँ तक आने का कष्ट किया, उसे पूरा किए बिना वे कैसे लौट सकते थे? वे तो जानते ही थे कि इतने बड़े नर-संहार का साक्षी उन्हें बनना है...

स्वजनों के खून से सनी मृत देह और अंतिम साँस गिनने के लिए कृष्ण को खुद तो जीना ही था, तथापि स्थिर आँखों से संपूर्ण परिस्थिति हिम्मतपूर्वक आँखों में आँखें डाल उन्होंने देखी थी।

...अभ्युत्थाम् धर्मस्य तदात्मानं सृजाम्यहम्।

यह वचन कैसे निष्फल जा सकता था? परंतु मानवदेह धारण कर आए ईश्वर को भी देह का धर्म तो पालन करना ही पड़ता है। देह से जुड़ी तमाम संवेदनाएँ, प्रेम, मोह-माया तथा रिश्तों के बंधन देह को बाँधते हैं। अत: देह में छिपा हुआ मन भी बँध जाता है...मन मनुष्य से परे नहीं है। इसलिए वे सभी जो मनुष्य अवतार ले जन्मे हैं, उन्हें मन की पीड़ाएँ तो भोगनी ही पड़ती हैं।

इसलिए आज अपने ही भाइयों, मित्रों, भतीजों, पौत्रों और प्रपौत्रों की एक-दूसरे के हाथों हुई दुर्दशा देख कृष्ण व्यथित थे...तभी उनके स्मृति-पट पर उभर आया द्रौपदी का वह वाक्य—

त्वदीयं वस्तु गोविन्द तुभ्यमेव समर्प्यते।

उस दिन हस्तिनापुर जाते समय अचानक ही यह वाक्य द्रौपदी ने कहा था—

"अब इस ज्ञान के भार के साथ मुझसे जाया नहीं जाएगा...कहाँ जा रही हूँ, मैं नहीं जानती। सच पूछो तो मैं जा भी रही हूँ या नहीं, यह भी नहीं जानती, फिर भी तुम्हारा दिया सबकुछ तुम्हें देकर ऋण-मुक्त होना चाहती हूँ।"

कौन सी मुक्ति की बात थी वह?

कृष्ण और द्रौपदी दोनों ही समझते थे।

बंधन का अर्थ...मुक्ति की आशा...

निर्वाण की दिशा से आती यह आवाज दोनों को ही सुनाई देने लगी थी।

अब लगता था, समय आ गया था। किस पल, कब और कौन, यह शायद निश्चित न भी हो तो भी, यह निश्चित था...तय था। अब वह क्षण प्रति-क्षण निकट आ रहा था।

...और हाँ, उस पल के लिए दोनों मन-ही-मन एक-दूसरे को तैयार कर रहे थे।

"मेरे मन में चल रहा था जो संवाद, क्या वह द्रौपदी तक पहुँच गया था?" कृष्ण के मन में समझ न आए, ऐसी एक भावना पैदा हुई। सामान्यतया वे सबको समझ लेते थे। हर व्यक्ति के मन में चल रही कशमकश सब भाँप लेते थे, जान जाते थे...ऐसा कौशल्य था उनमें।

"क्या द्रौपदी का मेरे साथ इतना तादात्मक संबंध है कि मुझमें गोपित बात भी उस तक पहुँच गई? या शायद उसने निश्चय ही कर लिया था मुझे मुक्त कर खुद मुक्त होने का...जब तक वह मुझे मुक्त नहीं करती तब तक मुझ में निहित उसका मन मुक्त नहीं हो

*कृष्णायन* १३

सकता, क्या द्रौपदी यह बात जानती होगी?'' कृष्ण खुद से ही ये प्रश्न पूछ रहे थे।

''वैसे भी स्त्रियों को अपने मन की समझ कुछ ज्यादा ही पड़ती है। पुरुष मन और मस्तिष्क के बीच अंतर समझ नहीं सकते।'' ऐसा भी द्रौपदी ने ही कहा था न।

''मन नाम की कोई वस्तु वास्तव में है ही कहाँ, सखा? शरीर के कौन से भाग में, कैसे रंग व आकार की है यह वस्तु, कह सकोगे? और हाँ, इन सबके बावजूद इतने बड़े शरीर पर अपने भूतकाल, वर्तमान और भविष्य सभी पर राज करता है यह मन...हम स्त्रियों की तो मन के साथ मैत्री होती है। कई बातें हम अपने मन में छिपाकर रख लेती हैं। इतना ही नहीं, मन की बातें हम तुमसे अधिक आसानी से समझ भी सकती हैं... तथापि हमारा मन जिस तरह नचाता है, हम नाचती हैं। हमारा मन हमारे शरीर को बेकार कर दे अथवा हमारा मन ही शरीर से अपनी इच्छानुसार कार्य कराए...तुम पुरुष तराजू में नाप-तौलकर देखते हो और फिर भी मस्तिष्क के अनुसार व्यवहार करते हो। पुरुष का मस्तिष्क और स्त्री का मन कभी भी एक दिशा में विचार नहीं कर सकते और मित्र, समस्याएँ वहीं से पैदा होती हैं।''

''परंतु तुम्हारे मन में तो भाँति-भाँति के विचार होते हैं। उन सबको अलग-अलग कर किस प्रकार सँभाल सकती हो?'' कृष्ण ने पूछा था।

''हे मित्र! एक माँ के पाँच पुत्र हों और पाँचों भिन्न हों तो क्या माँ उन सबको नहीं सुनती? सबके व्यवहार अलग, वाणी, स्वाद और स्नेह की अपेक्षा भी अलग, प्रेम की अभिव्यक्ति भी अलग, फिर भी माँ सबको समझाती है, सुनती है। बस, ठीक ऐसे ही मैं अपने विचारों को सुन सकती हूँ। हालाँकि सब स्त्रियों के लिए यह कई बार संभव नहीं होता है। सूत के धागे जिस तरह कातते हुए एक-दूसरे में लिपट जाते हैं, मिल जाते है, वैसे ही विचार भी बुन जाते हैं कभी-कभी...।''

''हाँ, सखी, तुम्हें मैंने हमेशा संयत तथा स्पष्टतापूर्ण व्यवहार करते हुए देखा है। हाँ, संतुलित नहीं कहूँगा, क्योंकि संतुलन खोते हुए मैंने तुम्हें देखा है; लेकिन तुम्हारी स्पष्टता निरंतर तुम्हारी वाणी, व्यवहार और विचारों को एकसूत्र में बाँधती रही है। ऐसा किस प्रकार कर सकती हो, सखी... ?''

''किस प्रकार, वह तो मैं नहीं जानती, लेकिन हाँ, जैसा तुम कहते हो वैसा ही तुम देखते हो, तो उसी दिशा में मैं होऊँगी, ऐसा मैं निश्चित रूप से कहती हूँ।''

''सखी, कभी-कभी मैं आश्चर्यचकित हो जाता हूँ। पाँच पतियों के साथ बिलकुल अलग रूप से व्यवहार करती तुम्हारे अंदर रही हुई पाँच स्त्रियों को देखकर...''

''वे पाँचों स्त्रियाँ आज एक होकर तुम्हें समर्पित होती हैं। एक ऐसे पुरुष को, जो मेरे लिए सबसे उच्च, अनन्य स्थान पर है, सर्वोत्तम स्थान पर है। मित्र है, बंधु भी है, सखा है और...''

"और क्या, सखी?"

"और..." कुछ हिचकिचाहट के साथ जोड़ा द्रौपदी ने, "और मेरा सर्वस्व, मेरा सम्मान, मेरा स्वत्व, मेरा स्त्रीत्व आदि...जहाँ आकर शब्दहीन हो जाते हैं...उस स्थान पर खड़े पुरुष के चरणों में आज उसके द्वारा दिया मुझे सबकुछ उसे वापस समर्पित करती हूँ। जो उसने दिया, वह तो ठीक; लेकिन जो उसने नहीं दिया, वह भी उसे वापस समर्पित करती हूँ...।"

द्रौपदी की आँखें जाने क्या देकर खाली हो गई थीं? जीवन से भरपूर ये वो आँखें इस क्षण मानो जीवन से विमुख हो साधुत्व की कक्षा तक पहुँच चुपचाप कृष्ण को देख रही थीं...निरंतर आग की ज्वालाओं में लिपटी वे दो आँखें आज भगवा रंग धारण कर शांत, संयत दृष्टि से कृष्ण को देख रही थीं।

विदाई का कौन सा पल था यह?

कौन जा रहा था? किस से दूर?

क्या द्रौपदी को अपना जीवन-कार्य समाप्त हो रहा है, ऐसा लगने लगा था?

"हाँ, इसीलिए आई थी वह द्रौपदी मेरे पास...मुक्ति पाने...मुक्ति देने।" कृष्ण सोचने लगे और सिर्फ इतना ही कहा।

त्वदीयं वस्तु गोविन्दं तुभ्यमेव समर्पये।

द्रौपदी और पाँचों भाई जब द्वारका आए तब कोई नहीं जानता था कि इसके बाद द्वारका आना होगा, लेकिन कृष्ण बिना द्वारका में।

...वापसी के समय द्रौपदी सुबह-सवेरे कृष्ण के कक्ष में आई थी। वैसे तो सुबह जल्दी कृष्ण के कक्ष में जाने से उनकी रानियों व बलराम को भी थोड़ी हिचकिचाहट होती थी। यह समय कृष्ण की पूजा व ध्यान का समय होता था। सुबह के समय वे एकांत पसंद करते थे; लेकिन आज द्रौपदी को उनके कक्ष में जाए बिना चैन न था, क्योंकि उन्हें जो कहना था, वह सबके सामने नहीं कहा जा सकता था। अतः वह अकेले में ही कहना चाहती थी। कृष्ण अगर अपनी पूजा-अर्चना के बाद राजसभा में चले जाते तो फिर उनसे एकांत में मिल पाना असंभव था, द्रौपदी इस बात को जानती थी...इसलिए आज उसने स्नान आदि के बाद कृष्ण के कक्ष में जाना तय किया था।

पूजा करके उठे कृष्ण के चेहरे पर एक अद्वितीय तेज था। माथे पर चंदन लगा था। पीतांबर बिना खुला शिला सा शरीर, सुदृढ़-सुंदर प्रतीत होता था। सिंह समान उनका कटि-प्रदेश, विशाल कंधे और चौड़ी छाती...छाती पर गहने नहीं थे, सिर्फ एक जनेऊ पहना था...मोर मुकुट बिना मस्तक, ताजे धोए हुए काले चमकते उनके बाल, कनपटी पर हलकी सी सफेदी...और आँखों में विश्व भर की करुणा और वात्सल्य...

द्रौपदी एक क्षण कृष्ण को देखती रही।

"यही ईश्वर का मानव-स्वरूप होगा!"

द्रौपदी को देखकर कृष्ण को जरा भी आश्चर्य नहीं हुआ। हाथ में पूजा की थाली लिये कृष्ण ने मधुर मुसकान के साथ द्रौपदी का स्वागत किया।

"पधारो याज्ञसेनी! पूजा के समय साक्षात् देवी का आना शुभ संकेत है।"

"सखा…" द्रौपदी कुछ बोल नहीं सकी।

कृष्ण ने आसन आगे किया, "बिराजिए।"

काफी लंबे समय तक वह कृष्ण से कुछ भी बोले बिना बैठी रही, मौन।

द्रौपदी बहुत सौम्य लगती थी। उसके खुले बालों से अभी भी पानी की बूँदें टपक रही थीं। मलाई जैसे स्निग्ध पदार्थ को लगाकर उसने शायद स्नान किया होगा। इसीलिए उसके माथे और नाक की त्वचा कुछ विशेष चमक-दमक रही थी।

प्रौढ़ा बनी द्रौपदी का शारीरिक सौंदर्य आज भी सुडौल, सुंदर इतना था कि किसी कुँवारी कन्या को भी मात दे। द्रौपदी ने हलके भूरे रंग की कंचुकी व उसी से मेल खाती साड़ी पहन रखी थी। उसके चेहरे पर रात भर का जागरण दिखाई पड़ता था। दो-तीन बार कुछ बोलने का प्रयत्न कर वह रुक गई। उसे समझ नहीं आ रहा था कि वह बात कहाँ से शुरू करे। वह कभी कृष्ण के चेहरे पर, कभी अपनी हथेली के सामने झरोखे में से दिखते खुले आकाश की तरफ…और कभी कमरे की छत की तरफ खाली दृष्टि डाल रही थी। कभी वह अपने पल्लू को उँगली से लपेटकर छोड़ती और दोबारा लपेटती, मानो जो कहने आई है वह बात भी इसी में लिपट गई है।

वह मन-ही-मन कुछ जोड़ रही थी, शायद शब्द या संवेदना।

"सखी, कुछ कहना है?" कृष्ण ने पूछा था। "कोई उलझन है?"

"कुछ कहना तो है, लेकिन किस तरह कहूँ, वही समझ में नहीं आता…।"

"शुरू करो, सब अपने आप कहा जाएगा।" कृष्ण ने कहा।

"सच बात तो यह है कि तुम्हारे सामने कभी शब्दों को ढूँढ़ने की जरूरत नहीं पड़ी मुझे। मेरे मन की बात बिना कहे, बिना शब्दों के अपने आप तुम तक पहुँचती रही है, लेकिन आज…"

"कहो, निस्संकोच होकर कहो।"

"हे सखा! तुम्हारे सामने संकोच कैसा? हाँ, तुम्हें कहने के पश्चात् मेरे पास अपना क्या रह जाएगा, यह सोचकर रुक जाती हूँ।"

"मैं संपूर्ण रूप से तुम्हारे पास हूँ, तुम्हारे साथ ही हूँ…फिर मुझे कह देने से तुम्हारे पास से कुछ चला जाएगा, यह प्रश्न ही कहाँ खड़ा होता है।"

"बस, यही बात कहनी है सखा…!" द्रौपदी ने कहा कृष्ण की आँखों में आँखें डालकर।

इतने बरसों में पहली बार कृष्ण ने द्रौपदी की आँखों में कुछ अनजानी, छलछलाती मूसलधार बारिश-सी अनुभव की। द्रौपदी की ऐसी आँखें कृष्ण ने पहले कभी नहीं देखी थीं। और आँखें भर आईं, पानी उनमें समा गया, गला रुँध गया...और वह अचानक ही मुँह फेरकर चुपचाप वहाँ से चली गई...।

द्रौपदी तो चली गई, लेकिन उसकी कही बात पूरे कक्ष में गूँजती हुई-सी प्रतीत हो रही थी...

त्वदीयं वस्तु गोविन्दं तुभ्यमेव समर्पये।

□

वैसे तो द्रौपदी ही नहीं, सभी कहते, ''गोविंद जो देते हैं, उसे स्वीकार कर गोविंद को ही वापस करें, यही जीवन है। अगर आप उन्हें स्वीकारते हो तो वे कैसे आपका त्याग कर सकते हैं?''

उद्धव, अर्जुन, भाई बलराम सहित सभी जानते थे कि कृष्ण के स्वभाव में अस्वीकार तो है ही नहीं।

किसी का तिरस्कार या त्याग करना उन्होंने सीखा ही नहीं था। जो ऐसा करते भी वे उन्हें ऐसा न करने के लिए कहते, ''अशुभ और असत्य भी जैसे त्याग नहीं करते हैं। वे सत्य और अशुभ के सिक्के का दूसरा पहलू हैं। सोने की मोहर या सिक्के का एक तरफ का स्वीकार होते ही अपने आप दूसरी तरफ का भी स्वीकार हो जाता है। सूर्योदय के समय ही सूर्यास्त की घोषणा भी हो ही जाती है।'' कृष्ण कहते थे—कोई भी व्यक्ति, वस्तु या विचार का संपूर्ण स्वीकार ही हमारे अस्तित्व को पूर्ण करता है। हमारा पूर्णत्व दूसरों के पूर्ण स्वीकार पर आधारित है, क्योंकि पूर्णत्व ही पूर्णत्व तक ले जाता है।''

असुंदर अथवा असत्य भी उनका स्पर्श पाकर सुंदर और सत्य बन जाता...

जीवन को संपूर्ण रूप से पल-पल का आनंद ले, जीवन को एक अर्थ दे, जीवन जीनेवाले कृष्ण आज मृत्यु का अस्वीकार, स्वागत करने का भी आनंद ले रहे थे।

मृत्यु को सहज रूप से ही स्वीकार आज कृष्ण शांत थे, परंतु कोई व्यथा उनके पाँव में लगे तीर की पीड़ा की तरह उनके हृदय को भी दुःखी कर रही थी।

शायद इसीलिए आज यहाँ द्रौपदी की कही हुई बात उन्हें स्मरण हो आई थी।

''वैसे भी कुछ त्यागना आपका स्वभाव नहीं, आपने मुझे निरंतर स्वीकारा है। मेरे दुःख और सुख के साथ, मेरे अभिमान, गर्व, क्रोध और द्वेष के साथ...माधव, आप संपूर्ण स्वीकार ही करते हो, यह जानती हूँ मैं, क्योंकि आप पूर्ण हो। अपूर्णता और शंका के लिए आप के यहाँ कोई स्थान नहीं है, परंतु गोविंद, एक प्रश्न पूछने का आज बड़ा मन हो रहा है कि मुझे जब आपने स्वीकारा, तब अपने स्वीकार की कामना तो नहीं की थी न? और हमने भी आपको स्वीकार नहीं किया, वैसे ही भाव से? वैसी ही भावना से... और

आपका स्वीकार, अर्थात् आपके दिए हुए तमाम भाव-अभाव, सत्य-असत्य का स्वीकार। इसका अर्थ है, सुख और दुःख का समान भाव से स्वीकार। आपने मुझे जो दिया, उस सबको मैंने जिया है। आज वह सब आपको लौटाकर जा रही हूँ, तब यह जीवन भी आपको ही सौंप रही हूँ ऐसा मानना...और उसका भी आप त्याग नहीं करोगे, इस पूर्ण विश्वास के साथ...''

कृष्ण ने सुख और दुःख की परिस्थिति को समान भाव से स्वीकारा था, समान दृष्टि से प्रश्न और उत्तरों को देखा था। सबको समान रूप से दिया था और समान रूप से लिया था सबसे...जीवन की इतनी गहरी स्वीकृति इससे पहले किसी ने नहीं दी थी, इसके बाद भी किसी ने नहीं दी। कृष्ण ने इस सबको स्वीकार किया था। उनके साथ हृदय के सारे बंधन टूट जाते, दीवारें गिर जातीं, उनकी पूर्णता बहु आयामी थी। शायद इसीलिए उन्हें उनके समय में 'पूर्ण पुरुषोत्तम' कहकर सम्मानित किया गया। धर्म की पराकाष्ठा पर पहुँचने के बावजूद उन्होंने जीवन को गंभीर, उदास या सदययुक्त होकर नहीं देखा। नृत्य, संगीत और प्रेम के साथ जीवन को स्वीकार किया। उन्होंने जीवन को एक उत्सव के रूप में देखा। प्रदर्शन अथवा मनोरंजन यह कोई खेल नहीं है, रथयात्रा अथवा शोभायात्रा नहीं है, जिसे झरोखे में खड़े होकर देखा जा सके, आनंद लिया जा सके...परंतु उत्सव! जिसमें खुद जुड़ना पड़ता है, जिसे खुद मनाना पड़ता है... और खुद आनंद उठाना पड़ता है। अहं से परम की तरफ की गति में कदम खुद ही उठाने पड़ते हैं। 'स्व' को पा स्वयं को समर्पित कर देने की वृत्ति और प्रवृत्ति, यही कृष्ण का जीवन धर्म था। अगर आत्मा की तरफ ध्यान हो तो जीवन में सभी काम उत्सव बन जाते हैं। सच्चे अर्थों में कर्मयोग, अनासक्ति तथा स्थितप्रज्ञता का जीवन अर्थात् कृष्ण...

...वे सबके थे, उन्होंने सबको स्वीकारा था।

□

और फिर भी आज वे अकेले थे।

कृष्ण के पाँव में भयानक, असह्य पीड़ा हो रही थी...

प्रतिपल निकट आ रही मृत्यु के वे क्षण उन्हें अधिक-से-अधिक शांत बना रहे थे, अधिक-से-अधिक स्वीकृत की तरफ ले जा रहे थे...।

इन सबके बावजूद द्रौपदी के वे शब्द उनके दिलो-दिमाग में समुद्र में उठती लहरों की भँवरों की तरह टकरा-टकराकर कुछ खारापन, कुछ गीलापन छोड़ते जा रहे थे।

यह खारापन... यह गीलापन... शायद...द्रौपदी की आँखों का था।

ये आँसू, जिन्हें उसने संपूर्ण जीवन पिया था।

ये आँसू, जिन्हें यज्ञवेदी में से जन्म के साथ ही लेकर जनमी थी वह।

ये आँसू स्वयंवर के मंडप में, राज्यसभा और कुरुक्षेत्र के युद्ध में और उसके बाद भी

प्रतिदिन उसका गला रुँधते रहे, लेकिन कभी आँख तक नहीं पहुँच पाए।

वे आँसू आज आँखों से छलछलाने के लिए कशमकश कर रहे थे, लेकिन उन्हें रोककर निरंतर बह रहे थे शब्द।

''गोविंद, तुम्हारा दिया हुआ सर्वस्व तुम्हें समर्पित करती हूँ, जबकि समर्पित होने का अर्थ मैं आज भी जानती नहीं हूँ। तुम्हारे साथ के इन बरसों में मैंने कई बार सोचा, निरंतर सवाल मन में उठते रहे कि सुख और दुःख दोनों तुम्हारी शरण में धर दूँ तो, मेरा क्या? मुझे ऐसा लगता कि सुख-दुःख मेरे निज कल्याण हेतु मुझे त्यागने ही होंगे...लेकिन त्याग देने से भी कुछ भी अपने से दूर नहीं हो जाता। हर मनुष्य तथा परिस्थिति का स्थान अपने जीवन में निश्चित ही होता है, इसीलिए हमारे त्यागने से या अस्वीकार कर देने से नियति में कोई बदलाव नहीं आता...।''

□

द्वारका से सोने के रथों पर सवार प्रसन्नचित्त यादव जब रवाना हुए थे, तब उनमें से किसी एक के मन में भी यह कल्पना नहीं आई थी कि उनमें से एक भी वापस नहीं आएगा! द्वारका समुद्र-तट पर पहुँच सोने की नौकाओं में यादव सवार हुए। सोमनाथ के समुद्र-तट पर जब वे नौकाएँ रुकीं, तब स्वर्णनगरी द्वारका के वैभवशाली चेहरे कुछ ही प्रहारों में नेस्तनाबूद हो जाएँगे, ऐसी कल्पना से भी अनजाने यादवों ने समुद्र में स्नान किया, फिर सोमनाथ में पूजा-अर्चना की।

शिव के बारह ज्योतिर्लिंगों में एक सोमनाथ का नाम ज्योतिर्लिंग में भी सर्वप्रथम लिया जाता था। स्वयं चंद्र ने दक्ष प्रजापति के शाप से मुक्त होने के लिए यहाँ तप किया था और स्वयं भगवान् शिव ने ही उसे शाप से मुक्त होने का उपाय बताया था।

यहाँ पूजा-अर्चना कर अंतिम यात्रा करनेवाले यादव जन्म-जन्मांतरों के फेरे से मुक्त हो स्वर्ग की तरफ जाएँ, यही कृष्ण की इच्छा थी।

प्रभासक्षेत्र में यादवों और बलराम के साथ जब कृष्ण पहुँचे, तब उनके मन में यह तय था कि यादवों के वंश का एक भी व्यक्ति यहाँ से वापस नहीं जाएगा। सभी यादवों ने सोमनाथ क्षेत्र में स्नान किया...स्नान करने के बाद पूजा-अर्चना के बाद उत्सव हेतु वे प्रभासक्षेत्र के जंगल में गए...वहाँ मदिरापान करते-करते ईंधन के बारे में *वाद-विवाद* खड़ा हो गया। बात-ही-बात में शस्त्र उठाने की नौबत आ गई। आनंद उत्सव मनाने आए यादवों के पास शस्त्र बहुत कम थे, इसलिए प्रभासक्षेत्र में उगी 'एरका' नाम की घास का शस्त्र की तरह उपयोग करने लगे। यह घास लोहे की तरह सख्त और तीक्ष्ण थी। एक-दूसरे को घास मार-मारकर अधिकतर यादव मृत्यु की भेंट चढ़ गए। कृष्ण दुःखी मन से यह सब चुपचाप देखते रहे। कुछ बचे हुए यादव जूठे बरतन एक-दूसरे को मारने लगे...जो यादव कुल महासत्ता कहलाता था, जिस यादव को भारत के इतिहास में एक स्वर्ण पृष्ठ

होने का सम्मान प्राप्त था, वह संपूर्ण कुल असमय मौत के मुँह में चला गया।

शस्त्र जिनके लिए त्याज्य थे, ऐसे श्रीकृष्ण को अपने भाई-बंधुओं को अधिक पीड़ा न भुगतनी पड़े और अधिक दुःखी न होना पड़े, एक-दूसरे के साथ लड़ाई को रोकने का निर्णय आखिर उन्हें स्वयं लेना पड़ा⋯

जैसे-जैसे यादवों को एक-दूसरे के विरुद्ध जहर उगलते, दुःखी होते देखते, वैसे-वैसे कृष्ण को बहुत दुःख होता। आखिरकार मुट्ठी भर शेष बचे यादवों को अनचाही मौत मरने से रोकने के लिए कृष्ण ने एक मुट्ठी एरका घास तोड़ी, एक मुट्ठी घास फेंकी, घास के तिनके से बनी मूसल। वह घास मूसल के रूप में उन्हें मृत्यु का संदेश देने लगी।

यादव स्थल समाप्त हो गया था।

दुर्वासा का श्राप सत्य हुआ था।

और यादव कुल का नाश हो गया था।

□

अब गांधारी के श्राप की बारी आ गई थी।

धीरे-धीरे स्थिर, मजबूती से दुखी हृदय लिये कृष्ण हिरण्य नदी के किनारे स्थित जंगल में एक पीपल के पेड़ के नीचे बैठ गए। दूर हिरण्य नदी चाँदी के तारों-सी सुंदर बह रही थी। दूर-दूर तक जहाँ दृष्टि पहुँचती, वहाँ से एक भी मनुष्य दिखाई नहीं पड़ता था। सूर्य उदय होने की तैयारी थी। कपिला, हिरण्य और सरस्वती का संगम पीपल के पेड़ के नीचे बैठे कृष्ण को दूर से दिखाई पड़ रहा था। यह वही संगम था जहाँ उनके ज्येष्ठ भ्राताश्री समाधि में लीन हुए थे। यादवों के स्थान की जब शुरुआत हुई, तभी बलराम ने कृष्ण से विदाई माँगी थी। तब भारी, व्यथित हृदय से नवनिर्माण की संरचना हेतु अनुमति दी थी। बलराम त्रिवेणी संगम के पास आकर ध्यान में बैठे थे।

तभी एक ग्वाला दूसरे से कहते सुना गया था, "एक मानव शेषनाग बनकर पानी में उतर गया।"

□

यादव क्षेत्र पूर्ण होने के बाद दूर-दूर तक बिखरे हुए अपने बंधु-बांधवों के मृत शरीरों के योग्य संस्कार हो सकें, इसलिए उन्हें इकट्ठा कर अग्नि-संस्कार की योग्य व्यवस्था कर चोट लगे पाँव से डगमगाते हुए कृष्ण अकेले, अलंकार-रहित प्रभासक्षेत्र के जंगलों में चले गए।

मोर मुकुट-विहीन उनका सिर और गले में वैजयंती के फूल भी नहीं थे। उनका आकर्षक, मोहित करनेवाला चेहरा तो वही था, लेकिन उनकी आँखों में भयंकर पीड़ा व्याप्त हो रही थी। हलकी नमी के साथ-साथ आनेवाले पल की प्रतीक्षा भी हो रही थी।

प्रभासक्षेत्र के जंगल में विशाल वृक्ष के नीचे घुटने पर अपना दूसरा पाँव टिका बैठे

भी नहीं और न ही लेटे। ऐसी स्थिति में स्थिर हो वे ध्यान की अवस्था में चले गए। उनकी आँखें खुली थीं, तथापि ऐसा लग रहा था मानो वे पथरा गई हों। जिन आँखों में चंचलता पूर्ण मुसकराहट रहती थी, जो आँखें आकाश के उस पार अनंत में अपने ही जीवन का अंत देख रही थीं। दुर्वासा के क्रोध में यादवों को दिए शाप का विजयी सूरज अपने अमिट अस्तित्व की मुसकान के साथ उदय हो रहा था। यादव-क्षेत्र में तमाम यादवों का अंत हो चुका था और यादवों के मुकुट मणि समान श्रीकृष्ण अपने जीवन के अंतिम क्षणों की प्रतीक्षा कर रहे थे। उनके हृदय में अनकही पीड़ा थी...उनके मन की यह वेदना विदाई के लिए थी अथवा विदाई के उन क्षणों के लिए? आज तो सूरज भी ऐसे फीका-फीका, तेजहीन था मानो मनुष्य रूप ले जनमे ईश्वर की विदाई से व्यथित हो। ऐसे समय में जरा नाम का शिकारी आ पहुँचा अँधेरे में शिकार करने नदी के उस पार। कृष्ण इस तरह बैठे हुए थे कि अँधेरे में ऐसा लग रहा था मानो हिरण बैठा हो...

☐

"पशु की मौत मरेगा तू...अकेले, असहाय और पीड़ित...ठीक उसी तरह जिस तरह मेरे पुत्र मरे...और तू भी देखेगा विनाश तेरे अपने कुल का, तेरे पुत्रों का, पौत्रों और तमाम बंधु-बांधवों का, जो तेरे सामने ही एक-एक कर तड़प-तड़पकर मरेंगे!" गांधारी की आवाज मानो महल की दीवारों से टकरा चारों दिशाओं में फैल गई थी। ब्रह्मांड से मानो आवाज प्रतिध्वनित हुई...वह आवाज—"पशु की मौत मरेगा, तू...अकेला, असहाय और पीड़ित..."

गांधारी ने बार-बार इस शाप का उच्चारण किया था। इस तरह उच्चारित किए थे उसने ये शब्द मानो महल की दीवारों के पत्थरों पर नक्काशी करने के लिए कहे थे।

तथापि कृष्ण ने हाथ जोड़कर प्रणाम किया था।

मानो वे इस अभिशाप को भी स्वीकार कर रहे थे।

वैसे भी माँ गांधारी के अलावा किसमें इतनी शक्ति थी कृष्ण को शाप देने की, जिसकी परिस्थिति का निर्माण भी स्वयं कृष्ण ने ही किया था!

बंद आँखों से मात्र पुत्र-प्रेम में अंधी बनकर जीवन व्यतीत करनेवाली माता गांधारी के त्याग ने उन्हें सतीत्व प्रदान तो किया, लेकिन समाधान नहीं दिया। अपने पुत्रों के दोष न देख सकनेवाली गांधारी को कृष्ण ही दोषी लगे थे, अपने कुल के विनाश करनेवाले अथवा एक माँ होने के कारण ही अपने शाप द्वारा उन्होंने कृष्ण की मुक्ति की प्रार्थना की थी शायद...

कृष्ण तो कभी विनाश अथवा युद्ध की इच्छा नहीं करते। उन्होंने हमेशा समाधान अथवा स्वीकार का ही संदेश दिया था। समाधान की पराकाष्ठा की स्थिति ही समाधि है। सारा जीवन समाधिस्थ होकर ही व्यतीत किया उन्होंने, इसलिए स्थितप्रज्ञ कहलाए

जानेवाले योगेश्वर थे वे। इसके बावजूद इतने बड़े मानव-संहार का साक्षी बनना उनके नसीब में लिखा था। क्या अधर्म के नाश के लिए अनिवार्य या, मानव-देह छोड़ने के कारण ढूँढ़ रहे थे, कृष्ण स्वयं...?

महासंहार के बाद अपनी मुक्ति के लिए कुछ तो करना ही होगा...

इसीलिए ही माता गांधारी के शाप की उस घड़ी का निर्माण किया था उन्होंने ही!

माता गांधारी के शाप देने के बाद हाथ जोड़कर प्रणाम की मुद्रा में स्वयं उन्होंने ही कहा था, ''तथास्तु!''

स्वयं ही अपनी मृत्यु का स्वीकार!

इतना सहज, इतना स्वस्थ...

कृष्ण के अलावा और कौन हो सकता है?

◻

...और मृत्यु आ गई है, ऐसा लगता था! कृष्ण की इच्छा थी कि जब वे अपनी मानव-देह का त्याग करें, तब यादव भी उनके साथ ही इस पृथ्वी को छोड़ दें। कलियुग के अधर्म और अनीतिपूर्ण आचरण यादव न देख सकें, यही यादव-वंश के लिए श्रेष्ठ था...दुर्वासा का यादवों को शाप दिया जाना इस बात का प्रथम सोपान था।

पिंडारा तीर्थ में दुर्वासा ऋषि तप करते थे। यौवन और महासत्ता के नशे में जीनेवाले उन्मुक्त यादव अपने दुराचरण के लिए भी प्रसिद्ध थे। सुरा, सुंदरी, जुआ, लड़ाई और सत्ता के नशे में चूर अंधे बने यादव हर प्रकार के पाप करने लगे थे। यादवकुमार साथ मिलकर जांबवती और कृष्ण के पुत्र सांब को स्त्री की तरह सजा-सँवारकर दुर्वासा के पास ले गए...मुनि को प्रणाम किए बिना ही हँसते-हँसते मजाक उड़ाते बोले, ''यह स्त्री बभ्रु यादव की पत्नी है। इसे पुत्र-प्राप्ति की इच्छा है। यह किसे जन्म देगी?''

यादवों के इस प्रकार के दुर्व्यवहार और अभिमान को देख दुर्वासा ने शाप युक्त वचन कहे थे, ''यह स्त्री मूसल को जन्म देगी, जिससे संपूर्ण यादव-कुल का विनाश होगा...''

यादवकुमार इतना डर गए कि उन्होंने यह बात कृष्ण को नहीं बताई। सांब के शरीर में से एक मूसल का जन्म हुआ। यादवकुमारों ने लोहे के उस मूसल को चूर-चूरकर भुक्का बना समुद्र में फेंक दिया। यही भुक्का प्रभासक्षेत्र में एरका नाम की घास के रूप में पैदा हुआ...जैसे-जैसे एरका घास कटती, उसकी जगह उगनेवाली घास और भी तीक्ष्ण, मजबूत, लोहे की तरह सीधी और चुभनेवाली तेज बनकर उगती... यहीं यादवों के लिए शस्त्र तैयार हो रहे थे। अपनी सत्ता के नशे में चूर यादव इस बात से अनजान अपना जीवन व्यतीत कर रहे थे...वहाँ से कितनी दूर द्वारका में...

एक टुकड़ा जिसका चूरा नहीं हुआ था, उसे एक मछली निगल गई थी...वह मछली

एक मछुआरे के हाथ में आ गई और वह लोहे का टुकड़ा उस मछुआरे ने जरा नामक एक शिकारी को दे दिया था...

जरा शिकारी ने अपने बाण पर वही टुकड़ा लगा दिया...

कृष्ण के अलावा किसे खबर थी कि वह बाण मानव-देहधारी कृष्ण के अंत का कारण बनने की तैयारी में था...

जरा ने मूसल में से बचा एक टुकड़ा अपने तीर में लगाया और मूसल के टुकड़ेवाला तीर हिरण को मारा...

हवा में सननन करता एक धमाका हुआ...

उद्धव के आँसू, रुक्मिणी की लटें और जहाँ रोज चंदन का स्पर्श होता था, वह अँगूठा सब खून से अचानक भीग गए। ऐसा लगा, मानो एक छोटी सी आग की चिनगारी अँगूठे के रास्ते शरीर में प्रवेश हुई और बिजली की गति से शरीर में घुस तलवों से बाहर निकल गई।

जरा का बाण भयंकर शस्त्र बन कृष्ण को लगा। पैरों के तलवे को घायल कर वह बाण कृष्ण को लगा...माता गांधारी और दुर्वासा का शाप 'तथास्तु' होकर कृष्ण को जीवन के अंतिम क्षणों की ओर ले गया?

हिरण का शिकार किया है, इस बात से खुश छाती तक भरे हुए पानी में से निकल नदी के दूसरे किनारे जरा पहुँचा; लेकिन वहाँ हिरण के बदले प्रभु के चतुर्भुज स्वरूप के दर्शन हुए।

जरा थोड़ा डर गया। गरीब शिकारी को तो किसी शिकार की आशा थी, परंतु यहाँ तो स्वयं जीवन देनेवाले का जीवन तीर से बिंध चुका था...शिकारी ने उतावलेपन में कृष्ण के पाँव से तीर खींचने का प्रयास किया...

"रहने दो भाई!" एक डूबती हुई आवाज आई...कभी कुरुक्षेत्र के मैदान में गूँजती इस आवाज ने कहा था।

नियतं कुरु कर्म त्वं कर्म ज्यायो ह्यकर्मण: ।
शरीरयात्रापि च ते न प्रसिद्ध्येदकर्मण: ॥

नियत अर्थात् निश्चित किया हुआ कर्म तू कर, क्योंकि कर्म न करने की बजाय कर्म करना अधिक अच्छा है। कर्म नहीं करोगे तो शरीर निर्वाह भी नहीं होगा...

अपना कर्म कर काँपते हुए शिकारी जरा को उस आवाज में अजब सी पीड़ा और एक गहरी होती खामोशी सी सुनाई दी...

कानों के पास थोड़े से सफेद बाल, क्षीण हो गई आँखें, मुकुट तथा मयूर पंख न होने के बावजूद वह श्याम वर्ण और राजीव लोचन चेहरा उतना ही आकर्षक और उतना ही करुणामय था।

पैर में लगे तीर में से रक्त टप-टप-टप टपकने लगा, पीड़ा बढ़ने लगी···कृष्ण का शरीर अपने प्राण त्याग करने की तैयारी करने लगा···परमात्मा का अंश मनुष्य-देह त्याग परमब्रह्म में विलीन होने की तैयारी में था, तभी फिर एक बार द्रौपदी की आवाज कृष्ण के कानों में गूँज उठी···

त्वदीयं वस्तु गोविन्दं तुभ्यमेव समर्पये···

किसलिए?

किसलिए बार-बार कृष्ण के कानों में वह वाक्य गूँज रहा था?

कौन से बंधन थे, जो अभी भी शरीर को बाँधे हुए थे? मन को मुक्ति नहीं दे रहे थे?

आत्मा जब अपना पिंजरा तोड़ पंख फैला उड़ने को बेचैन हो रही थी, तब कौन सी आवाज कृष्ण को बार-बार स्मरण करवा रही थी, उसका देह धर्म?

और···

वह देह धर्म क्या था?

जरा के घबराए हुए रुँधे कंठ से कृष्ण का ध्यान टूटा···

नजर के सामने लँगोटी पहने हुए काला, सिर पर पंखों को खोंसे हुए जरा हाथ जोड़कर आँखों में अश्रु भर प्रभु से विनती कर रहा था···

कृष्ण का चतुर्भुज स्वरूप, घबराए हुए जरा ने थरथराते-काँपते हाथों से कृष्ण से माफी माँगी···कृष्ण के चेहरे पर काफी समय के बाद मुसकान छाई···पीड़ा के समुद्र में डुबकी लगा मानो वे उतरकर बाहर आए हों, ऐसा भीगा-भीगा आकर्षक, मनमोहक चेहरा, सुंदर, अद्भुत···

कृष्ण ने जरा से पूछा, ''अरे भाई, कौन हो तुम?''

थरथराती हुई आवाज में जरा ने कहा, ''ज···ज···जरा···''

कृष्ण के चेहरे पर अभी भी मुसकराहट थी।

''जरा! तेरी ही तो राह देख रहा था। क्यों इतनी देर कर दी, भाई?''

जरा ने बिना कुछ समझे-सोचे कृष्ण के सामने हाथ जोड़ दिए, ''प्रभु, यह बाण···''

कृष्ण ने जरा से कहा, ''जानता हूँ···तेरा है···मूसल के इस टुकड़े को जानता हूँ···इतनी प्रातः से दुर्वासा और माँ गांधारी को ही याद कर रहा था···''

जरा एकटक उन्हें देख रहा था।

''मेरी मुक्ति का संदेश लाया है तू!···'' कृष्ण ने कहा।

''मुझे क्षमा करो, प्रभु···'' जरा की आँखों में से आँसू बह रहे थे।

कृष्ण ने जरा से कहा, ''भयभीत हुए बिना तू स्वर्ग में जा···तूने परमात्मा का शरीर···मनुष्य-देह के पिंजरे से मुक्त किया है। यथार्थ में तो मुझे तेरा वंदन करना चाहिए।''

कृष्ण ने आँखें बंद कर लीं, हाथ जोड़ दिए। उनके चेहरे पर लगे हुए बाण की पीड़ा और मुक्ति का आनंद-मिश्रित रूप दमक रहा था। वह दिव्य तेज से दमकता चेहरा और बंद नयन! जरा कृष्ण को देखता रहा···

वह चेहरा, वह क्षमा वे अर्ध खुले राजीव लोचन और पाँव के अँगूठे में से धीरे-धीरे रिसता रक्त। भयंकर पीड़ा के बीच भी कृष्ण के चेहरे की मुसकान यूँ ही स्थिर हो गई··· कृष्ण को तीर से बेधकर जरा को स्वर्ग प्राप्ति हुई, यह बात जरा को समझ में नहीं आई। वह तो भोला शिकारी हाथ जोड़कर प्रभु की यह आखिरी लीला देखता रहा···

कृष्ण ने आँखें बंद कर लीं···पीड़ा से और शांति से। अनेक जीवों को शांत करनेवाले कृष्ण आज खुद भयंकर पीड़ा भोग रहे थे। मनुष्य देह को त्याग करने की संपूर्ण तैयारी कर चुके कृष्ण की बंद आँखों के सामने जीवन में घटित तमाम घटनाएँ एक-एक करके गुजरने लगीं।

प्रभासक्षेत्र का यह यादव-स्थल समाप्त होने के बाद कृष्ण ने हाथ जोड़कर अपने सारथि दारुक को वहाँ से प्रस्थान करने के लिए कहा। दारुक पल भर के लिए भी कृष्ण को अकेला छोड़ने के लिए तैयार नहीं था।

हर युद्ध में कृष्ण को जो विजयी बनाता था वह रथ, सुदर्शन चक्र, कौमुदी गदा, शारंग धनुष, दो तरकश, पाञ्चजन्य शंख और नंदक तलवार सबकुछ दारुक की आँखों के सामने ही कृष्ण की प्रदक्षिणा करके सूर्य की दिशा में चले गए! सारथि दारुक बस कृष्ण की ओर देखते खड़े रह गए। दारुक की आँखों में विदाई की पीड़ा थी। अपने जीवन के आधार श्रीकृष्ण का जीवन अब कितने पल, कितने क्षण रहेगा। इस बात का ज्ञान दारुक को भी था और स्वयं कृष्ण को भी···

कृष्ण जानते थे कि जब अर्जुन पहुँचेगा, तब शायद वे नहीं होंगे। अर्जुन के हिस्से में उग्रसेन, देवकी और वसुदेव को यह सारी कहानी सुनाने का मुश्किल काम आ पड़ेगा···उनके जाने के बाद उनकी विदाई की पीड़ा इन सबको उठानी थी···

स्वजनों से वियोग मानव के लिए कितना दुःखदायी होता है, यह स्वयं ईश्वर को भी समझ आ रहा था।

कृष्ण ने दारुक से अर्जुन को हिरण्य··· कपिला नदी के किनारे ले आने को कहा···

मानव-देह का त्याग करने के बाद उस देह का योग्य संस्कार हो, ऐसा ईश्वर भी चाहते थे शायद···।

मनुष्य-देह त्यागने का दुःख स्वयं श्रीकृष्ण को भी होगा ही···प्रेम, करुणा, प्रेम के बंधन हर मनुष्य की तरह कृष्ण को भी अपनी तरफ खींचते ही होंगे···न जाने के लिए रोकते थे और इस पीड़ा में डूबे कृष्ण अन्यमनस्क-से ध्यानस्थ होकर पीपल के पेड़ के नीचे व्यथित हृदय से बैठे थे और द्रौपदी की कही बात बार-बार उनके मन में गूँज रही थी।

आज जब जीवन महाप्रयाण की तरफ कूच करने को तैयार था, तब पूर्ण पुरुषोत्तम को क्या मन की गहराइयों में कोई अपूर्णता की बात दुःखी कर रही थी?

जिस स्थान से भाई बलराम स्वधाम गए, उसी स्थान से अपनी आत्मा परमब्रह्म में लीन हो शायद ऐसी इच्छा उनके मन में रही हो पता नहीं, लेकिन कृष्ण इतनी असह्य पीड़ा के बावजूद उठे और त्रिवेणी संगम की तरफ चलने लगे...

भाई बलराम मानो उन्हें बुला रहे थे, ''चल कन्हैया, जाने की घड़ी आ गई है। कहाँ तक सोते रहोगे? मैं कब से तेरी राह देख रहा हूँ! उठ कन्हैया, और आ जा...''

न जाने कौन से बल से कृष्ण उठे, हिरण्य, कपिला और सरस्वती के संगम की तरफ चलने लगे। पैरों से खून बराबर निकल रहा था और हजारों बिच्छू एक साथ काट रहे हों, ऐसी भयंकर पीड़ा के साथ कृष्ण धीरे, परंतु स्थिर कदम भर रहे थे। उन्हें देह त्याग के अंतिम क्षण त्रिवेणी संगम की तरफ खींच रहे थे।

भाई बलराम का देहांत भी यहीं हुआ था। कृष्ण भी उसी पवित्र भूमि पर देह त्याग करने हेतु संकल्पित थे। जरा भी धीरे-धीरे उनके पीछे चल रहा था। कृष्ण ने थोड़ा रुककर पीछे देखा। वे रुके, जरा ने हाथ जोड़े। मनमोहनी मुसकान के साथ जरा से कहा, ''भाई, अभी तू रुक जा, ऐसे धीरे-धीरे मेरे पीछे आकर क्यों अपना समय नष्ट कर रहा है?''

जरा की आँखों में पानी आ गया, ''नितांत अकेले...''

इस परिस्थिति में भी कृष्ण हँस पड़े, ''यह तो अंतिम यात्रा है भाई, इसमें साथ कैसा? यहाँ तो अकेले ही जाना पड़ता है...तेरा बहुत आभार...''

जरा आश्चर्यचकित हो कृष्ण की ओर देखता रहा।

कृष्ण फिर त्रिवेणी संगम की ओर चलने लगे। हर कदम उठाते समय उनके चेहरे पर भयानक पीड़ा जग उठती थी। आँखें दर्द से बंद हो जातीं, लेकिन कदम उतने ही स्थिर, उतने ही निश्चय भरे थे...

धीरे-धीरे कृष्ण त्रिवेणी संगम तक पहुँच गए।

विशाल पीपल के पेड़ के नीचे बैठकर उन्होंने शरीर को फैला दिया। सामने ही हिरण्य, कपिला और सरस्वती नदियों का संगम हो रहा था। तीनों नदियाँ कल-कल बह रही थीं। हिरण्य का थोड़ा भूरा, कपिला का हरा और सरस्वती का स्वच्छ प्रवाह का किनारा उनके समक्ष एक होकर समुद्र की तरफ आगे बढ़ रहा था...

वैसे भी नदी का अंतिम ध्येय तो समुद्र मिलाप ही होता है। जैसे आत्मा परमात्मा की तरफ बढ़ती है और उसका अंश ब्रह्मांड में मिल स्वयं ब्रह्मांड बन जाता है, ऐसे ही नदी भी समुद्र में मिलकर स्वयं समुद्र बन जाती है।

कृष्ण ने आँखें बंद कर लीं...पीड़ा से और शांति से।

'अहं ब्रह्मास्मि!' का नाद चारों तरफ गूँज उठा था। ···और ब्रह्मांड का अंश फिर एक बार ब्रह्मांड में मिल जाने को तत्पर था!

पीपल के पेड़ के नीचे सोए कृष्ण अद्भुत मानसिक स्थिति से गुजर रहे थे। यह स्वीकार का संन्यास था, यह ··· नेति नहीं थी, अस्ति थी···

जरा कृष्ण को हिला रहा था, "प्रभु! प्रभु! बहुत रक्त बह रहा है, प्रभु ··· मुझे मरहम-पट्टी करने दो, अभी ठीक हो जाएगा···"

कृष्ण के चेहरे पर एक मुसकान थी, "सचमुच, अब सब ठीक होने वाला है···सबका···"

गुरु सांदीपनि के आश्रम में गाया जा रहा शांति मंत्र कृष्ण के कानों में गूँजने लगा—

"अंतरिक्षं शांतिः ··· वनस्पतयः शांतिः

पृथ्वी शांतिः, देवा शांतिः···"

अब चारों ओर शांति थी, अंदर और बाहर ··· भीतर और सब तरफ··· अब मन और शरीर दोनों ही शांत हो जाने वाले थे।

☐

बाँसुरी··· न जाने कहाँ से कृष्ण के कानों में गूँजने लगी ··· नदी का कल-कल बहता पानी मानो यमुना बनकर छलाँगें मारने लगा ··· कदंब का पेड़ कृष्ण की आँखों पर झुकने लगा··· और यमुना किनारे उगी वृक्षों की गहरी, हरी, भीगी हवा न जाने कहाँ से आने लगी ··· मयूर पंखों के ढेर-के-ढेर कृष्ण के शरीर पर गिर-गिर कर बिखरने लगे···

गोकुल की गलियाँ, गले में घंटियाँ बँधी गायें घंटियाँ बजाती हुई स्वयं मानो कृष्ण की बंद आँखों के सामने आकर खड़ी हो गईं ··· सारी गलियाँ हाथ फैलाकर मानो कृष्ण से कहती हों—आओ, चले आओ···

उगते सूरज के साथ पक्षियों की चहचहाहट, घर-घर से आती गायों की आवाजें और गोकुल की स्त्रियों की प्रभातफेरी के गीत न जाने कहाँ से कृष्ण के कानों में सुनाई देने लगे!

माँ की आवाज में गाए जानेवाले मधुर भजनों की आवाज सुन गायें चराने जाने का समय हो गया है, ऐसा जान कृष्ण ने आँखें खोलने का भरसक प्रयत्न किया; लेकिन न जाने आँखों के ऊपर किसी ने मन भर का बोझ रख दिया था ··· कृष्ण की आँखें खुल ही नहीं रही थीं···

हिरण्य नदी की लहरों में द्रौपदी का चेहरा कृष्ण के सामने कल-कल करता बह रहा था ··· और कह रहा था—"सखा, तुम्हारा दिया गया सुख, तुम्हारा दिया गया दुःख, तुम्हारा दिया गया मान-अपमान, तुम्हारा दिया गया जीवन और तुम्हारी दी गई मृत्यु सबका स्वीकार कर अब तुम्हें ही समर्पित कर रही हूँ···"

द्रौपदी की वह छटपटाहट, जीवन संघर्ष, लड़ने की शक्ति तथा लड़-लड़कर हारना, हारकर फिर खड़े होना और लड़ने के लिए फिर तैयार होना, द्रौपदी की इस अद्भुत शक्ति

के लिए कृष्ण को बहुत मान था। द्रौपदी का स्वाभिमान ही उसका व्यक्तित्व था। ऐसी स्त्री जब समर्पित होती है तो वह क्या दे सकती है, इस बात का ज्ञान था कृष्ण को...

उन्हें प्रथम बार यह विचार आया, ''इस स्त्री द्वारा समर्पित किया गया सब कुछ क्या मैं स्वीकार कर सकूँगा? क्या इतने बड़े, विराट् समर्पण के लायक हूँ मैं? एक व्यक्ति अपना स्वत्व, अपना व्यक्तित्व जब आपको समर्पित करता है तो उसे वापस देने के लिए मेरे पास क्या है, मैं तो खुद जा रहा हूँ...समर्पण और स्वीकार का समय ही कहाँ बचा है मेरे पास? इसके बावजूद उसका दिया सबकुछ मेरी छाती पर एक बोझ बनकर बैठ गया है। सखी, किसलिए? किसलिए इतनी बड़ी जिम्मेदारी में डालती हो मुझे इन जाने की घड़ियों में?'' कृष्ण ने पूछ ही लिया और उसी क्षण से अग्नि-शिखा समान दो आँखें सरोवर में भरे जल की तरह कृष्ण के सामने छलछला उठीं।

◻

''क्या सहधर्मचारिणी के रूप में मुझसे कोई कमी रह गई है?'' एक प्यार भरा सौम्य चेहरा कृष्ण की तरफ देख रहा था। कपिला का प्रवाह कृष्ण के सामने उछल रहा था और तेजी से समुद्र में विलीन होने जा रहा था। कृष्ण उस प्रश्न के सामने निरुत्तर थे। कपिला के ऊपर बहता हुआ रुक्मिणी का भीगी आँखोंवाला चेहरा देख रहा था...मानो सदियों की प्रतीक्षा के बाद अभी भी उसी प्रश्न को लेकर कृष्ण को बेचैन किए हुए था। ''किसलिए...? किसलिए आर्यपुत्र? इतना सारा भार...अकेले उठाकर...क्यों चले? मुझे अपने साथ नहीं आने दिया तो कोई बात नहीं, परंतु अपने मार्ग में कहीं...पल-दो पल के लिए...अगर मेरे लिए रुके होते...'' रुक्मिणी की आँखों में उलाहना कम वेदना अधिक थी, ''मैं...तुम्हें कभी नहीं रोकती...तुम्हारे रास्ते से सारे काँटे चुन लेती, पुष्प बिछा देती...तुम्हारे अँधेरे पथ पर स्वयं दीपक बनकर प्रज्वलित होती मैं स्वयं...किसलिए प्रभु? किसलिए यह कठिन यात्रा अकेले करते रहे? क्या मैं धर्मपत्नी के रूप में योग्य नहीं रही?'' ऐसी रिक्त आँखें कृष्ण ने पहले कभी नहीं देखी थीं। रुक्मिणी की आँखों का सूनापन कृष्ण को विचलित कर गया।

''नाथ! धर्म, अर्थ और काम के मार्ग में मैंने हमेशा आपका हाथ थामे रखा, अब मोक्ष के मार्ग पर अकेले जाओगे?'' रुक्मिणी पूछ रही थी और कृष्ण पत्नी के इस प्रश्न के सामने निरुत्तर थे।

कृष्ण के हृदय पर मानो भार बढ़ रहा था। ये वे स्त्रियाँ थीं, जिन्होंने उन्हें सब कुछ दिया था—अपना स्वत्व, तत्त्व और व्यक्तित्व। कृष्ण में लीन होकर जी थीं ये तीनों स्त्रियाँ... लेकिन आज उनकी आँखें क्यों इतनी सूनी थीं, क्यों इतनी शून्यमय लग रही थीं? क्या वे उन्हें कुछ नहीं दे सके थे? कृष्ण का मन बेहद उदास हो गया...

◻

"तू जब-जब उदास हो अकेला अनुभव करे, उलझन महसूस करे, तब तू मेरा स्मरण करना। आँखें बंद कर लेना और एक गहरी साँस लेना···तुम मुझे अपने आसपास अनुभव कर सकोगे। वैसे तो मैं तुझसे कभी अलग होती ही नहीं हूँ। तू ही मुझे छोड़कर जाता है···परंतु कन्हैया, एक बात याद रखना···तेरे एकांत के क्षणों में, एकाकीपन में या उलझन के समय तुझे एक ही नाम याद आएगा और वह नाम मात्र मेरा ही होगा···चाहे तू मुझे पीछे छोड़कर जा। मैं तेरे साथ ही आती हूँ। मुझे छोड़कर जाना तेरे लिए संभव ही नहीं है। मैं तेरे प्राणों में बसी हूँ कन्हैया, तू साँस ले और दे आवाज मेरे नाम की··· मैं हूँ न तेरी बगल में ही···

सरस्वती के निर्मल, स्वच्छ जल में दो आँखें तैरती थीं···प्रतीक्षारत, रुठी हुईं, कृष्णमय, कृष्ण-समर्पित आँखें···मानो कहती हों, "अभी भी? अभी भी मेरी अवहेलना कर अकेले ही जाओगे?···मुझे भी साथ आने दो। मेरे बिन तेरा आकार पूर्ण नहीं होगा। मैं तेरी संपूर्ण कोमलता हूँ, तेरा संगीत हूँ, तेरी छाया हूँ···छाया को छोड़ काया कैसे जाएगी, कृष्ण?"

□

कृष्ण अभी बंद आँखों से गोकुल की गलियों में घूम रहे थे।

गोपियाँ मटकियाँ भर-भरकर मथुरा में मक्खन बेचने जाती थीं। आती-जाती तमाम स्त्रियाँ माँ यशोदा को प्रणाम करती थीं···मक्खन बिलोती माँ की चूड़ियों की आवाज कृष्ण के कानों में मिश्री घोल रही थी।

भोर होते ही माँ उठ जाती और गायों को घास डाल, दूध निकाल, मक्खन बिलोने बैठी थी। दही बिलोने से एक स्वर जो आ रहा था, वह सारे घर में गूँज रहा था। आँगन में बँधी गायें उनके बछेड़ों को जीभ से, गले से और आँखों से प्यार कर रही थीं। उनके बछड़े अपनी माताओं का दूध पीते अभी थके नहीं थे। उनके मुँह से टपकता झाग, ताजे दूध की खुशबू और मटके में बिलोते मक्खन के बरतन से बँधी रस्सियों के घुँघरू की आवाज एक अजीब सा संगीत पैदा कर रही थी।

मटकी में दही बिलोती हुई रस्सियों में बँधी घुँघरू और बाँसुरी के सुरों के उस पार न जाने कौन उन्हें आवाज दे रहा था।

"कान्हा···ओ कान्हा! कान्हा···हा···हा···ओ कान्हा···!"

तीनों नदियाँ एक-दूसरे में लीन हो मानो स्मृतियों को मिश्रित कर रही थीं।

सखी, पत्नी और प्रेमिका तीनों एक-दूसरे में मिल मानो एक अखंड स्त्रीत्व, एक अखंड नारीत्व का नक्शा खड़ा कर रही थीं। कृष्ण के अंदर जीवंत कृष्णमय हुई ये स्त्रियाँ पूर्णत्व को सही अर्थ में पूर्ण कर रही थीं···

तीनों नदियाँ आखिर में समुद्र में ही समा रही थीं।

विशाल सागर की अनंतता, उसकी मर्यादा और फिर भी उसका खारापन··· नदियों को अंत में खारा ही कर डालता था··· ।

क्या विशालता की अपेक्षा लिये आई इन तीन स्त्रियों को कृष्ण भी अपनी मर्यादाओं के कारण खारापन दे पाए थे? कृष्ण को ये विचार आ गया···

मनुष्य अवतार में कई संबंध व्यक्ति को जन्म के साथ ही मिलते हैं। अपने माता-पिता, भाई-बहन तय करने का अधिकार नहीं होता है मानव को। माँ, बहन और परिवार के अन्य संबंध मनुष्य खुद नहीं तय कर सकता; परंतु उसके जीवन में तीन स्त्री संबंध ऐसे होते हैं, जिनका चुनाव व्यक्ति स्वयं कर सकता है। एक पत्नी, प्रियतमा और मित्र ये तीन रिश्ते व्यक्ति स्वयं तय करता है, स्वयं ही उन्हें बनाए रखता है, उन्हें रचता है अथवा नष्ट करता है···अपने जीवन में आई ये तीन औरतें—पत्नी, प्रेमिका और सखी को क्या वे खुद कुछ दे सके थे?

फिर एक बार एक-एक कर इन तीनों स्त्रियों के चेहरे कृष्ण को स्मरण हो आए···

गोकुल से निकलते समय राधा ने कहा था, "झूठे वायदे न कर कान्हा, मैं तो गोकुल नहीं छोड़ूँगी और तू कभी गोकुल वापस आने वाला नहीं। अब यह यमुना का पानी, ये कदंब की डालियाँ और गोकुल की गलियाँ तुझे कभी नहीं भूलेंगी और मैं तुझे कभी अपनी स्मृति में नहीं लाऊँगी।"

और, खुद कृष्ण ने कहा था, "राधिके! याद उसे किया जाता है जिसे भूल गए हों···तू मुझे भूल जाए, ऐसा होगा ही नहीं और मैं तुझे अगर भूल जाऊँगा तो साँस किस आधार पर लूँगा?"

द्रौपदी ने ऐसे ही अचानक पूछ लिया था, "मुझे ये विचार आते ही मैं रोमांचित हो उठती हूँ कि मैंने अगर तुमसे कभी यह पूछा होता कि क्या तुम मुझे चाहते हो या नहीं? तुम्हारे जीवन में मेरा क्या स्थान है अथवा क्या तुमने कभी मेरी कामना की है एक पल के लिए भी···तो तुम क्या उत्तर दोगे?"

फिर उसने खुद ही कहा था, "हे सखा! कोई उत्तर न देना, मैंने अभी पूछा नहीं, क्योंकि उत्तर सुनने के बाद शायद मन और तन एक दिशा में न रहें··· ।"

तब कृष्ण ने कहा था, "उत्तर की अपेक्षा हो तो पूछो; परंतु जो उत्तर तुम्हारे मन में अखंड विश्वास लेकर प्रकट हो रहा है, उस प्रकार का उत्तर बाहर ढूँढ़ना पड़ेगा, तब मुझे तुम्हारे 'सखा' संबोधन के बारे में सोचना पड़ेगा। इस बारे में प्रश्न खड़ा होगा, लेकिन उत्तर तुम्हारे मन में ही है। जब इच्छा हो तब पूछ लेना···मुझे अथवा अपने मन को। हम भिन्न नहीं हैं, सखी।"

☐

रुक्मिणी ने न जाने कितनी रातें इंतजार करने के बाद कभी किसी प्रसन्न घड़ी में

पति से कहा था, ''नाथ, द्वारका के नाथ से मेरा विवाह हुआ है या मेरे प्रियतम से, जिसे पत्र लिखकर मात्र श्रद्धा के बल पर मैंने सहज जीवन जीने का वायदा किया था? क्या आप दूसरों की ही चिंता करते रहोगे? अपनी अर्धांगिनी के बारे में कभी भी नहीं सोचोगे, नाथ? मुझे क्या चाहिए अथवा मेरी अपेक्षाएँ क्या हैं, ऐसा तो आपने कभी पूछा ही नहीं···''

कृष्ण ने मुसकराते हुए रुक्मिणी से कहा था, ''जब मैं अपने आधे अंग की चिंता करूँगा तो दूसरे आधे अंग की चिंता तो हो ही जाएगी अपने आप, प्रिये! आप द्वारका के सिंहासन पर बिराजी हैं और सिंहासन पर बैठने वाले के माथे पर रखे गए मुकुट में अनंत काँटे होते हैं, ये काँटे पहननेवाले को चुभते हैं, देखने वाले को तो वह सोने का सुंदर मुकुट ही लगता है, इससे ज्यादा और कुछ नहीं···''

रुक्मिणी की आँखें आश्चर्य से श्रीकृष्ण को देखती रहीं।

उनकी आँखों में ये कौन सी पीड़ा थी? कौन सा रंज और कौन सी ग्लानि थी उनके चेहरे पर, जो दु:ख बनकर छाई हुई थी···

''सोने के मुकुट का भार उठा सके, उसी मस्तक को उन्नत रहने का अधिकार है देवी, सिंहासन की नींव में निजी सुखों का समर्पण दबा होता है, तभी सिंहासन मजबूत और स्थिर रह सकता है।''

ऐसा कहकर उन्होंने प्रिय पत्नी को आगोश में ले लिया था। रुक्मिणी का आज फिर एक बार कृष्ण से प्यार हो गया था।

□

गोकुल छोड़कर आते समय माँ यशोदा ने कृष्ण से कहा था, ''मत जा, मैं अक्रूरजी को मना कर दूँगी···अभी तो मन भरकर तुझे प्यार भी नहीं किया है कन्हैया···मेरी गोद छोड़े अभी तुझे दिन ही कितने हुए हैं? और तू लड़ेगा? उस कंस के सामने? अन्याय के विरुद्ध? किसलिए कन्हैया? पहले अपनी माँ की चिंता कर··· मैं बूढ़ी हो जाऊँगी, आँखों से कम दिखाई देगा, तब मेरा हाथ पकड़कर कौन मुझे ले जाएगा? कौन मुझे सँभालते हुए यमुना के दर्शन कराएगा? कौन मुझे दवाई देगा? कौन मेरी चिता को मुखाग्नि देगा, कन्हैया? न जा···''

और, कृष्ण ने माँ को सीने से लगा लिया था। यशोदा का रुदन छूट गया, हिचकियाँ बँध गईं।

माँ की पीठ पर फिरता हुआ कन्हैया का हाथ मानो कह रहा था, ''मैं किसी का पुत्र नहीं, मैं किसी का प्रेमी नहीं, मैं किसी का पति नहीं···मैं अपना कार्य पूर्ण करने आया हूँ और वह तो मुझे करना ही होगा··· ।''

□

माता यशोदा की आँखें कृष्ण की आँखों के सामने से आकर निकल गईं। क्रोधित हो कृष्ण को डाँटती हुई माँ, मक्खन परोसती हुई माँ और कालिंदी के किनारे रुदन करती यशोदा के साथ-साथ कृष्ण के लिए छटपटाती देवकी की आँखें मानो एक-दूसरे में ओत-प्रोत हो कृष्ण की आँखों की कोरों में अश्रु बिंदु बन झलकती रहीं...

कृष्ण को मथुरा भेजते समय यमुना के किनारे देखी वसुदेव की आँखें फिर एक बार कन्हैया की आँखों के सामने तैरने लगीं...सुदामा की आँखें, रुक्मिणी की आँखें, सुभद्रा की आँखें, द्रौपदी की आँखें और बाणों की शय्या पर सोए भीष्म की आँखें...कर्ण की आँखें, दुर्योधन का हृदय बेधन होने के बाद की आँखें...माता गांधारी की आँखें, जिन्हें किसी ने कभी देखा ही नहीं था, वे आज कृष्ण के सामने टकटकी लगाकर देख रही थीं इस तरह, मानो कृष्ण को याद दिला रही हों...अपना शाप!

कृष्ण की बंद आँखों के सामने एक के बाद एक ये सब आँखें देखने लगीं...उद्धव की बहती आँखें आज भी कृष्ण की आँखों में जल ले आईं। कृष्ण बीते हुए उन पलों को अपने अंदर समाकर इस हवा में, इस वातावरण में डूबते सूरज के साथ विलीन हो जाने वाले हों, ऐसे अनुभव में से धीरे-धीरे विचर रहे थे।

कोठरी में बंद बालकृष्ण मानो मुक्ति के लिए छटपटा रहा था।

अपनी बंद आँखों से कृष्ण मानो ये सारे दृश्य देख रहे थे...

उद्धव के साथ बिताई रुक्मिणी के महल के झरोखे की वह संध्या, वह रात ऐसा लगा मानो कृष्ण के अंदर कसमसाने लगी।

कृष्ण ने निश्चय कर लिया था, परंतु योग्य समय की राह देखी जा रही थी।

प्रयाण स्थल तो तय था, पर नहीं तय था अगर तो वह था समय...

एक दिन भी तय हो गया!

कृष्ण अपने महल में ऐसे खड़े थे। सामने सूरज ढल रहा था। संध्या-काल की केसरी किरणों ने संपूर्ण आकाश को भर दिया था...

सूर्य को देखते-देखते कृष्ण के मन में अचानक ही एक विचार आया और विचार आते ही कृष्ण ने निर्णय लिया कि अब समय नष्ट किए बिना दुर्वासा का शाप सत्य करना है...

जैसे सूर्य अपने निश्चित समय पर उगता है, ढलता है, वैसे ही मानव-देह भी अपने निश्चित समय पर विदा हो, यही योग्य है...कृष्ण के कान में उनकी अपनी ही आवाज गूँजने लगी—

कालोऽस्मि लोकक्षयकृत्प्रवृद्धो
लोकांसमाहर्तुमिह प्रवृत्त: ।
ऋतेऽपि त्वां न भविष्यन्ति सर्वे
येऽवस्थित: प्रत्यानीकेषु योधा:

अभी कल ही तो देवताओं द्वारा भेजा दूत गुप्त वेश में कृष्ण के पास आया था और कृष्ण को वसुओं, आदियों, अश्वनीकुमारों, मरुत, रुद्र तथा सब देवताओं द्वारा भेजा संदेश दिया था—पृथ्वी पर से भार कम नहीं होगा। यदा यदा हि धर्मस्य ग्लानिर्भवति भारत, अभ्युत्थानमधर्मस्य तदात्मानं सृजाम्यहम्'''यह बात अभी पूरी नहीं हुई है। मेरे समक्ष आए मेरे तमाम अंश जब तक मूल स्थान पर स्थापित न कर दूँ, तब तक मुझसे पृथ्वी छोड़ी नहीं जाएगी। विश्वकर्मा द्वारा सर्जित मृत्यु, जरा, दु:ख और रोग न दे ऐसी धरती मैं समुद्र को वापस दूँगा और उसके बाद ही मैं यहाँ से जाऊँगा'''"

दूत यह संदेश लेकर स्वर्ग की तरफ वापस गया।

काल के निश्चित बंधन का स्वीकार था यह।

महाकाल का स्वागत और मनुष्य देह से विदाई की अनोखी घड़ी थी'''

न दिन, न रात, संध्याकाल'''संधिकाल'''

◻

एक रात जब समुद्र पूरे उफान पर था, समुद्र की लहरें भयानक आवाज करती हुई किनारे तक आ रही थीं और दूर-दूर झाग बनकर बिखर जाती थीं। रात अधिक काली, अत्यंत शांत और भविष्य को अपने गर्भ में छिपा बेहद बेचैन बन द्वारका पर छा गई थी'''कृष्ण अपनी पटरानी के महल के झरोखे में ढलती साँझ में अकेले बैठे थे'''

घंटों अकेले बैठना और चिंतन करना कृष्ण के लिए कोई नई बात नहीं थी। रुक्मिणी विवाह कर जब से आई, तब से कृष्ण को ऐसे लंबे समय तक ध्यान की मुद्रा में अकेले बैठे देखने की आदत अपने आप ही डाल ली थी।

रुक्मिणी के लिए एकांत और अकेलेपन में कोई खास अंतर नहीं था। कृष्ण की प्रतीक्षा करते हुए बैठे रहना, यही शायद भाग्य था द्वारका की पटरानी का'''

रुक्मिणी बहुत बुद्धिशाली थी, विदुषी थी। इस स्तर तक उसने राजनीति व शास्त्रों का अभ्यास किया था। कुंडिनपुर के महाराजा ने पुत्र रुक्मि और पुत्री रुक्मिणी के पालन-पोषण में कोई अंतर नहीं रखा था। उन्होंने दोनों भाई-बहन को अस्त्र-शस्त्र तथा राजनीति का पूर्ण अभ्यास करवाया था। कभी-कभी रुक्मिणी को लगता कि वह भी अन्य स्त्रियों की तरह अगर सामान्य स्त्री होती, विदुषी न होती तो अच्छा होता'''सोच-सोचकर कभी थक जाती थी रुक्मिणी। कृष्ण वैसे भी बहुत कम समय रहते थे उसके पास'''और जब होते थे उसके पास, तब भी मुख्य रूप से राजनीति की बातें ही करते थे। रुक्मिणी कभी कृष्ण से कहती भी थी, "पंद्रह दिन की प्रतीक्षा के बाद आज आपका मुख देखा है। मुझे द्वारका की राजनीति, दुर्योधन अथवा हस्तिनापुर के बारे में कोई बात ही नहीं करनी है। कभी लाज-शर्म को छोड़ वह कृष्ण से कहती, "नाथ, मुझे प्रेम करो। मैं पत्नी हूँ तुम्हारी, मंत्री नहीं।"

□

अभी कल ही की तो बात है···सारी रात···फिर एक बार भव्य महल की अट्टालिका में सारी रात जागी थी। इस महल की एक-एक अट्टालिका, एक-एक झरोखा, एक-एक द्वार और द्वारपाल तक उसकी शाश्वत प्रतीक्षा के साक्षी थे, पिछले कई सालों से···उन्हें अब तो आश्चर्य भी नहीं लगता था, रात भर उसके महालय में जलते हुए दीपों को देखकर।

सब जानते थे उसकी चिर प्रतीक्षा और निराशा के विषय में।

द्वारका का एक-एक रास्ता, एक-एक नागरिक, एक-एक महल, हर एक मंदिर के देवी-देवता सब उसकी आँखों में खटकते हुए रात्रि जागरण की कथा जानते थे।

कुंडिनपुर का हरियाला प्रदेश, वीणा और भद्रा नदी के सँकरे, त्रिकोणाकार मुख्य प्रदेश के हरियाले विदर्भ से जब पहली बार वह यहाँ द्वारका आई, तब वह अभी कृष्ण की पटरानी नहीं बनी थी, सिर्फ वाग्दत्ता थी, सोलह वर्ष की मुग्धा। कृष्ण के प्रेम में अंधी···कृष्ण के आकर्षण में डूबी हुई। कृष्ण की आँखों में, उनकी मोहक हँसी में, उनकी खनकती आवाज में···डूबती भीष्मक पुत्री रुक्मिणी।

पयोष्णी नदी के किनारे बसा कुंडिनपुर हस्तिनापुर के दक्षिण में था। कुंडिनपुर के घाट पर जब कृष्ण ने अपना हाथ उसकी तरफ बढ़ाया, तब क्षण भर के लिए रुक्मिणी ने अपनी आँखें बंद कर लीं···अपने इष्टदेव का स्मरण किया···और उसने अपना हाथ गोविंद के हाथ में दे दिया।

जिस तरह फूल को उठाते हैं, उसी तरह गोविंद ने कोमलतापूर्वक उसे उठाया और अपने रथ पर सवार किया···फिर रथ बिजली की गति से दौड़ने लगा।

रुक्मिणी के लिए ये क्षण हस्त-मिलाप, श्रद्धा व समर्पण के थे। उसी क्षण से गोविंद उसके पति, उसके ईश्वर, उसके प्रभु थे।

रुक्मिणी को कृष्ण के हाथ से छुड़ा वापस लाने की प्रतिज्ञा लिये भाई रुक्मि विदर्भ छोड़ उनके पीछे गया था। श्रीकृष्ण पर उसने जोरदार आक्रमण भी किया था। कृष्ण ने उसे पराजित कर उसे जीवन-दान भी दिया था।

फूल की कोमलता समान अपना हाथ पकड़नेवाले थे वे प्रियतम।

और विदर्भ की इतनी विशाल सेना से लड़े एक श्रेष्ठ योद्धा माने जानेवाले अपने भाई रुक्मि को हरानेवाले विशाल बाहू, पहाड़-सा वक्ष:स्थल तथा शेर जैसी कटि रखनेवाले अद्भुत पुरुष के साथ उसका विवाह हुआ है, इस बात से ही रुक्मिणी गद्गद हो गई थी।

उनके साथ वह द्वारका के समुद्र-तट पर उतरी थी। उसने बहुत कुछ सुना था इस स्वर्ण नगरी द्वारका के बारे में, आज देखकर आश्चर्यचकित रह गई थी। मानो चाँदी बिछाई हो ऐसी झीनी, सुंदर, सफेद रेत थी यहाँ की। उसने समुद्र किनारे उतर कर मुट्ठी भर रेत

हाथ में ली। सुंदर, सफेद रेत तुरंत हाथ से सरक गई। उसकी हथेली में से वे झीने कण हवा में कुछ अस्पष्ट आकार-सा रचते अलोप हो गए।

उसके नाथ ने पीछे मुड़कर यह देखा और वे हँसे—मधुर"'मनमोहक"'वही निहाल कर देनेवाली मनमोहक मुसकान!

तब उसे समझ नहीं आया था कि वह रेत की मुट्ठी नहीं थी।

वह तो समय था, जिसे उसने अपनी मुट्ठी में भरा था, जो सरकता गया, सरक गया।

कितने वर्ष हुए होंगे, किसे खबर? यह कोई छोटी सी समयावधि नहीं"'गोविंद स्वयं विधिवत् विवाह कर इस महालय में उसे लाए थे।

उसके अपने इस भव्य महल में बिताई उसकी प्रथम रात और आज की रात में कोई अंतर नहीं था।

तब गोविंद रात भर कक्ष में आए ही नहीं थे, आज आए भी हैं तो भी यहाँ नहीं हैं।

उसे आज भी याद है विवाह के बाद की वह पहली रात।

अपने इस भव्य महल में बिताई वह प्रथम रात कितने सपनों, इच्छाओं की रात थी। फूल-मालाओं की लंबी लड़ियों, फूल की पँखुड़ियों से सुशोभित रंगोलियाँ, इत्र की खुशबू से सुगंधित कमरा"'और रेशमी चादर से सुशोभित पलंग।

इस रात की मानो उसे जन्म-जन्मांतरों से प्रतीक्षा थी। समुद्र-तट से आती सुहानी हवा जो दरवाजों, झरोखों, खिड़कियों से टकराकर फूल-मालाओं से जब टकराती तो रुक्मिणी को ''गोविंद आए"'गोविंद आए"''' का आभास दिलाती थीं। रेशमी परदों की बजती घंटियाँ मानो उसे कृष्ण की बाँसुरी का आभास दिलाती थीं।

तथापि रुक्मिणी की प्रतीक्षा प्रतीक्षा ही बनी रही। मोर मुकुटधारी उसके प्रियतम न आए!

द्वारका के समुद्र-तट पर कोई वाहन फँस गया था, जिसे निकालने के लिए कृष्ण चले गए थे"'उसकी जीवन-नैया को प्रतीक्षा के भरे समुद्र में अकेले छोड़कर।

उसके विवाह की प्रथम रात्रि थी यह। उसे ज्ञान हुआ कि इतने-इतने तप करने के बावजूद उसे उसके ईश्वर की प्राप्ति नहीं हुई।

उसके प्रभु, उसके प्रियतम, उसके पति सिर्फ उसके अकेली के नहीं थे। उनका समय तथा स्वयं वे भी सबके थे। पहले वे सबके थे, फिर जो बचे तो रुक्मिणी के लिए।

गोविंद उसके पति थे और वह द्वारका की पटरानी।

लेकिन यथार्थ में उसने यह नहीं माँगा था।

वह उनकी पहली पत्नी नहीं थी।

और आखिरी भी नहीं। वह उन्हें चाहती थी, उनकी कामना करती थी, उन्हें समर्पित

थी; परंतु वह अकेली ही नहीं थी, जो उनके प्रति ऐसी भावनाएँ रखती हो। सारा गोकुल, सारी द्वारका, सारा हस्तिनापुर, सारा इंद्रप्रस्थ, तमाम यादव, माता कुंती, सभी पांडव, बड़े भाई बलराम, माँ देवकी, बहन सुभद्रा, उद्धव, अक्रूर, विदुर, नारद और...और...गिनते-गिनते हृदय की गति पल को चूक गई और महाकष्ट के साथ अंत में आया वह नाम राधा...!

किस-किसका नाम ले रुक्मिणी? सभी कृष्णमय, कृष्ण समर्पित, कृष्णलीन थे और कृष्ण भी इन सबके लिए अपने प्राण देने में भी पल का विचार नहीं करते। जिस तरह उसने पत्र लिखकर कृष्ण को शिशुपाल से अपने विवाह न होने देने के लिए बुलाया, उसी प्रकार और सब भी अपनी कठिनाइयों में, दु:ख में कृष्ण को जब भी याद करते, कृष्ण हमेशा सबकी मदद हेतु तत्पर रहते थे।

☐

रुक्मिणी हमेशा फरियाद करती थी, ''मेरे लिए, मेरी भावनाओं, आकांक्षाओं, सपनों के लिए पल का भी समय कहाँ था?''

आज भी जन-जन के मुख से राधा-कृष्ण निकलता, रुक्मिणी-कृष्ण कोई नहीं कहता, ''किसलिए?'' रुक्मिणी को कई बार विचार आता, ''वह तो पत्नी थी कृष्ण की, पटरानी थी द्वारका की। विवाह करके लाए थे कृष्ण उसे और फिर भी...''

☐

कुछ वर्ष पहले की घटना रुक्मिणी को स्मरण हो आई।

एक बार कृष्ण ने वचन दिया था कि वे जन्माष्टमी उसके महल में मनाएँगे।

सारे दिन के उत्सवों से मुक्त हो वे निश्चित रूप से महल में आए थे।

रुक्मिणी ने ढलती संध्या की उस वेला में कृष्ण को सोने की बाँसुरी भेंट-स्वरूप दी थी। उस बाँसुरी में हीरे-मोती, माणिक, नीलम के मोर, तोते जड़े हुए थे। उसके किनारे पर सुनहरे रेशम के दो फुँदने झूलते थे। कृष्ण कुछ पल रुक्मिणी को देखते रहे। कृष्ण की वे आँखें ऐसी तो आर-पार हो गईं रुक्मिणी के...उन्होंने बाँसुरी रख दी और भेंट में बँधा पाञ्चजन्य उठाया और वेदना भरी आवाज उसमें फूँकी...

आज भी वह आवाज याद आते ही रुक्मिणी कानों पर हाथ रख लेती है। गोविंद की आँखों में से अश्रुधारा और पाञ्चजन्य का वह रुदन जैसा वेदना भरा नाद!

☐

पीपल के नीचे बैठे कृष्ण को आज भी पाञ्चजन्य फूँकते हुए जो वेदना हुई, उसका स्मरण हो आया।

रुक्मिणी की आँखों में परित्यक्ता और उसके साथ हुए धोखे के जो भाव थे, वही भावपूर्ण आक्रोशवाली रुक्मिणी की आँखें कृष्ण की बंद आँखों में तैरने लगीं।

कृष्ण तड़प उठे कि किस तरह वे अपनी प्राणप्रिय पत्नी को समझाएँ कि बाँसुरी देखकर जो पीड़ा जनमी वह सत्य था"लेकिन वह बाँसुरी के साथ जुड़ी राधा की स्मृति की पीड़ा नहीं थी। वह पीड़ा तो आनेवाले महायुद्ध की थी।

सावन के कृष्ण पक्ष की अष्टमी की संध्या को कृष्ण के मन में आनेवाली कार्तिक पूर्णिमा के दिन होनेवाली भयानक घटना की गूँज दूर-दूर तक गूँज रही थी।

आज के इस उत्सव में उन्हें सुनाई दे रही थीं महासंहार की नाचती भयानक आवाजें, हाथियों की चिंघाड़ें और अश्वों के समूह"

और उनकी निर्दोष, प्रिय पत्नी उन्हें बाँसुरी भेंट में दे रही थी"वह उन्हें जीवन का राग-रंग दे रही थी।

☐

वह अद्भुत संगीत, जो उनके विशुद्ध पवित्र बचपन के उदासीपूर्ण दिनों की स्मृतियाँ था। बाँसुरी में सिर्फ राधा नहीं थी, उनकी माता यशोदा और नंद बाबा भी थे, भाई बलराम और ग्वाले साथी भी थे।

यमुना का किनारा और वृक्षों की घनी छाँव भी थी।

शरारतें भी थीं। आनंद भी था।

उत्सव भी थे और इसीलिए उन्होंने कहीं पाञ्चजन्य फूँका था। महाकाल की वाणी अब दसों दिशाओं में गूँजने वाली थी"मृत्यु की चीखों से कितनी ही रातें निद्रा-विहीन होने वाली थीं"

अनेक स्त्रियाँ विधवा, बच्चे अनाथ बनने वाले थे।

और वे खुद इन सबके साक्षी बनने वाले थे।

मात्र साक्षी"यह उनका कर्म था। यह उनका सुनिश्चित भविष्य था।

ऐसे समय में उनकी पत्नी उन्हें सोने की बाँसुरी भेंट दे रही थी"

यहाँ इस क्षण, इतने वर्षों बाद भी रुक्मिणी की पीड़ा, उसकी आहत दृष्टि के कारण कृष्ण की आँखों में पानी भर आया।

इस घटना की याद आते ही आज भी रुक्मिणी को राधा से ईर्ष्या होने लगी। मैं यादवों की भाग्यलक्ष्मी, द्वारका के सिंहासन की राजरानी, पटरानी तो ठीक, परंतु कृष्ण की कनुप्रिया नहीं हूँ, वह तो राधा! सखी मैं नहीं हूँ, वह तो द्रौपदी! पल-पल रूठ जाती, खीझ जाती और जिसे कृष्ण अनुनय-विनय करके मनाते, वह सत्यभामा भी मैं नहीं हूँ"कृष्ण के स्पर्श से सुंदर बनती कुब्जा अथवा सर्वांग सुंदर बनती त्रिवक्रा भी तो मैं नहीं हूँ न!

चारुहासिनी, शैव्या अथवा जांबवान की पुत्री जांबवती, जो कृष्ण के लिए अपनी

जान भी निछावर कर सके, वह भी मैं तो नहीं हूँ न!

तो फिर मैं कौन?

कृष्ण के जीवन में 'मेरा स्थान क्या?'

कृष्ण तो प्रभु...अर्जुन को 'गीता' का ज्ञान देनेवाले विराट् स्वरूप दर्शन करवानेवाले, माता को मुँह में ब्रह्मांड दिखानेवाले, गोवर्धनधारी, कुरुक्षेत्र के सारथि, परंतु मैं तो एक सामान्य स्त्री हूँ। मैंने तो 'मेरे' गोविंद को माँगा था पति-स्वरूप में...

ऐसा पति जो प्रेम करे, गुस्सा हो, लड़े-झगड़े, भूले-बताए, रूठे और माने भी।

सूर्यदेव के अस्त होने के बाद घर आए और रात को मुझे अपने आलिंगन में ले ले। रात को प्रेमालाप की गूढ़ रति के बाद जब सुबह उठूँ तो उन्हें अपने निकट पाऊँ।''

यह कोई बहुत बड़ी अपेक्षा नहीं थी, फिर भी...

☐

रुक्मिणी की दृष्टि उधर पड़ी।

कृष्ण कक्ष में खड़े-खड़े कुछ विचार कर रहे थे। यहाँ कृष्ण की पीठ निहारती उनकी पटरानी भी आज विचारमग्न हो उठी।

''विवाह के श्लोक पत्नी को सहधर्मचारिणी कहते हैं। सहधर्मचारिणी...कैसा छल है इस शब्द में, सहधर्मचारिणी, अर्थात् धर्म में साथ चलनेवाली...

और धर्म क्या है? क्या प्रतीक्षा करना अथवा अपने रास्ते चलते हुए कृष्ण बुलाएँ उस बात का इंतजार करते हुए उनके मार्ग में खड़े रहना...?

कृष्ण अपनी पटरानी के महल के झरोखे में ढलती उस शाम में अकेले खड़े थे...

''क्या सोचते होंगे गोविंद?''

रुक्मिणी को फिर वे विचार परेशान करने लगे।

कुरुक्षेत्र के युद्ध के बाद कृष्ण घंटों इस तरह चुपचाप बैठे ढलते हुए सूरज को देखा करते थे...इस तरह के मौन की तो अब रुक्मिणी को आदत पड़ने लगी थी। लेकिन आज का मौन, आज का एकांत मानो उसे परेशान कर रहा था। कोई अमंगल घटना घटित होने के आसार कृष्ण की आँखों में समुद्र की लहरों की तरह टकरा-टकराकर झाग बनकर बिखर रहे थे...रात के दूसरे प्रहर के बाद रुक्मिणी को धीरज न रही, उसने ऊधो को बुलाने हेतु दासी को भेजा...।

ऊधो इतनी रात गए भी पल की देर किए बिना रुक्मिणी की बात सुनने आ पहुँचे...

दोनों ने अकेले बैठे कृष्ण की आकृति काली रात में पिघलती हुई देखी। कृष्ण की पीठ देख न जाने क्यों ऊधो को घटित होने वाली घटना का पूर्वाभास हो गया। हमेशा एक योद्धा की तरह तने हुए उनके कंधे, विशाल वक्षस्थल, शिला के पत्थर समान चमकती उनकी पीठ...शेर समान पतली कमर, कमर पर बँधा कटिबंध...नीचे पीतांबर...

ऊधो का हृदय पल को धड़कना भूल गया।...और आज उद्धव को ऐसा लगा मानो अपने मित्र, प्रिय प्रभु को, उनके साँस-प्राण को वह फिर नहीं देख सकेगा, कभी नहीं।

उद्धव सामान्यतया कृष्ण के मौन में कभी खलल नहीं पहुँचाते थे, परंतु आज इस विचार के आते ही उद्धव झरोखे में पहुँच गए। प्रभु के पाँव पकड़ लिये...उनकी आँखों में आँसू थे...

"प्रभु, यह कौन सी लीला है? किसलिए मुझे व्यथित करते हो?"

हवा का एक भीगा नमकीन झोंका आया। कृष्ण का दुशाला उड़कर उद्धव के माथे पर लहरा गया। कृष्ण ने बहुत प्यार से वह दुशाला वापस खींचा तथा फूल चुनते हुए जो कोमलता रखते हैं, ठीक वैसी कोमलता से ऊधो को कंधे से पकड़ खड़ा किया...छाती से लगाया। उद्धव फूट-फूटकर रो पड़े। उनका वह रुदन मानो नाभि में से फूट रहा था। उद्धव आनेवाले किसी एक क्षण का अनुभव अभी से कर रहे थे मानो...

"प्रभु, क्या हो रहा है? क्यों हो रहा है?" रुँधे हुए गले से ऊधो ने पूछा। कृष्ण ने उद्धव के माथे पर हाथ फेरा...हिमालय की-सी ठंडक उद्धव के रोम-रोम में मानो उतर गई। उद्धव ने कृष्ण की आँख-में-आँख डाली। कृष्ण की आँखें भी थोड़ी नम थीं शायद!

"क्या?" कृष्ण ने हलकी मुसकान के साथ पूछा। उद्धव फरियाद भरी आँखों से देखते रहे, मानो सैकड़ों प्रश्न उसके होंठों पर समुद्र की लहरों की तरह टकराते हों। क्षण भर पहले उन्हें आया विचार उनके मन का भ्रम था या किसी आनेवाली घटना की आगाही, पूर्वानुमान? उद्धव आँसुओं को छिपाने के प्रयास में आँसुओं के पार टकटकी लगा कृष्ण को देखते रहे। उनकी आँखों में से मानो यमुना बह रही थी।

कृष्ण ने उद्धव का हाथ पकड़ा। कृष्ण मानो कोई निर्णय कर रहे हो, इस तरह पल भर के लिए उन्होंने आँखें बंद कीं, होंठ कस के बंद किए। एक पल वे ऐसे ही खड़े रहे, उद्धव का हाथ सहलाते रहे...

और...हिमालय की कंदराओं में से मानो टकराकर आ रही हो, ऐसी गहरी, गंभीर, तेज आवाज रुक्मिणी के महल के गुंबदों में प्रतिध्वनित होने लगी...

"अब समय नहीं है, तू बदरिकाश्रम चला जा...यादवों का संहार निश्चित है! द्वारका के महल का सबसे ऊँचा स्वर्ण कलश जब समुद्र की लहरें अपने अंदर समा लें, तब तू हिमालय की गोद में पहुँच शांति और सुख प्राप्त कर, ऐसी मेरी मनोकामना है..."

उद्धव को लगा, मानो यही क्षण उनका अंतिम क्षण हो। उसके प्रिय सखा, उसके प्रभु, उसके प्राण यह क्या कह रहे थे? कृष्ण नहीं होंगे तो क्या होगा? किसलिए बदरिकाश्रम अथवा हिमालय जाना है? कृष्ण बिना यह धरती उद्धव के लिए नरक समान थी, उससे भी बेकार थी।

उद्धव फिर एक बार कृष्ण के चरणों में गिर गए...

दूर खड़ी हुई रुक्मिणी यह सारा दृश्य देख रही थी...। कृष्ण की भीगी आँखें कम प्रकाश में भी चमक रही थीं...रुक्मिणी का एक बार मन हुआ कि वह दौड़कर जाए और कृष्ण को आलिंगनबद्ध कर ले...किस दुःख से उसके स्वामी की आँखें भीगी थीं, जब तक वह इसका कारण न जान ले तब तक उसे जागकर ही रात बितानी थी अब...

कितने साल, कितने दिन और रातें कृष्ण के साथ कृष्णमय होकर बिताई थीं रुक्मिणी ने। वही कृष्ण, जिसे नख-शिख तक जानती थी रुक्मिणी...उनकी पसंद-नापसंद, सुख-दुःख, चिंताओं और अपेक्षाओं को अपनी मान जीवन व्यतीत करने वाली रुक्मिणी को आज वासुदेव एकदम अनजान व्यक्ति, कोई और ही लगे।

रुक्मिणी का कलेजा धक-धक करने लगा...क्या था ऐसा कि उसके अपने पति उसे कह नहीं सकते थे, लेकिन उद्धव को बता रहे थे...

सात-सात रानियों के साथ कृष्ण का बँटवारा करती इस पटरानी को आज पहली बार कृष्ण पर अपना अधिकार-भाव अपने अंदर छूटता-सा लगा।

अपने आँसुओं से उद्धव कृष्ण के चरण धोने लगे—''नहीं प्रभु, मैं कहीं नहीं जाऊँगा, आपको छोड़कर मैं कहीं नहीं रह सकता।''

''उद्धव, भूल गया, भूल गया मेरी बात! कुरुक्षेत्र में अर्जुन को कही बात क्या तुझे फिर कहनी पड़ेगी? जो जन्म लेता है, उसकी मृत्यु निश्चित है...''

उद्धव बीच में ही भरे कंठ से गुस्सा होते बोल उठे, ''प्रभु, मैं भी जनमा हूँ, तो फिर क्यों...''

कृष्ण मात्र मुसकराए।...उस मुसकान में उद्धव के सैकड़ों प्रश्नों के उत्तर थे। कुरुक्षेत्र के मध्य में खड़ा वह रथ, उसका सारथि और सारथि के मुख से उच्चारित संपूर्ण गीता उस एक मुसकान में समाहित थी।

''समस्त का स्वीकार कर तू सुख को स्वीकार करता है, उसी तरह दुःख का भी स्वीकार कर। जन्म का स्वीकार किया है तूने तो मृत्यु का भी स्वीकार तेरा धर्म है। उद्धव...समय के पार, समय की आज्ञा के बिना कुछ भी संभव नहीं है...और समय महाकाल है, सबको समान रूप से स्वीकार करता महाकाल, आज वही महाकाल मुझे बाँहें फैलाकर बुला रहा है। मुझे जाना होगा, उद्धव...''

''और मैं, प्रभु? मुझे कब स्वीकारेगा महाकाल?''

''समय किसी के वश में नहीं।'' कृष्ण करुणा भरी दृष्टि से उद्धव के विषाद को धोने लगे।

''सुख-दुःख को समान माननेवाला तथा किसी भी तरह द्वेष-भाव रहित मेरा यह भक्त मुझमें इतनी श्रद्धा रखता है कि जीवन की तमाम परिस्थितियों को मेरा ही प्रसाद समझ स्वीकार करता है।''

उद्धव के चेहरे पर बरसात के बाद आई धूप की तेजी जैसी मुसकान छाई...भीगी आँखों तथा होंठों पर मुसकान के साथ घुटनों के बल झुक उद्धव ने हाथ जोड़े, मानो वे कृष्ण की बात का स्वीकार कर रहे हों।

रुक्मिणी यह दृश्य देखती रही।

''ऐसा तो क्या था, जिसके बारे में कृष्ण उद्धव को इतने प्यार से समझा रहे थे?''

उद्धव धीरे-धीरे खड़े हुए मानो आत्मा बिना शरीर हो, इस तरह मंद गति से रुक्मिणी के कमरे से बाहर निकल गए। किसी और अवसर पर रुक्मिणी को प्रणाम किए बिना अथवा 'शुभ रात्रि' कहे बिना वे जाएँ, ऐसा असंभव था। रुक्मिणी अपने सामने से गुजरते उद्धव को आश्चर्यचकित हो देखती रही। उद्धव के चेहरे पर कोई अद्वितीय तेज था। उनके होंठ मुसकराहट से खुले थे और आँखों से निरंतर आँसू टपक रहे थे।

रुक्मिणी उद्धव के पीछे दौड़ी, परंतु उद्धव इस तरह बाहर निकल गए मानो महल के पत्थरों पर नहीं, हवा में कदम बढ़ा रहे हों। द्वारपाल, दासियाँ अथवा कोई और चेहरा मानो उद्धव पहचानते ही नहीं थे। इस प्रकार उनकी आँखें मानो अनंत से जुड़ी हुई थीं। आकाश की तरफ एक-एक ध्यान लगा मानो आनेवाली किसी घटना के लिए अपने हृदय को बराबर मजबूत कर रहे थे वे...।

☐

रुक्मिणी जब वापस आई, तब भी कृष्ण समुद्र की तरफ देख रहे थे।

रात्रि का तीसरा पहर पूरा होने को था...समुद्र धीमे-धीमे शांत हो गया था। लहरें आवाज किए बिना चुपचाप समुद्र किनारे आती थीं और बिखर जाती थीं। पूर्व में सुबह की लाली दिखाई देने लगी थी और सूर्यनारायण आनेवाले दिन का संदेश ले उदय होने की तैयारी में थे...

आकाश में फैली हुई लाली कृष्ण की आँखों में प्रतिबिंबित हो रही थी। संपूर्ण रात्रि जागरण और आँखों का जल मिलकर अजब-सा रंग दे रहे थे कृष्ण की आँखों को।

रुक्मिणी आगे बढ़ी और झरोखे में खड़े कृष्ण के निकट जाकर खड़ी हो गई। कुछ क्षण ऐसे ही बीत गए। रुक्मिणी ने कृष्ण के कंधों पर हाथ धरा।

कृष्ण ने रुक्मिणी की तरफ देखा।

रुक्मिणी मानो उन आँखों को, उनकी लाली और गीलेपन को, उस चेहरे के भावों को पहचानती ही नहीं थी। जिन्होंने रुक्मिणी की तरफ देखा वे कृष्ण रुक्मिणी के पति वासुदेव नहीं थे...

यह वह ग्वाला कृष्ण नहीं था जो कुंडिनपुर से रथ में बैठाकर उसे उठा लाया था।...यह वह प्रेमी नहीं था जिसके साथ प्रेमरति में डूबे चूर-चूर हो, मदमस्त हो ऐसी रातें बिताई थीं उसने...यह द्वारका के राजा नहीं थे, जिनकी पटरानी कहलाती थी वह...कौन थे वे?

रुक्मिणी कृष्ण की तरफ नासमझी भरी नजरों से देख रही थी।

रुक्मिणी विचारती, सोचती रह गई कि व्याकुल, समझ न सके, ऐसे भावयुक्त अनजान, पीड़ा में डूबा चेहरा किसका था?

"कहो" कृष्ण ने पूछा, मगर उनकी अवाज एकदम क्षीण, मलिन थी।

"कहना तो आपको है, स्वामी।" रुक्मिणी ने कहा।

"मैं? क्या कहूँ तुम्हें?"

"उद्धव से क्या कहा?"

"तो उद्धव ने क्या कहा, वह जानना है आपको?"

"अगर वह आपका निजी मामला हो तो न बताएँ, कोई आग्रह नहीं है।"

"जानने की इच्छा है?" कृष्ण के चेहरे पर एक हलकी मुसकान आकर विलीन हो गई।

"क्या जानने की इच्छा नहीं होगी? मैं अर्धांगिनी हूँ आपकी, सिर्फ सुख में ही नहीं, दुःख में भी…"

कृष्ण ने अपना हाथ रुक्मिणी की पीठ से ले कंधों पर रखा, उसे नजदीक खींचा…और फिर कान के नजदीक जाकर होंठ फड़फड़ाए…

"प्रिये! ऐसी सुंदर निकटता का समय अब समाप्त होने वाला है…तुम्हारा स्पर्श, तुम्हारा साथ शायद यहीं तक था…समय ने एक बार फिर आवाज दी है…मुझे अब जाना है…"

रुक्मिणी ने फटी-फटी आँखों से कृष्ण को देखा।

उनके चेहरे पर वही मनमोहक शांत मुसकान थी। रुक्मिणी ने कृष्ण को कंधों से पकड़ हिला दिया…

"मतलब? मनुष्य देह का धर्म पूरा हो गया?"

"देवी, हर एक का धर्म पूरा होता है। पूर्णता ही सत्य है और सत्य के बिना कृष्ण की संभावना कैसे हो सकती है!"

"परंतु प्रभु, क्या यही एकमात्र सत्य है?" रुक्मिणी की आँखों में मानो श्रद्धा नहीं थी, अविश्वास था। आज पहली बार उसे उस व्यक्ति पर शंका हो उठी, जिसका हाथ सिर्फ विश्वास और श्रद्धा के बल पर पकड़कर वह उसके साथ चली आई थी…

"क्या कहते हैं आप प्रभु, जानते भी हैं?"

कृष्ण के चेहरे पर अभी भी वही मुसकान थी।

"प्रिये! अर्धांगिनी हो तुम, मैंने आज तक जाने बिना कुछ भी कहा नहीं है!"

रुक्मिणी की आँखें छलछला उठीं, "इसका मतलब? आप…अब…"

"मानव-देह का धर्म अब पूरा हो गया है, प्रिये!"

"और मैं?" रुक्मिणी का कंठ रुदन से बंद-सा हो रहा था। आँखें अब आँसुओं को रोक सकें, ऐसी स्थिति नहीं थी।

"आधा अंग जल जाए और आधा अंग बाकी रह जाए, ऐसा कभी हुआ है? आप तो मेरे शरीर का, मेरी आत्मा का भाग हैं..."

"परंतु..." रुक्मिणी को बहुत कुछ कहना था, बहुत कुछ पूछना था; लेकिन कृष्ण के चेहरे पर पहले कभी न दिखनेवाले भाव उसे रोक रहे थे। उसने कई बार टकटकी लगा कृष्ण के चेहरे की तरफ देखा। अपनी आँखों से बहते आँसुओं को किस प्रकार रोके, यही समझ नहीं आ रहा था रुक्मिणी को...

कृष्ण ने अपनी प्रिय पत्नी को आलिंगन में ले लिया। सीने से लगाया। सीने से लगते ही रुकी हुई रुलाई फूट-फूटकर बाहर निकल आई...संपूर्ण महल हिल जाए, इतनी जोर-जोर से रुक्मिणी रो रही थी। कृष्ण के सीने पर वे आँसू बह रहे थे। उनकी माला-दुशाला भीग रहे थे और दूर अनंत क्षितिज में देख रही कृष्ण की आँखों में मानो संदेश था स्वर्ग के उन अश्विनीकुमारों, आदित्यों, वसुओं, मरुत, रुद्र और सभी देवताओं के लिए, "बस, अब मैं आ रहा हूँ।"

◻

हिरण्य-कपिला के तट पर कुरुक्षेत्र छिड़ गया था। एक तरफ कौरवों और दूसरी तरफ पांडवों की सेना को देखते हुए एकदम मध्य में खड़े रथ में गांडीव त्याग कर युद्ध न करने का निश्चय किए अर्जुन...और अपने विराट् स्वरूप के दर्शन करानेवाले कृष्ण मानो अभी यहीं थे...

एक गहरी आवाज चहुँ ओर लहरा रही थी और कृष्ण कह रहे थे, "जिन्हें अपने स्वरूप का ज्ञान हुआ है, वे काम, क्रोध आदि से रहित हैं और जिन्होंने अपने मन को वश में किया है, ऐसे लोगों को सर्वत्र निर्विकल्प समाधि का ही अनुभव होता है..."

कृष्ण की आवाज मानो अर्जुन को ही नहीं, संपूर्ण विश्व को संदेश देने हेतु गूँज रही थी, "जो किसी बात का द्वेष नहीं करता और किसी तरह की अपेक्षा नहीं रखता, इंद्रियों से, पर मनुष्य अनायास ही संसार के बंधनों से मुक्त होता है।

"जिसका मन अंकुश में है वह जिनेन्द्रिय तथा अंतःकरण से शुद्ध, जिसकी आत्मा विकसित हो सभी प्राणियों की आत्मा समान, जो जन्म-मरण के बंधन से मुक्त है..."

किसलिए मानव-देह का त्याग इतना पीड़ाजनक था? क्या हर मनुष्य इतनी ही पीड़ा से गुजरता होगा?

कृष्ण की आँखें अकल्पनीय, अनिवार्य पीड़ा से गुजर रही थीं। माता देवकी के उदर में जो अंधकार तथा श्रावण मास की अष्टमी को अवतार लेते समय जो पीड़ा कृष्ण ने सहन की और आज की पीड़ा...मनुष्य जन्म क्या पीड़ा से शुरू हो पीड़ा से पूर्ण होती एक

यात्रा मात्र ही है?

"जिसने जन्म लिया है, उसकी मृत्यु निश्चित है और मृत्यु के बाद जन्म निश्चित है...न हन्यते हन्यमाने शरीरे..."

अपने ही शब्द कृष्ण को व्यर्थ लग रहे थे। किन बंधनों, भावनाओं व संबंधों में से कृष्ण अपने आपको मुक्त कर रहे थे? क्या सचमुच पृथ्वी-लोक पर उनका कार्य पूर्ण हो गया था? क्या उन्हें जाने की छुट्टी मिल गई थी?

माँ देवकी और पिता वसुदेव, गोकुल की गलियाँ और यमुना का प्रवाह क्या उन्हें जाने देने के लिए तैयार था?

किसलिए? किसलिए इन बंधनों में उलझ इतनी अधिक पीड़ा भोगने के लिए तैयार हुए थे आज कृष्ण?

अँगूठे में लगा जरा का तीर निरंतर रक्त बहा रहा था।

कृष्ण के पाँव के पास एक नन्हा-सा तालाब बन गया था। जरा लाचार बना बैठा था। कृष्ण की आँखें अभी बंद थीं।

"प्रभु, मैं क्या करूँ ताकि आपको सुख मिले?"

"जरा, तेरा काम पीड़ा देना, मुक्ति देना है, दु:ख पहुँचाना है। तू सुख देने के प्रयास में भी दु:ख ही देगा..." कृष्ण के चेहरे पर ठहरी वह मुसकान वैसी ही थी।

मोर पंखों के ढेर उनके आसपास बिखर रहे थे। बाँसुरी का सुर अभी भी बंद नहीं हुआ था...

बाँसुरी के इस सुर को उस पार से एक आवाज सुनाई पड़ती थी, मानो कोई लोरी सुनाता हो, ऐसी प्रेम और ऊष्मा भरी आवाज...


कन्हैया...ओ...कन्हैया...कन्हैया...ए कन्हैया...माँ यशोदा बेचैन होकर आवाजें दे रही थीं।

नन्हा सा घर के आँगन में लगे पेड़ के पीछे छिपा बेचैन, खीझी हुई माँ को देख रहा था, जो उसका नित्य-क्रम था।

माँ खाने के लिए आवाजें लगा-लगाकर थक जातीं, पर कन्हैया तो आता ही नहीं। आखिरकार माँ उसे ढूँढ़ने निकलतीं और कान पकड़कर घर लातीं।

आज भी कन्हैया घर तो आ गया था...

फिर भी माँ को सताने का आनंद नहीं छोड़ सकता था।

माँ यशोदा थक गईं...घर के बाहर निकलीं।

उन्होंने वृक्ष के पीछे छिपाया हुआ पीतांबर देखा। माँ ने दौड़कर दूसरी तरफ से कन्हैया को पकड़ा...

पकड़कर घर लाईं और खाना खाने बिठाया।

"चल कन्हैया, मुँह खोल।"

"उहूँ।"

एक पल माँ ने कन्हैया की तरफ देखा। उसकी आँखों में क्षोभ था।

"नहीं खाना है न?"

"उहूँ।"

"देख ले, फिर पूरा दिन खाना नहीं दूँगी।"

कंधे झटकते हुए कन्हैया ने फिर कहा, "उहूँ।"

"मेरे पास खाना माँगने आया न तो तुझे मारूँगी।"

माँ भी जानती थीं, उनके इस वाक्य का कोई अर्थ नहीं है।

"ठीक है।" कन्हैया खड़ा हो गया और बाहर की तरफ दौड़ गया।

"कन्हैया, कन्हैया...!" माँ चिल्लाती रहीं, लेकिन कन्हैया तो घर से बाहर भाग गया...

◻

"कन्हैया...ओ कन्हैया...कन्हैया!...ए कन्हैया...।" एक मधुर सुर यमुना के किनारे-किनारे फिरता कब से उसे बुला रहा था। उसने आवाज तो सुनी, लेकिन कोई उत्तर नहीं दिया। इस समय वह गुस्से में था। कन्हैया जो रूठे हुए थे, चिढ़े हुए थे, एक-एक कर पत्थर यमुना-जल में फेंक रहे थे। जैसे ही वे पत्थर फेंकते, पत्थर 'डुबक' की आवाज करता नीचे सपाटी पर जा लगता। कल-कल करता यमुना का पानी बह रहा था। पक्षियों का कलरव, मानो यमुना के जल-प्रवाह के साथ अपना सुर मिला रहा था। सूर्यदेव भी संध्याकाल की तरफ गतिमान हो रहे थे...

सारा दिन का भूखा-प्यासा कन्हैया थोड़े गुस्से में, कुछ पश्चात्ताप और थोड़ी बेचैनी, अकुलाहट लिए यमुना में पाँव डाले एक के बाद एक पत्थर फेंक रहा था।

कन्हैया...ओ कन्हैया...कन्हैया... अरे कन्हैया...अब वो आवाज एकदम नजदीक सुनाई पड़ रही थी, दृष्टि के सामने आकर खड़ी हो गई। राधा उसे ढूँढ़ते-ढूँढ़ते यमुना के किनारे तक आ पहुँची और बोली, "यहाँ क्या कर रहे हो? सुबह से तुम्हें ढूँढ़ रही हूँ।"

"क्या काम है?" राधा की आँखें आश्चर्य-से खुली रह गईं। वह भी कन्हैया के साथ ही यमुना के तट पर बैठ गई। इस बार कन्हैया द्वारा फेंका पत्थर पानी में गिरे, उससे पहले ही राधा ने पकड़ लिया।

"मैं किसलिए तुझे ढूँढ़ती हूँ हर रोज?"

"वही तो मैं पूछता हूँ। जा, मेरा सिर मत खा, जा।"

"सिर!" राधा ने अपना हाथ कन्हैया के बालों में फिराया और बाल बिखेर दिए,

"गुस्से में लगते हो!"

"हाँ।" कन्हैया ने उसके हाथ में से पत्थर छीना और पानी में फेंक दिया, "भूखा भी हूँ।"

राधा हँसी, "तो माँ खाने के लिए बुलाए, तब खाना खा लेना चाहिए न, क्यों नहीं खाया?"

"तुझे पूछा नहीं था ना, इसलिए?"

"अब मैं हाँ कहती हूँ, जा खा ले।" पानी में अपने पाँव हिलाती हुई राधा खिलखिलाकर हँस पड़ी।

"तू जाएगी यहाँ से?"

"हाँ, पर तुझे ले के। माँ ने तुझे बुलाने के लिए भेजा है।"

"तो तब से कहती क्यों नहीं?"

"तूने पूछा ही कहाँ!" राधा अभी भी हँस रही थी।

"चल, खड़ी हो।" कन्हैया खड़ा हो गया और राधा का हाथ पकड़ खींचने लगा, "चल जल्दी!"

"अरे, पल भर तो बैठ। जल्दी क्या है?" राधा अभी भी मजाक कर रही थी।

"तू आती है कि मैं जाऊँ?" कन्हैया ने अभी तक उसका हाथ छोड़ा नहीं था।

"अकेले? फिर माँ को क्या कहेगा? भूख लगी, इसलिए घर आया है?" राधा अभी भी पानी में पाँव हिला रही थी और हँसती जाती थी। खड़े होने का अभी उसका कोई इरादा लगता नहीं था···

कन्हैया ने पल भर विचार किया और फिर राधा को जोरदार धक्का मारा। इस बात से बिलकुल अनजान किनारे बैठी राधा उछलकर पानी में गिर गई। नख-शिख भीग गया और कन्हैया पीठ फेरकर धम-धम करता घर की तरफ चलने लगा···

"कन्हैया···ओ कन्हैया···कन्हैया···अरे कन्हैया···" वह मधुर आवाज भी उसके पीछे-पीछे चलने लगी।

☐

कहाँ वह यमुना का किनारा और कहाँ यह हिरण्य-कपिला का मंद प्रवाह!

कहाँ वह अभिमानी, क्रोधी, बात-बात में रूठ जानेवाला कृष्ण और कहाँ यह योगेश्वर श्रीकृष्ण।

इसके बावजूद कोई आवाज दे रहा था···दूर···से···का···न्हा···ओ कान्हा···का···न्हा···ओ कान्हा···न्हा···न्हा···!"

कृष्ण ने अचानक आँखें खोलीं और चौंककर चारों तरफ देखा।

घुटने टेककर बैठे जरा के अलावा वहाँ कोई नहीं था। तो यह आवाज कौन दे रहा

था? कृष्ण की आँखें बावरी होकर उस आवाज देनेवाले को ढूँढ़ने लगीं...

"प्रभु! क्या सेवा करूँ? पानी पीना है?" हाथ जोड़कर जरा ने पूछा।

कृष्ण की आँखें अभी भी चारों तरफ मानो कुछ ढूँढ़ रही थीं...वह पुकार अभी भी गूँज रही थी। कृष्ण ने आँखें फिर से बंद कर लीं।

"कन्हैया...ए...कन्हैया...कन्हैया ओ कन्हैया...!"

कौन था जो रोक रहा था इस महाप्रयाण को? किसकी तरफ से जिम्मेदारी अधूरी थी? कौन सा काम शेष रह गया, जो कृष्ण को मानव-देह का त्याग करने से रोक रहा था...

❑

यात्रा का दिन निश्चित हो गया था। अक्रूरजी नंद बाबा के आँगन में आकर बैठ गए थे।

मथुरा से संदेश आया था। कृष्ण के मामा कंस ने उन्हें यज्ञ हेतु आमंत्रित किया था। इस बारे में यशोदा नंद बाबा से कई बार जिरह-बहस कर चुकी थी, रूठी और मान भी चुकी थी। नंद बाबा ने इस बात का निर्णय कृष्ण पर छोड़ दिया था। चाहे सब कृष्ण को बालक ही समझते थे, लेकिन नंद बाबा को कृष्ण की बुद्धिमत्ता तथा उसकी शक्तियों पर अपार विश्वास था। वे मानते थे कि कृष्ण जो करे, वही सच है। वह ठीक ही करेंगे...

❑

यमुना के किनारे पेड़ के नीचे राधा की आँखों से सावन-भादों की झड़ी लगी हुई थी। उसके बाल खुले थे। उसका आँचल बराबर ओढ़ा हुआ नहीं था। हार-शृंगार में भी समय व्यर्थ किए बिना वह सुबह-सवेरे यमुना के तट पर आ कृष्ण की राह देखने लगी। आखिर सब काम निपटा कन्हैया आया। आते ही उसने राधा के खुले बाल हाथ में लिये और उनका जूड़ा बनाने लगा। राधा उससे पूछने लगी, "तुम जाओगे?" राधा की आँखों में यमुना समा रही थी। कान्हा समझता था उसे, लेकिन उसके कानों पर मानो कोई असर ही नहीं हो रहा था।

"न जा कन्हैया, मैं तेरे बिना क्या करूँगी?"

सुबह से हजार बार यह सवाल वह पूछ चुकी थी...

"दूध बेचने जाना, दाने भरना और...और...अयन की देखभाल करना।" कन्हैया की आवाज राधा के आँसुओं में भीग गई थी, ऐसा लगता था।

"ऐसा!" राधा उसके सामने देख रही थी... "तुझे जाना ही है ना? तुझे मेरी कोई चिंता ही नहीं है, ठीक है ना?"

"राधा, तू तो जानती ही है, गोकुल मेरी शुरुआत है। अभी तो कितनी ही यात्राएँ करनी हैं मुझे। तू इस तरह आँसू-भरी आँखों से देखेगी तो मैं कैसे जा पाऊँगा?"

"तो ना जा, मथुरा में तुझे क्या काम है?"

"नहीं जानती?"

"नहीं जानती, कुछ भी नहीं जानती...जा।"

"बस, तू इस तरह रूठती है तो इतनी प्यारी लगती है..."

"प्यारी लगती हूँ।" नकल लगाई राधा ने और बोली, "इसीलिए तो छोड़कर जा रहा है न?"

"सचमुच, इसीलिए छोड़कर जा रहा हूँ। तू इस तरह मुझे प्यार करती रहेगी तो मैं कभी भी कहीं नहीं जा सकूँगा...कितनी सदियों तक यूँ ही बँधकर रहना पड़ेगा मुझे...जानती हो?"

राधा भोली आँखों से कुछ भी समझे बिना टकटकी लगा कृष्ण को देखती रही, "क्या कह रहे हो?" राधा ने कृष्ण से पूछा।

"कुछ नहीं।" कन्हैया हँसे, "अक्रूरजी आते ही होंगे। मैं चलूँ? अभी तो माँ को भी मनाना है।"

"इतने सारे लोगों का प्रेम छोड़ तुझे उस आततायी कंस के पास जाना है, ठीक है न?"

"हाँ, मुक्ति का अधिकार सभी को है..."

"तुम क्या कहते हो, वह मुझे कभी भी समझ नहीं आता..."

"मुझे भी कहाँ पूरा समझ आता है...इसीलिए तो यात्रा करनी है, जाऊँ?"

"जा, चला जा और कभी वापस नहीं आना।" राधा पीछे मुड़ गई।

कन्हैया उसके नजदीक गया। उसके कंधे पर हाथ रखना चाहा, फिर न जाने क्यों पल भर ऐसा ही खड़ा रहा—"फिर बोल तो..."

"हाँ-हाँ, चला जा और कभी यहाँ वापस नहीं आना।"

कन्हैया की आँखें भर आईं। राधा की तरफ अत्यंत करुणामयी आँखों से देखा। बाँसुरी कमर में ठूँसी और हाथ ऊँचे किए...

"तथास्तु!"

और पीठ फिराकर चलने लगा। राधा कन्हैया के कदमों की आहट सुन रही थी। उसने तय किया कि इस बार वह कन्हैया को नहीं रोकेगी, लेकिन क्षण भर में ही बिजली की गति से उसने पीठ मोड़ी और जाते हुए कन्हैया के पीछे दौड़ने लगी...

"कन्हैया, ओ कन्हैया! कन्हैया...ओ कन्हैया...!" वह मीठा स्वर कन्हैया के पीछे-पीछे दौड़ रहा था। आज वही मधुर स्वर यहाँ भी...इन नदियों के तट पर क्या कर रहा था?

सूर्य की तेज किरणें हिरण्य-कपिला के तट पर फैलने लगी थीं। चाँदी जैसी हिरण्य

नदी अब सुनहरे पानी से बनी हो, इस तरह बहने लगी थी। जरा अभी भी हाथ जोड़े घुटनों के बल वहीं बैठा था।

कृष्ण के चेहरे पर सूर्य की किरणें पड़ रही थीं। पीपल की डालियाँ हवा के बहाव से फर-फर करती हिल रही थीं और कृष्ण के चेहरे पर वे सुनहरी किरणें और पीपल के पत्ते मिलकर एक जाल-सा बुन रहे थे, जो बार-बार हिल रहा था...

कृष्ण की पीड़ा से भरी बंद आँखें व चेहरे पर ठहरी मुसकान वैसे ही स्थिर थी...बंद आँखों में मोर के पंखों के ढेर अभी वैसे ही उड़ रहे थे...बाँसुरी के स्वर पाञ्चजन्य के नाद में मिलकर अजब सा संगीत पैदा कर रहे थे...

और महाप्रयाण की तैयारी में उठा चुका एक कदम वह प्रवासी न जाने क्यों दूसरा कदम उठाने से हिचक रहा था, जाने कौन सा बंधन बँधा था, जो रोक रहा था दूसरा कदम उठाने से...

बंद आँखों से ही कृष्ण बड़बड़ा रहे थे, "क्यों बाँधती हो मुझे, राधा? जाने दो...जाने दो मुझे...प्रवास अभी अधूरा ही है।"

□

स्नान आदि से निवृत्त हो रुक्मिणी के कमरे में कृष्ण दाखिल हुए। उनके चेहरे पर आज भी हमेशा की तरह तेज था, फिर भी बीती रात की परछाइयाँ अभी उनके चेहरे पर थीं।

किसी एक निश्चय, किसी एक दिशा की तरफ जाने की बात उनके चेहरे पर पत्थर की तरह लिखी हुई थी।

तिलक और आरती लेकर कृष्ण के सामने खड़ी रुक्मिणी के हाथ काँप रहे थे।

हवा से हो या काँपते हाथों से, आरती की ज्योति भी काँप रही थी।

रुक्मिणी ने तिलक करने हेतु हाथ उठाया, कृष्ण के माथे तक पहुँचने के लिए उसे काफी ऊँचा करना पड़ा...

काँपते हाथों से तिलक कर अक्षत लगाए। आरती उतारी और उस क्षण कृष्ण की आँखों में देखने लगी। रुक्मिणी की आँखें फिर भर आईं...।

"देवी, यह तो निश्चित ही था...क्या नहीं था? यह कँपकँपाहट, यह भय किसलिए?"

"भय नहीं, मोह है।"

"तुम्हें?"

"प्रभु, मनुष्य अवतार के धर्म हैं, वैसे ही बंधन भी हैं...यह शरीर इंद्रियों के वश में है, प्रभु।"

"यह तुम कह रही हो? आश्चर्य होता है।"

"नहीं होना चाहिए? स्त्रियों को आपसे ज्यादा कौन जानता है!"

"व्यंग्य करती हो?"

"नहीं कर सकती?"

"इस समय नहीं।" कृष्ण ने कहा और रुक्मिणी के चेहरे को अपनी दोनों हथेलियों के बीच थाम लिया, "अब समय ही कहाँ है!"

रुक्मिणी की आँखें भर आईं, "यह प्रेम, ममता, भावनाओं के बंधन और रिश्ते...छोड़कर..."

"जिसका जन्म है उसकी मृत्यु निश्चित है, देवी!"

"लेकिन आप तो..."

"मैं कृष्ण हूँ...माँ देवकी की कोख से अवतरित हुआ, माँ यशोदा का पुत्र, तुम्हारा पति और द्वारका का प्रजा-पालक...बस देवी, इतना ही।"

"समझती हूँ, स्वीकार नहीं कर सकती।"

"स्वधर्म का स्मरण करो तो स्वीकार सहज ही हो जाएगा।" कृष्ण ने रुक्मिणी के माथे पर हाथ रखा।

रुक्मिणी ने आँखें बंद कर लीं। पल भर हाथ ऐसे ही रहने दिया।

रुक्मिणी का संपूर्ण विषाद, संपूर्ण आक्रोश, छाती में घुमड़ता रुदन मानो कृष्ण के स्पर्श से थम सा गया और आरती की थाली सहित उसने अपने आपको कृष्ण के चरणों में समर्पित कर दिया।

शरीर, मन और आत्मा का समर्पण!

और एकदम मंद आवाज में कहा, "त्वदीयं वस्तु गोविन्दं तुभ्यमेव समर्पये।" कृष्ण चौंक गए।

रुक्मिणी भी!

किसलिए यों मुझे समर्पित कर रहे हैं स्व को?

अस्वीकार करूँ तो अधर्म होगा और स्वीकार करके भी कहाँ ले जाऊँ!

मुझे ही उतारनी है इन बंधनों की मोहनी...और देह-धर्म की केंचुली...।"

आश्चर्यचकित थे कृष्ण!

"मैं इतना निकट रहकर भी जिसके मन के भावों को समझ नहीं सका, ऐसी यह स्त्री मुझे नख-शिख जानती थी। मेरे मन में उत्पन्न इस मुक्ति की कामना को उसने सिर्फ जाना ही नहीं, स्वीकार भी किया। मेरे सुख का ही विचार कर जीवन जीनेवाली मेरी पत्नी की अपेक्षाएँ, कामनाएँ और इच्छाएँ मैं कहाँ पहचान सका हूँ? शायद जाना या समझा भी हो तो भी क्या उसके मनोभाव, उसकी इच्छाएँ, कामनाओं को संतुष्ट करने का प्रयास मैंने किया है?"

कृष्ण रुक्मिणी के सामने एकटक देख रहे थे। रुक्मिणी की बंद आँखें, झुका शरीर,

कृष्ण के चरणों को स्पर्श करती उसके बालों की लटें और कृष्ण के पाँव भिगो रहे उसकी आँखों से बहते हुए आँसू...

कृष्ण को इस मानव-देह से मोह हो गया। मानव-संबंधों से...मानवीय भावनाओं से...और मानव-रूप में बिताए जीवन के तमाम क्षण उनकी छाती में मानो एक सैलाब बन के बैठे थे।

''ये दोनों स्त्रियाँ रुक्मिणी और द्रौपदी एक-दूसरे से कितनी दूर, कितनी भिन्न, फिर भी एक ही भाव से, एक जैसी उत्सुकता से, एक-सी समर्पण भावना दोनों की प्रकृति में कैसे संभव हुई होगी?'' कृष्ण को आश्चर्य हुआ।

मैं मुक्ति के लिए सिर्फ निश्चय ही करता रहा और मेरी यह प्रियतम मेरे मन की आंतरिक गहराइयों में चल रहे मेरे विचारों को मेरे से भी अधिक स्पष्ट रूप से जाकर, मुझसे भी अधिक हिम्मत से आगे बढ़ मुझे मुक्ति दे रही है।

यह शायद स्त्रियों को ही आता है।

वे ही कर सकती हैं।

मन और हृदय को अपने वश में कर स्वधर्म का पालन मात्र स्त्री ही कर सकती है...

स्त्री की विशेषता है क्षमा करना, स्वीकार करना, सहज रहना व स्नेह देना।

वह पीड़ा को सहकर जन्म देती है जीवन को, इसीलिए मोक्ष के चौथे फेरे में वह आगे रहती है।

और वही...

सहपत्नी को स्वीकार कर 'सहधर्मचारिणी' शब्द को सार्थक करती है। कृष्ण विचारते रहे...यत्नपूर्वक कहा, ''देवी, मुझे आज्ञा दो...।''

''आज्ञा! आज्ञा देने का अधिकार तो आपको है, आर्यपुत्र, मैं तो आपके चरणों की दासी हूँ...आज्ञा का पालन करना ही मेरा धर्म है।''

रुक्मिणी की आँखें अब भी बंद थीं और वह कृष्ण के चरणों पर अब भी झुकी हुई थी। कृष्ण ने धीरे से उसके कंधे पकड़े और अत्यंत कोमलता से, प्रेम से उसे खड़ा किया। रुक्मिणी की बंद आँखें निरंतर बह रही थीं। उसने अपनी ठोढ़ी ऊँची की और मस्तक पीछे की तरफ झुकाया।

कृष्ण ने उसकी ठोढ़ी अपने अँगूठे और उँगली के बीच एक फूल की तरह थामी और रुक्मिणी के आँसुओं से भीगे होंठों पर एक प्रगाढ़ चुंबन लिया।

विदाई का चुंबन था वह, शायद ...अंतिम!

◻

ऐसा लग रहा था मानो मोर के पंखों से नदियों के किनारे छलक रहे थे। मोर के पंखों के ढेर अधिक-से-अधिक होते जा रहे थे। उनके असंख्य रंग कृष्ण की आँखों में विभिन्न

आकार रच रहे थे। उन आकारों में से एक के बाद एक क्षण पैदा होते, एक के बाद एक रिश्ते पैदा होते***

जीवन-पर्यंत अपने लिए एक पल न निकाल पानेवाले कृष्ण आज समय के उस पार जाने के लिए तैयार बैठे थे और समय इतनी मंद गति से चल रहा था, मानो आनेवाले पल की प्रतीक्षा के साथ कृष्ण की परीक्षा ले रहे थे, ऐसा प्रतीत होता था। मोर के पंखों के ढेरों में कितने रंग थे। तीन ? चार ? पाँच ? या असंख्य***

प्रेम, असंतोष, उकताहट, विलाप, वियोग, प्यार, रुदन, अनिश्चितता, स्वीकार, सहजता, समर्पण, स्नेह, श्रद्धा, विस्मय***और आज इस क्षण में विदाई का। सब रंग एक-दूसरे में मिश्रित हो गए थे। विभिन्न प्रकार की आकृतियाँ बन रही थीं, मिट रही थीं***

बंद आँखों के सामने कितना खुल जाता था***खुल रहा था !

कृष्ण ने अपने होंठों पर जीभ फेरी। एक अलग ही तरह की खराश अनुभव हुई। कृष्ण के होंठ उनके अपने आँसुओं से भीग गए कैसे, कृष्ण को इस बात का खुद भी आभास नहीं हुआ।

◻

रुक्मिणी के साथ विदाई की यह घड़ी शायद दोनों की नजदीकी की घड़ी थी, दोनों के लिए।

ऐसे ही होता होगा। साथ-साथ जीनेवाले दो व्यक्तियों के वियोग की भयानकता तभी समझ में आती होगी, जब विदाई की घड़ी एकदम सामने आकर खड़ी हो जाती होगी। वह पल शायद जीवन में कभी आएगा ही नहीं, ऐसे सुखद भ्रम में जीने वाले सभी जीव या तो इस जुदाई के पल के सत्य को जानते नहीं हैं और जो जानते भी हों तो उसका स्वीकार करने की मानसिकता भी उनकी नहीं होती।

भविष्य में वियोग होगा, ऐसा मान आज के सुखद पलों को नकारना या उनका तिरस्कार करने की आवश्यकता नहीं है; परंतु आनेवाली विदाई की इस घड़ी के प्रति आँखें बंद कर उसके प्रति उदासीन रहने से वह घड़ी आएगी ही नहीं अथवा निश्चित समय से देर से आएगी, ऐसा भी तो नहीं है न !

विदाई की घड़ी तो आएगी ही, वियोग तो होगा ही। जिसका आरंभ हुआ है, उसका कहीं पहुँचकर अंत भी होगा। इस बात का ज्ञान रखनेवाला, जानकर स्वीकार करनेवाला व्यक्ति शायद वर्तमान को अधिक आनंद से, अधिक संतोष से स्वीकार कर सके। भविष्य के प्रति खुली आँखें रखकर वर्तमान जीवन जीनेवाला किसी भ्रांति अथवा स्वप्न-सृष्टि में विचरण किए बिना वर्तमान को एक सत्य की तरह स्वीकार करता है और सत्य, शाश्वत की कोई अपेक्षा किए बिना परम स्वीकार कर जीवन के प्रत्येक क्षण को भविष्य की तरफ ले जाता है।

"तो देवी···" प्रगाढ़ चुंबन की पूर्ति के बाद अभी भी रुक्मिणी के खुले होंठ थरथरा रहे थे। आँखों से मूसलधार पानी बह रहा था। कृष्ण ने उसकी तंद्रा को भंग किया और कहा, "तो देवी, अब मैं जाने की अनुमति चाहता हूँ।"

"मात्र माँगने से मिल जाएगी अनुमति?" रुक्मिणी की आँखों में एक विषाद, एक अवसाद था···

"नहीं माँगूँ तो भी आखिर वही तो है न···"

"प्रभु, मैं कुछ माँग सकती हूँ?"

"शेष कुछ है, अभी भी? मैंने अपनी आत्मा, अपनी देह सब तो दे दिया है तुम्हें···" कृष्ण ने रुक्मिणी के कंधे पर हाथ रखा।

"जानती हूँ, सौभाग्यवान् हूँ कि आपकी अर्धांगिनी बन सकी···परंतु प्रभु, इतने बरसों में कभी एक बार भी मन नहीं दिया···" रुक्मिणी की पीड़ा शब्दों के बदले आँसू बन छलक गई···

"सचमुच, ऐसा लगता है तुम्हें?"

"ऐसा नहीं है।"

"अपने विषाद, अपने दुःख, अपनी चिंताएँ और अभावों को कभी मेरे साथ बाँटा है तुमने?"

"लेकिन, देवी···"

रुक्मिणी ने बात बीच में ही काटी, "ऐसा मत कहना कि ऐसा अनुभव तुम्हें कभी हुआ ही नहीं···मानव-देह के धर्मों में यह सब शामिल ही होता है···"

"आज, अब यह विषाद···"

"आज नहीं तो कब?"

एक चुप्पी···फिर भी बेचैनी के पलों की एक श्रृंखला दोनों के बीच से गुजर रही थी। रुक्मिणी बिना पलक झपकाए एकटक कृष्ण की आँखों में देखती रही, मानो उसके प्रश्न का उत्तर वहीं लिखा हुआ हो।

इतने वर्षों में पहली बार आँखों में आँखें डाल देखती रुक्मिणी की दृष्टि कृष्ण के लिए असह्य हो उठी। ऐसी दृष्टि तो सत्यभामा को लेकर आए, तब भी उन्हें चुभी नहीं थी। जांबवती अथवा अन्य रानियों को अत्यंत प्रेम से स्वीकार किया था रुक्मिणी ने; लेकिन सत्यभामा के साथ विवाह के समय रुक्मिणी की नाराजगी आँसुओं में छलछला आई थी···

वह आँसुओं भरी दृष्टि व्यथित थी, विषादग्रस्त थी, तब भी उन आँखों में विषाद था···लेकिन वह दुःख इतना बेधक, इतना तीक्ष्ण, इतना चुभनेवाला नहीं था।

दृष्टि में से निकलकर तीर की तरह कृष्ण के हृदय में जा कहीं गहरे चुभ गया—कुछ

अत्यंत पीड़ादायक, तीव्र, तीक्ष्ण...

एकटक देखती रुक्मिणी की नजर भंग करते हुए दृष्टि बचा कृष्ण ने फिर कहा, ''मैं प्रस्थान करूँ, देवी? आज्ञा है अब?''

यज्ञवेदी जैसे पवित्र, फिर भी आग की लपट समान उस चेहरे पर कुछ जल रहा था भक-भक-भक।

''प्रयाण... अभी प्रयाण बाकी है? अंतिम यात्रा...''

''आप अधिक अच्छी तरह से समझ सकें अंतिम यात्रा को भी और उसके परिणाम को भी...'' कृष्ण ने हाथ जोड़ दिए, ''जाने-अनजाने मैंने तुम्हें कभी दुःख पहुँचाया हो तो मैं क्षमा चाहता हूँ...''

रुक्मिणी ने उनका हाथ पकड़ अपने दोनों हाथों में ले लिया...हाथ को यों ही पकड़े रखा थोड़ी देर तक।

दोनों की आँखें बंद थीं मानो बहनेवाले आँसुओं को रोककर खड़े थे दोनों...

''प्रिये, अब...'' कृष्ण मानो बोलने के लिए शब्द ढूँढ़ रहे थे...''मुझे रोकना मत...एक पल के लिए भी नहीं, अन्यथा यह पल फिर शताब्दियों तक लंबा हो जाएगा...समझती हो न? विदाई दो...''

''और मैं?''

''समय सबका खयाल करेगा। जो होना है, वह तो निश्चित ही है और जो निश्चित ही हो, वही तो होना है, देवी...''

''जैसी आपकी इच्छा प्रभु, मुक्ति के सिवाय कोई मार्ग नहीं है।''

''मुक्ति भी मार्ग नहीं है, देवी, वह भी दिशा है। मार्ग तो निरंतर चलना ही है। निरंतर प्रयास ही नियति है...तथास्तु!''

कृष्ण एक पल भी रुके बिना रुक्मिणी के कमरे से बाहर निकल गए। रुक्मिणी शिला-सी पीठ देखती रही...

वह जानती थी, अब उनका जाना निश्चित ही है। कृष्ण के साथ आए तमाम मूल तत्त्वों को अपने स्थान पर पहुँचना था...लक्ष्मी को भी और शेषनाग को भी...

☐

कृष्ण पीड़ा से ग्रस्त, उदास हृदय से अर्जुन की राह देख रहे थे। उनके प्रिय मित्र, सखा अर्जुन को लेने दारुक प्रभासक्षेत्र की ओर निकल गए थे।

कृष्ण जानते थे कि अर्जुन के लिए यह समाचार असह्य होगा। फाल्गुन अपने जीवन में कृष्ण से अधिक किसी को चाह नहीं सके थे। सिर्फ कृष्ण के मनोबल के सहारे ही तो कुरुक्षेत्र का युद्ध लड़ा और जीता था पार्थ ने।

कृष्ण के संपूर्ण शरीर से पीड़ा की लहरें प्रसारित हो रही थीं...।

पीपल के पेड़ के सहारे अपना माथा टिका लेटे कृष्ण बंद आँखों से जाने कितना कुछ देख रहे थे। मोर पंख के ढेरों-के-ढेर अब यमुना के जल पर, यमुना की लहरों के साथ ऊपर-नीचे होते प्रवाह की लय में बह रहे थे···कदंब के पेड़ की डालियों में छिपकर कोई बाँसुरी बजा रहा था और कदंब का सारा पेड़ हिल रहा था···कौन हिला रहा था यह पेड़?

नीचे खड़े थे बलराम?

अथवा कालिय नाग की फुफकार?

शंख-चक्र-गदा-पद्म धारी उन परम ब्रह्म के कानों में 'अहं ब्रह्मास्मि' का नाद गूँज रहा था।

'वृक्षों में मैं पीपल हूँ' कहनेवाले आज पीपल के पेड़ के सहारे अस्वस्थ बने प्राण पकड़े निश्चल बैठे थे···

क्या सचमुच वे अर्जुन की राह देख रहे थे कि फिर···

प्रभासक्षेत्र में जब यादव आपस में ही लड़ रहे थे, तब स्वस्थ बैठे कृष्ण की तरफ एक बार बलराम ने देखा था। कृष्ण की आँखों में जाने क्या था, जिसे देख बलराम सिर से पाँव तक काँप उठे थे। कृष्ण के पास जाकर बलराम ने उन्हें हिला दिया था।

"क्या कर रहे हो, कन्हैया? यादव तो समाप्त हो जाएँगे···।"

"जानता हूँ···" अभी भी कृष्ण के चेहरे पर वही भयंकर स्वस्थता वैसी ही स्थिर थी। बलराम ने उनकी आँखों में देखा। वे तरल, शरारती, मनमोहिनी आँखें आज ऐसी भाव-विहीन लग रही थीं, मानो संगमरमर पत्थर से बनाई हों।

"कन्हैया···"

"बड़े भैया, महर्षि दुर्वासा का शाप आपको याद है न?"

"ज···ज···ज···जानता हूँ।" बलराम की जीभ तुतला गई—थोड़ी मदिरा के कारण और थोड़ा भय के कारण—"मतलब··· हम भी···"

"क्यों, हम भिन्न हैं?" कृष्ण की आँखों में मृत्यु की ठंडक थी और आवाज में पाञ्चजन्य का नाद···

देहीनोऽस्मिन्यथा देहे कौमारं यौवनं जरा।
तथा देहान्तरप्राप्तिर्धीरस्तत्र न मुह्यति॥

"बड़े भैया, कुमारावस्था, यौवन, जरा और देहांतर का शोक नहीं होता···"

"मुझे ये सब नहीं सुनना है···" एकदम विहल हो बलराम कह उठे।

कृष्ण ने उसके कंधों पर हाथ रखा न अत्यंत कोमलता से उन्हें अपने पास खींचा। सीने से लगाया और देर तक ऐसे ही रहने दिया।

दोनों भाई जब अलग हुए, तब बलराम के हृदय में कोई संशय नहीं था। कोई प्रश्न

नहीं बचा था। कोई विषाद, कोई शोक अब उन्हें स्पर्श कर सके, ऐसा नहीं था।

एक अनोखी अनुभूति ने उन्हें घेर लिया था। देह-विहीन मात्र श्वास पर टिकी जीवन की एक अवर्णनीय अनुभूति। बलराम ने आँखें बंद कर, हाथ जोड़ मस्तक कृष्ण के चरणों में झुका दिया।

बलराम के अश्रु श्रीकृष्ण के चरणों का अभिषेक कर रहे थे।

श्रीकृष्ण बंद आँखों से उनके बालों में उँगलियाँ फिरा रहे थे और चारों तरफ एक गहरा नाद गूँजने लगा—

यथाकाशस्थितो नित्यं वायुः सर्वत्रगो महान्।
तथा सर्वाणि भूतानि मत्स्थानीत्युपधारय॥

जैसे आकाश अपने स्थान पर स्थिर है और वायु चंचल होने के बावजूद अपना स्थान नहीं छोड़ती, उसी प्रकार अंत में तो सभी जीव मुझमें ही समाते हैं, इसे समझो!...बलराम की आँखें अभी भी बह रही थीं। कृष्ण की आवाज यादवों में एक शांति मंत्र की तरह गूँज रही थी।

यह वही भाई था, जो कुछ ही क्षणों में देह बन जाने वाला था। यह वही भाई था, जिसके साथ बचपन की मधुर स्मृतियाँ थीं। यह वही भाई था, जो कृष्ण के लिए जान से भी अधिक प्यारा था।

''आप सिधारो...'' कृष्ण ने कहा।

बलराम यादव-स्थल की भयानक स्थिति देख बहुत विचलित थे।

''और तुम?'' बलराम ने पूछा।

''मैं?'' कृष्ण का चेहरा और आवाज दोनों ही संयत थे, आँखें थोड़ी गीली थीं।

''मैं?'' उन्होंने फिर कहा, ''मुझे तो यहीं रहना है, यह सब पूर्ण हो तब तक!'' उन्होंने वाक्य आधा ही छोड़ दिया, ''और उसके बाद...''

''किसलिए? कन्हैया, किसलिए? यह सब तेरे ही लिए? तेरे ही सिर पर?'' बलराम का हृदय रुदन कर उठा और कृष्ण ने मानो उनकी ही आवाज को प्रतिध्वनित किया हो, इस तरह पूछा, ''स्वयं ही?''

''किसलिए?''

संशयात्मा विनश्यति—कहनेवाला मैं खुद ही आज संशय में था।

दृष्टि के समक्ष यादव आपस में पशुओं की तरह लड़ रहे थे।

कृष्ण की आँखों के समक्ष यह दृश्य आँसुओं के परदे में धुँधला होता गया।

''आप चलो।'' उन्होंने बलराम को फिर कहा और सरक आया एक आँसू गाल तक पहुँचे, उससे पहले ही पोंछ डाला।

बलराम कृष्ण के गले लग गए।

वे इस तरह कृष्ण के गले मिले मानो उन्हें अपने अंदर समा लेना चाहते हों।

अपनी बलिष्ठ बाँहें कसकर उन्हें पल भर थामे खड़े रहे और फिर पीछे मुड़ कृष्ण को छोड़ चल पड़े...।

त्रिवेणी संगम की तरफ..., जहाँ सूर्यास्त होने की तैयारी में था।

दूर सोमनाथ के मंदिर के पीछे सूर्य अस्त हो रहा था।

बलराम का संपूर्ण शरीर सुनहरी धूप में ऐसा लग रहा था मानो सोने की बनी मूर्ति हो, जो धीरे-धीरे दूर हो रही थी। उनकी पीठ के पीछे यादवों की भयानक चीख-पुकार अभी भी सुनाई पड़ रही थी।

बलराम और अधिक तेज गति से चलने लगे। ऐसा लग रहा था मानो वे चीखें उन्हें वापस मुड़ने का अनुरोध करती हों...और वे और अधिक तेज कदमों से चलने लगे।

इन सब चीखों से दूर भागते बलराम के कदम और अधिक तेज हो गए।

बलराम मानो मन में अपने आपको दोषी मानते थे।

इस यादव-क्षेत्र के विनाश का मूल था मदिरा-पान...।

और द्वारका में मदिरा की छूट बलराम के कारण ही यादवों को उपलब्ध थी।

कृष्ण भी यह जानते थे।

और वे बलराम को कुछ भी कहने में असमर्थ थे इस बारे में, जिसका लाभ यादव भी उठा ही लेते थे...।

◻

"क्या अंदर आ जाऊँ?" कृष्ण ने बलराम के कक्ष में प्रवेश हेतु अनुमति चाही।

संध्याकाल का समय था। समुद्र पर से खारी हवा बह रही थी, जो कक्ष के परदे हिला रही थी। सारे कमरे में डूबते सूर्य का केसरी प्रकाश आग की तरह फैला हुआ था...संपूर्ण कक्ष तथा उसमें रखी तमाम वस्तुएँ केसरिया रंग की लगती थीं...बलराम के गोरे शरीर पर केसरिया प्रकाश ऐसा लग रहा था मानो दूध में धोया हुआ केसर हो।

"अरे, कन्हैया, तुम? इस समय?"

"क्यों, यह योग्य समय नहीं है?" कृष्ण की आवाज में थोड़ी कड़वाहट थी, जो पहले कभी नहीं रही थी।

"नहीं...नहीं...ऐसा नहीं है, बोलो..."

"बड़े भाई, अगर मैं सच बोलूँगा तो आपको दुःख होगा।" कृष्ण ने अपनी दृष्टि सीधे बलराम के चेहरे पर गड़ा दी।

बलराम ने भी कृष्ण की आँखों में अपनी आँखें डालीं, "जानता हूँ...जानता हूँ कि तुम जो कहोगे, उससे मुझे दुःख ही होगा, यह भी जानता हूँ कि तुम्हें मेरे बारे में जानकर दुःख हुआ है और यह भी जानता हूँ कि तुम जो कुछ भी कहोगे, उसे सुनने के बाद भी मैं..." बलराम ने दृष्टि घुमा ली और झरोखे से बाहर डूबते सूर्य को देखने लगे।

"कन्हैया, कई बातें अपनी मर्यादा से बाहर होती हैं।"

"ये सब बेकार के बहाने हैं, बड़े भैया। निर्बलता को स्वीकार करने से बड़ी कोई निर्बलता नहीं है…"

"कन्हैया, अगर तू सलाह देने आया है तो वापस चला जा। हाँ, अगर मुझसे जुड़ना चाहता है तो तेरा स्वागत है।" बलराम ने चाँदी के सुंदर मोहरे बाहर निकाले और पास ही रखी चौसर पर सजाने लगे।

"बड़े भैया, यादव-कुल के उत्थान और रक्षण का उत्तरदायित्व आपका है और आप ही ऐसा करने लगेंगे…"

"रक्षा! उत्तरदायित्व!" बलराम की आवाज में एक अजीब तरह का खालीपन तथा अजब सी पीड़ा थी। उनकी आवाज में इस तरह का भयानक खालीपन था, मानो वर्षों अकेले रहते हुए मनुष्य को जैसे आवाज से—अपनी ही आवाज से भी डर लगे, ऐसी प्रतिध्वनित हो रही थी उनकी आवाज, "कन्हैया, तुम द्वारका के राजा हो। इस नगरी का सर्जन, निर्माण और पालन तुम ही करते हो। फिर किसलिए ऐसे शब्दों का उपयोग कर मेरे मन को अधिक संताप दे रहे हो?" उन्होंने मदिरा निकाल पात्र में भरी और एक घूँट पिया।

"बड़े भैया…" कृष्ण की आवाज और आँखों में भयानक आघात था, जो सबकुछ वे देख रहे थे, उस पर, उन दृश्यों पर उन्हें विश्वास ही नहीं हो रहा था।

"यह क्या करते हो?"

"ब…ड़े…भै…या…।" कृष्ण अपनी बात कहें, उससे पहले ही बलराम ने ऊँची आवाज में उनकी बात काट डाली।

"बड़ा भाई हूँ मैं तुम्हारा और इसके बावजूद जैसा तुम कहते हो वैसा ही सब होता है इस नगरी में…"

"क्या करें, मुझे स्वीकार-अस्वीकार का अवकाश ही कहाँ है!" कृष्ण की आवाज में एक हारे हुए थके सेनापति की जैसी पीड़ा थी, "मुझे तो इतनी भी छूट नहीं है कि शाम का भोजन मुझे कहाँ करना है, यह मैं खुद तय कर सकूँ। मैं तो समय के बंधन में बँधा एक ऐसा व्यक्ति हूँ, जिसे अभिव्यक्ति की भी छूट नहीं है।"

"ऐसा…?" व्यंग्यात्मक आवाज में बलराम ने कहा, "वाह! कान्हा, मेरे साथ भी शब्दों का खेल…वाह!"

"बड़े भैया, मैंने कहीं आपका दिल दुखाया है? क्या मुझसे कहीं कोई भूल हो गई है?"

"तुम्हारी?" बलराम की आवाज में अभी भी व्यंग्य और पीड़ा थी, "तुम्हारी भूल हो सकती है? तुम तो युग-पुरुष हो। हर शूरवीर नतमस्तक होता है तुम्हारे आगे।" कृष्ण ने बलराम के सामने देखा, बलराम की आँखों में एक लुट चुके राजा जैसी पीड़ा थी।

"आप जानते हैं, वे मेरे आगे नहीं झुकते हैं, मेरे बल के आगे झुकते हैं और मेरी शक्ति, मेरा बल आप हैं, भैया···"

"यह आज ही समझ में आया है, ऐसा लगता है।"

"कई घटनाएँ घट जाने के बावजूद स्वीकार करना बहुत मुश्किल होता है···तुम्हारी आवाज की कड़वाहट, तुम्हारी पीड़ा सब समझ में आता है; परंतु···"

"कुरुक्षेत्र के युद्ध में गीता का ज्ञान देनेवाले, अति ज्ञानी, पांडवों के पक्षधर और अर्जुन के सारथि बोल रहे हैं यह? आश्चर्य होता है।" बलराम की आवाज में अब मदिरा का नशा घुल गया था। ऐसा लगता था, उनकी जीभ तुतलाने लगी थी, ऊँची आवाज में मानो संवाद बोलने हों, इस तरह नाटकीय ढंग से उन्होंने बोलना शुरू किया···

"यतो यतो निश्चरति मनश्चञ्चलमस्थिरम्
ततस्ततो नियम्यैतदात्मन्येव वशं नयेत॥

"मन जहाँ हो वहाँ से वापस ला आत्मा में केंद्रित करना। क्या यह सत्य नहीं है?

"तुम जानते हो, तुम ज्ञानी हो। हम तो सब शूद्र हैं, पामर जीव हैं। कुरुक्षेत्र के महासंहार में से बच गए तुम्हारे कृपापात्र हैं···"

"बड़े भैया, सेवक हूँ मैं आपका। आप कहेंगे वैसे ही करूँगा; लेकिन यह विषाद, यह पीड़ा देखी नहीं जाती, सहन नहीं होती···"

"ओह···द्वारका के राजा को पीड़ा सहन नहीं होती!"

"अनुज हूँ आपका···"

"फिर भी राजा तू है, धनवान, संपत्तिवान, यादवों का अधिपति···द्वारका का सत्ताधीश, भारतवर्ष का विधाता···इस युग का सबसे अधिक लोकप्रिय पुरुष और···और···कुरुक्षेत्र का सूत्रधार···"

कृष्ण खड़े हुए, पलंग पर बैठे बलराम के चरणों में बैठ गए। दोनों हाथों से उनके चरण पकड़ लिये, "इतनी पीड़ा? इतना विषाद, इतना दुःख आपके अंदर घर कर बैठा है? और मुझे इस बारे में ज्ञान भी होने नहीं दिया?" कृष्ण की आवाज में इतनी पीड़ा थी कि बलराम की आँखें भर आईं।

उन्होंने कृष्ण के माथे पर हाथ रखा और आँखें बंद कर लीं, "कान्हा, यह आग्रह नहीं है···तुमसे ईर्ष्या भी नहीं है···"

"समझता हूँ···" कृष्ण ने कहा और आँखें बंद कर लीं।

कुछ पल दोनों भाई यूँ ही चुपचाप बैठे रहे। बचपन के खेल, पसंद-नापसंद, प्यार-क्रोध और वैर-विश्वास का यमुना-जल दोनों की आँखों में झर-झर बह रहा था।

कितना समय व्यतीत हो गया, किसे खबर; लेकिन बलराम को लगा मानो सदियाँ बीत गईं।

फिर धीमे से कृष्ण इस तरह अलग हो खड़े हो गए कि कहीं कुछ मन को छुए, द्रवित करे, ऐसा न हो।

"आज्ञा है, बड़े भैया?"

बलराम चुपचाप बैठे थे यूँ ही।

"मुझे क्षमा करना, कान्हा।" बलराम ने हाथ जोड़े।

"बड़े भैया, आप मुझे पाप में डाल रहे हैं।" कन्हैया ने हाथ पकड़ लिये। बलराम की आँखों से अभी भी आँसू बह रहे थे।

"कन्हैया, मुझसे भूल हो गई, मुझसे गलती हो गई।"

कृष्ण ने बलराम को कंधे से पकड़ धीरे-धीरे खड़ा किया और आलिंगन में भर लिया। दोनों भाई एक-दूसरे को गले मिल खड़े रहे। बलराम का रुदन अभी भी कृष्ण के कंधे भिगो रहा था...

और कृष्ण ने भविष्य में बलराम की मदिरा-पान की आदत को फिर कभी न टोकने, न रोकने का निश्चय किया।

□

यह वही भाई था, जिसने सैकड़ों बार माँ के क्रोध से कन्हैया को बचाया था। इतना ही नहीं, गुल्ली-डंडा खेलने में या गोपियों को सताने में वह उनका सहभागी था...

यमुना का विशाल पाट, जिसमें होड़ लगा तैरते कि कौन जीतेगा? ऐसे में छोटा भाई कन्हैया हार जाए तो रोने न लगे, यह सोच जान-बूझकर बलराम तैरते-तैरते पीछे रह जाते।

मथुरा जाती गोपालक स्त्रियों से दान-वसूली करने अथवा यमुना किनारे पेड़ों पर चढ़ स्त्रियों के मटके फोड़ने में दोनों भाई बराबर साथ रहते...

बलराम के लिए कृष्ण अपनी जान से भी ज्यादा प्रिय थे।

कन्हैया की आँखों में आँसू बलराम के लिए असहनीय थे। बलराम कन्हैया को इतना प्यार करते थे कि दूसरे बाल-ग्वाल अगर कृष्ण को सताते तो वे उन्हें सजा देने हेतु पेड़ से बाँध देते थे और खुद पेड़ पर चढ़ पूरा पेड़ हिलाने लगते थे। पेड़ से बँधे वे बच्चे भय के मारे चीख-पुकार कर उठते। वे जब तक कन्हैया से क्षमा नहीं माँगते, तब तक उन्हें रुलाने में बलराम को एक अलग प्रकार का आनंद मिलता था।

परंतु माँ रोहिणी जब कन्हैया का पक्ष लेतीं तो बलराम को परेशानी होती थी।

माँ रोहिणी को नन्हा, भोला दिखाई देनेवाला कन्हैया बहुत ही प्यारा लगता था तो बलराम को यह बात बिलकुल सहन नहीं होती थी।

ऐसा नहीं था कि माँ यशोदा बलराम को प्रेम नहीं करती थीं, लेकिन दो वस्तुओं में विभाजन हो जाए, बलराम को जरा भी पसंद नहीं था—एक थी गदा और दूसरी थी माँ रोहिणी।

आज बलराम कब से कन्हैया को ढूँढ़ रहे थे।

न जाने वह कहाँ छिपकर बैठा था। दोपहर हो गई, लेकिन कन्हैया का कहीं पता-ठिकाना नहीं था।

यमुना के किनारे, कदंब के पेड़ की शाखाओं में, मथुरा जाने के रास्ते और पीपल के पेड़ के नीचे...गऊशाला में और राधा के घर के पिछवाड़े—सब जगह बलराम ढूँढ़ चुके थे। उसके छिपने की इन सब जगहों में कन्हैया कहीं भी नहीं थे।

"कन्हैया, ओ कन्हैया! कन्हैया...ओ कन्हैया...!" बलराम ने फिर उसे पुकारा।

"शी...शी..." एक आवाज आई। कन्हैया के अलावा और कौन हो सकता है। बलराम ने उधर देखा।

नन्हे कन्हैया छिपकर घर के बाहर खिड़की के पास खड़े थे और बार-बार खिड़की में से घर के अंदर झाँककर देख लेते। उन्हें प्रतीक्षा थी घर की खिड़की में से बाहर आनेवाले हाथ की, जो उनके लिए भोजन देने वाला था। आज फिर माँ ने सजा दी थी।

कोकिला के घर में प्रवेश कर कन्हैया व उसके सब साथियों ने माखन खाया था, छींका फोड़ा था और सारा घर तहस-नहस कर डाला था।

कोकिला जब उलाहना ले माँ के पास आई, उस समय माँ पहले से ही किसी कारणवश क्रोधित थीं, उसमें कोकिला की उलाहना ने आग में घी का काम किया।

"बलराम, ओ बलराम!"

कोकिला और माँ के वार्तालाप को सुन बलराम काफी समय से माँ के इस स्वर की ही प्रतीक्षा कर रहा था। अपनी गदा को वहीं छोड़ तुरंत माँ के पास दौड़ गया।

"जी बड़ी माँ।" बलराम जानता ही था कि अब क्या होने वाला है।

"जा, कन्हैया को पकड़कर ला।"

"मैंने कहा ना, कन्हैया को पकड़कर ला, आज देखती हूँ उसे। उसके बारे में रोज-रोज के उलाहनों से मैं अब थक चुकी हूँ। आज तो मैं उसे बराबर का सबक सिखाऊँगी, तू ले आ उसे।"

गऊशाला की तरफ से गोबर के उपले लेकर आते हुए रोहिणी ने यह सुन लिया...वह माँ यशोदा के पास खड़ी हो गईं।

"छोड़ ना बड़ी बहन, क्या फर्क पड़ता है। बच्चा है, शरारत तो करना ही होता है बच्चों को।"

"रोहिणी, तुम तो बीच में पड़ना ही नहीं।" माँ यशोदा की इस बात को सुन पास खड़े बलराम के चेहरे पर मुसकान आ गई .

"लेकिन..." रोहिणी ने फिर एक बार प्रयत्न करना चाहा कन्हैया के बचाव हेतु।

वैसे तो अकसर गाँव की स्त्रियाँ किसी-न-किसी रूप में कन्हैया का बचाव करती

रहतीं, पर इस बार माँ यशोदा किसी की एक भी बात सुनने को तैयार नहीं थीं...

"जा बलराम, पकड़ के ले आ उसे! आज तो कोठरी में बंद कर दूँगी और संध्या तक भोजन ही नहीं दूँगी..."

बलराम के चेहरे पर मुसकान छा गई, अब बात है कन्हैया की।

वैसे तो बलराम ही बचाता था कन्हैया को। उसे बचाने के लिए झूठ भी बोल देता था, परंतु माँ रोहिणी ने बीच में आकर सब गड़बड़ कर डाली।

ढूँढ़ते-ढूँढ़ते थक गए बलराम। कहाँ होगा? कन्हैया तो सुबह से ही अपने घर के पिछवाड़े छिप गया था।

माता रोहिणी ने उसे देख लिया था।

उन्हें न जाने क्यों इस छोटे से बच्चे पर बहुत दया आ जाती। खासकर जब माँ यशोदा उसे खाना देने के लिए मना कर दें, तब रोहिणी का कलेजा धक हो जाता।

उसने ही कन्हैया को बुलाया था और वहाँ चुपचाप खड़े रहने को कहा था।

माता रोहिणी अंदर कुछ भोजन लेने गई थीं।

"शीश...शीश..."

बलराम कृष्ण को देख निकट आ गए थे।

"यहाँ क्या कर रहे हो?" बलराम ने पूछा, मानो कुछ जानते ही न हों।

"शशशशश..." नन्हे कन्हैया ने होंठों पर उँगली रख दी। उसकी बड़ी भोली आँखों में ऐसा भाव था, मानो बड़े भाई के साथ कोई महान रहस्य बाँट रहे हों, "मैं छिप गया हूँ। उस कोकिला ने माँ को सब कह दिया।"

"ऐसा!" बलराम ने भोला बनने का प्रयत्न किया।

"और माँ मुझे ढूँढ़ रही हैं...आज तो निश्चित रूप से मार पड़ेगी या वे मुझे कोठरी में बंद कर देंगी गायों के बाड़े में डाल देंगी।" एकदम दयनीय चेहरा बना कन्हैया ने कहा, "सुबह से कुछ खाया भी नहीं है।"

"क्यों, मक्खन तो खाया पेट भर के।"

"मैंने अकेले थोड़े ही खाया था!...और हाँ, वह तो पच भी गया, मुझे तो जोर की भूख लगी है।"

"तो? ...अब?"

"माँ रोहिणी गई हैं यहाँ खिड़की में से मुझे खाना देने के लिए। खाना लेकर सीधा भाग जाऊँगा तो सूरज डूबने के बाद ही घर लौटूँगा। तब तक तो नंदबाबा भी घर लौट आएँगे। फिर तो किसी तरह का कोई डर नहीं है।" कन्हैया ने अपनी महान् योजना समझा दी।

"अहं..." बलराम ने हाँ में हाँ मिलाई, फिर खड़े हो गए।

"कहाँ जाते हो?" कन्हैया ने पूछा।

"देखने कि माँ क्या कर रही हैं, इतनी देर क्यों लगी?"

बलराम खड़े हुए और अंदर की तरफ जाने लगे।

कन्हैया आतुर आँखों से देखते रहे।

थोड़ी देर में एक हाथ खिड़की से बाहर आया। हाथ में गरम-गरम रोटी, जिस पर बड़ा सा डला मक्खन का था। कन्हैया के मुँह में पानी भर आया। उसने रोटी लेने अपना हाथ आगे बढ़ाया और जैसे ही कन्हैया रोटी ले, उससे पहले दूसरा हाथ खिड़की में से बाहर निकला और कन्हैया का हाथ पकड़ लिया।

दोनों हाथ पकड़ कन्हैया के हाथ खिड़की के साथ बाँध दिए।

माँ! रोहिणी! अभी तक कन्हैया को विश्वास नहीं आ रहा था कि माँ रोहिणी ऐसा कर सकती हैं...

अभी कन्हैया कुछ समझे, इससे पहले हाथ में डंडा लिये माँ यशोदा घर के पिछवाड़े आईं। यशोदा मैया का यह रूप आज देखने योग्य था। क्रोध में आँखें लाल थीं।

"माँ..." कन्हैया ने बड़ी ही दयामय आवाज में माँ के क्रोध को शांत करने की कोशिश की, "चुप...एक शब्द मुझे सुनना नहीं है। आज तू सारा दिन यहीं ऐसे ही बँधा रहेगा..."

यह माँ के पीछे कौन खड़ा था? बलराम!

मेरा भाई! मेरा भाई ऐसा करेगा! उसने जाकर माँ को शिकायत की! मेरा भाई!

कन्हैया को अपनी आँखों पर विश्वास नहीं हुआ।

मेरे भैया! स्वयं बलराम ऐसा करेंगे! कृष्ण के मन में यह बात बैठ नहीं रही थी।

☐

मेरे भाई! स्वयं बलराम! ऐसा करेंगे! कृष्ण के मन में विश्वास नहीं बैठ रहा था।

कृष्ण ने पीड़ा से आँखें बंद कर लीं।

सामने उद्धव खड़े थे।

"आपको दुःख पहुँचाने का उद्देश्य नहीं था, परंतु द्वारका में क्या हो रहा है, उसकी हर बात आपको बताना मेरा कर्तव्य है।" उद्धव ने कहा।

"आशंका तो मुझे भी थी, लेकिन बड़े भैया...बड़े भैया ऐसा करेंगे, ऐसा सपने में भी नहीं सोचा था।"

कृष्ण की छाती में मानो दुःख का सागर लहरा उठा था।

"बड़े भैया खुद द्वारका में मदिरापान करेंगे तो मैं दूसरे यादवों को कैसे रोकूँगा?"

"प्रभु, बड़े भैया स्वयं सबको मदिरापान के लिए प्रोत्साहन देते हैं। दुर्योधन जब यहाँ आए, तब समुद्र किनारे बैठ दोनों ने सबके सामने मद्यपान किया।" उद्धव बोल रहे

थे और कृष्ण की आँखें पीड़ा से बंद हो गई थीं।

"यादव उनका अनुकरण करेंगे, अब उन्हें रोक पाना बहुत मुश्किल होगा। सत्ता, संपत्ति और शक्ति के मद में चकनाचूर मदहोश यादव अगर मद्यपान करेंगे तो कुछ नहीं बचेगा।" कृष्ण ने उद्धव की तरफ देखा और पीड़ा में आँखें बंद कर लीं।

"विधि के विधान को कौन रोक सकता है, उद्धव! अनेक प्रयत्नों के बावजूद मैं समय की गति को मंद भी नहीं कर सका। जिस समय जो लिखा है, वह तो होकर ही रहता है। मुझे समझ में आ गया है..."

"क्या लिखा है, क्या होकर रहेगा?"

एक गहन पीड़ा से भरी मुसकान कृष्ण के चेहरे पर आई, "यह भविष्य है, उद्धव...भविष्य का गर्भाधान हो चुका है। अब सिर्फ उसके जन्म की प्रतीक्षा करनी है...एक भयानक भविष्य का अवतार..."

"प्रभु!" उद्धव कृष्ण की सब बातें समझते नहीं थे, फिर भी इतना जरूर समझे कि यादवों पर कोई भयानक विपत्ति आने वाली है।

◻

प्रभासक्षेत्र जाने का निर्णय लेने के बाद इसे सबसे पहले बलराम को बताना जरूरी समझा...

"...इस सारी द्वारका में सिर्फ बलराम ही एक ऐसे थे, जो उनके बचपन के साथी थे।

न जाने क्यों कृष्ण बलराम भैया के गले लगकर अपनी सारी पीड़ा, सारे असमंजस धो डालना चाहते थे।

वे तैयार हुए और बलराम के महल की तरफ चलने लगे।

उनकी चाल में उतावलापन था।

उद्धव पहले उनके साथ चलने लगे, परंतु कृष्ण की तीव्र गति में साथ चल नहीं पाए, पीछे रह गए। सामान्य रूप से कृष्ण जब दूसरों के साथ चलें तो उनका बराबर ध्यान रखते।

आज कृष्ण पीछे देखे बिना ही चल रहे थे। उद्धव अटक गए, किंतु कृष्ण का इस ओर ध्यान नहीं था।

और कृष्ण...

बलराम के महल की सीढ़ियाँ चढ़ने लगे, तब उन्हें ध्यान आया कि उद्धव तो उनके साथ ही नहीं हैं। ऊपर पहुँच कृष्ण ने बलराम के कक्ष में अंदर आने के लिए अनुमति माँगी।

मदिरापान की आदत बलराम को बहुत लंबे समय से थी। वह संध्याकाल के बाद कृष्ण से मिलना टालते थे। कृष्ण उनके छोटे भाई थे, तथापि वे कृष्ण के प्रभाव में थे...वे

स्वयं जानते थे कि मदिरापान उन्हें हानि पहुँचाता है, परंतु वे उससे मुक्त नहीं हो सकते थे।

कृष्ण उन्हें बार-बार समझाते; परंतु बलराम इस विषय में चर्चा करने की बजाय पूरी कोशिश में रहते कि वे उन्हें संध्याकाल में न मिलें। बलराम की यह कोशिश रहती कि राज-काज से जुड़ी समस्याएँ अथवा महत्त्वपूर्ण मंत्रणाएँ दिन में ही पूरी की जा सकें।

मदिरापान बलराम की कमजोरी है, यह बात कृष्ण जानते थे। इसीलिए सुबह सूर्योदय से पूर्व कृष्ण भी बलराम भैया के कक्ष में जाना टाल जाते थे।

''क्या अंदर आ जाऊँ?'' कृष्ण ने बलराम के कक्ष में जाने से पूर्व अनुमति माँगी।

बलराम अभी जागे ही थे। उनके कक्ष में सूर्य की सुनहरी किरणें बिखरी हुई थीं। उनकी रेशमी चादर में सिलवटें पड़ी हुई थीं और आँखों में अभी भी मदिरा का नशा दिखाई पड़ रहा था।

नियमित रूप से मदिरापान करने के कारण बलराम के चेहरे का एक अलग ही आकार सा बन गया था। उतनी सुबह उनका चेहरा थोड़ा सूजा हुआ लग रहा था···आँखें अंदर धँसी हुईं छोटी और लाल रहती थीं। उनकी सुबह बहुत देर से होती, जो आलस और अस्वस्थता को घेरे रहती।

कृष्ण ने बलराम के कक्ष में प्रवेश किया और स्थान ग्रहण किया। अचानक यूँ कृष्ण को आया देख बलराम थोड़ा सकपका गए। अभी तो वे नित्यकर्म से भी मुक्त नहीं हुए थे और कृष्ण आकर खड़े थे उनके सामने।

''कृष्ण, इतनी सुबह?''

''इतनी सुबह! दिन का तीसरा पहर चल रहा है बड़े भैया, नल तक सुनहरे हो चुके हैं।''

''द्वारका के महलों के नल तो वैसे भी सोने के हैं कृष्ण। उनके लिए सूर्य के तेज की आवश्यकता नहीं है। यहाँ तो सूर्य और समय दोनों ही अपने कहे अनुसार चलते हैं।''

''बड़े भैया, समय किसी के कहने के अनुसार नहीं चलता है।''

''कन्हैया, यह तुम कहते हो? स्वर्णनगरी द्वारका का राजा, छप्पन कोटि का पालक···जिस पृथ्वी पर मृत्यु, जरा, दुःख और रोग नहीं, ऐसी पृथ्वी का सर्जनहार···समय तेरे कथनानुसार चलता है। दिशाएँ तेरे कहे अनुसार उगती हैं और डूबती हैं···ऋतुएँ तेरे कथनानुसार रंग बदलती हैं।'' बलराम की आँखों में मदिरा के नशे के साथ-साथ गर्व-अभिमान का नशा भी साफ-साफ छलक रहा था।

''ऐसे भ्रम में मत रहना बड़े भैया, भगवान् महाकाल की लीला अजब है, खासकर जब ऐसा लगे कि सब अपनी इच्छानुसार हो रहा है, तब मान लेना चाहिए कि भयंकर समय आरंभ हो चुका है।''

बलराम ने कहा, ''सुबह-सवेरे ये सब बातें करने आए हो?''

कृष्ण हँसे, ''नहीं...नहीं, ऐसी बातें तो संध्याकाल में होना चाहिए। क्यों, ठीक है न?''

बलराम सकपका गए, ''कृष्ण, मेरी निर्बलता के बारे में चर्चा नहीं करना।''

कृष्ण ने कहा, ''बड़े भैया, इसमें चर्चा करने लायक कुछ शेष है क्या?''

''देखो कृष्ण, अपने शब्दों के मायाजाल में मुझे मत उलझाओ। दूसरी बात यह कि राजसभा के समय सब काम छोड़ तुम मेरे कक्ष में आए हो, इसलिए तुम्हें कोई काम है, यह तो निश्चित है।''

मनमोहक मुसकान के साथ कृष्ण ने कहा, ''चतुर हो बड़े भैया, मुझे खूब जानते हो।''

बलराम बिस्तर से उठे। उनका नग्न शरीर, मजबूत बाँहें, विशाल छाती पर रत्न और मोतियों की माला, अव्यवस्थित हुए घुँघराले काले बाल, नशीली आँखें। पल भर कृष्ण उन्हें देखते रहे, जिसमें अहो भाव के साथ-साथ करुणा का भाव भी मिश्रित था।

''ऐसी इच्छा है कि अब यादवों को लेकर प्रभासक्षेत्र की तरफ चलें।''

कक्ष के झरोखे के पास खड़े बलराम चौंक उठे।

सूर्य की किरणें ऊपर-नीचे नाचती लहरों के साथ अठखेलियाँ कर रही थीं। समुद्र का स्वच्छ निर्मल पानी धीर-गंभीर बन किनारे की रेती तक लहरें ला बिखर जाता। मध्याह्न का एक प्रहर शेष था, फिर भी समंदर की लहरों की आवाज बलराम के कक्ष के झरोखे में से स्पष्ट रूप से सुन सकते थे।

बलराम चौंके, पीछे मुड़े और कृष्ण की आँखों में कुछ ढूँढ़ने का प्रयत्न करते हों, इस प्रकार पलक झपकाए बिना देख रहे थे।

कृष्ण ने इस तरह आँखें बंद कीं मानो बलराम से कुछ छिपाना चाहते हों।

कुछ पल तक कक्ष में सागर की लहरों की आवाज के अलावा चुप्पी थी, कोई आवाज नहीं थी।

''प्रभास... क्यों कन्हैया?'' बलराम की आवाज में भय की कँपकँपी थी और आनेवाली घड़ी की आशंका का कंपन भी था। कृष्ण ने आँखें खोलीं, बलराम के सामने देखा। बस, निरुत्तर देखते ही रहे।

''अर्थात् समय हो चुका है, तुम यह कहना चाहते हो, कृष्ण?''

''बड़े भैया, मैं क्या कहूँगा? जो कहा जा चुका है, उसके सत्य होने का समय आ गया है।''

''कन्हैया, क्या यह समय टाला नहीं जा सकता?'' बलराम की आवाज में अनुनय-विनय की प्रार्थना-सी थी। ऐसा लग रहा था मानो माँ के क्रोध से बचाने हेतु

विनती कर रहे हों, ऐसा उनका स्वर था।

"समय?" कृष्ण के चेहरे पर एक गहन मुसकान छा गई। आँखें झपकाते हुए उन्होंने बलराम के सामने देखा, "समय को कौन टाल सकता है, बड़े भैया?"

"प्रभास···" बलराम की आवाज में एक क्षीणता, एक तीव्र पीड़ा जाग उठी— "ठीक है कन्हैया, कब जाना है?"

"शुभस्य शीघ्रम्···!" अभी भी वही गूढ़ मुसकराहट कृष्ण के चेहरे पर ठहरी हुई थी। उन्होंने बलराम की आँखों में देखा। बलराम की आँखें भीगी थीं। उन्होंने हाथ के इशारे से ही कृष्ण को पास बुलाया और अपनी बाँहें फैला दीं।

कृष्ण खड़े हो गए और बड़े भैया को सीने से लगा लिया।

आलिंगनबद्ध दोनों भाइयों की आँखें बंद थीं और दोनों की दृष्टि के समक्ष समय का प्रवाह आराम से बह रहा था। यमुना के जल की तरंगों जैसी आवाज समुद्र किनारे खड़े महालय के वैभव भरे विशाल इस कक्ष में प्रतिध्वनित हो रही थी और उनमें डूबते-तैरते दो हृदय जानते थे आनेवाले कल की सुबह के बारे में···और घटित होनेवाली घटना के बारे में···

एक हृदय आशंकित, अंदर से घबराया हुआ काँप रहा था और दूसरा सबकी मुक्ति के मार्ग की तरफ प्रयाण करने को तत्पर था।

द्वारका के स्वर्ण महल के कलश दिन के तीसरे प्रहर के सूर्य की किरणों से जगमगा रहे थे। सारा शहर मार्गों पर ऐसे उमड़ा हुआ था मानो कोई उत्सव हो। यादवों के स्वर्ण-रथ और उनसे जुड़े ऊँचे हिनहिनाते घोड़े, उन पर बैठे सारथि मिलकर एक संपन्न सुखी नगर का दृश्य पैदा कर रहे थे।

आज कृष्ण ने यादवों को प्रभासक्षेत्र में उत्सव मनाने हेतु आमंत्रित किया था।

समस्त यादव-कुल उत्सव पर जाने हेतु तैयार हो रहा था।

निरंतर उत्सवों को मनानेवाली द्वारका कुरुक्षेत्र के युद्ध के बाद मानो मृत्युमय हो बेकार हो गई थी। ऐसा एक भी घर नहीं था, जिसमें कुरुक्षेत्र के युद्ध में एक आदमी न मरा हो। द्वारका में सब जगह मौत का तांडव हो चुका था।

कृष्ण स्वयं भी कुछ समय के लिए बैरागी बन गए थे इस युद्ध के बाद।

जिसका संपूर्ण जीवन-अस्तित्व उत्सव ही था।

जो स्वयं खिले रहना चाहते थे, साथ ही दूसरों के भी विकास में लगे थे। ऐसा व्यक्ति जब सकुचा जाता हो तो स्वाभाविक है, इस बात की चर्चा चारों तरफ हो।

मौत की भयानक परछाईं जीनेवाले यादव उत्सव-महोत्सव तो मानो भूल ही गए थे बहुत समय से। पिछले कई वर्षों से जन्माष्टमी का उत्सव धूमधाम से मनाना वे भूल ही गए थे।

*कृष्णायन*

६७

आज स्वयं कृष्ण घर-घर जाकर उत्सव मनाने हेतु आमंत्रण दे आए थे। यादव-कुल के हर एक पुरुष—चाहे वृद्ध हो, प्रौढ़ हो या जवान—सबके लिए प्रभास-क्षेत्र में उत्सव हेतु हार्दिक निमंत्रण था।

यादव मदमस्त हो गए थे।

यादव स्त्रियों के पास जितने गहने थे, वे सब उन्होंने पहन लिये थे।

यादव बच्चे उत्साह में नाच रहे थे। यादव पुरुष भी जीवन में आए इन आनंद के क्षणों का संपूर्ण आनंद लेने हेतु बेचैन थे।

◻

कृष्ण ने अपने झरोखे में से ये दृश्य देखे।

एक गहरी साँस उन्होंने ली।

क्या वह स्वयं योग्य कर रहे थे? उनके मन में प्रश्न उठा।

हमेशा सत्य के साथ जीनेवाले इस निर्विवाद महामानव को पहली बार अपने लिये गए निर्णय के प्रति, अपने व्यवहार के प्रति शंका हो उठी।

इतने लोग सिर्फ उनके विश्वास पर, मात्र उनके शब्दों पर विश्वास कर आज उनके साथ जा रहे थे और कोई जानता नहीं था कि उनमें से कोई भी वापस आने वाला नहीं था।

कुरुक्षेत्र ने क्या दिया था?

क्या कुरुक्षेत्र की विजय सचमुच विजय थी?

क्या सचमुच कोई विजय का सुख उठा सका था?

क्या सचमुच धर्म की जय हुई थी?

क्या अपना कर्तव्य पूरा हो गया था?

विजयी हुए पांडवों को क्या प्राप्त हुआ था? पुत्रों का देहावसान, अपने उत्सव में साँस लेते शरीर?

क्या यह दूसरा कुरुक्षेत्र नहीं था? क्या सचमुच इससे अधर्म का नाश होना था?

महासंहार में इस दूसरे चरण में प्रवेश करने से पहले कृष्ण के मन में कितने ही प्रश्न और कितनी ही शंकाएँ जाग उठीं। उन्होंने बार-बार मन-ही-मन स्वयं से मनोमंथन किया था। यह क्षण शायद दृष्टि के समक्ष नहीं था, इसीलिए इसकी भयानकता का आभास नहीं था उन्हें; किंतु आज जब वह पल पास आया; तो आँखों में आँखें डाल सत्य-असत्य, योग्य-अयोग्य के प्रश्न पूछ रहा था, तो अर्जुन के रथ का वह सारथि अंदर से काँप गया...।

◻

"चलो, मैं तैयार हूँ।" सत्यभामा की वह आवाज थी। अंदर से बाहर आते उसने ही कृष्ण को संबोधित कर कहा था, "चलो, मैं तैयार हूँ।"

सुंदर काँच की पुतली-सी हलकी गेहूँ-वर्ण सत्या—सत्यभामा अत्यंत सुंदर, शृंगार

रसिक थी। पल भर कृष्ण उसे देखते रहे। उसने लंबे बालों को गूँथ कर जूड़ा बनाया हुआ था, जिसमें श्वेत सुगंधित फूल लगाए थे। उसने कान में सुंदर कर्ण-फूल और उन्हीं फूलों जैसे गूँथे गले के माणिक-मोती के हार...हार के नीचे मक्खन-सी मुलायम त्वचा चमक रही थी, जिसमें हलका सा काजल समाया हुआ था, गेहुँआ रंग...

सुंदर वक्षस्थल, जिस पर श्वेत रेशमी कंचुकी, श्वेत पल्लू और श्वेत वस्त्रों में सत्यभामा अद्भुत लग रही थी, मानो नील यमुना में खिला हुआ कमल।

कृष्ण की आँखों में मृदुता उतर आई। हँसती हुई सत्यभामा की दंत-पंक्ति उसके गले में डले मोतियों की लंबी माला की तरह चमक रही थी।

''यह हास्य फिर कभी देखने को नहीं मिलेगा।'' पल भर के लिए कृष्ण सत्यभामा पर मोहित हो उठे। उन्होंने सत्यभामा को निकट खींचा।

''क्या कर रहे हो, प्रभु?'' सत्यभामा लजा गई, किंतु खिंचकर पास आ गई, किंचित् भी विरोध नहीं किया।

कृष्ण की यह आसक्ति, यह मोह सत्यभामा को अच्छा लगता था। सत्यभामा हमेशा प्रयास करती कि कृष्ण उसी से बँधे रहें, किसी दूसरे विषय पर विचार तक न करें।

रुक्मिणी सत्या की इन चंचल हरकतों पर कभी ध्यान नहीं देती थी, हँसकर टाल जाती थी; लेकिन सत्यभामा को कृष्ण की अन्य सभी रानियाँ नापसंद थीं।

कृष्ण को जानती थी, इसीलिए सत्यभामा कुछ नहीं कहती थी; किंतु जिस रात कृष्ण उसके कक्ष में सोने आने वाले न हों, वह सारी रात जागकर काटती थी।

रेशमी पलंग पर लेटे, कल्पनाएँ करती, दुःखी होती तथा आनेवाले दिनों में कृष्ण से रूठ जाती। कृष्ण उसे मनाते, लाड़ लड़ाते तो वह मान भी जाती।

◻

सत्यभामा को तैयार देख कृष्ण को आश्चर्य हुआ।

''तुम?'' कृष्ण ने पूछा।

''हाँ, मेरे बिना आप क्या करेंगे? आपके साथ मैं नहीं होऊँगी तो उत्सव नीरस हो जाएगा, ठीक है न प्रभु?'' फिर एक बार सत्यभामा की दंत-पंक्ति चमक उठी।

उसकी आँखों में बाल सुलभ आश्चर्य, कुतूहल और उत्साह था।

कृष्ण ने फिर एक बार उसे अपनी तरफ खींचा। इस बार हलके विरोध के साथ सत्या उनके पास खिंच आई। उसने एक हाथ कृष्ण के सीने पर रखा और दूसरे हाथ से उनके बाजूबंद के साथ खेलने लगी। उसकी आँखें कृष्ण ने देखी थीं।

कृष्ण के सीने पर सत्यभामा का टिका सिर अच्छा लगता था।

कृष्ण उसकी पीठ सहलाने लगे। गुलाब की पंखुड़ी समान युवा, सुंदर और श्यामल-रंगी वह पीठ न जाने क्यों आज कृष्ण के स्पर्श में कुछ अलग ही अनुभव कर रही थी।

यह प्रेमी का स्पर्श नहीं था, यह तो किसी गंभीर पुरुष का पिता समान स्पर्श था। कृष्ण ने उसका सिर सूँघा।

जूड़े में लगा मोगरा और बालों में चंदन-धूप-सी सुगंध कृष्ण के मनो-मस्तिष्क तक पहुँच गई। उन्होंने एक गहरी लंबी साँस ली और एक शब्द भी बोले बिना सत्या को थोड़ा दूर कर दिया।

सत्या को आश्चर्य हुआ, वह कृष्ण की तरफ देखने लगी।

क्या था उस स्पर्श में? पीड़ा? वैराग्य? वेदना अथवा...मन-ही-मन उलझ गई वह। उसके यह स्वामी, जिन्हें रिझाने के लिए उसने सारा सोलह-सिंगार किया, उस तरफ तो कृष्ण का ध्यान तक नहीं गया।

वैसे भी कुरुक्षेत्र के युद्ध के बाद कृष्ण की मानसिक स्थिति में बदलाव आता रहता। कभी-कभी वे अत्यंत ग्लानि में डूबे रहते, एकांत में बैठे रहते...तो कभी अकेले न रह जाएँ इसलिए सत्या को जगाते। कभी-कभी सारी रात अपने साथ तो कभी एक शब्द भी बोले बिना चुपचाप छत को ताकते पड़े रहते। कभी समुद्र को एकटक निहारते रात भर महल के गवाक्ष में बिता देते।

कभी बिना किसी कारण उनकी आँखें भीग जातीं तो कभी उनका मौन दिवसों लंबा हो जाता। ऐसा नहीं था कि सत्या ने यह सब देखा नहीं था। वह भी कृष्ण को इस सबसे बाहर निकालने का निरंतर प्रयास करती थी।

कभी शरीर से तो कभी संवेदना से...

सत्या के लिए कृष्ण में आनेवाला यह बदलाव कठिन था—स्वीकारने और समझने दोनों ही रूपों में...।

सत्या ने कृष्ण को हमेशा एक प्रेमी के रूप में ही देखा था—एक अद्भुत प्रेमी, जो निरंतर उसके सुख का ही विचार करता था, उसे आनंदित रखता, सत्या के मन में कोई इच्छा जाग्रत् हो, उससे पहले सुलभ करवाने की चेष्टा करना ही काम था कृष्ण का।

सत्या तो कृष्ण के प्रेम में सिर से पाँव तक डूबी हुई थी। उसके लिए कृष्ण का यह नया रूप बिलकुल अनजान था।

ऐसे समय में सत्या और भी चंचल बन जाती। जैसे-जैसे कृष्ण गहराई में उतरते वैसे-वैसे वह उन्हें बाहर निकालने का प्रयास करती...कभी-कभी इस परिस्थिति के समाधान हेतु कृष्ण रुक्मिणी के महल में चले जाते। वह प्रौढ़ा, समझदार रुक्मिणी कृष्ण के मन को समझती थी। रुक्मिणी संभव हो सके, वहाँ तक उनसे एकांत व मौन वास को अखंड रखती।

कृष्ण को धीरे-धीरे यह परिस्थिति अनुकूल होने लगी तो वे अधिक-से-अधिक रातें रुक्मिणी के महल में व्यतीत करने लगे। यह परिस्थिति सत्या को असह्य, अस्वीकार

थी। पहले ऐसी परिस्थिति में कृष्ण सत्या को घंटों मनाते, लाड़ लड़ाते, अनुनय करते; किंतु अब ऐसा नहीं होता था। रुक्मिणी के महल में रात बिताकर आए कृष्ण से रूठी सत्या सारी रात पलंग में मुँह छिपाकर लेटी रहती और कृष्ण कक्ष में बैठकर रात बिताते, पौ फटते ही समुद्र किनारे चले जाते। ऐसा कई बार हुआ था। सत्या के लिए कृष्ण की यह उपेक्षा मृत्यु से भी बुरी थी।

☐

"महारानी, प्रभासक्षेत्र में उत्सव है।" मनोरमा यह समाचार लाई थी।

मनोरमा सत्या की प्रिय दासी थी। रुक्मिणी के महल में या राजसभा में होने वाली घटनाओं के समाचार, आँखों देखी खबरें मनोरमा ले आती। आज तक उसके द्वारा लाया कोई समाचार झूठा नहीं निकला...तथापि न जाने क्यों आज सत्या को विश्वास नहीं हुआ...।

"सच कहती हो?" सत्या ने फिर पूछा।

"आपके चरणों की सौगंध। प्रभु श्रीकृष्ण ने स्वयं जा-जाकर निमंत्रण दिया है। कल प्रात: दिन के तीसरे प्रहर सब जाने वाले हैं...यहाँ इस महल के प्रांगण में से..." मनोरमा ने बात पूरी की।

सत्या ने उसे कंधे से पकड़ा और गोल-गोल फिराने लगी।

सत्यभामा को लगा, मनोरमा जो समाचार लाई थी, उससे सारा महल जगमगा उठा था। उसके हर अंग में दीप जल उठे थे और रोम-रोम आनंद से नाच उठा था।

"मनु, मनु...मैं तेरी झोली मोतियों से भर दूँगी...रेशमी वस्त्र ओढ़ाऊँगी तुझे...अपने सोने के कंगन तुझे दे दूँगी...तुझे पता नहीं है कि कितनी श्रेष्ठ खबर तू लेकर आई है। शुभ दिन फिर से लौट रहे हैं। मेरे प्रभु, मेरे जीवन के आधार, मेरे प्राण, मेरे प्रियतम का हृदय शोक के घेरे से मुक्त हो रहा है। वे दिन फिर से मुड़ेंगे मनु, वे दिन जरूर वापस आएँगे।"

आनंद में पागल हुई सत्यभामा ने पूरी बात सुनी ही नहीं। मनोरमा कहना चाहती थी कि उत्सव सिर्फ यादव पुरुषों के लिए ही है...लेकिन सत्यभामा ने आनंद के अतिरेक में उसे पूरा वाक्य भी बोलने नहीं दिया और अपनी रानी को इतनी आनंदित देख मनोरमा ने भी उस समय चुप रहना ही उचित समझा।

☐

त्रिवेणी संगम के किनारे...

कृष्ण चुप थे।

कृष्ण की आँखें बंद थीं, अभी भी...

उनकी बंद आँखों में अनेक आग्रहों के साथ वेदना का स्वर लिये सत्यभामा की आँखें तैरने लगीं।

जब कृष्ण ने उसे समझाया कि यह उत्सव मात्र यादव पुरुषों के लिए है तो सत्या के लिए यह बात अस्वीकार्य तो थी ही, असह्य भी थी।

आजीवन प्रेमिका बन जीवन जीने के लिए जनमी सत्यभामा कभी भी हकीकत की जमीन पर पाँव रखती ही नहीं थी। सपनों में जीनेवाली और नित नए मनोरंजन के साधन रचनेवाली सत्यभामा किसी भी तरह कृष्ण की यह बात मानने को तैयार ही नहीं थी। सत्यभामा हमेशा यह मानती थी कि कृष्ण उसके बिना सुखी हो ही नहीं सकते।

क्योंकि उसके सुख की व्याख्या श्रीकृष्ण से शुरू होकर श्रीकृष्ण पर ही पूरी होती थी।

अपने मनोभावों को दूसरे में रोपना प्रेम था शायद!

दूसरे व्यक्ति को दर्पण की तरह न देखना ही प्रेम का स्वभाव है। सामनेवाला व्यक्ति चाहे कुछ भी कहे, प्रेमी मन तो वही सुनता है और वही समझता है, जो उसे स्वीकार्य हो...अथवा उसे अपेक्षित हो।

अगर भूल से भी कृष्ण ने सत्यभामा को यह कहा होता कि यह अंतिम यात्रा है, अंतिम प्रवास है, तो शायद सत्यभामा के प्राण वहीं निकल जाते। कृष्णमय हो जीवन जीनेवाली सत्यभामा कृष्ण के बिना जीवन की कल्पना मात्र से ही मर जाए, इतनी कोमल थी...

परंतु कृष्ण के लिए कर्तव्य ही सर्वोपरि था, अंतिम सत्य था...और सत्यभामा के भाग्य में अभी मुक्ति नहीं लिखी थी विधाता ने।

उसके कर्म अभी भी उसे द्वारका के साथ बाँध रहे थे और उन कर्मों की पूर्ति के बिना सत्यभामा को मोक्ष मिलना संभव नहीं था।

☐

कृष्ण ने उसे अपने निकट खींचा और उसका सिर सूँघा।

"प्रिया, चारुशीला...सिर्फ हम पुरुष ही जा रहे हैं उत्सव में।"

"क्यों? स्त्रियों का क्या दोष है?"

"स्त्रियों ने कुछ गलत नहीं किया, इसलिए ही स्त्रियाँ उत्सव में नहीं आ सकतीं।"

"मैं समझी नहीं, स्वामी?"

"तुम मेरे साथ न होकर भी मेरे साथ ही होगी। मैं तुम्हें अपने साथ ही ले जा रहा हूँ।"

"स्वामी..."

"तुम मेरी पत्नी हो। तुम्हारा एक अंश मेरी आत्मा में शामिल है। बोलो, नहीं है?"

"बस, शब्द...शब्दों का मायाजाल..."

"प्रिये, अगर तुम्हें ले जा सकता तो अवश्य ले जाता।"

"आपको कौन रोकता है?"

"मुझे? मुझे कौन रोकने वाला है? परंतु अभी समय नहीं हुआ है···।"

"समय?" सत्यभामा को कुछ भी समझ नहीं आया, "कैसा समय? कौन सा समय?"

"योग्य समय, प्रिया। हर वस्तु का एक समय होता है और आज का समय मेरे साथ जाने का नहीं है। तुम्हें तो अभी यहीं रहना है।"

सत्यभामा ने न जाने क्यों आज जिद नहीं पकड़ी। उसे याद हो आई कभी कृष्ण द्वारा कही वह बात···

यो मां पश्याति सर्वत्र सर्वं च मयि पश्यति।
तस्याहं प्राणश्यामि स च मे न प्रणश्यति॥

जो मुझे हर जगह देखता और मुझमें ही सबकुछ देखता है, उसके लिए मैं कभी भी दूर नहीं और वह मुझसे कभी दूर नहीं।

"देवी, तुम सर्वत्र निरंतर मेरे साथ ही हो···" कृष्ण की आँखों में अपार करुणा थी···और इस अद्भुत स्त्री से अलग होने का दुःख भी शायद।

□

कृष्ण के मन में अचानक ही एक टीस उठी···सत्या को अंतिम समय में भी सत्य नहीं कह सके। अगर कहा होता तो शायद, तो सत्या मुक्ति की दिशा में अधिक स्वस्थता से पाँव आगे बढ़ा पाती। अब तो कृष्ण के लिए विचार और वेदना दोनों ही उसे जीने नहीं देंगे।

अर्जुन को कुरुक्षेत्र में 'निमित्त मार्ग' कहकर मृत्यु का रहस्य आसानी से समझानेवाले कृष्ण आज स्वयं एक अजीब सी उलझन में आँखें बंद कर पीड़ाग्रस्त बैठे थे।

सत्यभामा की आँखें एकटक कृष्ण को देख रही थीं।

सत्यभामा के महल में व्यतीत की श्रृंगारपूर्ण रातें··· सत्यभामा के वे तप्त अंगों का स्पर्श न जाने क्यों बेहद ठंडक देने वाला था।

अपने मन और तन से कृष्ण को समर्पित थी सत्या, फिर भी उसके साथ छल किया था—

यं यं वापि स्मरन्भावं त्यजत्यन्ते कलेवरम्।
तं तमेवैति कौन्तेय सदा तद्भावभावितः॥

जिस भाव को स्मरण करते मानव मानव-देह का त्याग करता है, उसी भाव को निस्संदेह वह दूसरे जन्म में प्राप्त करता है।

मैंने ही कहा था यह और अब मैं ही!

कृष्ण उलझन में थे।

सत्या को कौन कहेगा कि उसे मनानेवाला, लाड़ लड़ानेवाला उसका प्रियतम...अब...क्यों कहना चाहिए? अगर सत्या की आत्मा सच में मुझसे ही जुड़ी है तो वह स्वयं जान जाएगी। उसके अंदर की रिक्तता ही उसे मेरी अनुपस्थिति की बात बता देगी।

सत्या जी सकेगी मेरे बिना?

इस विचार के आते ही कृष्ण के चेहरे पर मुसकान आ गई।

शायद न जी सके, तड़पे...पल-पल मृत्यु का अनुभव करे तो भी क्या वापस आ सकेगी?

तो फिर क्या अर्थ था इस विचार का?...

क्या यह मोह नहीं था?

कहीं मन की गहराई में वे ऐसा चाहते थे कि उनके जाने के बाद कोई...विशेष कर उनके जीवन में आई स्त्रियाँ उनके न होने की पीड़ा का पल-पल अनुभव करें?

क्या स्वयं वे भी एक सामान्य मानव, पुरुष की तरह विचार कर रहे थे?

चौंक गए कृष्ण!

अंतिम विदाई की इस वेला में ये विचार क्या सूचित करते थे?

मानवीय भावनाओं के बंधन इतने मजबूत होते हैं कि स्वयं भगवान् भी इनसे मुक्त नहीं रह सकते, और आज पीपल के पेड़ के नीचे लेटे कृष्ण प्रत्यक्ष अनुभव कर रहे थे।

☐

ये बारह महीने अर्जुन के साथ व्यतीत करने का समय था द्रौपदी का।

रात का समय था, संपूर्ण इंद्रप्रस्थ गहरी निद्रा में लीन था। महल के दीये हलके-हलके प्रकाश की लौ वाले हवा की लहर से थरथरा रहे थे...।

अचानक अर्जुन की आँखें खुलीं तो उसने देखा, गवाक्ष में द्रौपदी खड़ी है। हलके उजाले में उसके लंबे, काले बाल चमक रहे थे। प्रौढ़ावस्था में पहुँची द्रौपदी फिर भी सुंदर शरीर की मलिका और वह श्याम वर्णी द्रौपदी अभी भी अर्जुन को उतनी ही मोहक लगती जितनी द्रुपद के वहाँ स्वयंवर के समय लगी थी।

अर्जुन भी वहाँ आकर खड़े हो गए। उनकी पदचाप सुन द्रौपदी चौंक गई और उसने पीछे मुड़कर देखा।

उसकी अग्नि-शिखा समान आँखों में आज अजब सा गीलापन था—बारिश से भरे बादलों की तरह का गीलापन।

"नींद नहीं आती, याज्ञसेनी?"

"नींद तो कितने ही बरसों से उड़ चुकी है मेरी, अब तो चिरनिद्रा की प्रतीक्षा है।"

"पार्थ, मेरा हृदय बैठा जाता है। न जाने किस शंकावश मेरे हाथ-पाँव ढीले हो गए हैं। मेरी जीभ हकलाती है…और पसीना छूट रहा है।"

द्रौपदी ने अजब दृष्टि से अर्जुन को देखा।

बहुत स्नेह से पांचाली को अर्जुन ने अपनी तरफ खींचा।

"कुरुक्षेत्र के युद्ध के बाद ऐसा तो कई बार होता रहा है…भय लगता है सूर्योदय से…भय लगता है शंखनाद और दुंदुभि से…भय लगता है आवाज करते आक्रामक टोलों से…भय लगता है भोजन की आशा लिये चक्कर काटते हुए गिद्धों से…भय लगता है लार टपकाते कालरात्रि के यमदूतों से…मुझे डर लगता है, द्रौपदी…डर लगता है कि सूर्योदय होगा और मुझे फिर हाथ में गांडीव उठाना पड़ेगा, फिर मुझे अपनों का संहार करना पड़ेगा, फिर मृत्यु को प्राप्त होते अपने स्वजनों की चीखें सुनकर हृदय बैठ जाएगा…फिर वही दिन उसी प्रकार आँखों के आगे आकर खड़े हो जाएँगे…मुझे डर लगता है, मेरा हृदय भी बैठ जाता है इस विचार मात्र से ही…।"

"यह डर, डर नहीं है, पार्थ।"

"तो…बात क्या है, याज्ञसेनी?"

"पार्थ…" थोड़ा सा हिचकिचा गई द्रौपदी, फिर इस तरह अर्जुन की तरफ देखा मानो कोई निर्णय किया हो।

"पार्थ, मुझे मेरे सखा के पास जाना है। अभी…इसी समय…"

अर्जुन द्रौपदी की आँखों में देखने लगे। अग्निकुंड से निकली तेज शिखा-सी द्रौपदी की वे आँखें आज डूब रही थीं…किसी भय से, किसी आतंक से अथवा आनेवाली घटना के पूर्व संकेत द्रौपदी के हृदय को मिल चुके थे।

अर्जुन ने द्रौपदी के कंधे पर हाथ रखा, "क्यों प्रिये, क्यों अचानक?"

"नहीं जानती…नहीं जानती, क्यों…परंतु मुझे ऐसा प्रतीत होता है कि मुझे इसी क्षण सखा के पास जाना है…मेरा मन अतिशय चंचल बन गया है। हृदय किसी आने वाली घटना की आशंका से धड़क रहा है। फाल्गुन, मुझे कब से ऐसा…ऐसा लग रहा है कि सखा मुझे पुकार रहे हैं…इस खंड में उनका स्वर घूम-घूमकर प्रतिध्वनित हो रहा है।"

द्रौपदी ने मुट्ठी भरी, मानो हवा में से कुछ पकड़ रही हो—"देखो…" उसने अर्जुन के समक्ष मुट्ठी खोल दी।

उसका हाथ खाली था…अर्जुन ने उसकी आँखों में देखा। एक अजब सी चाह, एक अजब सी भ्रमित अवस्था के लक्षण थे उसकी आँखों में…।

"लो, सुनो यह स्वर सखा का मेरी मुट्ठी में। सुबह से इसे पकड़ने की कोशिश कर रही हूँ, पकड़ ही नहीं पाती। पता नहीं सखा क्या कहना चाहते हैं; लेकिन उन्हें जरूरत है पार्थ…वे मुझे बुला रहे हैं…रथ तैयार करो…मुझे अभी जाना है द्वारका।"

"परंतु प्रिये, वे इस समय द्वारका में हैं या किसी अन्य जगह पर…"

द्रौपदी ने बात बीच में ही काट दी, "वे द्वारका में ही हैं, मुझे महल के बरामदे में खड़े सखा की भीगी आँखें दिखाई देती हैं। मुझे समुद्र की लहरों की आवाज सुनाई पड़ती है। मुझे द्वारका ले चलो। मुझे द्वारका ले जाओ, इससे पहले कि बहुत देर हो जाए, पार्थ, मुझे द्वारका ले जाओ…।"

"प्रिये, तुम्हारी यह पीड़ा मुझे समझ नहीं आ रही; परंतु अनुभव कर सकता हूँ…हम सूर्योदय होते ही…"

"सूर्योदय? सूर्योदय होने तक तो…"

"क्यों अमंगल कल्पनाएँ करती हो, याज्ञसेनी? वे स्वयं ईश्वर हैं…कितने ही प्राणों के आधार हैं वे। उन्हें क्या हो सकता है?"

"ईश्वर? मैंने नहीं देखा उन्हें ईश्वर स्वरूप में। मेरे लिए तो वे मनुष्य हैं। हम सबसे थोड़ा ऊँचे, परंतु मनुष्य। पार्थ, मैंने उनकी आँखों में वह सब देखा है, जो किसी भी सामान्य साँस लेते हुए मनुष्य की आँखों में होता है। संभव हो सकता है…पार्थ, उनके इर्द-गिर्द छोटे लोगों ने उन्हें भगवान् का स्थान दे दिया है, वरना वे तो…"

अर्जुन ने लगभग अविश्वासपूर्ण दृष्टि से द्रौपदी को देखा, "यह तुम कह रही हो याज्ञसेनी, तुम?… जिसने उनके सबसे अधिक चमत्कार देखे हैं…जिसने उनकी दिव्यता का सबसे अधिक अनुभव किया है…जो उनके सबसे निकट रह उनकी संवेदना का अनुभव कर चुकी है…!"

"हाँ, मैं कहती हूँ और मुझसे अधिक यह कौन कह सकता है? आप जिसे चमत्कार कहते हैं, वह मेरे लिए एक शक्ति है। दूसरे व्यक्ति तक पहुँचने की एक प्रबल इच्छा, एक अपूर्व ताकत है, जो उन्हें सामान्य से असामान्य बनाती है…।"

"और…नौ सौ निन्यानबे चीर…, जो उन्होंने पूरे किए…"

"वह प्रेम था उनका…" द्रौपदी की आँखों में एक अजब सी सादगी और गहराई छिपी हुई थी; लेकिन इस समय उसकी इस गहराई में भी कहीं कुछ तरलता थी। जिस आसानी से द्रौपदी अपनी बात कह रही थी, उसे देख मानने के लिए पार्थ को बाध्य होना पड़ा।

द्रौपदी ने बात आगे बढ़ाते हुए कहा, "पार्थ, मात्र सोचिए कि अगर वे देवता होते, चमत्कार कर सकते तो क्या वे मुझे अंतःपुर में से बाहर राजसभा तक आने देते? दुःशासन का स्पर्श भी करने देते इस शरीर को? वस्त्र को हाथ लगाते ही वस्त्र जल न जाता, अगर सचमुच सखा कृष्ण चमत्कार करने वाले होते…अरे, पार्थ, वहाँ तक भी जाने की आवश्यकता नहीं है, वे तुम्हें द्यूतक्रीड़ा में ही हारने देते?"

द्रौपदी बिना विराम लिये बोलती जा रही थी, जिसके बहते हुए वाणी प्रवाह में मुग्ध

हुए अर्जुन उसे ध्यानपूर्वक सुन रहे थे, ''उनके पास एक अत्यंत स्वच्छ मन है, हम सबके मन से अधिक स्वच्छ। मानसरोवर के जल समान, जिसमें आकाश का प्रतिबिंब दिखाई पड़ता है, इसीलिए जल भूरा लगता है। तुम्हें जो चमत्कार लगते हैं न, वे उनके स्वच्छ मन की निश्छल निर्मलता है···''

''याज्ञसेनी, तुम परिस्थितियों और लोगों को कितनी स्पष्टता से देख सकती हो! ···और हाँ, उतनी ही स्पष्टता से उनका वर्णन भी कर सकती हो··· ।''

''यह तो सखा का प्रभाव है। मैं जो कुछ भी हूँ, वह मात्र उनसे प्राप्त प्रेम के कारण ही है।''

''मात्र?'' अर्जुन की आवाज थोड़ी गंभीर हो उठी।

''उनसे प्राप्त प्रेम? पति, जो राजसभा में तुम्हारी रक्षा नहीं कर सके··जिन्होंने तुम्हें बारह वर्ष वनवास दिया।'' अर्जुन ने बोलते हुए अपनी दृष्टि नीचे कर ली।

''इंद्रप्रस्थ भी तो तुमने ही दिया है न?'' द्रौपदी की आवाज में अजब सी कोमलता आ गई थी। अजीब तरह की ममता से द्रौपदी ने अर्जुन के दोनों कंधों पर अपने हाथ रखे—''सखा से ईर्ष्या होती है?'' उसने अर्जुन की आँखों में आँखें डाल दीं।

इतनी अधिक कोमलता, ममता और माधुर्य होने के बावजूद अर्जुन का प्रश्न यूँ ही रह गया। बहुत ही सावधानीपूर्वक संबंधों में दरार न पड़े, इस तरह पूछे गए उस प्रश्न ने अर्जुन का चेहरा बदल दिया।

''मुझे··· मुझे सखा से ईर्ष्या है? क्या बात करती हो, याज्ञसेनी? वे तो मेरे प्राण हैं। मैं साँस लेता हूँ, क्योंकि वे हैं। मैं भोजन करता हूँ, क्योंकि वे हैं। मैं उनसे अलग नहीं हूँ, मैं उनका ही प्रतिबिंब हूँ। उनका एक अंश मात्र···'' द्रौपदी ने अर्जुन की आँखों में देखा, वे सत्य बोल रहे थे।

''तो फिर, यह प्रश्न क्यों पूछा? तुम जानते नहीं।···क्या तुम जानते नहीं कि हम सबका जीवन मात्र सखा के कारण ही संभव है?''

''याज्ञसेनी, प्रिये, मैं जानता हूँ कि अपना जीवन मात्र श्रीकृष्ण के कारण ही संभव है। कुरुक्षेत्र में अगर वे हमारे पक्ष में नहीं होते तो···शायद···जानती हो, तुम्हें और सखा को···परंतु तुम्हारी उनके प्रति आसक्ति देखकर कभी-कभी विचलित हो जाता हूँ। वैसे भी, मैं तुम्हें अपने चार भाइयों के साथ बाँटता हूँ··फिर उसके बाद तो···''

''आसक्ति? भक्ति और आसक्ति का भेद तुम्हें समझ नहीं आए तो किसे समझ में आएगा, पार्थ! गीता का उपदेश तुम्हें ही संबोधित कर दिया गया था। गीता का प्रथम श्रोता अगर आसक्ति और भक्ति का भेद अलग नहीं करता तो और कौन करेगा! और हाँ पार्थ, आसक्ति तो अब किसी चीज में भी नहीं रही···यह शरीर, यह श्रृंगार यह भोग, यह वैभव, विलास तुम्हें क्या लगता है? सचमुच ये सब कुछ मैं जीती हूँ? नहीं पार्थ, नहीं, ये तो सखा

ही सिखाई हुई बातें हैं। परम स्वीकार...सखा द्वारा सिखाया गया धर्म, अर्थात् संपूर्णता को स्वीकार करना धर्म है, मनुष्यता को संपूर्ण रूप से स्वीकार करना धर्म है। मानवीय संबंधों में साथ रहते हुए भी साथ न हो, संभव हो सकता है। इन सभी प्रकार के वैभवों में भी व्यक्ति संन्यासी हो सकता है। रोग, प्रेम, भोग, योग, ध्यान आदि समस्त दिशाओं को संपूर्णतया स्वीकार कर समग्रता का दर्शन, समग्रता का अध्यात्म हमें सखा ने सिखाया नहीं है...तेन त्यक्तेन भूंचिया—यही कृष्ण का परम मंत्र है और मैं भी सब कुछ त्यागकर भोग रही हूँ।''
द्रौपदी हँसी, ''अथवा सब भोगकर त्याग करने का प्रयास कर रही हूँ।''

''कृष्ण...मानो ये सब स्वयं बोलते हों, ऐसा सार्थक लगता है।''

''सत्य है, पार्थ! ये वही बोल रहे हैं, क्योंकि कृष्ण के साथ मेरा संबंध माँ के पेट में नाभि से जुड़े बच्चे की तरह है।

''माँ के हृदय की धड़कन, माँ के शरीर में होनेवाली एक-एक हलचल और उसके मन में उठते विचार चाहे बच्चे के अपने न हों, फिर भी वे सारे विचार और प्रवृत्तियाँ माँ के मन और शरीर पर ही आधारित होती हैं। मेरा भी यही मानना है।''

द्रौपदी की आँखें छलछला उठीं।

''पार्थ, मुझे कृष्ण के पास ले चलो, पार्थ।''

अर्जुन ने इस तरह द्रौपदी का हाथ पकड़ा, मानो उसे आश्वासन दे रहे हों। बड़ी ही आत्मीयता से उसे सहलाया और झट से कमरे से बाहर निकल गए...। द्रौपदी भी अर्जुन का यह उतावलापन और बेचैनी समझ गई।

◻

दिन का प्रथम प्रहर लगभग पूरा होने वाला था। सूर्यदेव धीरे-धीरे सीधी किरणें फेंकने लगे थे। हिरण्य-कपिला के किनारे की रेत हलकी-हलकी तपने लगी थी। कृष्ण पीपल के पेड़ के सहारे लेटे धीरे-धीरे शांत मन से साँस ले रहे थे। बदलते समय की यह सुंदर प्रकृति देख रहे थे। उनके चेहरे पर पीड़ा-मिश्रित मुसकान ठहरी हुई थी। उनकी आँखें खुली थीं, मगर करुणा से भरी हुई थीं। भगवान् महाकाल की यह लीला निहारते, निरंतर चलते इस जीवन प्रवास के बारे में सोचते-सोचते कृष्ण को एक विचार आया—

''यह जीवन रस्सी पर चलते हुए नट जैसा है। एक तरफ से दूसरी तरफ और दूसरी तरफ से इस तरफ। सचमुच यह नट प्रवास नहीं करता, फिर भी निरंतर चलता है...चलने के साथ-साथ उसे इस बात का खयाल भी रखना होता है कि कहीं उसका ध्यान चूक न जाए। इतनी सावधानीपूर्वक, मेहनत तथा कुशलतापूर्ण निरंतर चलनेवाला व्यक्ति भी कहीं पहुँच नहीं सकता, यह आश्चर्य की बात है!''

कृष्ण के चेहरे पर एक मुसकान फैल गई।

जरा उनके पैरों के पास घुटने टेक बैठा हुआ था। उसने हाथ जोड़ दिए।

"प्रभु, आपको दुःख हो रहा हो तो सीधे लेट जाएँ। ऐसे पीपल के सहारे अधलेटे पीठ दुखेगी।"

कृष्ण के चेहरे पर ठहरी मुसकान जरा और फैल गई।

"जरा, भाई, मेरे बारे में इतना मत सोच"कल से तू भूखा है। आज भी हिरण की जगह तीर मुझे लगा है"तू अपने भोजन का विचार कर।"

"प्रभु, आपको इस स्थिति में देख मेरी तो भूख-प्यास ही मर गई है। आपको आराम नहीं आएगा, तब तक मुझे और किसी बात का विचार भी नहीं आएगा।"

"जरा, मेरे प्रति तेरी यह भावना है?" कृष्ण ने जरा की तरफ देखा, आँखें बंद कीं। कुछ पल आँखें बंद ही रहीं। जरा को कुछ समझ नहीं आया, वह कृष्ण के सामने देखता रहा।

"अचानक जरा ने नदी के पानी में कुछ आवाज सुनी!

"उसने देखा एक हिरण पानी पी रहा था। जरा ने उस हिरण को देखा और दृष्टि को घुमा लिया।

हिरण धीरे-धीरे पानी पीकर चला गया।

कृष्ण ने आँखों को खोला। बहुत दूर हिरण दिख रहा था।

"जरा, तुमने हिरण नहीं देखा?"

"देखा था प्रभु, बिलकुल निकट ही था।"

"तो?"

"तो क्या, प्रभु?" जरा के चेहरे पर एक बाल-सुलभ भोलापन था।

"तू कल से भूखा है""

"प्रभु"" जरा ने कृष्ण की तरफ देखा। अजीब भाव-विभोर चेहरा था उसका।

"भाई, मैं तो अब चला जाऊँगा। मेरी चिंता छोड़, तुझे तो अभी जीना है और मानव-शरीर की आवश्यकताओं में से यह एक है। अपना विचार कर, भाई""

"करूँगा, परंतु जो काम अधूरा है, उसे पूरा करने के बाद ही जाऊँगा। शिकार मेरा काम है, शिकार नहीं करूँगा तो क्या खाऊँगा? मैं भी समझता हूँ प्रभु, लेकिन इस क्षण मुझे आपके सुख के अलावा किसी भी बात की चिंता नहीं है। मुझे अपनी चिंता भी नहीं है, अपनी भूख की चिंता भी नहीं है, अपने शिकार की भी नहीं।"

कृष्ण ने फिर आँखें बंद कर लीं। उन्होंने ही तो कहा था अर्जुन से—

"संशय-रहित, मोह के बंधनों से रहित मुझमें स्थिर चित्तवाला और दूसरों के हित में काम करनेवाला मनुष्य ही अंत में मुक्ति प्राप्त करता है। ईश्वर अर्पित कर्म हेतु जिसने अपने सब कर्मों का त्याग किया हो तथा प्रेम द्वारा जिसके संशय दूर हो चुके हों" वह ज्ञानी न भी हो तो भी योगी है।"

☐

अर्जुन जितने उतावलेपन से बाहर गए थे, उससे और भी तेज कदमों में वापस आए।
"याज्ञसेनी, रथ तैयार है, तुम्हें कितना समय लगेगा?"

द्रौपदी ने आकाश की तरफ देखा। सूर्यनारायण अभी आए नहीं थे, परंतु आकाश पूर्णतया रक्तिम हो उठा था। रात का अंतिम प्रहर समाप्त होने की तैयारी में था। ब्राह्ममुहूर्त का समय था। एक पल के लिए द्रौपदी आकाश की तरफ देखती रही मानो आकाश से पूछती हो...यह...

"कितना समय लगेगा?"

☐

काल स्वयं जिन पर आधारित था, ऐसे त्रिकाल को वश में करनेवाले श्रीकृष्ण आज स्वयं काल की लीला में जी रहे थे।

सूर्यनारायण भी कन्हैया के रक्त-रंजित पाँव देख म्लान मुख से मानो प्रभु की अंतिम विदाई की प्रतीक्षा कर रहे हों, इस तरह बादलों के पीछे छिपते जा रहे थे।

सूर्य के तेज की तीव्रता को सहन नहीं कर पा रही थीं कृष्ण की आँखें, बंद थीं और उनकी बंद आँखों में तेजस्वी पवित्रता की परम मूर्ति समान माता गांधारी की आँखें तैरने लगीं। आज आँखों पर पट्टी नहीं थी, बल्कि वे आँखें मूसलधार पानी बरसा रही थीं।

यह क्या, माता गांधारी की आँखों में आँसू?

माँ गांधारी मानो कृष्ण से पूछ रही थीं—"बहुत पीड़ा होती है, पुत्र?" कृष्ण को लगा, माँ गांधारी उनका मस्तक सहला रही हैं।

"माँ, माँ का आशीष है यह तो...मुक्ति का आशीर्वाद, अपने रास्ते जाने का आशीर्वाद..."

"कृष्ण, किसलिए स्वीकार किया तुमने यह शाप?"

"माँ, किसने यह कहा कि यह शाप है, यह तो आशीर्वाद है। तुम्हारे सिवाय मेरी मुक्ति की कामना कौन कर सकता है? यह तो एक माँ का एक पुत्र को हृदयपूर्वक दिया हुआ आशीर्वाद है। माँ, मुझे भी लगता है कि मेरा कार्यकाल पूरा हो चुका है। जाने का समय तो कब से हो चुका था, मात्र जाने की अनुमति चाहिए थी, जो आप मुझे दीजिए। एक माँ के सिवाय एक पुत्र के हृदय की बात इतनी आसानी से कौन समझ सकता है!"

"कृष्ण," गांधारी की आँखें कृष्ण की ओर देख आँसू बहा रही थीं, "मुझे पाप लगेगा।"

"माँ, आपने स्वयं मुझे मुक्ति दी है और मुक्तिदाता तो पाप नहीं, पुण्य का अधिकारी होता है।"

"कृष्ण, रुक जा कृष्ण, न जा...हम सब तेरे बिना कैसे जिएँगे?"

यह आवाज गांधारी की थी या यमुना किनारे विलाप करती यशोदा की!

"बेटा, मेरा मन मलिन हो गया है, नहीं तो तुम्हें कभी ऐसा शाप नहीं देती। क्या मैं नहीं जानती कि वह दुर्योधन की भी मुक्ति थी? मेरे पुत्र को जन्म-मरण के चक्र से मुक्त करनेवाले को मैंने शाप दिया..."

"किसलिए इतना संताप करती हो, माँ? मुझे तो आपके सभी वचन स्वीकार्य थे।"

"इसी बात का तो दुःख है पुत्र, अगर तुमने इस शाप को नकारा होता तो आज मुझे यह दिन देखना नहीं पड़ता। देवकी, कुंती और यशोदा को क्या जवाब दूँगी मैं?"

"माँ, आपकी जिम्मेदारी कहीं भी नहीं है, इस बात को जान लीजिए। आप तो प्रातःस्मरणीय हैं, वंदनीय हैं, सती हैं, कौरव-कुल की गौरव हैं।"

"एक माँ का दूसरी माँ के प्रति उत्तरदायित्व है...और कौरव-कुल? जो कुल सर्वनाश के पथ पर चल पड़ा, जिस कुल में दुर्योधन और दुःशासन पैदा हुए हों, उस कुल का गौरव बनकर भी क्या! कृष्ण, हो सके तो मुझे..." माँ गांधारी की आँखें नीचे हो गईं।

"दुर्योधन और दुःशासन के साथ-साथ विदुर और संजय भी इसी कुल में जनमे हैं न, माँ? जो जल कीचड़ पैदा करता है, वही जल कीचड़ से भरे पैरों को धोने के भी काम आता है...मन को जल कहा गया है, माँ।"

"पुत्र, कुछ माँगूँ?"

"क्या दे सकूँगा मैं? मेरे पास क्या है, जो आपको अपेक्षित है, माँ?"

"सत्य बात है...तुम्हारे पास जो कुछ भी था, वह तो सब तुमने संसार को दे ही दिया। संसार की सारी मलिनता स्वयं ले ली, स्वीकार की...और सब शुद्ध, सात्त्विक तथा स्नेह, सबकुछ तुमने दिया। बेटा, मैं चाहती हूँ कि..."

"बोलो माँ, तुम्हारी सेवा का सौभाग्य भाग्यशाली को ही मिलता है न?"

"मैं जो माँगूँगी क्या वह दोगे?"

"वचन क्यों दूँ? मेरे पास अब कुछ भी नहीं है...साँस भी अब मेरी नहीं रही है..." कृष्ण ने एक गहरी साँस ली।

गांधारी की आँखें किसी अपार्थिव तेज से जगमगा उठीं—"अगले जन्म में मेरी कोख से जन्म लेना, पुत्र।"

"अर्थात् फिर जन्म लेने के लिए मुझे बाध्य करोगी, माँ? मुक्ति नहीं दोगी, माँ?" उन्हें गांधारी की आँखों में देवकी और यशोदा की झलक दिखाई दी।

"तथास्तु..." गांधारी ने अपना हाथ ऊँचा किया। कृष्ण की दृष्टि उनकी हथेली पर स्थिर हो गई। उनकी जीवन-रेखा हथेली के अग्र भाग से शुरू होकर उँगलियों तक जाती थी। अभी तो बहुत जीना था गांधारी को।

☐

गांधारी का भयानक रुदन हस्तिनापुर के महल के गुंबदों में प्रतिध्वनित हो रहा था। कुंती उसकी पीठ पर हाथ फिरा रही थी, उसे सांत्वना दे रही थी; लेकिन गांधारी का रुदन रुक ही नहीं रहा था।

''महाभयानक पाप हो गया मुझसे कुंती, मुझे तो भगवान् भी क्षमा नहीं करेंगे।''

''किसकी बात करती हैं, दीदी?''

''कृष्ण...कृष्ण...'' गांधारी फफक-फफककर रो रही थी। बोल नहीं पा रही थी। उसका रुदन निरंतर चल रहा था।

''कृष्ण? क्या गांधारी?''

''मुझे...रह-रहकर पीड़ा हो रही है...रह-रहकर मेरी आत्मा मुझे डंक मार रही है। मेरे द्वारा दिए गए अभिशाप की प्रतिध्वनि मुझे स्वयं सुनाई पड़ रही है...कुंती, उस युगपुरुष को शाप देने की धृष्टता की है मैंने!''

''उसने आपका शाप स्वीकार किया।'' कुंती अभी भी गांधारी की पीठ सहला रही थी। ''और वह भी कितनी सहजतापूर्वक! कितने सम्मान के साथ!''

गांधारी की आँखों से आँसू रुकने का नाम ही नहीं लेते थे...आँखों पर बँधी पट्टी सारी आँसुओं से भीग चुकी थी।'' यह कृष्ण की महानता है और उस महान् आत्मा को...उस गीता का ज्ञान देनेवाले को मैंने पशु की तरह मरने का शाप दिया...मुझे...मुझे...मेरे कर्म कभी नहीं छोड़ेंगे...सौ-सौ पुत्रों की मृत्यु देखने के बाद अभी क्या देखना बाकी है? कौन से कर्म मुझे अभी भी बाँध रहे हैं यहाँ? इस वीरान हस्तिनापुर की भूमि के साथ...''

कुंती के चेहरे पर एक मुसकान आ गई—एक अत्यंत पीड़ा भरी मुसकान—''देखना है? तुमने कहाँ कुछ देखा है, गांधारी, आँखों पर पट्टी बाँध कर ही जीवन जिया है तुमने।''

''कुंती, आँखों पर पट्टी बाँधने से कुछ दिखना बंद नहीं हो जाता, उलटा और भी पीड़ाजनक हो जाता है। खुली आँखों से देखे दृश्यों की अपेक्षा कल्पना में खड़े किए गए दृश्य ज्यादा भयानक होते हैं, अधिक पीड़ाजनक होते हैं, अधिक पीड़ा देते हैं वे...आँखों पर पट्टी बाँध लेने से पीड़ा से मुक्ति नहीं मिलती; बल्कि पीड़ा और अधिक यातना देनेवाली बन जाती है।''

''हो सकता है गांधारी, जो हो चुका है उसका पश्चात्ताप मत करो और हाँ, शब्द एक बार निकल गए मुँह से तो पश्चात्ताप करने का कोई अर्थ भी नहीं रहता। शाप दिया जा चुका है और कमान में से निकले तीर की तरह वह जाकर चुभ चुका है...मर्मस्थान पर। गांधारी, ब्रह्मांड में गूँजती हुई आवाज फिर वापस लौटती है हम तक और उसका स्वीकार अनिवार्य बन जाता है।''

"इसे ही शायद कर्मफल कहते होंगे। कृष्ण चाहते तो मुझे मुक्त कर सकते थे—शाप को अस्वीकार करके..."

"कृष्ण का धर्म स्वीकार करना है। वे किसी बात का अस्वीकार करते ही नहीं हैं।"

"मुझे बहुत दुःख है इस बात का।" गांधारी फिर एक बार ऊँची आवाज में रोने लगीं—"कृष्ण, मुझे क्षमा करो...मुक्त करो मुझे...मुझे अब पृथ्वी पर अधिक साँस नहीं लेना है...बंद आँखों से और भयानक कल्पनाएँ कर मुझे अब जीना नहीं है...मुझे मुक्त करो, प्रभु...मुझे मुक्त करो...!"

◻

मिट्टी के बरतन में लाया पानी जरा ने कृष्ण के मुँह में डाला...धीरे-धीरे घूँट-घूँट कर वह जल कृष्ण के गले के नीचे उतरता गया। एक अजब सी तृप्ति, परम संतोष उनके चेहरे पर चमकने लगा।

"जल का मूल्य तभी समझ में आता है, जब प्यास लगी हो। प्यास बिना पानी को कोई सम्मान नहीं देता।"

कृष्ण को अपने कहे शब्द ही स्मरण हो आए।

उनके चेहरे पर आई मुसकान देख जरा ने पूछा, "शांति मिली, प्रभु?"

"हाँ, जरा, तेरे हाथ से जल ग्रहण कर अपार शांति मिली है मुझे। पार्थ इस संदेश को पाते ही पल गँवाए बिना यहाँ आ पहुँचेगा।"

"प्रभु, अर्जुन आपके परम मित्र हैं न?"

"हाँ, जरा, मेरे हृदय के बहुत निकट है वह।"

"प्रभु, अर्जुन को आने में अगर समय अधिक लग गया तो?"

"तो?"

"तो आप..."

"तो मैं..." कृष्ण के चेहरे पर अभी भी मुसकान थी—संतोष, तृप्ति की मुसकान—"तो शायद मैं उसकी प्रतीक्षा न करूँ...समय और संयोग किसी की भी प्रतीक्षा नहीं करते...आज मेरा समय भी मुझे मना कर रहा है...समय से अधिक प्रतीक्षा करने की..."

"प्रभु!" जरा उनकी तरफ देखता रहा। मनुष्य था यह! अपनी मृत्यु की बात कितनी सहजता से, कितने शांत चित्त और स्वाभाविकता से कर रहा था...मृत्यु को दृष्टि समक्ष देखकर जरा भी विचलित नहीं हुआ वह। वह निश्चित ही भगवान् थे...प्रभु! स्वयं!

हाथ जुड़ गए जरा से।

◻

कृष्णायन

अर्जुन का रथ तीव्र गति से दौड़ रहा था।

सामान्यतया अर्जुन अपने साथ सारथि रखते थे; परंतु आज सारथि की प्रतीक्षा किए बिना पांचाली की इच्छा पूर्ण करने अथवा अपने हृदय तक पहुँची पांचाली की पीड़ा की अनुभूति ने उसे द्वारका की तरफ जाने हेतु प्रेरित किया।

जिस गति से रथ दौड़ रहा था, उससे भी दोगुनी, तिगुनी गति से अर्जुन के मन में विचार दौड़ रहे थे।

"ऐसा क्या था, जिसने आज पांचाली को विचलित कर डाला था? क्या यह मात्र उसका भ्रम था या सचमुच कृष्ण ने उसको स्मरण किया था?

पांचाली को ही क्यों सुनाई दी वह पुकार, मुझे क्यों नहीं?

क्या पांचाली कृष्ण के अधिक निकट थी? वह स्वयं क्यों नहीं पहुँच सका उस स्थल, जहाँ द्रौपदी साँस लेती थी?"

श्रीकृष्ण ने हमेशा अर्जुन को अपना सखा, अपना शिष्य स्वीकार किया था। अर्जुन के लिए उनमें बेहद प्यार था...पक्षपात की हद तक का प्यार...परंतु वह शिष्य था। कुरुक्षेत्र के मैदान के बीच गांडीव छोड़ एक कमजोर, मन से टूटा हुआ, काँपता हुआ व्यक्ति, जबकि द्रौपदी अग्नि-पुत्री थी...भीम ने दुःशासन के तोड़ डाले हाथ में से द्रौपदी को बाल सींचने के लिए कहा, तब द्रौपदी जरा भी विचलित नहीं हुई थी। तेज रफ्तार से बहते खून से उसने अपने बाल सींचे थे। बालों से गालों और होंठ तक...छाती तक बह आया था दुःशासन का रक्त...उसका आँचल, कंचुकी सब रक्त से सन गए थे। हथेलियाँ भर-भरकर जिस तरह तेल से सिर की मालिश करते हैं, उस तरह द्रौपदी ने दुःशासन के रक्त से अपने सिर को सींचा था।

जब दुर्योधन की जाँघ भीम ने चीर डाली, तब खिलखिलाकर हँसी थी द्रौपदी। उस समय द्रौपदी की आँखों में एक विक्षिप्त व्यक्ति की आँखों में ठहरा हो, ऐसा पागलपन था और चेहरे पर एक भयानकता थी...वैर की तृति उसके अंग-अंग में समा गई थी।

कैसा भयानक दृश्य था वह!

जो स्त्री हमेशा सुंदर और कोमल, कामिनी लगती थी, उस स्त्री के चेहरे पर रक्त की धाराएँ एक बीभस्त, भयानक दृश्य दिखा रही थीं। आज भी शायद द्रौपदी का चेहरा अपनी दोनों हथेलियों में ले, अत्यंत निकट से निहारते समय अर्जुन को वह दृश्य स्मरण हो आता।

अर्जुन ने यह बात कृष्ण से कही थी।

तब कृष्ण के चेहरे पर एक अजीब सी मुसकान फैल गई थी।

अर्जुन ने विचलित हो प्रश्न किया था, "निरंतर क्षमा करनेवाले एवं स्वीकार को धर्म कहनेवाले आप कहो, क्या यह धर्म था? क्या यह नीति थी?"

"नीति और धर्म दोनों अलग हैं, पार्थ!" कृष्ण के चेहरे पर एक गहरी मुसकान स्थिर हो गई थी।

कृष्ण ने कहा, "अंधे का बेटा अंधा कहने के बजाय अगर द्रौपदी ने यह कहा होता कि देखनेवाले का बेटा आँखोंवाला, तो भी अर्थ तो यही होता न? लेकिन कृष्ण बात को उनके प्रकट स्वरूप में कहते हैं, सत्य बोलते हैं···प्रिय नहीं बोल सकते। सब प्रिय हो भी नहीं सकता।"

अर्जुन अभी भी अपनी बात पर अड़े रहे—"मैं सत्य-असत्य अथवा प्रिय-अप्रिय की बात नहीं करता, मैं नीति और धर्म की बात करता हूँ···पांचाली ने दुःशासन और दुर्योधन के जिस व्यवहार के लिए हमें दोषी माना और मृत्युदंड दिया, उस हेतु हमारा उत्तरदायित्व भी उतना ही था न? हमें क्षमा और उन्हें दंड···तो फिर धृतराष्ट्र और पांचाली में क्या अंतर? धृतराष्ट्र भी अपने और पांडवों के बीच अंतर देखते हैं···और पांचाली भी। इसमें कौन सा धर्म है कृष्ण और कौन सी नीति है?"

"तुम भूल रहे हो पार्थ, जिस तरह धृतराष्ट्र दुर्योधन को, वैसे ही पांचाली तुम्हें प्रेम करती है। आपके दोष उसे दिखाई दें, यह जरूरी नहीं है। अपने प्रिय पात्र के दोषों की तरफ हम अपनी आँखें बंद कर लिया करते हैं। पांचाली इतना तो समझती ही है कि इस संपूर्ण घटना में अगर किसी एक व्यक्ति, वस्तु अथवा विचार को दोषी ठहराया जाना हो तो वह मैं था···वह मान सकती है कि मैं चाहता तो सबकुछ रोक सकता था—किसी भी एक पल में, तथापि···" एक लंबी साँस छोड़ी कृष्ण ने।

काफी लंबा समय मौन में बीता। एक बेचैनी भरी शांति झूलती रही दोनों के मध्य।

फिर कृष्ण ने अर्जुन के कंधों पर हाथ फिराया।

"पार्थ, स्त्री और पुरुष में अंतर है। उनकी नीति, धर्म, विचार-पद्धति भी अलग-अलग होती है। एक दिल से विचारता है और दूसरा मस्तिष्क से। स्त्री प्रेम करने के मामले में पुरुष से अधिक शक्तिशाली है। स्त्री के लिए प्रेम समर्पण है, प्रेम सेवा है, प्रेम साहचर्य है; जबकि पुरुष के लिए प्रेम कुछ हद तक शारीरिक आवश्यकता है। स्त्री का प्रेम महान्, उन्नत और अधिकांश रूप से आत्मिक, आध्यात्मिक अनुभव है; जबकि पुरुष के लिए वह क्षणिक संवेग का नाम है। स्त्री की नीति उम्र भर एक ही पुरुष को समर्पित रहने की होती है, जबकि पुरुष एक से अधिक विवाह करके भी सबको चाह सकता है। स्त्री क्षमा कर सकती है, पुरुष के भयानक-से-भयानक अपराध को, जबकि पुरुष धर्म और वैर की भाषा ही जानता है।"

"तो फिर पांचाली का व्यवहार सबसे अलग क्यों है? दुर्योधन को क्षमा भी कर सकती थी न? अगर पापी के साथ हम भी उसके जैसा ही व्यवहार करते हैं तो हम सज्जन कहाँ से कहलाते हैं?"

कृष्ण ने अर्जुन की तरफ देखा। मानो एक भोले-भाले व्यक्ति को समझा रहे हों, ऐसी मधुर आवाज में बोले, ''द्रौपदी मन से पुरुष है। वह बहुविवाही है। क्षमा या दया उसकी नीति में नहीं है। शायद वैराग्नि में से जनमी इस अग्नि-पुत्री से क्षमा की अपेक्षा रखना अपनी सबसे बड़ी भूल होगी...उसका तो धर्म ही वैर की परितृप्ति है। उसे एक स्त्री के रूप में देखना अथवा उसकी संवेदनाओं का स्त्री के रूप में मूल्यांकन करना हमारी भूल है।''

''परंतु एक स्त्री के लिए नीति और धर्म शास्त्रों ने तय किए हैं। उस अनुसार...''

कृष्ण ने पार्थ की आवाज बीच में ही काटी, ''और मैं तुम्हें कहता हूँ कि स्त्रियाँ पुरुष की अपेक्षा अधिक कठोर हैं, तथापि प्रकृति अथवा अस्तित्व के साथ उनका संबंध अधिक निकट का है। स्त्री के लिए उसके अस्तित्व से जुड़ा कोई भी सबसे अधिक संवेदनशील तत्त्व है, अंत: दो तीव्र परम सीमाओं के बीच जीने वाली द्रौपदी जितनी कठोर है उतनी ही सुसंस्कृत और संवेदनशील भी है, पार्थ!''

अर्जुन मुग्ध भाव से सब सुन रहे थे। कृष्ण द्रौपदी के लिए जो कुछ भी कह रहे थे, कितना सत्य था। द्रौपदी सही मायनों में मुक्त हो सकी थी। एक बार दु:शासन के रक्त से अपने बाल धोने के बाद फूट-फूटकर रो पड़ी थी वह।

''और स्त्री के लिए रक्त कोई भयजनक वस्तु नहीं है। प्रतिमास अपने शरीर से बहते रक्त को देखनेवाली स्त्री के लिए रक्त से भय हो ही नहीं सकता, पार्थ।''

उसी समय अर्जुन को याद आया कि कुरुक्षेत्र के युद्ध के बाद द्रौपदी मानो दुर्योधन, दु:शासन और कौरवों को भूल ही गई थी। उसने कभी उनकी बात भी नहीं छेड़ी थी, जैसे ये सब नाम उसके जीवन या अस्तित्व में थे ही नहीं, इतनी सरलता से उसने इस पूरी बात को बिसरा दिया था।

उसके बाद वह मानो इस सारे प्रसंग को भूल ही गई थी। इतना ही नहीं, भानुमती और वृशाली को उसने सांत्वना दी थी। एक बड़ी बहन अथवा हस्तिनापुर की महारानी को शोभा दे, इस तरह उन्हें आश्रय भी दिया था।

कृष्ण! सार्थक ही था यह नाम!

कृष्ण की तरह ही द्रौपदी भी स्वधर्म और कर्म में विश्वास करती थी...और किसी भी प्रकार के अपराध-बोध के बिना परिस्थिति का सहज स्वीकार कर सकती थी।

अपने पुत्रों की मृत्यु के समय भी संतुलित रह सकी थी।

अपनी कोख से जनमे पाँच-पाँच युवा बेटे, जिनकी मूँछें तक फूटी नहीं थीं, अभी ऐसे पांडव-पुत्रों को अश्वत्थामा ने जब अग्नि की गोद में सुला दिया था, तब भी द्रौपदी की आँख में आँसू थे, हृदय में विलाप था, फिर भी उसने इस स्थिति को भी सहज स्वीकार किया, जो उसके चेहरे पर दिखाई पड़ता था। कुरुक्षेत्र के युद्ध में जब घर के वीर

पुरुष एक-एक कर मृत्यु को गले लगा रहे थे, तब भी अपने पुत्रों की मृत्यु पर दिल दहला देनेवाला विलाप न करके हस्तिनापुर की स्त्रियों के लिए इस याज्ञसेनी ने महत्त्वपूर्ण उदाहरण प्रस्तुत किया था।

वही द्रौपदी आज विचलित हो, व्याकुल हो कृष्ण को मिलने दौड़ रही थी। रथ चला रहे अर्जुन को बस एक ही विचार सता रहा था—

क्या सचमुच याज्ञसेनी का भय सत्य था? क्या सचमुच उसके सखा, उसके गुरु, उसके रथ तथा जीवन के सारथि किसी विकट परिस्थिति में घिर गए थे? क्या सचमुच उन्होंने स्मरण किया था याज्ञसेनी को?

◻

तीव्र गति से दौड़ते रथ में खड़ी द्रौपदी की आँखों में बार-बार आँसुओं से धुंध-सी छा जाती। हवा तीव्र गति से बह रही थी। सूर्यदेव के उदय होने की तैयारी थी। केसरी गोला आकाश में ऊपर की तरफ चढ़ने लगा था।

कैसा होता है आकाश? आकाश संध्या का होता है या उषा का, लगभग एक समान ही लगता है। मानव-जीवन का भी कुछ ऐसा ही होगा। उगता सूरज और ढलती संध्या एक समान ही बन जाती होंगी। याज्ञसेनी के मन में विचार चल रहे थे।

कुरुक्षेत्र के युद्ध में अपने पक्ष में रह अपने पतियों को अभय वचन देनेवाले, शस्त्र न उठानेवाले महायोद्धा आज कहाँ होंगे?

क्यों मेरा मन इतना विचलित, इतना असंतुलित है? ऐसी कौन सी पीड़ा में डूबे होंगे सखा कि मेरा मन रह-रहकर विचलित, विक्षुब्ध हो रहा है?

उनमें तो दूसरों की पीड़ा समझने और स्वीकार करने की अद्भुत कुशलता थी। दूसरों की पीड़ा स्वीकार कर उसे अपनी बना लेते वे।

वे जानते थे कि मैं उन्हें बहुत चाहती हूँ, तथापि अपने सखा अर्जुन के साथ मेरा विवाह करवाया...पाँच भाइयों को एक सूत्र में बाँधने के लिए मुझे उनके बीच बाँट दिया।

द्यूत-सभा के पहले वे जब मुझे मिलने आए थे, तब कितनी पीड़ा थी उनकी आँखों में! मैं ही पढ़ नहीं सकी, वह नि:शब्द संदेश; परंतु उन्होंने तो सारी योजना का आयोजन किया ही हुआ था। राजसभा में अंत में मैं उनका ही स्मरण करूँगी, वे भी जानते ही होंगे न?

कार्तिक पूर्णिमा के दिन उपप्लव्य से संधि का प्रस्ताव लेकर श्रीकृष्ण जब हस्तिनापुर गए, तब वे जानते ही थे कि इस संधि का कोई अर्थ नहीं है।

...और फिर भी उनका अपमान होगा, यह जानकर भी वे पांडवों की संधि का प्रस्ताव लेकर हस्तिनापुर गए थे।

और जब दुर्योधन ने कहा, ''मैं पाँच गाँव तो क्या, सुई की नोक जितनी जमीन भी

कृष्णायन

देने को तैयार नहीं हूँ।'' तब ज्येष्ठ पांडव को मिलने भी वे ही गए थे न? कर्ण का स्पष्ट इनकार होगा, यह जानते हुए भी माँ कुंती के कहने पर कृष्ण गए थे न? और शायद इसीलिए कुरुक्षेत्र के मैदान में अंतिम साँस लेते समय कर्ण आत्मसंतोष से मर सका था।

सभी जानते थे, भगवान् परशुराम का शाप आखिरी समय में कर्ण को सारी विद्याएँ भुला देगा। सूत-पुत्र की तरह लालन-पालन हुआ था उसका। इस ज्येष्ठ पांडव पुत्र ने किस-किसका अपमान नहीं सहा था!

भगवान् परशुराम, गुरु द्रोण···और···और···मैं भी।

मैंने भी अपमान करने में उसे छोड़ा नहीं था।

उस कवच-कुंडलधारी, तांबे के समान चमकती त्वचावाले, शेर-सी चाल चलते मत्स्य बेधने को जाते उसे मैंने ही कहा था न, ''मैं सूत-पुत्र से विवाह नहीं करूँगी।'' तब उसका अपमान करने का मेरा इरादा नहीं था; लेकिन मैं मनोमन यह चाहती थी कि सभी राजपुरुष मत्स्य-बेध न कर सकें और अंत में द्रुपद की प्रतिष्ठा की रक्षा करने श्रीकृष्ण को आखिर धनुष चलाना पड़े।

मैं जानती थी कि अगर कर्ण ने निशाना साधा तो मत्स्य बिंधे बिना नहीं रहेगी।

बेमिसाल धनुर्धर था वह। बेमिसाल ही, क्योंकि तब लाक्षागृह में अन्य पांडवों के साथ अर्जुन की मृत्यु होने का संदेश लगभग सभी राजसभाओं में पहुँच चुका था।

मुझे और कोई भी बात कह कर्ण को टालना चाहिए था; पर न जाने क्यों मैंने सूत-पुत्र कहकर भरी सभा में उसे दुत्कारा था।

जिसकी पीड़ा उसकी अंतिम साँस तक हृदय में अटक गई, किसी कण की तरह चुभती रही।

सखा कृष्ण जब कुरुक्षेत्र के युद्ध से पहले दुर्योधन के पक्ष से न लड़ने हेतु समझाने गए थे, तब भी वह बात तो आकर खड़ी ही रह गई थी दोनों के बीच!

एक, जिसे मैंने जीवन भर बहुत स्नेह, बहुत आदर दिया वह···

दूसरा, जिसकी जीवन भर कामना की···

क्या संवाद हुआ होगा उन दोनों के बीच?

सखा ने कभी कहा ही नहीं, लेकिन कर्ण से मिलकर जब वे लौटे तो अपार पीड़ा और शोक में डूबे हुए थे।

मेरे बहुत पूछने पर केवल एक ही बात कही थी उन्होंने।

''सखी, सबका अन्याय सहते-सहते अन्याय स्वीकारते हुए कर्ण मानो अन्याय में ही आनंद का अनुभव करने लगा है। उसने एक संदेश दिया है आपके लिए।''

एक क्षण को गले में से मानो थूक को नीचे उतारा, फिर एकटक देखने लगे। मुझे न जाने क्यों सखा कृष्ण के चेहरे पर कर्ण की आँखें दिखाई दी थीं।

उन्होंने थोड़ी भीगी आँखों से कर्ण का संदेश मुझे सुनाया था—

"हे वासुदेव! अति सुंदर, अति काम्या, विशालाक्षी, श्यामा, तन्वी और मोहिनी स्त्री से कहना कि कर्ण ने उसे क्षमा किया है। और उसे इस तरह भी कहना कि ज्येष्ठ पांडव के रूप में अगर मैंने मत्स्य-बेधन किया होता और इस शर्त द्वारा तुम्हें पाया होता तो किसी भी कीमत पर अपने दूसरे भाइयों में बाँटता नहीं। उसे यह भी कहना कि राजसभा में कर्ण द्वारा कहे गए शब्द अगर भूल सके तो भूल जाए, क्योंकि मैं उसकी निष्ठा को और पतिव्रता धर्म को, उसके सत्य और उसके तेज को समझ सकता हूँ...परंतु थोड़ी देर हो चुकी है।"

आज भी यह बात याद आते ही द्रौपदी की आँखें भीग गई थीं।

कर्ण की बात कहते समय भी मानो कर्ण की पीड़ा का अनुभव कर रहे हों, व्यथित-विचलित हो गए थे सखा।

यह किस तरह की संवेदनशीलता थी कि निरंतर कृष्ण दूसरों की पीड़ा और दु:खों को अपना समझकर जिए थे!

द्रौपदी का मन आज विचारों की डोली में सवार था। अपनी पीड़ा में सहभागी होनेवाला यह मित्र था कि जिसने द्रौपदी की संवेदनाओं को जितनी ही तीव्रता से अनुभव किया था, उतनी ही गहराई से उसके दु:खों का अनुभव किया था।

उसे सुभद्रा के इंद्रप्रस्थ आगमन के दिन याद आ गए। वह स्वयं कितनी क्रोधित, कितनी विचलित थी!

"सखा? स्वयं सखा कृष्ण ऐसा कर सकते हैं?" द्रौपदी अभी भी इस बात को स्वीकार नहीं कर सकती थी, "सखा तो जानते हैं मेरे पार्थ के प्रति आकर्षण को, मेरे मोह को, मेरे स्वाभिमान को और मेरी तमाम पीड़ाओं को, फिर ऐसा क्यों किया होगा उन्होंने?" उसने कृष्ण को कटु वचन कहे थे। जो उसे कहना था वह सब कुछ, जो उसे दु:ख दे रहा था, संताप दे रहा था आज तक, वह सब कह डाला था; जबकि सारा नगर उत्सव मना रहा था।

अपनी सगी बहन का अर्जुन द्वारा हरण करवा इस तरह द्रौपदी के सिर पर ला बिठाएँगे कृष्ण, ऐसी तो कभी कल्पना भी नहीं की थी द्रौपदी ने। उसमें भी अर्जुन का सुभद्रा के प्रति आकर्षण देख द्रौपदी का स्वाभिमान टुकड़े-टुकड़े हो गया था। नीचे राजसभा में अबीर-गुलाल उड़ रहे थे, ढोल-ताशे बज रहे थे, शहनाई पर शुभ-मंगल सुर गूँज रहे थे; परंतु यहाँ द्रौपदी के कक्ष में अँधेरा था, भयानक शांति थी।

"सखी...सखी कहाँ हो?" यह आवाज सुनकर द्रौपदी को लगा, कक्ष में पड़ी वस्तुओं को उठाकर फेंके, चीखे, चिल्लाए, रोए, माथा पीटे। अपने इतने करीब होकर भी

सखा ने उसका ऐसा अपमान किया, इस बात से द्रौपदी का क्रोध चरम सीमा पर पहुँच गया था।

"सखी, उत्तर तो दो सखी!" अँधेरे कमरे में कृष्ण की आवाज चारों तरफ गूँज रही थी।

आखिरकार कृष्ण ने पास पड़े एक छोटे से दीप को जलाया। कक्ष में हलका-हलका प्रकाश हो उठा।

"बहुत क्रोध में हो, ऐसा लगता है।" कृष्ण ने मुसकराते हुए कहा।

"और आप खूब आनंद में लगते हो।" द्रौपदी की आवाज में बहुत प्रयत्न करने के बावजूद कटुता कम नहीं हो रही थी।

"रूठी हो?"

"ना रे, मैं तो उत्सव मना रही हूँ।" लंबे खुले बाल, अलंकार-विहीन काया और मुँह पर क्रोध की लालिमा व शोक की कालिमा।

"देख सकता हूँ, अनुभव भी कर सकता हूँ तुम्हारे उत्सव को।" कृष्ण ने कहा और आसन खींचकर बैठ गए।

"किसलिए सखा? तुमने ऐसा क्यों किया? पहले ही फाल्गुन मेरे नहीं थे, अब तो उन्हें संपूर्ण रूप से मुझसे पराया कर दिया। किसलिए किया तुमने ऐसा? मैंने तो हमेशा तुम्हारे मान, तुम्हारे सुख की कामना की है। तुमने किसलिए ऐसे सुभद्रा को…" द्रौपदी आगे बोल नहीं सकी। उसका गला रुँध गया। आँखों में आँसू आ गए। आँसुओं का घूँट पी उसने आँसू पोंछ डाले।

"रुदन कई बार शांति देता है सखी, रुदन को रोककर हम अपने ही श्वास रुँधते हैं।"

"सही बात है सखा, मैं रोती हूँ, तड़पती हूँ, मुझे पीड़ा होती है। तभी तुम्हें मेरा होना समझ में आता है। तभी तुम मेरे निकट होते हो, ठीक है न?"

कृष्ण हँस दिए, फिर मानो किसी नन्हे से बच्चे को समझा रहे हों, इस तरह कोमल स्वर में बोले, "छोटी-छोटी बातों को स्वाभिमान तक ले जाने की आवश्यकता नहीं होती। तुम इस पूरी घटना को अपने स्वाभिमान के साथ क्यों जोड़ती हो, सखी?"

"न जोड़ूँ? एक स्त्री के घर में दूसरी स्त्री सहपत्नी बनकर आती है और वह भी ऐसी स्त्री के घर में जिसकी इच्छा-अनिच्छा जाने बिना एक वस्तु मानकर बाँट दिया हो जिसे, फिर उस परंपरा को सर्वोपरि मान उस बात का स्वीकार किया हो जिसने। एक ऐसी स्त्री जिसने जीवन भर सुख-दु:ख, रात-दिन देखे बिना सिर्फ पतियों की विजय की, उनके लिए न्याय और सुख की कामना की हो…एक ऐसी स्त्री के घर में सपत्नी आती हो, जो बारह वर्ष तक पतियों के साथ वनों में भटकी हो। एक ऐसी स्त्री जो दासी बनकर रही,

सिर्फ पतियों के लिए...उसके मान-सम्मान को जरा भी लक्ष्य में लिये बिना उसके घर में एक और स्त्री सौतन बनकर आती है, जो उसके प्रिय मित्र की बहन है और यह संपूर्ण षड्यंत्र उसकी सहमति बिना, ज्ञान बिना उसके ही मित्र ने रचा हो...मुझे तुम्हारी माया समझ नहीं आती सखा, यह स्वार्थ है तो क्यों है? और अगर इसमें किसी को भी श्रेय है तो किसको है?''

''जब-जब मन में शंका पैदा होती है, तब मन में से श्रद्धा लुप्त हो जाती है, सखी।''

''सत्य? तो सत्य यह है सखी कि सुभद्रा तुम्हारी सौतन है ही नहीं। कौन सा ऐसा भाई है, जो अपनी बहन के लिए श्रेष्ठ वर का चुनाव नहीं करेगा और संपूर्ण आर्यावर्त में पार्थ से श्रेष्ठ कोई पुरुष अपनी बहन के लिए कहाँ से लाए?''

''सुभद्रा के लिए श्रेष्ठ वर ढूँढ़ा उसका विरोध नहीं है मुझे; लेकिन दुर्भाग्य से वह मेरा पति है...सखा, उलूपि, चित्रांगदा और अन्य स्त्रियों के लिए मैं कभी विचलित नहीं हुई; लेकिन सुभद्रा का रूप देख मेरे अंदर जलन के सर्प सुलगते हैं। फाल्गुन मुझे भूल जाएँगे।''

''सखी, कहाँ गया तुम्हारा ज्ञान, तुम्हारी विद्वत्ता, विलक्षणता, कुशाग्र बुद्धि...सुभद्रा तो बच्ची है। तुम उसके साथ स्पर्धा करोगी?''

''युवा है, सुंदर है, पुरुष को और क्या चाहिए!''

''पुरुष को और बहुत कुछ चाहिए। मैं भी पुरुष हूँ, जानता हूँ...सत्यभामा, जांबवती और दूसरी अनेक रानियाँ होने के बावजूद रुक्मिणी का स्थान स्थिर है मेरे जीवन में। मेरे अस्तित्व का वह एक अनिवार्य तत्त्व है...तथापि राधा एक पल के लिए भी मेरे मन से दूर नहीं होती। क्या मैं रुक्मिणी से अन्याय करता हूँ? क्या मैं राधा के स्मरण के साथ कोई छल करता हूँ?''

''यह तुम जानो, परंतु मेरा पति अगर किसी दूसरी स्त्री के मोह में बँधता है तो मुझे लगता है कि वह मात्र सौंदर्य अथवा शारीरिक आकर्षण ही हो सकता है। मुझे यह मेरी हार लगती है, पुरुष स्त्री में शरीर के अलावा क्या चाहता है?''

''पुरुष स्त्री में बहुत कुछ चाहता है। एक माँ, एक प्रियतमा, एक पत्नी, एक मित्र, एक मंत्री और कभी-कभी एक विलक्षण शत्रु भी। सुभद्रा इसमें से कुछ नहीं बन सकेगी। वह मात्र सेवा करेगी, वह समर्पित है, तुम शक्ति हो स्वयं...''

''अर्थात् एक स्त्री को समर्पित होना ही चाहिए, क्यों ठीक है न? अबला, निर्भर, समर्पित और पति का प्रेम पाने हेतु चरणों की दासी बन जीनेवाली स्त्री ही स्वीकार्य है, ऐसा कहते हो? स्वत्व के लिए लड़ती, अपने व्यक्तित्व के लिए अकेली खड़ी रह सके ऐसी, प्रश्न पूछ सके ऐसी स्त्री प्रेम की पात्र नहीं, ठीक है न?''

"सखी, तुमने कहा वही स्त्री धर्मचारिणी है। ऐसी स्त्री ही सिंहासन पर विराजमान होने योग्य है। ऐसी स्त्री 'महारानी' के संबोधन हेतु ही पैदा हुई है। ऐसी ही स्त्री तुम हो सखी, प्रकृति से मिली तुम्हारी श्रेष्ठता और भव्यता के सामने अन्य कोई स्त्री खड़ी भी कैसे रह सकती है?"

"इसीलिए मेरे पति हिडिंबा, चित्रांगदा, उलूपी और सुभद्रा को लेकर आते हैं, ठीक तो है।"

"मैं पुरुष हूँ और तुम स्त्री। हम प्रकृति के अनुसार भिन्न हैं। शायद तुम मेरी बात समझ नहीं सकोगी, फिर भी तुम्हें कहना मुझे आवश्यक लगता है। एक पुरुष के लिए एक स्त्री की भव्यता के आकर्षण में डूबना तो आसान है, परंतु उसमें से तैर कर बाहर आना असंभव है। सखी, पुरुष प्रकृति से अहंकारी है और अपने आप पर निर्भर, स्वयं को समर्पित और उसे थोड़ा सा ऊँचा करके देखनेवाली स्त्री उसे अधिक प्रिय लगती है। तुम्हारी जैसी स्त्री दस सहस्र में अनन्य है और इसीलिए तुम्हारी जैसी स्त्री के तेज, प्रताप को सहने के लिए एक से अधिक पुरुषों की आवश्यकता रहती है। तुम जिसे अनिच्छा से स्वीकृत परिस्थिति मानती हो, उससे श्रेयस्कर तुम्हारे लिए और कुछ हो ही नहीं सकता। एक वर्ष एक भाई के साथ व्यतीत करने की योजना भी तुम्हारे इस तेज को सहन कर पाने की पुरुष की कमी का ही परिणाम है। अगर सूर्य निरंतर तेज से तपता रहे तो पृथ्वी के जीव-जंतु त्राहिमाम पुकार उठें। सूर्य के तेज को उषाकाल और संध्याकाल के थोड़े अंतर में निहारो...और रात के समय उसके तेज बिना थोड़ी शीतलता के आभास की व्यवस्था अगर न होती तो इस पृथ्वी पर जीवन संभव नहीं होता।"

"अर्थात्? सूर्य का तेज उसका अवगुण है, गुण नहीं?"

"अगर चर्चा ही करनी हो तो वह अनंत है, सखी; लेकिन अंतहीन चर्चा किसी समस्या का समाधान नहीं...और सही अर्थ में तो यहाँ कोई समस्या ही नहीं है...पार्थ के जीवन में सूर्य की भाँति तुम चमक रही हो। पार्थ का जीवन पांचाली बिना असंभव है। पार्थ ही क्यों, तुम्हारा कोई पति तुम्हारे बिना जीवन की कल्पना कर सके, ऐसा हो ही नहीं सकता। उन सबको एक सूत्र में बाँधकर रखनेवाली तुम हो। इस घर की, पांडव परिवार के हृदय तक रक्त ले जानेवाली रक्तवाहिनी तुम हो।"

लंबे समय से द्रौपदी की आँखों में रुका हुआ बाँध टूट गया और आँसुओं की धारा बह निकली।

"मैं स्वयं अपने तेज से जलती हूँ सखा, मैं किससे माँगूँ शीतलता, रात्रि अथवा संध्याकाल की वह निर्मल किरणों की कोमलता?"

"यह तुम्हारा भाग्य है।"

"दुर्भाग्य कहो सखा, सूर्य होना यह दुर्भाग्य है। निरंतर जलते रहने का शाप लेकर

जनमी हूँ मैं अग्नि-पुत्री...स्त्री भी हूँ मैं यह सब भूल जाते हैं।''

''नहीं, तुम्हारे प्रखर तेज में तुम्हारा स्त्रीत्व मंद पड़ जाता है।''

''लेकिन मेरा अपराध क्या है, मेरा स्त्रीत्व या मेरा तेज?''

''कुछ विशेष होना ही अपराध है। अपने समय से पहले जन्म लेना अपराध है। समय से पहले जान लेना, देख सकना भी अपराध है। कुछ पाने के लिए कुछ देना तो पड़ता ही है। सखी, जगन्नियंता ने सभी के तराजू का भार बराबर ही किया है।''

''सखा, तुम कभी अकेले नहीं रह जाते हो? तुम्हारा तेज तुम्हें जलाता नहीं है?''

''मैं चंद्र हूँ, स्वयं प्रकाशित नहीं। मेरा तेज मेरा अपना नहीं है। मेरे आसपास जो प्रकाश आता है, उसके तेज में से प्रतिबिंबित होता हूँ, अर्थात् मेरा तेज मुझे जलाता नहीं है। तुम स्वयं प्रकाशित हो...और जलना तुम्हारी नियति है, सखी!''

''कृष्ण, तुम्हारे तेज का एक अंश देकर तुम्हारी शीतलता से मेरे अंदर निरंतर प्रज्वलित अग्नि को शांत करने का प्रयास तक भी नहीं किया तुमने? किसलिए सखा, किसलिए?''

''क्योंकि इस तेज का कारण हैं मेरे पास। मुझे इस अग्नि की ज्वाला से अधर्म को भस्म करना है। सुभद्रा तो मात्र समिधा है अभी कुछ और समय तुम्हारे अंदर अग्नि को प्रज्वलित रखने के लिए।''

''मैं तुम्हें कभी समझ नहीं सकती, सखा!''

''मैं भी कहाँ समझा हूँ स्वयं को।''

कृष्ण की आँखें हलके अंधकार में चमकते दीपकों के कारण चमकती लगी थीं द्रौपदी को—और उसने चर्चा वहीं समाप्त कर दी थी। कृष्ण की आँखों में पानी आ जाए, ऐसी कोई भी बात द्रौपदी के लिए असह्य थी, अस्वीकार्य थी। मन-ही-मन सुभद्रा को स्वीकार करने का निश्चय द्रौपदी ने कर लिया और दासी को बुला कर सारे महल के दीप सुगंधित तेल से प्रज्वलित करने का आदेश दे दिया।

□

स्त्रियाँ क्यों एक-दूसरी से भिन्न नहीं होतीं?

पीपल के नीचे बैठे कृष्ण द्रौपदी के महल के हलके अंधकार में खड़े हुए उस दृश्य का स्मरण कर मन-ही-मन विचार कर रहे थे।

''किसी भी युग की कोई भी स्त्री क्यों एक समान सोचती है? किसलिए एक सा अनुभव करती है? किसलिए एक समान पीड़ा का अनुभव करती है? किसलिए एक समान बात पर क्रोधित होती है? इतना ही नहीं, क्रोध को व्यक्त करने का तरीका भी एक समान होता है?'' कृष्ण के मन में प्रश्न उठ रहे थे। वे स्वयं ही हँस पड़े। अब इस प्रश्न का अर्थ भी क्या था? जीवन तो जी चुके थे। उनके जीवन की तीन महत्त्वपूर्ण स्त्रियाँ

किसलिए एक समान संवेदना का अनुभव करती थीं उनके लिए? एक समान उनके लिए व्यथित होतीं अथवा किसलिए एक समान तीव्रता से उन्हें प्रेम करती थीं—यह सब सोचने का समय शायद समाप्त हो चुका था। अब तो उन स्त्रियों की मात्र स्मृति ही शेष है। वे स्त्रियाँ नहीं थीं उनकी दृष्टि समक्ष, तथापि उन स्त्रियों की आँखें उन्हें देख रही थीं अपेक्षा से, उत्कंठा, उत्साह, ऊष्मा और असीम प्रेम से।

तीन नदियों का प्रवाह उनकी दृष्टि के सामने समुद्र की तरह बह रहा था और उन तीन नदियों के तैरते उजाले में ऊपर-नीचे होती किरणों की अस्पष्ट रेखाओं से इन तीनों स्त्रियों के मुख की रेखाएँ रेखांकित हो रही थीं। वे तीनों स्त्रियाँ, प्रियतमा, पत्नी और सखी।

कल-कल करते पानी के प्रवाह के साथ बहते कृष्ण से कह रही थीं, ''हमारा सार्थक होना तो तुममें विलीन होकर सिद्ध होता है। तुम्हारा खारापन हमें स्वीकार है, क्योंकि तुमने हमें विशालता दी है। अमर्यादित फैलाव का अस्तित्व-बोध भी तुमने दिया है हमें...हमारे प्रखर तेज को सहन कर हमें शीतलता दी है तुमने। हमारे स्त्रीत्व को सम्मानित कर हमें स्नेह दिया है तुमने।''

कृष्ण की बंद आँखों में इन तीनों स्त्रियों की आँखें मानो एक-दूसरे में मिश्रित हों उनके हृदय तक पहुँच गई थीं। पीड़ा की एक तेज लहर फिर एक बार उनके सारे शरीर में फैल गई और उनको स्मरण हो आई द्वारका की वह रात।

वह रात जब सत्यभामा अपने दहेज में स्यमंतक मणि लेकर द्वारका की राजलक्ष्मी बनकर आई थी। सच, वह जब आई थी कृष्ण के जीवन में और द्वारका के महल में।

☐

द्वारका के महलों में सैकड़ों दीपक जगमगा उठे थे। रास्तों पर रंगोलियाँ बनाई गईं। हर महल के दरवाजे पर बंदनवार बाँधे गए। गुलाब-जल छिड़ककर रास्ते सुगंधित बनाए गए थे...द्वारका का एक-एक गवाक्ष सोने के अलंकारों से नख-शिख ढँके स्त्री-पुरुषों से दमदमा रहा था। माता देवकी हाथ में आरती का थाल लिये नववधू के स्वागत में महल के मुख्य द्वार पर प्रतीक्षा कर रही थीं।

स्वर्णनगरी द्वारका के रास्तों पर हर्षोल्लास की किलकारियाँ सुनाई दे रही थीं। एकमात्र मंद प्रकाश लिये दीपक म्लान मुख से टिमटिमा रहा था।

रो-रोकर थक गई रक्तवर्णी आँखें और खुले बालों में बैठी एक सुंदरी उस मंद लौ लिये दीपक को एकटक देख रही थी। उसके अलंकार सारे कक्ष में इधर-उधर बिखरे पड़े थे। सोने व हीरे-मोती जड़ित भव्य वस्त्र धूल खा रहे थे।

उसे जीवन व्यर्थ लगता था। उसे लगता था कि अब इस स्वर्णनगरी द्वारका में उसका कोई नहीं है। जिस प्रियतम की श्रद्धा के बल पर अपना घर और पीहर छोड़ यहाँ चली

आई थी, वह आज किसी और का हो गया था।

ग्लानि व शोक में डूबी उस सुंदरी को क्रोध भी आता था अपने दुर्भाग्य पर, नियति के लिखे लेख पर।

□

स्वागत करने आए असंख्य लोगों में अपना चिरपरिचित चेहरा न देखकर कृष्ण को बहुत आश्चर्य हुआ था। फिर द्रौपदी के साथ सुभद्रा के बारे में हुई चर्चा की स्मृति ताजा हो उठी।

सत्यभामा के स्वागत हेतु विशेष रूप से बनाए गए महल में स्वागत विधियाँ पूर्ण कर कृष्ण एक पल में कक्ष से बाहर निकलने लगे कि सत्यभामा ने कृष्ण की बाँह पकड़कर पूछा, "इस समय कहाँ जा रहे हो?"

"रुक्मिणी से मिल आऊँ।" कृष्ण ने कहा और बाँह छुड़ाने का हलका प्रयास किया।

सत्यभामा ने बाजू पकड़े ही रखा और समीप आकर कृष्ण के वक्षस्थल पर अपना माथा टिका दिया और दूसरे हाथ में कृष्ण की पीठ लिपटा ली, "आज न जाने दूँ तो नहीं चलेगा?"

"कभी भी न जाऊँ तो भी चलेगा।" सत्यभामा को अपने से अलग करते हुए कृष्ण ने कहा, "परंतु मुझे जाना चाहिए, ऐसा मेरा मन कहता है। रुक्मिणी स्वागत यात्रा में नहीं थीं, वे अवश्य पीड़ा का अनुभव कर रही होंगी।"

"तो आप उन्हें मनाएँगे?"

"नहीं, वे बहुत विदुषी और ज्ञानी स्त्री हैं। उन्हें मनाने की आवश्यकता नहीं पड़ेगी। मात्र कुछ बातें स्पष्ट करूँगा और उन्हें सब समझ में आ जाएगा।"

"कल कहना..."

"नहीं...", आज की पीड़ा आज ही दूर करनी होगी, कल वह प्रश्न में बदल जाएगी।"

"मेरे आने से यह तो होना ही था, क्या आप नहीं जानते थे, नाथ?"

"सच पूछो तो मैं नहीं जानता था। मुझे कल्पना तक भी नहीं थी कि रुक्मिणी जैसी स्त्री इस प्रकार का व्यवहार कर सकती है।"

"स्त्री ऐसा ही व्यवहार करती है नाथ, इतना तो मुझे भी समझ में आता है। अगर उनके स्थान पर मैं भी होती तो मैं भी ऐसा ही व्यवहार करती। आप हो ही इतने प्रिय कि आपका बँटवारा आसान नहीं है। सबको आपका संपूर्ण प्रेम चाहिए, आपका संपूर्ण समय...संपूर्ण ध्यान और आपके स्नेह का संपूर्ण संपादन सबको करना है।"

"परंतु मैं तो सबको पूर्ण ही देता हूँ। कभी कम या कभी ज्यादा बाँटता ही नहीं। यह

तो दृष्टि-भ्रम है। स्नेह करने में कोई कमी नहीं रखता, अपितु अपना मन ही अधिक और अधिक माँगता रहता है, प्रिये! ऐसी अपेक्षाओं की रेत में डाला जानेवाला स्नेह हमेशा पिया जाता है और रेत प्यासी-की-प्यासी ही रह जाती है।''

''अर्थात् रेत को वर्षा की अपेक्षा ही नहीं रखनी? रेगिस्तान निरंतर रेगिस्तान बनकर ही विस्तार पाता रहे?''

''बारिश की अपेक्षा हो तो उपजाऊ जमीन बनना पड़ता है। बादल भी वृक्षों से घिरे वनों में अधिक बरसते हैं।''

''स्वामी, मैं तो आपकी एकमात्र पत्नी बनकर रहना चाहती हूँ, आपके स्नेह की संपूर्ण अधिकारी केवल मैं ही होऊँ, यही मुझे अच्छा लगेगा।''

''लेकिन बारिश के सभी बादल धरती के किसी एक ही टुकड़े में किस प्रकार बरसेंगे? उसे अतिवृष्टि कहते हैं, प्रिय! अतिशयोक्ति किसी भी बात की योग्य नहीं होती। फसल को उगने के लिए योग्य वर्षा की आवश्यकता है। तुम्हें भी योग्य मात्रा का प्रेम ही प्राप्त हो सकता है। स्नेह का अतिरेक भी कभी विनाश को आमंत्रण देता है।'' इतना कहकर कृष्ण कक्ष से बाहर चले गए। वहाँ खड़ी सत्यभामा पल भर के लिए इस अद्भुत पुरुष की बुद्धिमत्ता और गूढ़ता पर बलिहारी गई। वह ऐसे पुरुष की पत्नी है, इस विचार पर ही वह अपने आपको धन्य मानने लगी। अपने आप पर गर्व करने का उसका मन हो उठा।

तथापि यह सारी बात सुनने के बाद भी कृष्ण के प्रेम में कोई विभाजन, कोई दूसरा उसे स्वीकार्य ही नहीं है, यह बात उसे समझ में आई और वह पीछे दौड़ी। उसने कमरे में से नीचे देखा तो मुख्य महल की तरफ तेज गति से चलते कृष्ण का पीतांबर हवा में लहरा रहा था। सिंह समान उनकी कमर और शिला के बने हों, ऐसे मजबूत विशाल कंधों से आरंभ होती पीठ देख सत्यभामा का मन कृष्ण को आलिंगन बद्ध करने और उनके आलिंगन में बँध जाने को तड़प उठा।

''न जाने कब वापस आएँगे?'' सत्यभामा के मन में हलका सा विरोध पैदा हुआ, ''आज की रात उन्हें मनाने नहीं गए होते तो क्या हो जाता?''

तेज गति से उतावले कदमों में जाते हुए कृष्ण की अस्वस्थता का उसे स्पष्ट अनुभव हो रहा था।

रुक्मिणी के लिए इतने अस्वस्थ हो रहे अपने पति को देख सत्यभामा ने एक बात का निश्चय किया, ''पटरानी चाहे रुक्मिणी कहलाएँ; परंतु कृष्ण की प्रिय, कृष्ण के अत्यंत समीप, हृदय सम्राज्ञी तो मैं ही बनूँगी। वह चाहे रुक्मिणी जितनी विदुषी न हो, कृष्ण के साथ राजनीति अथवा शास्त्रों पर चर्चा न कर सके, परंतु अपने पति के रूप में, शरीर व मन के साथ-साथ अपने महल में अवश्य बाँधकर रखेगी।''

महल में खड़ी सत्यभामा के कंधे पर किसी ने एक हाथ रखा।

सत्यभामा ने पीछे देखा, उसकी प्रिय दासी मनोरमा थी।

मनोरमा सत्यभामा के दहेज में उसके साथ आई थी। वह उसके बचपन की सखी और सत्यभामा की पसंद-नापसंद को अच्छी तरह जानती थी। मनोरमा ने यह सारा प्रसंग अपने कानों से सुना था। वैसे भी सहज भाव से हर बात को जानना और सत्यभामा को बताना मनोरमा की प्रिय प्रवृत्ति थी।

"महारानी, आप यों उदास हों, ऐसे नहीं चलेगा। यहाँ तो आपको अपने अधिकारों के लिए लड़ना ही पड़ेगा।"

"युद्ध किसलिए? वे भी पत्नी हैं उनकी। उनके स्थान पर अगर मैं भी होती तो शायद मैंने भी ऐसा ही व्यवहार किया होता।"

"वह तो सौत हैं आपकी, जबकि आपके सौंदर्य और कृष्ण प्रेम के सामने कौन टिक सकता है?"

"मनु, वे गए, इस बात का दु:ख नहीं मुझे; लेकिन आज की रात अगर नहीं गए होते तो क्या हो जाता?"

"वही तो...मैं भी यही कहती हूँ, महारानी। आज की रात तो मात्र आपकी ही थी, आज किस प्रकार जा सकते थे?"

"लेकिन आज मैं नहीं रूठूँगी, सिर्फ इस घटना को अपनी स्मृति में सँभाल रखूँगी और पटरानी को मेरी रात में से समय चुराने का मूल्य तो चुकाना ही पड़ेगा।"

"महारानी, आप यहाँ अकेली नहीं हैं, यहाँ तो सोलह हजार रानियाँ हैं।"

"सोलह हजार नहीं, सोलह हजार एक सौ सात और फिर मुझे भी लाए? वे चाहते हैं मुझे। बस...इतना ही बस है मेरे लिए, शेष मुझे आता है।" ऐसा कह सत्यभामा ने मक्खन में काजल-मिश्रित हो, इस तरह से चमकती अपनी श्याम देह को देखा।

"महारानी, सावधान रहना। और तो क्या कहूँ?" मनोरमा ने कहा।

"तू है न? तू मुझे सूचित करती रहना, शेष मैं सँभाल लूँगी।"

□

रुक्मिणी के महल की सीढ़ियाँ चढ़कर कृष्ण उसके महल के मुख्य कक्ष में पहुँचे। सारे महल में अँधेरा देखकर उन्हें रत्ती भर भी आश्चर्य नहीं हुआ। उन्हें अगर आश्चर्य हुआ तो वह इस बात का कि रुक्मिणी ने ऐसा व्यवहार किया। कृष्ण सोचते थे कि और कोई इस बात को समझे या न समझे, लेकिन रुक्मिणी इस बात को समझेगी, यह उनका विश्वास था। स्यमंतक मणि के लिए हुआ युद्ध और सत्राजित् के साथ हुई संधि इन सब बातों से तो पटरानी अनजान थी।

उसने स्वयं यह परामर्श दिया था कि सत्राजित् के साथ संधि कर ली जाए और अब

स्वयं ही वे···

"किस प्रकार बात करूँगा मैं? क्या कहूँगा? इतनी विदुषी स्त्री को कैसे समझाऊँगा? उसके पास तो कितने ही उत्तर होंगे मेरी हर बात के···समझौता करने को कहा था, विवाह समझौते में शामिल नहीं था, ऐसा कहेगी तो ? जांबवती और उसके जैसी अन्य स्त्रियों से विवाह के समय तो वह इस प्रकार विचलित नहीं हुई थी···पटरानी···आज किसलिए?"

इन्हीं सब बातों को सोचते-सोचते कृष्ण रुक्मिणी के शयन-कक्ष में पहुँच गए। वहाँ अँधेरे से लड़ता मंद लौ में जलता दीया हलका प्रकाश फैला रहा था। रुक्मिणी एक छोटे सिंहासन पर माथा टिकाकर उलटी बैठी थी। उसके बाल उसकी पीठ से होकर नीचे जमीन पर फैले हुए थे। सारे कमरे में वस्त्र और गहने यहाँ-वहाँ बिखरे पड़े थे।

"पटरानी, प्रिये!" कृष्ण ने बहुत ही कोमल स्वर में पुकारा।

रुक्मिणी ने ऊपर देखा। रुक्मिणी की आँखें रो-रोकर रक्तवर्णी हो चुकी थीं, जिन्हें देख कृष्ण का हृदय द्रवित हो गया। वे आकर रुक्मिणी के पास बैठ गए। रुक्मिणी के कंधे पर उन्होंने हाथ रखा। कृष्ण का स्पर्श पाते ही रुक्मिणी फूट-फूटकर रो पड़ी।

"तुम्हारे आँसुओं में मेरी द्वारका बह जाएगी।"

"बह जाने दो, मुझे भी इस द्वारका के साथ बहकर पूर्णा के रास्ते कुंडिनपुर वापस जाना है।"

कृष्ण के चेहरे पर मुसकराहट फैल गई, "लेकिन पूर्णा तो कुंडिनपुर से द्वारका की तरफ बहती है, वापस नहीं जाती। द्वारका एक बार आ जाने के बाद कुंडिनपुर जाने के लिए कोई रास्ता शेष नहीं बचता है, प्रिये।"

"होगा, मैं द्वारका के बाहर छलाँगें लगाते समुद्र में प्राण त्याग कर दूँगी।"

"लेकिन तुम्हारे प्राण तो मेरे प्राणों के साथ जुड़े हुए हैं। मेरे साथ सलाह किए बिना तुम अपने प्राणों के बारे में कोई निर्णय कर ही कैसे सकती हो?"

"आपको परिहास सूझ रहा है?"

"परिहास? मैं तुम्हें इस समय एक बहुत बड़ा विदूषक लग रहा होऊँगा, क्यों ठीक है न पटरानी? एक नववधू वहाँ रूठी बैठी है, दूसरी रानी यहाँ परेशानी खड़ी किए हुए है···एक मेरे यहाँ आने से क्रोधित है तो दूसरी मैं वहाँ जाऊँगा, इसलिए क्रोधित होगी।"

"जाओ, सुख से जाओ। मैं जरा भी क्रोधित नहीं होऊँगी।"

कृष्ण के चेहरे पर अभी भी मुसकान वैसे ही फैली हुई थी, "यह तो आपके चेहरे से ही स्पष्ट हो रहा है।"

"किंतु क्रोध या शोक से आपको क्या?"

"मुझे? आप अर्धांगिनी हैं मेरी। मेरा आधा अंग शोक में, क्रोध में हो तो दूसरा अंग सुख-आनंद में कैसे हो सकता है? सत्यभामा के महल में बसा मेरा दूसरा आधा अंग

क्रोधित है। वह भी अर्धांगिनी है मेरी।''

''तो जाओ, उसे मनाओ!''

''किंतु पहले इस आधे अंग को मनाए बिना यह संभव नहीं है।''

''प्रभु, आपके शब्द मुझे रिझा नहीं सकते।''

कृष्ण ने बैठे-बैठे ही रुक्मिणी को आलिंगनबद्ध कर लिया।

''शब्द नहीं तो स्पर्श?'' मुसकान अभी भी वहीं-की-वहीं थी।

''प्रभु, यह सब व्यर्थ है। मेरा मन बेचैन है, न जाने क्यों सत्यभामा के आने से मेरा मन⋯''

''दो पुत्र हों और तीसरा आए, तो माँ के प्रेम में बँटवारा हो जाने का भय पैदा हो जाता है?''

''यह स्त्री-पुरुष संबंध की बात है, माता और पुत्र की नहीं।''

''मैं तो विश्व के दिव्य संबंधों की बात करता हूँ। अगर सौ-सौ पुत्र होने के बावजूद माता गांधारी सबको एक समान प्यार कर सकती हैं तो मैं क्यों अपनी सभी पत्नियों को एक समान मान, एक सा प्रेम नहीं कर सकता। मेरा प्रेम अनंत है। जहाँ तक तुम उसका विस्तार चाहो, वहाँ तक मैं फैल जाऊँगा।''

''तो फिर आज की रात यहाँ ठहर जाओ।''

''ऐसा करने से क्या हासिल होगा? विजय? किस पर? सच्ची विजय तो स्वयं पर पानी चाहिए। दूसरों पर प्राप्त विजय तो क्षण-भंगुर होती है, प्रिये! आज की रात अगर यहाँ रुक जाऊँगा तो आप जीत जाओगी। आपका स्त्रीत्व, आपकी पटरानी की पदवी थोड़ी ऊँची साबित होगी नव-विवाहिता वधू के सामने, लेकिन आपके व्यक्तित्व का क्या? व्यक्ति रूप में, मानव के रूप में आप कितनी छोटी, छिछली, हलकी दिखाई देंगी, इस बारे में आपने कुछ विचार किया है।''

''प्रभु!''

''आप तो पटरानी हैं। इस नगर की महारानी, आर्यावर्त की राजलक्ष्मी, यादवों की भाग्यलक्ष्मी। आपके हाथ देने के लिए उठने चाहिए, माँगने के लिए नहीं। अगर एक वस्तु के रूप में भी विचार करो मेरे बारे में तो भी⋯सत्यभामा मुझे सौंपकर आप ऊँचे स्थान पर ही विराजमान होंगी। दान देनेवाला हमेशा हाथ ऊँचे रखकर ही दान देता है और दान लेनेवाले का हाथ हमेशा नीचे होता है। सत्यभामा तो बालिका है। वह तो राजनीति भी नहीं जानती, लेने-देने की कोई परिभाषा भी समझ नहीं सकती। स्यमंतक के इस युद्ध में उसे एक मोहरे की तरह इस्तेमाल किया गया; लेकिन आप तो समझती हैं, जानती हैं—राजनीति, रणनीति और प्रणयनीति⋯आप ऐसा करेंगी?''

रुक्मिणी को ऐसा लगा मानो सारे महल में प्रकाश प्रज्वलित हो गया है। उसे अपने

ही व्यवहार पर लज्जा आ गई।

कृष्ण की बात सत्य ही थी। वह ऐसा किस प्रकार कर सकती है। स्वयं कृष्ण के साथ इतने समय से दिन-रात रह रही थी। कृष्ण का इतना नजदीकी संबंध, संसर्ग उसके मन की मलिनता भी भूल न सका। सत्यभामा जैसी निर्दोष छोटी बालिका के साथ स्पर्धा करने लगी और वह भी किसके लिए?

रुक्मिणी ने कृष्ण के विशाल कंधों पर अपना माथा रख दिया, "मुझे क्षमा करो, प्रभु!"

"क्षमा तो मुझे माँगनी है कि आपके हृदय को इतना कष्ट पहुँचाया। अगर मैं जानता कि आपको इतना कष्ट होगा तो स्वागत यात्रा के बाद महल जाने से पूर्व पहले आपके पास आता। आपकी आज्ञा लेकर सत्यभामा के महल में जाता। प्रिये, मेरे लिए तो सभी एक समान हैं। मेरे लिए आपका स्थान सत्यभामा से भिन्न नहीं है। मैं सबको बहुत प्रेम करता हूँ, सबको स्वीकार करता हूँ, सबको अपने अंदर समा, अपना मानकर ही जीता हूँ। आप यह नहीं जानती हैं?"

"प्रभु, न जाने क्यों मैंने ऐसा व्यवहार किया! मुझे बहुत क्षोभ होता है, लज्जा आती है अपने इस व्यवहार पर।"

कृष्ण खिलखिलाकर हँस रहे थे, "महारानी विदुषी रुक्मिणी भी आखिर तो एक स्त्री ही हैं न! यह जानकर मुझे बहुत खुशी हुई। आज तक आपके साथ मात्र शास्त्रार्थ किया, प्रणय भी खूब किया; किंतु आज एक सामान्य, अतिशय प्रेम भरी भावनाओं से ओतप्रोत पत्नी से मिलकर मैं सचमुच धन्य हो गया।"

"प्रभु, मेरा मजाक उड़ा रहे हैं? जबकि मैं इसी के योग्य हूँ।" यह कहकर अपनी दोनों हथेलियों से मुँह ढँक लिया रुक्मिणी ने। कृष्ण ने उनके दोनों हाथों को पकड़ा, हथेलियों को मुँह से हटाया, "वैसे भी एक मध्यम रोशनी का दीप टिमटिमा रहा है। आप भी मुँह ढँक लेंगी तो कितना अंधकार हो जाएगा, जानती हैं?"

"प्रभु!" रुक्मिणी लज्जालु हो गई।

"मुझे सचमुच यहाँ से जाने की इच्छा नहीं है।"

"सत्यभामा आपकी प्रतीक्षा कर रही होगी, आपको जाना ही चाहिए।"

"हृदयपूर्वक कहती हो?"

"हाँ, सच कहती हूँ। आज की रात सत्यभामा की रात है। हमें आपको व सत्यभामा को यह अधिकार देना ही चाहिए।"

"और आप? आप क्या करेंगी? इस हलके दीपक के प्रकाश में, अलंकार-विहीन बैठकर इस तरह शोकमग्न होकर रात व्यतीत करेंगी?"

"ना...ना...मैं अभी दासी को बुलाती हूँ। सिर पर मालिश करवा, शरीर पर

सुगंधित तेल से मालिश करवाती हूँ··· फिर प्रात:काल स्नान कर श्रृंगार करूँगी और सत्यभामा के स्वागत के लिए उसके महल में जाऊँगी।''

''आप तो वहीं होंगे न? आपके भी प्रात:काल में दर्शन करूँगी, साथ-ही-साथ नववधू के साथ रात बिताकर आपके चेहरे पर आई नई कांति के दर्शन भी करूँगी।''

कृष्ण हँसते-हँसते खड़े हो गए।

''नववधू के साथ रात्रि भूलती नहीं हो। क्यों, ठीक है न?''

''आपको भूलती है क्या?''

''मेरा कर्तव्य है।''

''और मेरा धर्म है।''

''आप सचमुच विदुषी हो। आपके साथ शब्दों के खेल में जीतना असंभव है।''

''तो फिर खेल खेलते क्यों हैं?''

''हारने के लिए। आपके सामने हारने का भी एक अद्भुत अनुभव होता है, आनंद होता है। प्रिये, यह बात मात्र हारनेवाले को ही महसूस होती है, समझ में आती है।''

और रुक्मिणी को एक मधुर आलिंगन देकर कृष्ण जब उसके महल से बाहर निकले तो रुक्मिणी के प्रासाद में और कक्ष में दीप जल उठे थे।

□

''क्या कहती हैं पटरानी? क्या अभी भी शोकातुर हैं?'' सत्यभामा के श्वेत फूलों से श्रृंगारित कक्ष में इत्र के दिए महक फैला रहे थे। खिड़कियों पर लटके भारी रेशमी परदे समुद्र किनारे से आती हवा के साथ फर-फर करते उड़ रहे थे। रात का समय था। समुद्र अपनी जवानी पर था। समुद्र की मौजों की आवाज सत्यभामा का महल गुँजा रही थी।

''प्रात:काल यहाँ तुम्हारे स्वागत के लिए पधारेंगी पटरानी। तुम भी उनका योग्य स्वागत करोगी, ऐसा मैं मानता हूँ।''

''मेरे महल में पधारे किसी भी व्यक्ति का योग्य स्वागत होगा ही, फिर वह तो स्वयं पटरानी हैं। द्वारकाधीश, गो-ब्राह्मण पालक, युग-पुरुष, महान् राजनीतिज्ञ, पांडवों के सलाहकार स्वयं भगवान् माने जानेवाले श्रीकृष्ण की पटरानी··· ।''

''तुम यह किसकी बात कर रही हो, प्रिये? मैं तो गोकुल से आया हूँ। नंद बाबा का पुत्र, यशोदा का कान्हा, एक सामान्य ग्वाला···''

''संपूर्ण आर्यावर्त को अपनी बुद्धि के चाबुक से हाँकनेवाला ग्वाला, ठीक है न!''

''ऐसे ही ठीक है। मैं अभी विद्वत्तापूर्ण चर्चा करके यहाँ आया हूँ और मानता हूँ कि आज अपनी विवाह की प्रथम रात्रि है। आर्यावर्त और भारतवर्ष की राजनीति के बारे में चर्चा हेतु बहुत सी रातें आएँगी। आज, अभी तो···''

''अभी तो!'' सत्यभामा की आवाज में, आँखों में आनंद छा गया। उसका शरीर

धनुष की डोर की तरह खिंच गया। उसके आमंत्रणपूर्ण मुसकान लिये होंठ कँपकँपाए...

"अभी तो मुझे अपनी नववधू को पत्नी बनाना है, उसे उसका अधिकार देना है।"

"अधिकार?" सत्यभामा ने पूछा।

"मेरे प्रेम का अधिकार। मैं तुम्हें चाहता हूँ, इन शब्दों के अलावा भी कहा जा सकता है, यह अनुभव करवाना है तुम्हें।"

"स्वामी!" सत्यभामा शरमा गई परंतु कृष्ण की फैलाई हुई बाँहों में जा समाई।

राजमहल के उस क्षेत्र में उस रात दो भवन जगमगा रहे थे। एक प्रेम की प्रचुर गहराई की रति में डूबा हुआ था और दूसरा भक्तिपूर्ण समर्पण और प्रेम के उजाले में प्रज्वलित था।

◻

कुंती और कृष्ण काफी समय से चुपचाप एक शब्द भी बोले बिना बैठे थे।

इंद्रप्रस्थ के उस मुख्य महल के झरोखे से आकाश भूरे रंग का और बहुत नजदीक लगता था। कुंती के चेहरे पर अन्यमनस्कता और पीड़ा की रेखाएँ थीं। कृष्ण बिना कुछ भी बोले दूर आकाश में कहीं देख रहे थे।

"कन्हैया, होगा।" कुंती ने ठंडा भीगा श्वास छोड़ा।

"जैसी उसकी इच्छा। ईश्वर ने जैसी बुद्धि उसे दी, उसने वैसा ही व्यवहार किया।"

"बुआ, मैं चाहता हूँ कि आप एक बार..."

"मैं?...वह मेरी बात सुनेगा?"

"माँ हैं आप। शायद आपकी बात न टाले।"

"कान्हा, अगर वह न माने तो?"

"तो...तो वह कौरव पक्ष से लड़ेगा और एक भाई दूसरे भाई की हत्या करेगा।" कृष्ण भविष्यवाणी की तरह बोले। उनकी आवाज मानो दूर अनंत में से आ रही थी। इतनी गहरी और गंभीर थी, जिसे सुन कुंती की आँखों में कब से रुके हुए आँसू बह निकले।

"मैं ही...मैं ही कारण हूँ इस सबका। मैंने ही उसे जन्म देकर उसे अस्वीकार किया। जब जननी ही जीवन को स्वीकार नहीं करती, यूँ छोड़ देती है तब..."

"बुआ, मैं आपसे प्रार्थना करता हूँ कि आप एक बार कर्ण को समझाकर तो देखें।" कुंती कृष्ण के चेहरे की तरफ देख रही थी...एकटक। उनकी आँखों में से आँसुओं की धारा बह निकली। बिना कुछ बोले कुछ समय तक कुंती रोती रहीं और कृष्ण चुपचाप वहाँ बैठे-बैठे आकाश की तरफ देखते रहे।

"कन्हैया, मैं उसे समझाऊँ, इससे पांडव पक्ष में..."

"पांडव पक्ष में साहस बढ़ जाएगा बुआ, और दुर्योधन की रीढ़ की हड्डी टूट जाएगी।"

"कन्हैया, लेकिन…"

"बुआ, मैंने आपको वचन दिया है। अत: आपके पाँच पुत्र अखंड रहेंगे। मैं किसी आशंका या भय के कारण कर्ण को पांडव पक्ष में शामिल करने का आग्रह नहीं रखता; परंतु एक श्रेष्ठ मानव, एक अजेय योद्धा को हारते हुए देखना…मुझे बहुत दु:ख होगा, बुआ, आखिर तो वह मेरा भी भाई है।"

"कान्हा…तू? तू ऐसा सोचता है।"

"क्यों, क्या मैं नहीं सोच सकता? महासंहार तो तय है, बुआ; परंतु उसमें से जितनों को बचाया जा सके उतनों को बचाने का प्रयास मुझे भी करना है। इतिहास साक्षी होगा, मेरे प्रयासों की हामी भरने, गवाही देने…संधि करने भी मैं इसीलिए गया था, बुआजी।"

"ठीक है कन्हैया, तू कहता है तो मैं मिलूँगी उसे; लेकिन उसके उत्तर के बारे मुझे अभी पता है। मैं जानती हूँ, वह मुझे…"

"वह आपको स्वीकारे या नहीं, परंतु कुरुक्षेत्र के युद्ध में वह कदम रखे उससे पहले आप उसका स्वीकार करें, यह अनिवार्य है—उसके लिए भी और आपके लिए भी…यह अहंकार का युद्ध है, स्वीकार का युद्ध है, अस्तित्व का युद्ध है, धर्म का युद्ध है। और पुत्र को स्वीकार करना माता का धर्म है और मैं जो देख सकता हूँ उसे देखकर कहता हूँ बुआ, कर्ण की आत्मा की तृप्ति के लिए, उसकी मोक्ष-प्राप्ति के लिए एक बार उसका स्वीकार आवश्यक है।"

□

रुक्मिणी के महल में उदास व चिंतित कृष्ण बैठे थे। रुक्मिणी उनके लिए मजेदार कढ़ा हुआ दूध लेकर आई…

"नाथ, किस विचार में हो?"

"तुम तो जानती हो प्रिये, कि परिस्थिति अधिक-से-अधिक दुष्कर बनती जा रही है।"

"आप क्या कर सकेंगे? दो भाइयों के बीच राज्य के अधिकार के लिए इस प्रकार की लड़ाई कोई नई बात नहीं है। यह तो राजनीति का इतिहास है।"

"परंतु प्रिये, दुर्भाग्यवश यह राजनीति संपूर्ण आर्यावर्त को अपने खप्पर में भस्म कर डालेगी। मुझे अनेक स्त्रियों के सूने माथे और अनेक अनाथ बच्चों का बिखरा भविष्य दिखाई देता है।"

"आप किसके पक्ष में रहेंगे, पहले यह तो तय करें, ठीक है न? जिसके पक्ष में आप रहेंगे उस पक्ष की विजय तो स्वाभाविक ही है।"

"परंतु प्रिये, वह कितने बलिदान देगा। भयंकर रक्तपात कराएगा। इस रक्तपात को रोकने का कोई भी उपाय सूझता नहीं है, दिखाई देता नहीं है।"

"आपकी सखी के पास वह उपाय है।" रुक्मिणी ने कहा।

कृष्ण ने एकदम चौंककर रुक्मिणी की तरफ देखा, "पांचाली! वह क्या कर सकेगी?"

"शत्रु को जब हार जाने का भय लगे, तब वह शरणागत स्वीकार करने को तैयार हो जाता है, ऐसा राजनीति कहती है।"

"दुर्योधन जानता है कि वह नहीं जीत सकता, तथापि अपने अहंकार के नशे में किसी की भी बात सुनने को तैयार नहीं है। तुम तो जानती हो कि मैं तो संधि हेतु भी जाकर आया; परंतु जिस प्रकार दुर्योधन ने मेरा अपमान किया है, उसके बाद पांडव किसी भी स्थिति में चुप नहीं बैठेंगे। चुप बैठना भी क्यों चाहिए? अन्याय सहन करना भी अन्याय ही है।"

"पांडवों को उनका अधिकार मिल जाए और फिर भी रक्तपात न हो, युद्ध टल जाए, ऐसा भी हो सकता है।"

"कहो मुझे, मेरा मन अधीर हो गया है। तुम्हारे पास कोई ऐसा उपाय हो तो बताओ, मुझे उसकी प्रतीक्षा है।" यह प्रश्न पूछने के बावजूद कृष्ण जानते थे कि विश्व में कहीं भी कोई ऐसा उपाय है ही नहीं।

"दुर्योधन की सबसे बड़ी शक्ति कर्ण है और कर्ण की सबसे बड़ी कमजोरी द्रौपदी।" रुक्मिणी ने अर्थपूर्ण मुसकराहट बिखेरी।

"कहीं तुम यह तो नहीं कहती कि..."

"मैं तो वैसे ही कहती हूँ नाथ, हाँ, यह तो आपको ही करना पड़ेगा। आपकी सखी आपका कहा हुआ नहीं टालेगी। माता कुंती और आपके प्रयास असफल हुए हैं; परंतु अगर द्रौपदी उसे समझाने जाए तो शायद...कर्ण पांडवों के पक्ष में लड़े।"

"ऐसा कभी नहीं हो सकता है, कर्ण कभी भी पांडवों का पक्ष नहीं लेगा।"

"आपको याद है, उसने आपको क्या कहा था? आप द्रौपदी की तरफ से वचन दें, ऐसा भी नहीं हो सकता।"

"हाँ, किंतु..."

"वह पांडव पक्ष से नहीं लड़ेगा, चाहे न लड़े, किंतु अगर वह आपकी तरफ किसी भी पक्ष से न लड़ने का निर्णय कर ले तो भी दुर्योधन की सेना की क्षमता आधी हो जाएगी।"

"प्रिये, तुम्हारा सुझाया गया यह प्रस्ताव सिर्फ एक प्रयत्न मात्र ही होगा। जहाँ तक मैं पांचाली को जानता हूँ, वहाँ तक मेरा खयाल है कि वह ऐसी किसी भी बात को स्वीकार नहीं करेगी, जो उसके मन को मान्य न हो। और कर्ण का तो स्वप्न ही यही है कि अर्जुन की मृत्यु उसी के बाण से हो।"

"प्रयत्न करके तो देख लो। शायद पांचाली मान जाएँ, तो दुर्योधन कर्ण की सेना ले पांडवों से युद्ध करने की हिम्मत नहीं करेगा।"

"प्रिये, मुझे तुम्हारे ज्ञान, तुम्हारी समझदारी में श्रद्धा है। फिलहाल जो परिस्थिति चल रही है, उसमें में कोई भी प्रयास शेष रखना नहीं चाहता, हर संभव प्रयास करूँगा।"

"आर्यपुत्र, इतिहास आपके तमाम प्रयासों का साक्षी रहेगा। हाँ, निश्चित हो गया युद्ध कोई अटका भी नहीं सकता, किंतु उसे रोके जाने के तमाम प्रयासों की गवाही नतमस्तक होकर इतिहास अवश्य देता है।"

◻

द्रौपदी का चेहरा तपकर एकदम लाल हो गया था। उसकी आँखों से क्रोध बरसता था।

उसे यही समझ नहीं आ रहा था कि सखा की बात का क्या जवाब दे? कर्ण उसके पति का जन्म से शत्रु था। भरी सभा में वेश्या कहकर जिसने उसे संबोधित करके तिरस्कृत किया था, उसे मनाने जाना किसलिए? अपने स्वाभिमान को एक तरफ रख उसे विनती करूँ कि वह पांडवों के पक्ष में आ जाए? किसलिए? सिर्फ विजय की आकांक्षा में?

"सखा, हमारे पक्ष में आप हो, न्याय है, धर्म है, हमारी विजय तो सुनिश्चित ही है। क्यों अपने स्वाभिमान को एक ओर रख हम दुर्योधन के मित्र से प्रार्थना करें?"

"वे ज्येष्ठ पांडव भी हैं।"

"मेरे लिए वे शत्रु के मित्र हैं और शत्रु का मित्र शत्रु ही होता है, ऐसा राजनीति कहती है। उसने भरी सभा में अपशब्द कहे थे, वह भी भूल गए आप, सखा?"

"सखी, बहुत अपमानजनक ढंग से तुमने उसे सूत-पुत्र कहा था..."

"किंतु तब तो सूत-पुत्र ही कहा था और आप तो जानते ही हैं, मुझे तो..."

"आज धर्मयुद्ध के प्रांगण में कदम रखने से पहले उसकी आत्मा की तड़प को शांत करना, उसका स्वीकार करना तुम्हारा धर्म है।"

द्रौपदी की आँखों में ज्वालाएँ भड़क उठीं, "मेरा धर्म और आपकी राजनीति?"

"ऐसा मानो तो ऐसा ही सही। तुम्हारे पाँच पतियों की रक्षा हेतु तुम्हें एक बार तो कर्ण को मिलना ही पड़ेगा।"

"ऐसा आप कहते हैं?" द्रौपदी की आँखों के अंगारे कृष्ण को जलाने लगे।

"हाँ...धर्मक्षेत्र, कुरुक्षेत्र के इस युद्ध के आरंभ होने से पहले एक अंतिम प्रयास तो करके देखो, ऐसी मेरी सलाह है।"

"आपकी इच्छा हम सबके लिए तो आदेश ही होती है न! आपकी सलाह अगर हमें मानना न भी हो तो भी हमारे पास कोई विकल्प नहीं है, सखा।"

"अगर बात न माननी हो तो कोई बात नहीं, मैं तो सबके हित में..."

"सबका हित? सबका हित इस महायुद्ध में निश्चित है, प्रभु, घर-घर से विधवा स्त्रियों का रुदन और अनाथ बच्चों का असहाय विलाप, यही सबका हित होगा शायद। मैं शायद न समझती होऊँ, स्वधर्म, राजनीति और परित्राण जैसे शब्द...ठीक है न?"

"तुम्हारे वाणी रूपी ये बाण मुझे घायल कर रहे हैं, सखी! मैं इसका विरोध नहीं करता, सब अपने-अपने स्थान पर सच्चे ही होते हैं। अंतिम सत्य तो स्थान बदलने से ही समझा जा सकता है। अगर दूसरी दिशा में देखेंगे ही नहीं तो उस दिशा में उगे सूर्य का प्रकाश तुम तक पहुँच ही नहीं सकेगा।"

"प्रभु, सत्य तो बंद आँखों से दिखनेवाले प्रकाश जैसा है। अगर प्रकाश न भी पहुँचे तो भी उसके तेज का अनुभव तो हो ही सकता है। आपका तेज, आपके कर्तव्य का तेज, हम सबको प्रकाश देता है अथवा हमें जला देता है, उसे जानने की उत्कंठा में ही अभी तो..."

"सखी, तुम कुशाग्र बुद्धि हो, शास्त्रार्थ कर सकती हो। संवेदनाओं को समझ नहीं सकतीं, हर बात को आँकड़ों से जोड़कर समझाया नहीं जा सकता। फूल का खिलना, ओस का गिरना और सूर्योदय होते ही ओस का सूख जाना—ये सब प्राकृतिक घटनाएँ हैं। इनके पीछे तर्क करने से क्या मिलेगा?"

"तर्क..." द्रौपदी के चेहरे पर एक कुटिल हास्य फैल गया, "तर्क किया होता तो पाँच पतियों की पत्नी बनकर जिया न होता। पिता ने स्वयंवर किया, मुझे बिना पूछे ही मत्स्य-बेधन की योजना बनाई, ब्राह्मण-वेश में पांडव स्वयंवर में आए। सबकुछ जानते हुए भी आपने अर्जुन से मत्स्य-बेधन करवाया और इतना क्या कम था कि माता कुंती ने कहा कि पाँचों भाइयों में बाँट लो...कौन सा तर्क था एक स्त्री को वस्तु समझकर बाँटने में। तर्क की बात मत करना सखा, कौन सा तर्क था एक रजस्वला को राजसभा में घसीटकर लाने में। कौन सा तर्क था कि हारे हुए पति पत्नी को दाँव पर लगा दें? इस बात को तो स्वीकारा इतना ही नहीं, पत्नी को हार भी जाएँ और विद्वानों से भरी वह सभा एक स्त्री का अपमान मौन रहकर देखती रहे...कौन सा तर्क सखा? कौन सा तर्क था वह कि आपने भी मेरी लाज लुटने तक की राह देखी? अगर आप चाहते तो दुःशासन के हाथ मेरा स्पर्श करने से पहले ही टूटकर गिर जाते। कौन सा तर्क था मुझे इतनी पीड़ा तक खींच ले जाने में?" द्रौपदी का गला भर आया था। वह आक्रोश में बोल रही थी। क्रोध में बोलते-बोलते मुँह से थूक भी उड़ रहा था और सारा शरीर काँप रहा था। उसकी आँखों से आँसू नहीं निकल रहे थे; किंतु ऐसा लग रहा था मानो उसका सारा शरीर आँसुओं और पसीने से भरा हुआ था।

कृष्ण ने खड़े होकर पास ही पड़े मिट्टी के घड़े में से चाँदी के पात्र में पानी भरा। द्रौपदी का हाथ अपने हाथ में लिया और हाथ में पानी का पात्र पकड़ाया, फिर बहुत

कोमलतापूर्वक बहुत प्यार से द्रौपदी का चेहरा अपने दो हाथों के बीच थामा और कहा, "सखी, इस संपूर्ण युग में ऐसी कौन सी स्त्री थी, ऐसी कौन सी स्त्री हो जो महासती गांधारी के पुत्रों को शाप दे और वह सफल हो...और तुम सखी, अग्नि-पुत्री को तपाए बिना उसकी जीभ में से ऐसे अंगारे कैसे बरसते?"

"अर्थात्?" पानी पीकर थोड़ी सहज स्वस्थ हो गई थी द्रौपदी। उसने अपने पल्लू से पसीना पोंछा।

"सखी, मेरी हर बात तर्कपूर्ण होती है। हो सकता है, वह तर्क तुम तक न पहुँचे। मैं वह तर्क तुम तक न पहुँचने दूँ, यह भी संभव है, किंतु मेरा तर्क मेरा कर्तव्य है, मेरा साध्य है।"

"और हम साधन मात्र हैं?" द्रौपदी की आवाज में एक आहत शिशु समान संवेदना थी।

"ना...तुम तो सहकर्मी हो, साथ चलनेवाली...मेरे साध्य तक मुझे ले जाने वाली मेरी स्नेही।"

"सखा, किसलिए? किसलिए तुमने यह किया? इतिहास सहस्र वर्षों तक मेरा यह अपमान अपनी स्मृति में रखेगा...आनेवाली कितनी ही पीढ़ियाँ मुझे एक अबला, असहाय नारी के रूप में ही जानेंगी।"

"असहाय?" कृष्ण के चेहरे पर मुसकान फैल गई।

"पाँच-पाँच पतियों की सहायता करनेवाली तुम असहाय?" ऐसा लग रहा था, मानो कृष्ण शब्दों से द्रौपदी को स्नेह कर रहे थे, "आनेवाले सहस्रों वर्षों तक अगर आपका स्मरण किया जाएगा तो वह एक कुशाग्र, बुद्धिमान, स्वत्व बनाए रखनेवाली, संघर्षशील, तेजशिखा समान एक पवित्र नारी के रूप में किया जाएगा...सखी, संबंध का अर्थ कभी भी लेन-देन में पूरा नहीं होता है। संबंधों का अर्थ एक आत्मा से दूसरी आत्मा का ऐसा संयोजन है, जिसमें शब्द और सत्य अधूरे साबित होते हैं। मेरे कर्तव्य में मेरी सहायता कर सकें, ऐसा व्यक्तित्व मुझ से विराट होना चाहिए, यह समझती हो तुम? गांधारी जैसी पतिव्रता स्त्री युगों-युगों तक सती होकर पूजी जानेवाली स्त्री के पुत्रों को शाप देनेवाले क्षण आए, तब वह स्त्री, उस व्यक्तित्व का तेज सूर्य के तेज से भी ज्यादा प्रकट हो, यह स्पष्ट है। हे अग्नि-पुत्री! वैर की तृप्ति तुम्हारे जन्म का कारण नहीं है, ऐसे गलत भ्रम में न रहना। तुम्हारे जन्म का कारण धर्म का उदाहरण है। तुम्हारे जन्म का कारण इस युग में फैली कालिमा को मिटा तुम्हारे तेज से युग को जगमगाना है।"

"तथापि मैं कर्ण के पास नहीं जाऊँगी। मैं राजनीति का भाग नहीं हूँ, न ही बनना है।" द्रौपदी ने कहा और झटपट बाहर निकल जाने हेतु द्वार पर पहुँच गई। फिर पीछे मुड़ी, कृष्ण की तरफ एक अजीब सी दृष्टि से देखा, दो हाथ जोड़े और कृष्ण की आँखों में आँखें

डालकर कहा, ''त्वदीयं वस्तु गोविन्दं तुभ्यमेव समर्पये।'' और अपना पल्लू मुँह में दबा, नि:शब्द रोते हुए कृष्ण के कक्ष से बाहर निकल गई।

☐

दुर्योधन के महालय में आज एक विशेष निजी बैठक का आयोजन होने वाला था। बलराम सिर्फ इस बैठक में भाग लेने के लिए द्वारका से आए थे।

''मामा, आपको क्या लगता है? बलराम मान जाएँगे?'' दुर्योधन थोड़ी पसोपेश में था।

''अरे भानजे, तू क्यों चिंता करता है। बलराम तो वैसे भी कृष्ण के विरुद्ध ही हैं। बड़े भाई के होते हुए छोटा भाई राजा बने, यह बात ही बलराम को परेशान किए हुए है।''

''आपसे किसने कहा?'' दुर्योधन अभी भी इस बात को मानने को तैयार नहीं था।

''भानजे, शकुनि नाम है मेरा। व्यक्ति के अंदर घुसकर किस तरह बाहर आना है, यह मेरे बाएँ हाथ का खेल है। हम इसी बात को लेकर बलराम को समझाएँगे कि द्वारका का राज्य उसे मिल सकता है।''

''मामा, लेकिन यह बहुत मुश्किल है। वे ऐसे नहीं मानेंगे। मेरे गुरु हैं बलराम, मैं उनको अच्छी तरह से जानता हूँ। कृष्ण के लिए चाहे कितना ही रोष उनके मन में हो, लेकिन वह ग्वाला अगर एक बार 'दाऊ' कहकर पुकारेगा तो मोम की तरह पिघल जाएँगे।''

''देख भानजे, तेरे पक्ष में अगर बलराम आ जाएँ तो तेरा पक्ष बहुत मजबूत हो जाएगा। पितामह भीष्म, जो श्रेष्ठ व्यूरचना कर सकते हैं; गुरु द्रोण, जिन्होंने अर्जुन जैसा धनुर्धर तैयार किया है, अश्वत्थामा तेरे आचार्य, तेरे मामा, तेरे ससुर और अन्य कई आर्यवर्त के महान् राजनेता और वीर तेरे पक्ष में हैं।''

''उन सबको अर्जुन के बाण भेद डालेंगे, मामा।''

''तू कर्ण को भूल रहा है भानजे, अर्जुन की बराबरी कर सके, ऐसा एक धनुर्धर तेरे पास भी है।''

''परंतु मामा...कृष्ण एक बार उसके पास जाएँगे और उसे पांडव मानने का वचन देगा...तो कर्ण मेरा नहीं रहेगा, मामा। 'सूत-पुत्र' उसके लिए जीवन का सबसे हीन शब्द है। उसे ज्येष्ठ पांडव मान राजसिंहासन पर विराजमान करने का वचन भी कृष्ण की राजनीति का हिस्सा हो सकता है।''

''राजआसन?'' ज्येष्ठ पांडव बनकर उसे राजसिंहासन मिलेगा, ऐसा सोचकर तूने तो मेरी पराजय को पहले ही स्वीकार कर लिया है भानजे। वह ज्येष्ठ पांडव के रूप में प्रस्थापित होगा और पांडव-पक्ष से लड़ेगा तथा अगर वह पांडव-पक्ष से लड़ेगा तो पांडव जीतेंगे, ऐसा तुझे डर है भानजे?''

"मामा, कर्ण के बारे में कोई निर्णय नहीं कर सकते। द्रौपदी के प्रति उसका आकर्षण शायद उसे फिर पांडव-पक्ष की और खींच ले जाए, ऐसा हो सकता है।"

"भानजे, तू मूर्ख है। पाँच पतियों की पत्नी का छठा पति बनने में कर्ण को कौन सा आकर्षण हो सकता है। सारी जिंदगी सूत-पुत्र कहकर जिसकी अवहेलना की गई हो, ऐसे व्यक्ति को पाँच पतियों के बीच बाँटती स्त्री द्वारा फेंका गया एक टुकड़ा कर्ण को कभी भी स्वीकार नहीं होगा और हाँ, कौन से राजआसन की बात कर रहा है तू? कर्ण भी जानता है कि उसकी मृत्यु निश्चित है। परशुराम का अभिशाप...और इंद्र द्वारा उतरवा लिये गए उसके कवच और कुंडल...ज्येष्ठ पांडव!"

"मामा, आप मानें या न मानें, मुझे विश्वास है कि एक बार कृष्ण कर्ण के पास अवश्य जाएँगे।"

"चाहे जाएँ भानजे, इससे कुछ फर्क नहीं पड़ेगा। कर्ण तुम्हारे उपकारों तले दबा हुआ है। तुमने उसे अंगदेश का राजा बना उसे जो सम्मान दिया है, उसे अगर वह सही समय पर भूल जाए तो कर्ण इतना कृतघ्न नहीं है, और हाँ भानजे, कुंती को तड़पाने तथा उसके द्वारा कर्ण का जो अस्वीकार हुआ, जीवन भर ऐसे पांडवों को नकारने का पहला और अंतिम अवसर कर्ण कभी नहीं छोड़ेगा, चाहे उसे मरना ही क्यों न पड़े, वह पांडवों के पक्ष में नहीं जाएगा, उन्हें नकारेगा। वह उन्हें खरी-खोटी सुनाएगा। उनके अंदर अर्जुन की मृत्यु का भय विकसित करेगा; क्योंकि पांडवों को अगर किसी एक व्यक्ति का डर है तो वह है कर्ण।"

◻

"मैंने तुझे कहा था, वह नहीं मानेगा।" कुंती फफक-फफककर रो रही थी। कर्ण के साथ संवाद का एक-एक क्षण उनके हृदय में तीर-सा चुभ रहा था।

"अपराध तो मेरा है। जिस संतान को उसकी जननी त्याग दे, उस संतान को जननी का अपमान, तिरस्कार करने का अधिकार है। उसने मेरा स्पष्ट अपमान किया। मैंने कितनी बार प्रार्थना की कि सिर्फ एक बार मुझे 'माँ' कहकर पुकार लो। उसने तो मेरी इस विनती को भी मानने से इनकार कर दिया...बार-बार 'राजमाता', 'राजमाता' कहकर उसने मेरा इतना अपमान किया, जो आज तक कभी किसी ने नहीं किया।"

"कोई बात नहीं, आपने तो उसका स्वीकार किया न? अब वह शांत हो जाएगा। युद्ध के मैदान में जाने से पूर्व अपनी तृष्णा और पीड़ा को यहीं छोड़कर जाएगा।"

"अर्थात् उसका जाना निश्चित है?" कुंती ने पूछा।

"जो आए हैं, उन सबका जाना तय है, कर्ण उनसे भिन्न नहीं है।"

"मेरा पुत्र है वह। अधर्म के पक्ष से अगर लड़ेगा तो उसे मोक्ष नहीं मिलेगा।"

"किंतु उसके साथ तो जन्म से ही अधर्म हो रहा है। मात्र उत्सुकतावश प्रयोग से

*कृष्णायन*

प्राप्त पुत्र...फिर किसी सारथि के हाथ में उसे छोड़ देना...अधर्म से ज्ञान प्राप्त करे वह...और शापित हो। पांडु-पुत्रों के साथ वह स्पर्धा न कर सके, वहाँ भी अधर्म का सामना करना पड़ा उसे। वह स्वयंवर में भी भाग न ले सके, वहाँ भी अधर्म ने उसे छला और आखिर छल-कपट के सहारे उसे अधर्म के पक्ष में ही फेंक दिया गया। अरे, भाग्य ने ही उसके साथ अधर्म का आचरण किया है। वह कैसे बच सकता है अधर्म से?''

''सारा दोष तो मेरा ही है। एक माँ के रूप में मैं अपने पुत्र को पाल नहीं सकी। मुझे मेरे अपराध का दंड मिला है।''

''दंड? अभी कहाँ मिला है दंड? अभी तो यह भयानक रक्तपात आपको देखना है अपनी आँखों के सामने...आनेवाले समय में कई मरणासन्न क्षणों को देखना-भोगना है आपको और आर्यावर्त की नई नस्ल को कुरुक्षेत्र के मैदान में लहूलुहान हो धूल में गिरते देख मात्र अश्रु बहाने हैं आपको।''

''कन्हैया, क्या मेरा अपराध इतना बड़ा है?'' कृष्ण शून्य में ताकते रहे, निरुत्तर; किंतु उनकी ग्लानि में से कुंती को उत्तर मिल गया। कुंती फिर एक बार नि:शब्द हो रोती रही। कृष्ण ने उन्हें शांत करने का कोई प्रयास नहीं किया, मात्र अनंत में, शून्य में ताकते रहे चुपचाप।

आनेवाले क्षणों का सत्य दोनों के बीच तेज तलवार की तरह चुभता रहा और उन क्षणों को लहुलूहान कर चारों तरफ आनेवाली मृत्यु का आतंक फैलाता रहा।

☐

दुर्योधन के वहाँ आयोजित निजी बैठक में कुरुक्षेत्र के मैदान में युद्ध की योजना तय हो चुकी थी। दुर्योधन ने निर्णय किया कि वे एक इंच भी जमीन पांडव को नहीं देंगे। शकुनि और दुर्योधन दोनों की धारणा थी कि वे अवश्य विजय हासिल करेंगे, किंतु कर्ण के बारे में शकुनि का अभिप्राय जरा भी गलत नहीं था। हाँ, दुर्योधन भी कृष्ण के प्रति अपनी श्रद्धा में गलत नहीं था।

कुरुक्षेत्र के युद्ध से पहले कृष्ण एक बार कर्ण से मिलने का निश्चय कर चुके थे। ऐसा नहीं था कि इस भेंट का परिणाम वे जानते नहीं थे; परंतु परिणाम को जानते हुए भी वे इस बारे में प्रयास न करें, ऐसा संभव नहीं था।

सूर्योदय पर सूर्य-पूजा करते समय कर्ण दान माँगने आए किसी को भी मना नहीं करते थे, इस बात को सब जानते थे। कर्ण से कवच और कुंडल दान लेने हेतु इंद्र ने भी यही समय चुना था। कृष्ण ने भी उसी समय कर्ण के पास जाने का निश्चय किया।

☐

सरस्वती का मंद प्रवाह बह रहा था और हिरण्य-कपिला का बह रहा प्रवाह सरस्वती से मिल समुद्र की तरफ जा रहा था। सरस्वती के मंद प्रवाह में कृष्ण मानो कल

के दृश्य देख रहे थे। ऐसा लग रहा था, कल-कल करती सरस्वती नदी मानो अश्व नदी हो और कर्ण मानो उस नदी में खड़ा होकर सूर्य को अर्घ्य चढ़ा रहा हो। ऐसा दृश्य एक बार फिर कृष्ण की आँखों के सामने छा गया।

अर्जुन की बराबरी कर सके, ऐसा आर्यावर्त का श्रेष्ठ धनुर्धर, ताम्र वर्णी शरीर तथा शिला समान विशाल पीठवाला कर्ण हाथ ऊँचे कर सूर्य की तरफ अंजलि देते हुए जल की धार बहा रहा, वह ऐसा कृष्ण को अभी भी दिखाई दे रहा था...परंतु अचानक यह दृश्य दृष्टि से ओझल हो गया। कितने बरस बीत गए होंगे, क्या मालूम; लेकिन आज भी कृष्ण को कर्ण की टकटकी लगा वेदनापूर्ण वे दो आँखें अपनी और देखती दिखाई दीं, मानो पूछ रही हों, ''किसलिए मधुसूदन, किसलिए कहा मुझे। मुझे यह सत्य नहीं जानना था...यह सत्य, जिसने मेरे अस्तित्व को छिन्न-भिन्न कर डाला, वह सत्य मुझे नहीं जानना था। अब मैं न पांडव रह सका, न ही सूत-पुत्र। आपने त्रिशंकु की-सी हालत कर डाली है मेरी। आपने मात्र पांडवों का ही श्रेष्ठ विचार किया?''

आँखें बंद कर बैठे हुए कृष्ण ने मन-ही-मन कर्ण को उत्तर दिया, ''हाँ, पांडवों का ही श्रेष्ठ...हाँ, तुझे भी पांडव ही माना मैंने, इसलिए तेरा श्रेष्ठ भी है न!''

और कर्ण का हास्य त्रिवेणी संगम में चारों तरफ गूँज उठा। उस दिन जमीन पर बैठकर जिस तरह फूट-फूटकर रो पड़ा था कर्ण, ठीक वैसे ही आज भी फूट-फूटकर रो रहा था कर्ण।

पीपल के पेड़ के नीचे बंद आँखें करके बैठे कृष्ण की आँखों में से एक आँसू टपककर बाहर बह निकला।

☐

अश्व नदी में कमर तक पानी में खड़े हो सूर्य को अर्घ्य दे रहे कर्ण की पीठ अत्यंत तेजस्वी और सुंदर दिखाई दे रही थी। शरीर से कवच और कुंडल उतर जाने के बावजूद उसके चेहरे के तेज पर शिकन भी नहीं थी। जैसा पहले था वैसा ही तेजस्वी चेहरा अब था। पतली कमर और धनुष की डोर की तरह खिंचे उसके कंधे...ताँबे से रंग की त्वचा पर नदी का पानी मोती बिंदु समान चमक रहा था। थोड़ी दूर उसके घोड़े और रथ खड़ा था।

आज कृष्ण उसे जो बात कहने जा रहे थे, वह कर्ण के लिए जीवन भर का आघात लेकर आने वाली थी, फिर भी कवच और कुंडल बिना कर्ण के लिए वह जानना जरूरी था। कृष्ण आज उसे पांडव-पुत्र के रूप में पहचान देने वाले थे।

कृष्ण के लिए यह बड़ा ही मुश्किल काम था। कौरव शिविर में से युद्ध करना तय कर चुके दुर्योधन के निजी मित्र कर्ण को आज यह बताना था कि वास्तव में वह पांडव था, ज्येष्ठ पांडव!

कृष्ण धीरे-धीरे नदी के समीप गए। कर्ण की पूजा समाप्त होने तक इंतजार किया।

कृष्णायन १११

पूजा समाप्त कर नदी से बाहर आते सूर्यपुत्र प्रकाश-पुंज के समान लग रहा था...। कृष्ण को वहाँ देख उसके चेहरे के भाव थोड़े से बदल गए, लेकिन तुरंत उसने अपने आप पर नियंत्रण कर लिया। कर्ण ने कल्पना कर ली कि कुरुक्षेत्र के मैदान की लड़ाई शुरू होने के दो दिन पूर्व सुबह-सुबह कृष्ण उसे क्या कहने आए होंगे?

कृष्ण आगे बढ़े। कर्ण ने हाथ जोड़ कृष्ण को प्रणाम किया।

"प्रणाम वासुदेव!"

"आयुष्यमान भव, विजयी भव!" कृष्ण ने कहा।

कर्ण की हँसी छूट गई, "प्रभु, आपके आशीर्वाद अगर गलत साबित होंगे तो आपको कैसा लगेगा?"

"मेरा आशीर्वाद नहीं है यह, ये तो मेरी शुभकामनाएँ हैं। और ये शुभकामनाएँ सत्य भी हो सकती हैं, अगर तुम स्वीकारो तो..."

कर्ण अभी भी हँस रहा था, "पांडवों के पक्ष में रहकर लड़ूँ, यही कहना है न? आप जानते हैं, मेरे लिए यह संभव नहीं है, अर्जुन और मेरी स्पर्धा तो कई वर्षों से चली आ रही है, हस्तिनापुर के राजकुमारों के विद्या प्रदर्शन से लेकर द्रुपद-पुत्री के स्वयंवर तक... दो भाइयों के बीच ऐसी स्पर्धा तो होती ही है न?"

"देखो कर्ण, मैं यहाँ कोई आड़ी-तिरछी या गोल-मोल बातें कर शब्दों का मायाजाल फैलाने नहीं आया हूँ, मुझे जो बात तुम्हें कहनी है वो है सत्य और स्पष्ट। कौरव पक्ष में अधर्म है, अन्याय है, छल है और..."

"और पांडवों के पक्ष में धर्म है, सत्य है, न्याय है, आप हैं।" हँस पड़ा कर्ण, "आप मुझे लालच दे रहे हैं? जीवन का लालच दे रहे हैं या विजय का?"

"तुम स्वयं संपूर्ण हो कर्ण, तुम्हें कोई कुछ नहीं चढ़ा सकता। तूने जीवन भर दान ही किया है। अपने कवच और कुंडल तक उतारकर तूने दे दिए हैं। मैं तुझे क्या दे सकता हूँ।" कृष्ण की आवाज में एक अजीब तरह का खालीपन-सा था, "लालच किसी तरह का भी नहीं, बस एक सत्य बताने आया था तुझे, इसके बाद जीवन मिलेगा या मृत्यु, धर्म के पक्ष में रहना या अधर्म के, मित्र को मदद करना कि भाइयों को...इस बात का निर्णय तुझे स्वयं करना होगा, ज्येष्ठ पांडव!"

"ज्येष्ठ पांडव...मधुसूदन!" कर्ण की आवाज में अविश्वास और आश्चर्य था, "आप भी ऐसा ही मानते हैं?"

"मैं जानता हूँ।" कृष्ण ने कर्ण की आँखों में देखा। सूत-पुत्र की आँखों में लाली छाने लगी थी। उसकी भूरी आँखें क्षण भर के लिए तरल बन गईं, लेकिन तुरंत उसने अपने आपको सँभाल लिया और सँभलकर कहा, "...अब उसका क्या होगा?"

अश्व नदी का कल-कल करता पानी और पत्थरों से टकराकर गुजरती लहरें, दूर-

दूर तक झाग-ही-झाग होता पानी...एक अजब सा संगीत वातावरण में भर रही थीं। नदी किनारे उगे वृक्षों पर पक्षियों का कलरव कम हो गया था। सूर्य किरणें कुछ तेज हो चुभ रही थीं। रेत धीरे-धीरे तपने लगी थी। अब कर्ण की आँखों में भी थोड़ी नमी उतर आई थी।

"अब उसका क्या?" कर्ण ने फिर से पूछा।

कृष्ण आगे बढ़े। कृष्ण ने कर्ण के कंधों पर हाथ रखा। "हाँ, तू कुंती-पुत्र है, कर्ण...ज्येष्ठ पांडव। मैं चाहता हूँ कि तुझे तेरा स्थान फिर से प्राप्त हो। जब-जब धर्म की जय हो और विजय-यात्रा इंद्रप्रस्थ वापस आए, तब पांडव पाँच नहीं छह हों, ऐसी मेरी शुभेच्छा है।" कर्ण हँसने लगा। वह इतनी जोर-जोर से हँसने लगा कि शांत-एकांत अश्व नदी के किनारे उसके हास्य की प्रतिध्वनि सुनाई देने लगी। ठहाका लगा-लगाकर हँसते-हँसते कर्ण नदी के किनारे बैठ गया।

उसकी आँखों से आँसू बह रहे थे, तथापि वह हँस रहा था, जोर से...ठहाके मारता हुआ...कृष्ण उसे देख रहे थे, एकटक। कृष्ण भी भूमि पर बैठ गए। कृष्ण ने बड़ी सहानुभूति के साथ हाथ कर्ण के कंधे पर रखा और पीठ सहलाते हुए कहा, "द्रौपदी भी प्राप्त होगी।"

"द्रौपदी? मुझे भीख में मिली हुई द्रौपदी नहीं चाहिए। आज तक सब मुझे दानवीर, दानेश्वर कर्ण के रूप में जानते हैं, एक द्रौपदी के लिए मुझे भीख नहीं चाहिए।"

"मैं जानता हूँ, तू उसे चाहता है, आज भी..."

"आप नहीं चाहते...चाहने और पाने के बीच बहुत अंतर है श्रीकृष्ण, और यह सत्य आपसे ज्यादा कौन जानता है। आज भी कृष्णा के नाम से जानी जानेवाली द्रुपद-पुत्री को आपने ही अर्जुन के साथ ब्याहा है। पाँच भाइयों के बीच उसका बँटवारा करनेवाले भी आप ही हो न और उसकी तरफ से वचन देते हो आप मुझे तो द्रौपदी ने नहीं कहा कि इंद्रप्रस्थ लौटते समय विजय-यात्रा में मेरे रथ पर वह विराजमान होगी। बोलो, ऐसा कहा है उसने?"

"यह तो उसे स्वीकार करना ही होगा, ज्येष्ठ पांडव।" कृष्ण ने कहा और प्रयत्नपूर्वक अपने चेहरे पर वही मधुर मुसकान लाने का प्रयास किया।

"एक बार अस्वीकार और फिर बिना विकल्प का स्वीकार।" कर्ण की तेजस्वी आँखें मलिन सी हो रही थीं, "कुंती हो या द्रौपदी, कर्ण की नियति में क्या अंतर पड़ जाएगा? अर्जुन बच जाए और पाँच पांडव पाँच ही रहें, सिर्फ इसी उद्देश्य से मुझे स्वीकार कर रहे हैं...मैं इस बात को समझता नहीं हूँ, इतना भोला नहीं हूँ मैं। दुर्योधन का मित्र हूँ। राजनीति मुझे सिखानी पड़े, ऐसी बात नहीं है द्वारकानरेश।" काफी समय तक अश्व नदी के कल-कल बहते जल-प्रवाह और बीच-बीच में पक्षियों के कलरव के सिवाय कहीं कोई शब्द सुनाई नहीं दे रहा था। सूर्य तेज से तप रहा था। कर्ण की आँखें भी लाल हो

चुकी थीं। कब तक अपने अंदर की पीड़ा को संयत कर पाता। आखिर कर्ण ने अपना सिर कृष्ण के कंधों पर रख दिया और फूट फूटकर रो पड़ा, जोर-जोर से···जार-जार से।

कृष्ण कर्ण का सिर सहलाते रहे, उसकी पीठ पर हाथ फेरते रहे।

कर्ण काफी समय तक रोता रहा।

"कृष्ण, अब बहुत देर हो चुकी है।"

"जानता हूँ, तुम्हारे साथ बहुत अन्याय हुआ है। अब इतनी ही आशा रखता हूँ कि तुम्हारे साथ और अधिक अन्याय नहीं हो।"

"अब मेरे साथ और क्या अन्याय होगा? हस्तिनापुर की राजसभा में मुझे 'सूत-पुत्र' कहकर मुझे स्पर्धा में से निकाल दिया गया। पांचाली ने स्वयंवर के समय द्रुपद की राजसभा में मुझे सूत-पुत्र कहकर मेरा अपमान किया···सुबह-शाम प्रतिदिन एक ही शब्द बार-बार सुनता हूँ—सूत-पुत्र, सूत-पुत्र, सूत-पुत्र···अब यह शब्द मेरे अस्तित्व का एक भाग बन गया है वासुदेव। अब मुझे पांडव नहीं बनना है···मैं सूत-पुत्र के रूप में ही जनमा था और सूत-पुत्र के रूप में ही मरूँगा।"

"तुम्हारी बात और तुम्हारी पीड़ा दोनों ही मैं समझ सकता हूँ, कर्ण।"

"आप नहीं समझते हैं···आप तो राजा हैं, युगपुरुष हैं। एक सूत-पुत्र की पीड़ा आपको समझ नहीं आएगी और खासकर जीवन की ढलती संध्या में कोई कहे कि तू क्षत्रिय है, राजपुत्र है, युवराज है। कृष्ण, मैं आपको प्रणाम करता हूँ और प्रार्थना करता हूँ कि यह बात यहीं अश्व नदी के जल में ही बहा दें। उसकी अस्थियाँ यहीं बहा दें, अश्व नदी में···"

"कर्ण!"

"बस, एक शब्द भी मत कहना। अब इससे अधिक सत्य सुन नहीं सकूँगा। असत्य सुनना, अधर्म का आचरण और अन्याय सहने के आदी इस सूत-पुत्र को आज्ञा दीजिए।" कृष्ण को प्रणाम कर कर्ण तेज कदमों से अपने रथ की तरफ चलने लगा। उसके तेज कदम बता रहे थे कि वह कृष्ण से जितना हो सके उतनी शीघ्रता से दूर जाना चाहता था अथवा जो सत्य उसने सुना था, उससे भाग जाने का प्रयास कर रहा था। कृष्ण उसे जाते हुए देखते रहे।

दो श्रेष्ठ धनुर्धर एक ही घर में कैसे जनमें! इतना तेज, इतनी संवेदनशीलता और फिर भी अत्यधिक पीड़ा···क्या यही कर्ण का व्यक्तित्व था? विचारों की उलझनों में डूबे कृष्ण ने पीठ फेर धीरे-धीरे दूर छाया में खड़े अपने रथ की ओर चलना शुरू किया।

कल मागशवरवद दूज होगी। कुरुक्षेत्र का युद्ध तय था। संपूर्ण भरत-खंड के योद्धा उसमें अपना रक्त बहाने वाले थे। धर्म और अधर्म की अपनी-अपनी परिभाषाएँ, अपने-

अपने अर्थ लगा अपने-अपने पक्ष तय कर लिये थे। कल युद्ध शुरू होना था। आमने-सामने शिविर लग चुके थे। उनके अक्षौहिणी सेनाएँ और हजारों पशुओं के बावजूद वातावरण में स्तब्धता थी, एक अजीब सा मौन था। पवन से हिलते पत्तों की आवाज भी सुनाई दे, इतनी शांति थी। सूर्य अस्त हो रहा था। संध्या का आकाश रक्तवर्णी हो गया था। शायद कल से धरती भी इसी रंग से रँगने वाली होगी।

सब जानते थे कि आनेवाले कल की सुबह मृत्यु का संदेश लेकर आएगी। अपने स्वजनों की मृत्यु…कौन-कौन इस महाकाल का भोग बनने वाला है कृष्ण के अलावा कोई भी नहीं जानता था।

कृष्ण ने वचन दिया था कुंती को कि उनके पाँच पुत्र अखंड रहेंगे। अपने इस वचन की पूर्ति हेतु श्रीकृष्ण कुछ भी करने वाले थे इस बात की जानकारी पांडव शिविर के एक-एक सैनिक को थी।

कुरुक्षेत्र युद्ध प्रारंभ होने की पूर्वसंध्या को कृष्ण ने पांडव शिविर के प्रत्येक व्यक्ति को एकत्र किया…मागशवरवद एकम् की संध्या थी वह।

अर्जुन चुपचाप एक कोने में जमीन पर बैठा था। युधिष्ठिर न जाने किन विचारों में लीन इधर-से-उधर चहलकदमी कर रहे थे। उनकी मन:स्थिति उनके चेहरे पर साफ दिखाई दे रही थी। भीम अपनी गदा लेकर आनेवाले कल के संहार के लिए कटिबद्ध था…और याज्ञसेनी चुपचाप एकटक कृष्ण की ओर देख रही थी।

उसके मन में विचार आया, कृष्ण ने इन सबको क्यों एकत्र किया होगा? युद्ध की इस पूर्वसंध्या में क्या होगा उनके मन में? शायद द्रौपदी जानती थी कि आने वाले पल में कृष्ण इन सबको किस मुश्किल परीक्षा में से गुजारेंगे? युद्ध की पूर्वसंध्या में शायद कृष्ण सबके शस्त्रों की जाँच करने वाले थे, काश, लोहे और लकड़ी के…हड्डियों और मंत्रों से बने शस्त्र नहीं, परंतु सबके मन के शस्त्र!

हाँ, सचमुच मनोबल से ही तो यह युद्ध लड़ना था।

…सारे वातावरण में कृष्ण की आवाज एक धनुष से छूटे बाण की आवाज की तरह गूँज उठी—

"कल से धर्मयुद्ध आरंभ होता है। हम सब इस धर्मयुद्ध के योद्धा हैं और इसीलिए किसी भी तरह का कोई बोझ लेकर हम युद्ध के मैदान में नहीं उतर सकते। सबको सबके कंधों से बोझ उतार फेंकना होगा। एकदम हलके मन से युद्ध को संपूर्ण स्वीकार कर ही युद्ध के मैदान में उतरनेवाले को सफलता प्राप्त होगी।"

द्रौपदी ने एक तीक्ष्ण दृष्टि से कृष्ण की ओर देखा—

"प्रभु, आप क्या कह रहे हैं, समझ में नहीं आया।" अर्जुन कई घंटों से चुपचाप बैठा था, बड़ी ही मुश्किल से बस इतना ही बोल सका।

"सबको अपनी संपूर्ण कमजोरियों को यहीं त्यागना होगा, शिविर में...अभी ही।"

"अर्थात?" युधिष्ठिर अचानक इतना कह अटक गए और कृष्ण के सामने देखने लगे।

"हम सब अपने मन में न जाने कितना कुछ संगृहीत कर रखते हैं। प्रेम, तिरस्कार, मोह और आकांक्षाओं से भरा यह मन कितनी ही उलझनें खड़ी कर देता है। हम सब नकारात्मक भावना में अधिक जीते हैं, अस्वीकार में... धर्मयुद्ध आस्था माँगता है, सकारात्मकता माँगता है...हँकार और हुंकार के बीच भेद है। हुंकार एक प्रकार से इनकार है, जबकि हँकार स्वीकार है। मेरा आपसे अनुरोध है कि आप अपने सभी बोझ, मन की सभी उलझनें यहीं छोड़ दें...सभी को सबकुछ सहज रूप में स्वीकार करना होगा...स्वयं को...स्वयं का स्वीकार न करनेवाले इस धर्मयुद्ध में खड़े भी नहीं रह पाएँगे। इसीलिए हम सबको अपना स्वयं का स्वीकार करना होगा। युधिष्ठिर, हम आज से प्रारंभ करते हैं..."

कितने ही क्षण श्मशान की शांति समान व्यतीत हुए। युधिष्ठिर को बात शुरूकरने में काफी समय लगा। उन्होंने एक के बाद एक चेहरे की ओर देखा। सभी के चेहरे पर एक अजीब सी ग्लानि, अजीब सी अस्वस्थता थी।

युधिष्ठिर ने थूक निगला, आँखें नीची कर एकदम क्षीण स्वर में कहना शुरू किया—"मैं युधिष्ठिर, पांडव कुल का ज्येष्ठ पुत्र! मानता हूँ कि आज जिस जगह पर हम आकर खड़े हो गए हैं, उसका निमित्त, जिम्मेदार मैं ही हूँ। मेरी जुआ खेलने की लत मुझे और हम सबको आज यहाँ तक ले आई है। अपने भाई, पत्नी, माँ और अपने कुल की मर्यादा की अपेक्षा जुए को मैंने अधिक महत्त्व दिया। उस लत की कीमत चुकाई है। मैंने आज यहाँ युद्ध शुरू होने की पूर्वरात्रि को मुझे अहसास हुआ है कि मौन रहकर मैंने अन्याय को स्वीकार किया है। असत्य न बोलने का भी प्रण लिया था मैंने ही, परंतु...असत्य का विरोध न करके भी मैंने असत्य का ही साथ दिया है। अब तो यही प्रार्थना है कि सत्य की जय हो!" कहते-कहते युधिष्ठिर का गला भर आया। आगे कुछ भी बोलने के लिए उन्हें प्रयास करना पड़ रहा था। उनकी आँखें छलछला आईं। उनके साथ-साथ सभी की आँखें भर आईं।

उन्होंने गले की खिचखिचाहट साफ करते हुए फिर एक बार कहना शुरूकिया— "सबसे अधिक दु:ख इस बात का है कि हम द्रौपदी के बल पर यह युद्ध लड़ने चले हैं। पांडव-पुत्रों ने युद्ध का बहाना एक स्त्री को बनाया है। आश्चर्य के साथ-साथ इस बात से पीड़ा भी होती है। संपूर्ण भारतवर्ष में वीरों के रूप में जाने गए पाँच पुरुष अपनी पत्नी को आगे रख युद्ध कर रहे हैं...आज, क्या इस क्षण में दुर्योधन को क्षमा नहीं किया जा सकता। जुआ खेलने तो मैं स्वयं गया था, द्रौपदी को दाँव पर मैंने लगाया था...और अधर्म का अपयश दुर्योधन के सिर पर किसलिए, कृष्ण? किसलिए यह छल? इतिहास हमें अवश्य

याद रखेगा ऐसे पुरुष के रूप में, जिसने अपनी पत्नी को वस्तु समझ दाँव पर लगा दिया; जो उसकी मान, प्रतिष्ठा, उसके गौरव की रक्षा न कर सका। यह युद्ध अगर हम जीत भी जाएँ तो भी इतिहास हमारी जय-जयकार नहीं करेगा, कृष्ण।'' युधिष्ठिर इतना बोलकर शांत हो गए। कुछ क्षणों तक उनकी साँसों की आवाज सुनाई देती रही।

फिर लंबे समय तक शांति छा गई। काफी लंबा समय यूँ ही व्यतीत हो गया। भीम अपनी गदा गोल-गोल घुमाता आँखें नीची किए हुए बैठा रहा।

कृष्ण उठकर भीम के पास जा बैठे। उन्होंने भीम के कंधों पर हाथ रखा। भीम ने याचना भरी दृष्टि से कृष्ण की तरफ देखा। कृष्ण की दृष्टि में निश्चितता थी, आदेश का निर्णय।

''भीम, आपको क्या कहना है?'' कृष्ण की आवाज मक्खन की तरह मुलायम थी।

''कुछ नहीं, मुझे कुछ भी कहना नहीं है। मैं कल पच्चीस-पचास को तो मार गिराऊँगा। हाँ, प्रतिदिन यह मृत्युअंक बढ़ता ही जाएगा।'' भीम ने कृष्ण की तरफ देखे बिना ही कहा। भीम की नजरें अभी भी नीचे थीं।

''यह हुंकार है, हँकार नहीं।'' कृष्ण भीम की पीठ सहलाने लगे।

''भीमसेन, वायुपुत्र को इतना सारा भार किस चीज का है? हलके हो जाओ। जितनी स्वाभाविकता से शुद्ध हवा फेफड़ों में भरते हैं और अशुद्ध हवा बाहर निकालते हैं उतनी ही स्वाभाविकता से मन की अशुद्धताओं को बाहर धकेल दो, भीमसेन।''

भीम ने ऊपर देखा। कृष्ण की आँखों में एक अजीब सा आश्वासन था। एक छोटा बच्चा लंबे समय के बाद जब अपनी माँ को मिलता है तो जितनी शांति उसके मन को मिलती है, ऐसी ही शांति भीमसेन के मन में छा गई।

''बोलो भीमसेन! मन की बारियों को खुली छोड़ दो। अपना तो कुछ भी नहीं है। इसी भावना से सबकुछ समर्पित करके ही युद्ध के मैदान में जाना है, ठीक है न।'' किसी छोटे से बच्चे के साथ जैसे लाड़-प्यार से बात करते हैं, ऐसे ही कृष्ण ने भीमसेन से कहा।

भीम कुछ देर तक गदा को इधर-से-उधर घुमाता रहा। शिविर की जमीन पर एक गोल गहरा गड्ढ़ा हो गया।

''याज्ञसेनी, द्रौपदी, पांचाली...मेरी एक ही कमजोरी है।'' भीम की आवाज अचानक ऊँची हो गई, साथ-ही-साथ भीग भी गई।

द्रौपदी भीम की तरफ देखती रही...सभी स्तब्ध हो गए।

''सुंदर...यह हँकार है।'' कृष्ण मानो भीम को पिघला रहे थे।

''जिस दिन प्रथम बार मैंने याज्ञसेनी को देखा था, मुझे धनुर्धर न होने की ग्लानि हुई थी...अर्जुन तो मूर्ख है।'' सभी मानो आश्चर्यचकित रह गए थे। भीम की यह बेचैनी सभी को जला रही थी। केवल याज्ञसेनी प्रेमपूर्ण दृष्टि से भीम की ओर देख रही थी।

"अर्जुन के स्थान पर अगर मैं होता तो कभी भी द्रौपदी का बँटवारा स्वीकार नहीं करता। याज्ञसेनी मेरी कमजोरी भी है और मेरी शक्ति भी। उसके अपमान के विचार मात्र से ही मेरा रक्त उबलने लगता है। मैं तो कौरव सेना को तहस-नहस कर डालूँगा, क्योंकि मुझे दुर्योधन तक पहुँचना है, उसकी जाँघ तोड़ना है और द्रौपदी के अपमान का बदला लेना है।'' भीम का चेहरा तमतमा उठा था। उसकी साँस तेज हो उठी थी और सीना क्रोध से फूल व सकुचा रहा था। उसने गदा उठा ली, मानो अभी युद्ध करना हो।

"बड़े भैया ने मुझे रोका न होता तो मैं वहीं हस्तिनापुर की राजसभा में दु:शासन का हाथ उखाड़ डालता, दुर्योधन का सीना चीर डालता। उस समय चुप रहने के बाद अब युद्ध लड़ने का क्या लाभ है। जो हो चुका है, वह तो हो ही चुका है। याज्ञसेनी के अपमान का बदला तो अवश्य ही लेंगे, लेकिन उस बदले से हो चुका अपमान तो बदलने वाला नहीं है। राजसभा में हाथ जोड़ प्रार्थना करती अबला द्रौपदी का चित्र मेरे मानस-पटल पर अंकित हो चुका है। अन्याय हुआ है और धर्म की जय हो, इससे समय पर लिखी हुई पत्थर की रेखाएँ लुप्त नहीं हो जाएँगी। मैं द्रौपदी को चाहता हूँ। अपनी पत्नी के सम्मान की रक्षा हेतु अपने प्राण न्योछावर करने हेतु तैयार रहूँगा।''

उसकी आवाज गूँज रही थी शिविर के अंदर और बाहर।

कृष्ण फिर भीम की पीठ सहलाने लगे। भीम धीरे-धीरे शांत होने लगा...और आसपास के सभी लोगों की साँस शांत हुई।

बड़ी मुश्किल से शांत हुए भीम ने कहना शुरू किया, "हिडिंबा अथवा दूसरी स्त्रियाँ मेरे जीवन में न आई होतीं तो याज्ञसेनी मेरे अकेले की ही पत्नी होती। हर चार वर्ष में बारह महीने उसके साथ व्यतीत करने की बात मुझे कभी भी स्वीकार्य नहीं होती। मुझे याज्ञसेनी संपूर्ण रूप से सिर्फ मेरी ही पत्नी के रूप में चाहिए थी।'' भीम की दृष्टि द्रौपदी की दृष्टि पर आकर ठहर गई। उन दोनों की आँखों में एक अजीब सा विश्वास और स्नेह का तार जुड़ा हुआ महसूस होता था।

फिर कुछ क्षण के लिए कोई कुछ नहीं बोला। कृष्ण को लगा, इस शांति को उन्हें ही भंग करना होगा।

"पार्थ!''

अर्जुन ने चौंककर ऊपर देखा। एक घुटने को मोड़ उस पर हाथ रख खंभे के सहारे बैठे अर्जुन का एक पाँव लंबा था। उसका अँगोछा धूल में लिपटा हुआ था। उसके चेहरे पर अजीब से भाव असमंजस लिये हुए थे। अपने बड़े भाई की बात सुन चुके अर्जुन के लिए कठिन हो रहा था कि वह अब क्या बोले? कुछ क्षण तक वह जमीन की ओर देखते रहे, फिर धीरे से आँखें ऊँची कर श्रीकृष्ण की आँखों में देखा...और फिर धीरे से एकदम क्षीण, मंद आवाज में बोलना शुरू किया—

"बोलना शुरू करता हूँ तो मेरी आँखों के आगे कई तसवीरें तैरने लगती हैं। पिता पांडु की मृत्यु, हमारा हस्तिनापुर आगमन, गुरु द्रोण, उत्तम धनुर्धर बनने का मिला उनसे आशीर्वाद, द्रौपदी का स्वयंवर और हस्तिनापुर की राजसभा, जुआ, वनवास—हम सबकुछ भोग चुके थे जुए का फल"" फिर भी"" फिर भी""दूसरी बार क्यों फिर से बड़े भाई की गलती में उनका ही साथ दिया? और उसकी कीमत याज्ञसेनी को चुकानी पड़ी और हम सब मौन, स्तब्ध देखते रहे।" वह कहते-कहते रुका, लंबी साँस ली, "और फिर भी, द्रौपदी फिर भी प्रत्येक पल हमारे साथ रही। द्रुपद-कुमारी ने वन-वन भटककर वल्कल पहन अपना पत्नी-धर्म निभाया। उसकी इस निष्ठा के बदले हमने उसे क्या दिया। राजसभा में उपस्थित होने के बावजूद उसका अपमान होते हुए हम देखते रहे और आज हम जहाँ खड़े हैं वहाँ यह अहंकार पीड़ा दे रहा है कि यह युद्ध द्रौपदी के अपमान का बदला लेने हेतु लड़ा जा रहा है।

क्या हमें भूमि की आकांक्षा नहीं है?

क्या हमें हस्तिनापुर का राज नहीं चाहिए?

अगर नहीं चाहिए तो द्यूत-क्रीड़ा क्यों?

वनवास किसलिए? लाक्षागृह किसलिए?

और, इंद्रप्रस्थ का अश्वमेध यज्ञ भी किसलिए?

यह राजनीति है, जिसे धर्मयुद्ध का नाम देकर हम क्या प्रस्थापित करनेवाले हैं? मेरे अपने भाई, मित्र, पितामह, चाचा और अन्य रिश्तेदारों को मारकर रक्तरंजित राज्य या रक्त से रँगी भूमि प्राप्त कर धर्म की जय-जयकार करेंगे सही?

मुझे कुछ भी समझ नहीं आता। मैं नहीं जानता कि कल के युद्ध में अपने सामने खड़े अपने ही रक्त को बहाकर मैं क्या प्राप्त करूँगा? मैं क्या प्रस्थापित करूँगा? कौन से धर्म की जय होगी। कौन सा अधर्म नष्ट हो जाएगा?"

अर्जुन का चेहरा स्याह पड़ गया था। उसकी आँखों से निरंतर आँसुओं की धारा बह रही थी। गला भर आया था। एक छोटे बच्चे के समान बिलखते हुए अद्वितीय धनुर्धर अर्जुन को आज नीति-अनीति के प्रश्नों ने विचलित कर डाला था।

"क्या यही न्याय है, मधुसूदन? क्या हमने अन्याय नहीं किया है, मधुसूदन? याज्ञसेनी जैसी पत्नी होने के बावजूद उलूपी, सुभद्रा और अन्य पत्नियाँ। मैंने निरंतर अन्याय किया है सबके साथ, मधुसूदन। मुझे कोई अधिकार नहीं है यह धर्मयुद्ध लड़ने का। आप कहें तो मैं अपना मस्तक उतार दूँ, लेकिन आप मुझे कुरुक्षेत्र के युद्ध से मुक्ति दें।" कहते-कहते अर्जुन का गला रुँध गया। उसकी आँखें पत्थर समान थीं और गला भीगा हुआ।

"बहुत कुछ कहना है और कुछ भी नहीं कहना है। मैं हतप्रभ हो गया हूँ। एक साथ

अनेक विचार उमड़ पड़ते हैं और कभी एक भी विचार नहीं आता। मैं एक अजीब सी परेशानी से गुजर रहा हूँ।''

कुछ पल रुक उसने गले के थूक को निगला, आँखें झुकाईं और नीचे देखते हुए बोलना शुरू किया, ''उत्तम धनुर्धर होने का आशीर्वाद ऐसे अभिशाप में बदल जाएगा, मुझे कल्पना भी नहीं थी। ऐसा लगता है मानो संपूर्ण युद्ध मेरे ही कंधों पर लड़ा जा रहा है। सभी को यह अपेक्षा है कि मैं महासंहार करूँगा अधर्मियों का, परंतु वे अधर्मी या अन्याय करनेवाले आप उन्हें जो भी कहें, वे मेरे अपने भाई हैं, जिनके साथ मैं खेला हूँ; पितामह भीष्म हैं, जिन्होंने मुझे पाला है; मेरे चाचा, मेरे दादा, मेरे मित्र, मेरे अपने हैं। एक द्रौपदी का बदला लेने के लिए इन सबका संहार आवश्यक है? योग्य है? आप ही कहें मधुसूदन, द्रौपदी क्या सबको क्षमा नहीं कर सकती? क्या अकेले दुर्योधन ने ही अधर्म का आचरण किया है? क्या मेरे ज्येष्ठ भ्राता युधिष्ठिर धर्म के मार्ग पर चले, ऐसा कह सकते हैं? अगर नहीं तो क्यों दुर्योधन हमारे विरोधी पक्ष में शामिल है? क्यों हम यह युद्ध करें? सत्य तो यह है कि हम भी अधर्मी हैं। सत्य तो यह है कि द्रौपदी के अपमान के लिए दुर्योधन अथवा दु:शासन को दंड देने का हमें कोई अधिकार नहीं है। मैं इस युद्ध के लिए अयोग्य हूँ।'' उसने अपने अंगवस्त्र से आँखें पोंछीं और द्रौपदी के सामने देखा। द्रौपदी की आँखों से अंगारे निकलने लगे। क्या बोल रहे थे उसके प्राणप्रिय पति? उसे समझ नहीं आया। यह क्या कह रहे थे अर्जुन? वह भी तब जब कल विश्व इतिहास की रचना होने वाली हो?

अर्जुन की इस बात से वह व्यथित हो उठी थी। शिविर से बाहर निकल खुली हवा में साँस लेना था उसे, परंतु कृष्ण का आदेश था कि बात पूरी हुए बिना कोई भी शिविर से बाहर नहीं जाएगा।

द्रौपदी भारी हृदय तथा अचानक ही खाली-से हो गए अपने मन से कृष्ण के इस नए खेल को देख रही थी।

अब कृष्ण ने नकुल की तरफ देखा—हँसमुख, विनम्र, थोड़ा लाड़ला नकुल...शायद आनेवाले भयानक क्षणों से अनजान था। उसके मन में कोई उलझन नहीं थी। वह आनेवाले इस महायुद्ध को बहुत ही सरल स्वाभाविक रूप में ही स्वीकार करने हेतु तत्पर था। क्षत्रिय-पुत्र होने के नाते उसकी आँखों में युद्ध का कोई भय नहीं था। इतना ही नहीं, इस बात से उसे सांत्वना और शांति थी कि कृष्ण उनके पक्ष में थे। वह अपने आपको सुरक्षित महसूस कर रहा था। उसने लेशमात्र भी हिचकिचाहट के बिना कृष्ण से कहा, ''मुझे कुछ कहना नहीं है। मैं चाहता था कि यह महासंहार किसी तरह रुक जाए; लेकिन अब यह संभव नहीं है। अपनी पत्नी द्रौपदी को चाहता हूँ, इसलिए उसके सुख और उसके सम्मान के लिए लड़ूँगा...अपने भाइयों के अधिकारों के लिए लड़ूँगा...धर्म की जय और अधर्म के नाश हेतु लड़ूँगा...बस, और क्या कहना होगा? मुझे मृत्यु से भय नहीं है। मैं

जानता हूँ, आप जिस पक्ष में होंगे, विजय उसी पक्ष की होगी।''

कृष्ण हँस पड़े। इतने गंभीर क्षणों में भी नकुल की सरलता और स्वाभाविकता उन्हें छू गई थी। कृष्ण ने सहदेव की तरह देखा।

कब से धीर-गंभीर, शांत बैठे सहदेव ने कृष्ण को हाथ जोड़ दिए।

''मैं कुछ नहीं कहूँगा। मुझे कुछ भी नहीं कहना है।'' सहदेव ने दृढ़तापूर्वक कहा, ''क्योंकि मैं जो कुछ भी कहूँगा, वह भविष्यवाणी हो जाएगी। समय की भाषा को सुलझा सकें, ऐसे कुछ अभागे लोगों में से एक हूँ मैं।'' कुछ पल को वह अटका, फिर कृष्ण की आँखों में आँखें डाल उसने कहा, ''आप क्या नहीं जानते हैं कि समय को जाननेवाले भी काल को नहीं जान सकते हैं। मैं महाकाल के समक्ष खड़ा हूँ और रक्त अधर्मी का हो या धर्मनिष्ठ व्यक्ति का, उसका रंग तो लाल ही होता है। मेरी ऐसी प्रार्थना थी कि रक्त मात्र रक्तवाहिनियों में ही बहे तो अच्छा, धरती पर न बहे। हम सबकी प्रार्थनाओं के उत्तर तो अवश्य मिलते ही हैं; परंतु कभी-कभी वे उत्तर 'इनकार' भी हो सकते हैं। यह बात अपना मन स्वीकार करने को तैयार नहीं होता। क्या होने वाला है, यह जानते हुए भी कह न सकने की एकमात्र पीड़ा मेरे मन को विचलित करती रही है। इसके बावजूद मेरे मन पर कोई ऐसा बोझ नहीं है जिसे उतारना शेष हो मेरे लिए। प्रभु, मुझे क्षमा करें। मुक्ति दें मुझे, इस हिसाब-किताब से···मैं तो साधारण सा जीवन जिया हूँ और ऐसी ही मृत्यु भी माँगता हूँ।''

''साधारण सा!'' कृष्ण ने हलकी सी मुसकराहट के साथ सहदेव के सामने देखा— ''कितने ही अक्षर लिखे जाएँ, लेकिन पढ़े न जा सकें ऐसी कोरी स्लेट··होगी सहदेव, जैसी तुम्हारी इच्छा। यहाँ कोई चित्रगुप्त की पोथी नहीं खोली। मैं तो बस···''

''समझता हूँ प्रभु, आपकी बात भी समझता हूँ; किंतु मैं प्रार्थना करता हूँ कि आप मेरी बात समझें। शब्द भ्रमजाल होते हैं प्रभु, और मेरे शब्दों के सब अपने मनपसंद अर्थ करेंगे। जानता हूँ, यह कहे बिना रहा भी नहीं जाएगा और एक बार बोलने लगूँगा तो अर्थ का अनर्थ हो जाएगा, इसलिए मैं आपसे मुक्ति प्राप्ति की विनती करता हूँ।''

''अनर्थ तो हो ही चुका है वत्स, इससे अधिक और क्या अनर्थ होगा?''

''मेरे शब्द जाने-अनजाने भविष्यवाणी बन जाते हैं। और इस महासंहार की भविष्यवाणी करने में मुझे डर लगता है, प्रभु! मैं पांचाली का पति हूँ। राजसभा में अपनी पत्नी के सम्मान की रक्षा करने में असमर्थ रहा हूँ। उसके मान को पुन: प्रस्थापित करने हेतु लड़ूँगा। इससे अधिक मुझे और कुछ नहीं कहना है।''

''ठीक है, जैसी तुम्हारी इच्छा।''

कृष्ण की दृष्टि द्रौपदी की तरफ गई। उस शांत स्थिर दृष्टि में सैकड़ों सवाल उमड़-घुमड़ रहे थे, ऐसा लगता था। द्रौपदी इस भूचाल में चकराने लगी।

अब द्रौपदी का हृदय धक-धक करने लगा था। ऐसा लगता था, मानो हृदय छाती की जगह गले में धड़कता हो। वह जानती थी कि अब उसी की बारी है, तथापि मन बार-बार कह रहा था कि कृष्ण उससे कुछ भी न पूछें तो ठीक होगा। कृष्ण ने द्रौपदी की तरफ देखा—''सखी!''

दो अक्षरों के इस शब्द में सैकड़ों प्रश्न थे, ऐसा द्रौपदी को सुनाई दिया।

कृष्ण उससे कुछ न पूछें, ऐसी द्रौपदी की प्रार्थना थी, तथापि कभी न कही हों, ऐसी बातें कह देने के लिए उसका मन चंचल भी हो रहा था।

द्रुपद के यहाँ पहली बार जब मेहमान बनकर कृष्ण आए थे और उन्हें देख द्रौपदी ने जो अनुभव किया था, वैसी ही दुविधा, वैसी ही लज्जा और वैसी ही असमंजस की स्थिति अब भी द्रौपदी के मन में छाई हुई थी।

''सखी!'' कृष्ण ने फिर कहा और सब द्रौपदी के उत्तर की प्रतीक्षा कर रहे थे।

स्वयंवर से भी ज्यादा मुश्किल परीक्षा की घड़ी थी यह।

यहाँ धनुष से मत्स्य-बेध नहीं करना था; परंतु अपने साथ जिसने जीवन व्यतीत किया है, अपनी सहधर्मचारिणी कहलाई जाने वाली एक अपूर्व सुंदरी, अतिशय विलक्षण बुद्धि की प्रतिमा, एक तेजस्वी स्त्री अपने मन को ऐसे पुरुषों के सामने खोलने वाली थी, जिन्होंने एक समान तीव्रता से उसे चाहा था शायद!

यह वह स्त्री थी, जिसके कारण आज सब यहाँ एकत्र थे। महाराज द्रुपद की पुत्री अग्निशिखा में से जनमी एक ऐसी तेजस्वी तेजशिखा थी, जिसने दुर्योधन तथा कर्ण के मन विचलित किए थे।

यह ऐसी स्त्री थी, जो अपने स्वाभिमान हेतु निरंतर लड़ी थी।

आज उसके पाँच पति यह सुनने के लिए तत्पर थे कि इतने बरसों से मन, वचन और कर्म से उनके साथ रहनेवाली उनकी प्रिय पत्नी के मन को क्या कहना था!

''मैं? मैं कहाँ धर्मयुद्ध में जाने वाली हूँ। मुझे क्यों कुछ कहना चाहिए?'' द्रौपदी को जो सूझा, वह जवाब उसने दे दिया। कृष्ण ने द्रौपदी की तरफ जिन आँखों से देखा वह असह्य थीं।

''धर्मयुद्ध में तुम चाहे न जाओ, लेकिन धर्मयुद्ध का कारण और उसकी जड़ तुम हो।''

''सखा, मैं इस बात को समझी नहीं।'' द्रौपदी ने अनजान बनते हुए कहा। उसकी आँखों में एक अजीब सा भय था। वह भय ऐसा था मानो मिठाई की चोरी करता हुआ कोई छोटा बच्चा पकड़ा जाए और भयभीत हो जाए। द्रौपदी के काले, लंबे बाल खुले हुए थे। उसके नितंब को ढँकते हुए जमीन तक फैले हुए थे। उसकी आँखें तेजस्वी थीं, परंतु भयग्रस्त थीं।

सुंदर कद-काठी, श्यामवर्णी और चमकती हुई त्वचा।

''सचमुच भीम की बात सत्य थी।'' कृष्ण ने सोचा।

''अद्‍भुत है यह स्त्री।''

''समझी नहीं, सखा!'' द्रौपदी ने फिर से कहा।

कृष्ण के चेहरे पर मुसकान की एक लहर रोकने के बावजूद आ ठहरी।

''तुम्हारे जैसी बुद्धिमान, विलक्षण स्त्री मेरा प्रश्न नहीं समझी? कोई इस बात को मानेगा?''

''सखा, मैं क्या कहूँ? मैं तो स्वयं एक समस्या बनकर पैदा हुई हूँ। वैर की तृप्ति हेतु मेरा आवाहन हुआ है। अग्नि में से जनमी स्वयं जलती रहनेवाली एक अग्नि-शिखा हूँ मैं। मुझसे क्या अपेक्षित है।''

''हँकार...स्वीकार...''

''स्वीकार? इसके बिना क्या मैं इतना जीवन जी सकती थी? प्रत्येक क्षण, प्रत्येक परिस्थिति, प्रत्येक अन्याय और आघात, शोक और पीड़ा—मैंने सबका स्वीकार किया है। अपने भयानक अपमान का भी...''

''मानता हूँ, तुमने स्वीकार किया है; परंतु धर्मयुद्ध की पूर्वसंध्या में मैं तुम्हारे मन के भार को कम करना चाहता हूँ। प्रार्थना है कि तुम अपने मन-मस्तिष्क में रही तमाम इच्छाएँ, पीड़ाएँ और कमजोरियों को मन से बाहर धकेल दो, हलकी हो जाओ, पांचाली।''

''आप पूछ रहे हो, सखा! मेरे मन की ऐसी कौन सी बात है, जो आप नहीं जानते, आपसे छिपी है।''

''देवी, यह मेरी और तुम्हारी बात नहीं है।''

''लेकिन बात तो मेरी और तुम्हारी ही है।'' अब द्रौपदी की आँखें बदल गई थीं। उसने निर्णय ले लिया था कि उसकी सबसे गुप्त बात...आज सार्वजनिक रूप से सबके सामने कहेगी, ''राजसभा के बीच में रजस्वला स्त्री के वस्त्र खींचे गए, फिर सच में कुछ भी निजी अथवा गोपित किस तरह रहेगा, वासुदेव।''

''कड़वाहट नहीं, परम स्वीकृति का क्षण है यह। जीवन के हर क्षण, घटनाओं, व्यक्तियों, पलों और रिश्तों की स्वीकृति के पल हैं।''

''ठीक कहा मधुसूदन। मुझे भी ऐसे ही एक क्षण की प्रतीक्षा थी। मुझे भी एक परम स्वीकार इस क्षण करना है।''

सब द्रौपदी के चेहरे की तरफ देख रहे थे। वह रूप, सुंदरता, वह श्याम वर्ण, अमावस की रात-सी काली भवें, नितंब को ढँकते केश, कमल की पत्ती-से होंठ, मीनाक्षी...और पाँच-पाँच पुत्रों की माता होने के बावजूद सुंदर, सुडौल आकर्षक देह।

द्रौपदी के चेहरे पर एक अजीब सी मिठास छा गई। सोलह बरस की कुमारिका के

चेहरे पर हो, ऐसी एक मुग्धता उसकी आँखों और उसके चेहरे पर छलकने लगी।

"वासुदेव!"

सब ताकते रहे द्रौपदी की ओर...सबको प्रतीक्षा थी कि पांचाली का स्वीकार क्या होगा? कौन होगा?

"मेरे पिता जब मुझे कृष्णा कहकर बुलाते थे, तब मैंने सपने में भी कल्पना नहीं की थी कि 'कृष्ण' शब्द मेरे जीवन का पर्याय बन जाएगा। सखा, आप तो जानते हैं, समझते हैं सत्य और संवेदनाओं को। कुरुक्षेत्र के युद्ध की पूर्वसंध्या पर अगर मैं संपूर्ण सत्य कह दूँ...तो युद्ध यहाँ शुरू हो जाएगा। पाँच पतियों के साथ एक-सी निष्ठा से जीना आसान नहीं है, मधुसूदन...और आज उस निष्ठा में एक हलकी सी रेखा भी दिखाई देगी तो..."

"तो तुम्हारे लिए सम्मान कम नहीं हो जाएगा, पांचाली!" अचानक अर्जुन बोल उठा, "प्रीति प्रार्थेन शाश्वतिम। कृष्ण ने मय दानव से यह वरदान माँग हम सबका प्रेम जीत ही लिया है। बोलो पांचाली, क्या कहना है?"

"तुम्हें फाल्गुन, तुम्हें? सखा, तुम्हें कहना पड़ेगा मुझे? मेरे मन की बात तुम सब जानते हो तथा आनेवाली अनेक पीढ़ियाँ भी जानेंगी!" द्रौपदी खड़ी हो गई। कब से उलझन में पड़ी उसकी साँस अब उसे शिविर से बाहर ले गई।

पांचाली की आँखें थोड़ी गीली, थोड़ी तरल थीं—"मेरे पाँच-पाँच पति जब मुझे निर्वस्त्र होते देख रहे थे, तब मैंने तुम्हारे आधार पर ही हाथ ऊँचे किए थे। तुम्हें सहायता के लिए पुकारा था। क्या वह कम था, वासुदेव? हमारे बीच का रिश्ता विश्वास और अविश्वास का श्वासोच्छ्वास की तरह चलता रहा है। दोनों में से एक भी अगर बंद हो तो जान निकल जाए। मैं द्रुपदकुमारी, कृष्णा, द्रौपदी आज अपने पतियों और तुम्हारे सामने अपने हृदय के द्वार खोलती हूँ। अब कोई भार नहीं है। कोई पीड़ा नहीं, सुख नहीं और दुःख भी नहीं। यह बात कितने ही वर्षों से मेरे मन में गोपित थी, जो मुझे परेशान करती रहती थी। किसी टूटे हुए काँच की किरचों की तरह मेरे अंदर की संवेदनाएँ मुझे जब-तब चुभती रही हैं। वासुदेव, मधुसूदन, सखा...पीड़ा का प्रत्येक क्षण मुझे तुम्हारे और नजदीक लाता रहा है और जब-जब अन्याय के विरुद्ध लड़ने हेतु मैंने मस्तक उठाया है, तब-तब हर समय मुझे लगा है कि तुमने मेरा एक हाथ पकड़ रखा है। तुम्हारी तरफ से मुझे जन्म-जन्मांतर तक ऐसा ही प्रेम मिलता रहे, इससे अधिक मुझे और कुछ भी नहीं चाहिए।"

पांचाली के इस कथन के बाद कितने ही क्षण महाशांति में व्यतीत हुए। सबने उसके शब्दों का अपनी-अपनी इच्छानुसार अर्थ लगाया, इन्ही विचारों के अर्थ-घटन में अपना समय व्यतीत किया।

परंतु पांचाली का वक्तव्य शायद पूरा नहीं हुआ था, "सखा, ऐसा क्यों है कि हमेशा पीड़ा के समय ही हम तुम्हारे अधिक निकट आते हैं? क्या तुम्हें अपने हृदय-सागर में

रखने का एकमात्र रास्ता स्वयं पीड़ा में रहना ही है? क्या तुम्हें पाने के लिए व्यथित रहना, दु:खी होना, तड़पना या छटपटाना जरूरी है? कुरुक्षेत्र के मैदान में आयोजित यह शिविर और उसमें आपकी उपस्थिति हमें कितनी शांति सांत्वना और सुख पहँचा रही है! किसलिए मात्र युद्ध में ही आप हमारे सारथि बने हो? क्यों हमारे जीवन के प्रत्येक क्षण के सुख अथवा दु:ख में आप हमारे साथी नहीं बन सकते? प्रभु, अगर पुनर्जन्म संभव है तो फिर तुम्हारी ही सखी बनकर तुम्हें मिलने की प्रार्थना तुमसे ही करूँगी।''

कृष्ण की आँखों के सामने कृष्णा से प्रथम भेंट के क्षण तैरने लगे—

सोलह बरस की श्यामवर्णी, लंबे केशोंवाली अपूर्व सुंदरी प्रथम भेंट में ही कृष्ण को अपना दिल दे बैठी थी। उस समय के श्रेष्ठ इस पुरुष से विवाह करने की कामना शायद उस राजघराने की तमाम युवतियों को थी। कृष्णा उनसे अलग नहीं थी!

संपूर्ण भारत के राजा और वीर जिसे अपनी पटरानी बनाना चाहते थे, ऐसी द्रौपदी के स्वयंवर में कृष्ण किसी अलग निश्चय से ही आए थे। लाक्षागृह का प्रसंग तो अभी-अभी हुआ था। दुर्योधन, कर्ण, शिशुपाल और जरासंध जैसे वीरों के दरमियान कृष्ण को आया देख द्रौपदी ने मन-ही-मन ईश्वर का आभार माना था।

नीची दृष्टि कर बैठी द्रौपदी के सामने से गुजरनेवाले अर्जुन के चरण देख कर द्रौपदी उन चरणों को कृष्ण के चरण मान बैठी थी। मन-ही-मन द्रौपदी ने ईश्वर से प्रार्थना की कि इन श्यामवर्णी चरणों के मालिक को मत्स्य-बेध के लक्ष्य तक पहुँचा दे।

जब मत्स्य-बेध कर अर्जुन द्रौपदी के सामने वरमाला पहनने हेतु आए, तब अर्जुन को देख एक पल के लिए द्रौपदी का हृदय धड़कना भूल गया था। अरे, यह कृष्ण नहीं थे।

उसकी आँखें छलछला उठी थीं। अर्जुन के साथ खड़े कृष्ण को सामने देखा था उसने आहत दृष्टि से। उस दृष्टि में असहनीय पीड़ा थी।

उसे लगा, कृष्ण ने छल किया था उसके साथ। उसके मन की सारी बात जानकर भी कृष्ण ने अर्जुन को आगे किया। अपना अस्वीकार स्वीकार किया था, ऐसी भावना द्रौपदी के हृदय में काँटे की तरह आर-पार हो गई। उसने कृष्ण के सामने आँखें उठाकर देखा। उन आँखों में प्रश्न था, अपने अस्वीकार के कारण माँगता हुआ प्रश्न।

कृष्ण आज भी वह दृष्टि भूले नहीं थे।

दुश्मनी के लिए जनमी इस अग्नि-पुत्री के हृदय में इतनी तरलता होगी, यह कौन जानता था, एक कृष्ण के अलावा!

इसके बावजूद वह तरलता, वह ऊष्मा या शीतल जल की फुहार जैसी भावनाएँ उसके हृदय के अंदर छिपकर उसे ही भोगती रहीं।

अन्य लोगों को तो अग्नि-पुत्री का जाल ही दिखाई देता रहा। उसके नजदीक आनेवाले उसके ताप से, सौंदर्य से, उसकी बुद्धिमत्ता अथवा उसके स्वाभिमान से जलते रहे।

उसके मन के भीगेपन को कोई स्पर्श ही नहीं कर पाया, उसके पाँच पति भी नहीं, क्योंकि प्रथम वर्षा के विनाश तक पहुँचने के लिए उस अग्नि और तेज में से गुजरने की किसी को हिम्मत ही नहीं हुई।

राजसभा में एक वस्त्र में खड़ी द्रौपदी की आँखों में क्षोभ अथवा लज्जा कम और क्रोध बहुत था। उसके वस्त्र को नहीं खींचा था दुःशासन ने, उसके स्वाभिमान को चकनाचूर कर दिया था।

द्रौपदी को आज भी शायद यह पीड़ा नहीं थी कि उसके पति उसे भरी सभा में वस्त्रहीन होता देखते रहे; परंतु उसे पीड़ा इस बात की थी कि दुर्योधन ने उसके स्वाभिमान, उसके सम्मान, उसके गौरव को धूल में मिला दिया, जिसका संपूर्ण दायित्व उसके पतियों का था।

उसे रजस्वला स्थिति में बुजुर्गों के समक्ष खड़े होने का क्षोभ कम था, एक वस्तु की तरह जुए में उसे रखे जाने का क्षोभ अधिक था।

उसने संपूर्ण राजसभा की नींव को हिलाते हुए प्रश्न किया था, ''पहले मेरे पति अपने आपको हारे कि मुझे?''

निरुत्तर वीरों और बुजुर्गों से, चित्रवत् बने धृतराष्ट्र, विदुर, गांधारी और भीष्म पितामह से दूसरा प्रश्न पूछा था उसने—

''स्वयं को हार चुके दूसरे को दाँव में किस तरह लगा सकते हैं?'' आँखों में से आँसू की धार बह रही थी; परंतु वह तो उस अपमान और अवहेलना के कारण थी, असहाय होने के कारण नहीं।

उन्होंने द्रौपदी की भीगी आँखें बार-बार निहारी थीं। हर प्रसंग में शायद आँसू अलग ही रंग के थे उसकी आँखों में, परंतु वह कौन सा रंग था, यह मात्र कृष्ण ही जानते थे। इस बात को सोचते हुए कृष्ण स्वयं भी कुछ-कुछ भीग-से गए थे।

''न मे मोंथ यच भवेत!'' कृष्ण ने अपने कहे शब्दों को ही याद किया, जो उन्होंने द्रौपदी के चीर लंबे करने के साथ दिए गए वचन के समय कहे थे—''जिस तरह तू इस समय रो रही है, उसी तरह आनेवाले दिनों में इन सारे दुष्ट पुरुषों की रानियाँ भी रोएँगी। और हाँ, मेरे ये शब्द मिथ्या नहीं होंगे।''

कृष्ण के कान में पांचजन्य के स्वर गूँज रहे थे। बाँसुरी को छोड़ शंख उठाने की वेदना उनके शरीर के रोम-रोम में प्रतिध्वनित हो रही थी। कृष्ण के मन में कुरुक्षेत्र के युद्ध के बाद के दिनों की भयानकता के दृश्यों की कल्पना खड़ी हो रही थी···और इसीलिए उन्होंने इस युद्ध को 'प्राण उद्वेन जातेव्य' कहा। वे जानते थे कि अब वह होना ही है, जो आनेवाली कई सदियों तक लोगों को नहीं भूलेगा।

कुरुक्षेत्र युद्ध की पूर्वसंध्या के वे क्षण—कृष्ण की आवाज चारों तरफ गूँजने लगी—

"यतो धर्मस्ततो जय:…"

□

द्वारका में जब अर्जुन के रथ ने प्रवेश किया, तब सूर्य आकाश के बीचोबीच था। दो दिन से निरंतर दौड़ते हुए अश्वों के मुँह से झाग निकल रहा था। पांचाली के बाल और चेहरा धूल से भर गया था। अर्जुन के हाथ लगाम पर ढीले हो रहे थे।

द्वारका के मुख्य द्वार से जब रथ का प्रवेश हुआ, तब द्वारका के शांत-निर्जन राजमार्ग देखकर द्रौपदी को आश्चर्य हुआ। जो मार्ग हमेशा लोगों के आने-जाने से हरे-भरे रहते थे, जीवंत लगते थे, आज उन पर इक्का-दुक्का यादव स्त्रियों के अलावा कोई नहीं था। द्वारका के सोने के महलों के द्वार बंद थे। ऐसा लग रहा था मानो मृत्यु का आतंक चारों तरफ फैला हुआ हो।

द्रौपदी ने अर्जुन की ओर देखा—"क्या बात है, पार्थ? मेरा हृदय अनेक अमंगल कल्पनाएँ कर रहा है।"

अर्जुन ने नि:शब्द हो सिर्फ द्रौपदी के कंधों पर हाथ रखा और रथ को मुख्य महल की ओर मोड़ दिया।

मुख्य महल के आसपास छोटे-छोटे आठ महल थे। सत्यभामा, जांबवती और अन्य दूसरी रानियों के महलों के बीचोबीच पटरानी का महल उसके स्वर्ण कलशों से चमक रहा था। दोपहर का समय था, तथापि महल के दाहिनी ओर स्थित भोजनशाला एकदम निर्जन, वीरान लग रही थी।

दासियों और सेविकाओं के आवागमन से गूँजते हुए जीवंत रहनेवाले इस महल को न जाने क्यों शांत देखकर द्रौपदी के हृदय की धड़कनें ठंडी होने लगीं। उसने अर्जुन की ओर देखा। उसकी आखों में भय और आतंक के साथ-साथ एक ऐसी अमंगल आशंका थी कि अर्जुन के लिए उन आँखों के सामने देखना असंभव था।

महल के बाहर खड़े चौकीदार सुस्त से थे। अर्जुन ने रथ को मुख्य महल की अश्वशाला की ओर लिया। दो-चार बछड़ों तथा बूढ़े घोड़ों के अलावा अश्वशाला भी लगभग खाली ही थी।

अर्जुन ने हाथ देकर द्रौपदी को रथ से नीचे उतारा। निरंतर गतिमान होने के कारण दोनों के मस्तिष्क सुप्त हो गए थे। घूँ…घूँ…घूँ…करती हवा की आवाज अभी भी उनके कानों में गूँज रही थी। द्रौपदी लड़खड़ाते कदमों से मुख्य महल की ओर आगे बढ़ी। उसका पल्लू महल की सीढ़ियों पर घिसटता जा रहा था। उसकी आँखों में न जाने कितने जन्मों का रोष था।

मुख्य महल की सीढ़ियाँ आज सूनी थीं। आमतौर पर यहाँ आम प्रजा और कृष्ण के दर्शनों के अभिलाषी टोलियाँ बना-बनाकर आया करते थे। कृष्ण चाहे द्वारका में न भी हों

तो भी यह मुख्य महल इस तरह निष्प्राण तो कभी भी नहीं हुआ था।

मुख्य महल की सीढ़ियाँ चढ़ते हुए द्रौपदी को रुक्मिणी के विवाह के बाद पहली बार द्वारका में अपना प्रवेश याद हो आया उसकी आँखों में रुक्मिणी द्वारा किए गए उसके स्वागत के दृश्य छा गए।

आज तक जब वह द्वारका आती, तब उसका स्वागत भी होता था; परंतु उस स्वागत में हमेशा एक गृहिणी की भावनाएँ जुड़ी रहतीं। एक महिला जब अपने घर में आनेवाले अतिथि का स्वागत करती है, उसमें जो भाव, जो सुगंध होती है, उसे द्रौपदी ने पहली बार रुक्मिणी के आगमन के बाद द्वारका में अनुभव किया था।

गजराजों द्वारा बरसाए गए फूल···सच्चे मोतियों से द्रौपदी का सत्कार कर रुक्मिणी ने उसका स्वागत किया था—"वासुदेवस्य सखी!" रुक्मिणी ने कहा था नमस्कार की मुद्रा में हाथ जोड़कर। रुक्मिणी के चेहरे पर थोड़ी शरारती मुसकान थी।

वैसे तो रुक्मिणी द्रौपदी से छोटी थी। वह कृष्ण से भी बहुत छोटी थी। जब शिशुपाल से विवाह करवाने को कटिबद्ध अपने भाई रुक्मि को मनाने में रुक्मिणी निष्फल हो गई, तब उसने कृष्ण को पत्र लिखा था। सुदेव नाम के ब्राह्मण के हाथ संदेश रूप में भेजे उस पत्र में रुक्मिणी ने सिर्फ सात श्लोक लिखे थे, जिनमें कृष्ण के प्रति अपने प्रणय का निवेदन था। इस निवेदन के साथ-साथ उसने यह भी लिखा था कि अगर शिशुपाल से उसके विवाह को रोका न गया, तो वह आत्महत्या कर लेगी, यह भी दृढ़ निश्चय है।

जब कृष्ण को यह पत्र प्राप्त हुआ, तब भी द्रौपदी द्वारका में ही थी।

संध्या समय जब द्रौपदी बगीचे में टहल रही थी, तब कृष्ण आए थे उसके पास···हाथ में पत्र लेकर।

उस पत्र में रुक्मिणी का चेहरा दिखा था द्रौपदी को। कृष्ण को समर्पित दो शरारती आँखें, जिनमें कृष्ण के प्रति प्रेम छलक रहा था। द्रौपदी ने कुछ हद तक उन आँखों में अपना ही प्रतिबिंब देखा था।

वही मुग्धता, वही प्रणय, वही कृष्ण को समर्पित होने की अटूट इच्छा।

द्रौपदी ने ताना दिए बिना ही कहा था, "इतनी श्रद्धा तो आप पर मैंने भी नहीं रखी थी, सखा!" कहते हुए हँस पड़ी थी द्रौपदी।

"ऐसा!" कृष्ण की आँखों में भी शरारत छा गई थी।

"सखा, तुम्हारी पटरानी बनने के लिए संपूर्णतया योग्य है वह कन्या और उसका हरण करना तुम्हारा धर्म है।" द्रौपदी ने कहा था कृष्ण से, "वह विदुषी है। उसके ज्ञान की, उसकी सुंदरता की बातें मैंने भी सुनी हैं। ऐसी कन्या द्वारका की पटरानी होने के ही योग्य है।"

कृष्ण ने द्रौपदी की आँखों में देखा था, मानो उनमें डूबकर सामने किनारे पहुँचना हो,

इतने गहरे उतर गए थे कृष्ण उन दोनों किनारों तक छलछलाकर बहती हुई आँखों में।

···और फिर द्वारका में पहली बार मिलने आई थी रुक्मिणी से द्रौपदी को कृष्ण ने विशेष आमंत्रण भेजा था।

"वासुदेवस्य सखी!"

रुक्मिणी ने कहा था नमस्कार की मुद्रा में हाथ जोड़ कर—"मेरे प्रियतम की मित्र, सखी! द्वारका में आपका स्वागत है।"

द्रौपदी आज भी वे शरारती आँखें, मुसकान भरा चेहरा और अपने हाथ में स्नेहपूर्ण थामा रुक्मिणी के हाथ का अनुभव कर रही थी।

अर्जुन ने द्रौपदी का हाथ पकड़ा।

द्रौपदी मानो घबराई हुई, आतंकित हो, ऐसे एक छोटे बच्चे की तरह दोनों हाथों से अर्जुन का हाथ पकड़ मुख्य महल की सीढ़ियाँ चढ़ने लगी।

□

रुक्मिणी भरी आँखों से द्रौपदी के सामने देखती रही।

द्रौपदी आश्चर्यचकित, स्तब्ध हो फटी-फटी आँखों से रुक्मिणी के सामने देखती रही थी। रुक्मिणी ने अपना कथन अभी हाल ही में पूरा किया था, परंतु उसका एक-एक शब्द द्रौपदी को मानो असत्य लग रहा था।

अर्जुन एक भी शब्द बोले बिना किंकर्तव्यविमूढ़-से गवाक्ष में जाकर खड़ा हो गया। समुद्र के पीछे क्षितिज पर सूर्य धीरे-धीरे अस्त हो रहा था। केसरी आकाश लग रहा था, मानो रक्तरंजित युद्धभूमि हो। अर्जुन आतंकित नजरों से आकाश की ओर देख रहा था।

हलका-हलका अँधेरा धीरे-धीरे द्वारका के महल पर उतर रहा था। वह अँधेरा मानो प्रत्येक घर के लिए मृत्यु का संदेश लेकर आया था। प्रत्येक घर से लगभग तमाम यादव-पुरुष अभी सुबह ही तो उत्सव में गए थे, फिर भी द्वारका की वह संध्या कितनी ग्लानिमय, कितनी उद्विग्न और कितनी ही परेशान करनेवाली थी।

अभी तो सुबह ही महल के मुख्य द्वार के सामने खड़े स्वर्ण-रथ और उन पर सजे तेजस्वी घोड़े यादव-पुरुषों को लेकर एक के बाद एक विदा हुए थे।

अभी तो सुबह ही अपनी-अपनी पत्नियों को भरपूर आलिंगन कर यादव-पुरुष प्रभासक्षेत्र में उत्सव हेतु निकले थे। इस बात को तो अभी आठ प्रहर भी नहीं हुए थे···फिर भी द्वारका की यह संध्या कृष्ण के बिना कितनी सूनी, कितनी अकेली और कितनी अधूरी थी!

द्रौपदी आश्चर्यचकित, स्तब्ध सी खुली आँखों से रुक्मिणी की ओर देख रही थी। सखा के बिना यह द्वारका नगरी द्रौपदी को श्मशान से भी ज्यादा भयानक लग रही थी। इस नगरी का एकांत उसे भयावह लगता था।

“तो···अब···” द्रौपदी ने रुक्मिणी की ओर देखा और पूछा।

“काल अपने पंजे फैला चुका है। संध्याकाल में प्रभासक्षेत्र में सुरापान आरंभ हुआ होगा···” रुक्मिणी की आवाज में मृत्यु की-सी ठंडक थी।

“परंतु सखा···”

“तुम···तुम···समय न सँभाल सके···वासुदेवस्य सखी!” रुक्मिणी ने द्रौपदी की ओर इस तरह देखा कि दृष्टि द्रौपदी को आर-पार बेध गई।

“अर्थात् अब सखा···”

“तुम्हें नहीं मिलेंगे··· यादव-स्थल से तमाम यादवों का नाश करेंगे···और द्वारका का स्वर्णयुग समाप्त हो जाएगा··· ।” रुक्मिणी भविष्यवाणी करनेवाली किसी भविष्यवेत्ता की तरह बोल रही थी। उसके चेहरे पर एक भावहीन ठंडक थी। एक प्रतीक्षा—महाकाल का प्रभाव उसके गले तक पहुँचे, ऐसी प्रतीक्षा—

“पार्थ!···” द्रौपदी की आवाज भीग सी गई थी। आँखों से आँसू बह रहे थे। गला रुदन से भर गया था···साँस लेने में भी मानो कठिनाई हो रही थी—“पार्थ··· !” उसने डबडबाई आवाज में मानो आवाज फट जाएगी, इतनी जोर से आवाज लगाई।

“पार्थ··· !” द्रौपदी की पीड़ा-युक्त आवाज सुन गवाक्ष में खड़े अर्जुन की धड़कन रुक सी गई। अपने अंगवस्त्र को सँभालते हुए अर्जुन अंदर दौड़ा।

“पार्थ···” द्रौपदी की आवाज क्षीण होती जा रही थी। चक्कर खाकर नीचे गिरती हुई द्रौपदी को बड़ी मुश्किल से मूर्च्छित होने से पहले अर्जुन ने अपने हाथों में थाम लिया। द्रौपदी की आँखें बंद हो गईं। अर्जुन ने उसे थामकर नजदीक के छत्र-पलंग पर सुला दिया—“सखा···पार्थ···प्रभास···सखा···” द्रौपदी कुछ बड़बड़ा रही थी। बेहोश द्रौपदी की आँखों से अभी भी आँसू बह रहे थे।

पत्थर समान बन गई रुक्मिणी की आँखें द्रौपदी की यह स्थिति देख भर आईं। उसने रुँधे हुए गले से कहा, “अभी भी समय है, आप पहुँचने की कोशिश करें। कहीं अगर प्रभु को अंतिम क्षणों में न मिल सके तो क्या होगा, पांचाली ?” इससे आगे कुछ भी कह पाना रुक्मिणी के लिए असंभव हो गया था।

अर्जुन द्रौपदी के सामने देखते रहे।

यह वही स्त्री थी, जिसे उसने बेहद चाहा था। यह वही स्त्री थी, जिसने पाँचों भाइयों को अपने मोह और अपनी निष्ठा में बाँध रखा था। शरीर और मन से उसने कभी अपने पत्नी-धर्म में कोई कमी नहीं रखी थी। वह स्त्री, जो इंद्रप्रस्थ की महारानी···वह स्त्री, जिसकी दृष्टि पड़ते ही बड़े-से-बड़े महाराज भी छोटे हो जाते थे···दुर्योधन और कर्ण के लिए कामिनी थी यह स्त्री।

यह स्त्री···कृष्ण को बेहद चाहती थी।

कुरुक्षेत्र के मैदान की ओर प्रस्थान करते हुए भी जिस स्त्री के हाथ नहीं काँपे और अपने पाँचों पतियों को तिलक किया, वह स्त्री कृष्ण के अंतिम प्रयाण का समाचार सुनकर टूट सी गई थी।

तो कुरुक्षेत्र की उस पूर्वसंध्या में···उसने कहा, उसका यह अर्थ था···

"मेरे पिता जब मुझे कृष्णा कहकर बुलाते, तब मुझे कल्पना भी नहीं थी कि 'कृष्णा' शब्द मेरे जीवन का पर्याय बन जाएगा। सखा, तुम जानते हो, समझते हो सत्य को और संवेदनाओं को। कुरुक्षेत्र युद्ध की पूर्वसंध्या पर अगर मैं सब सत्य कह दूँगी···तो युद्ध यहाँ ही शुरू हो जाएगा। पाँच पतियों के साथ पूरी निष्ठा से रहना आसान नहीं है, मधुसूदन···और आज उस निष्ठा में एक छोटी सी भी दरार दिखाई देगी तो···"

तो यह दरार थी वह!

और फिर भी इस छोटी सी दरार में से जगमग करता प्रकाश आँखों को चौंधिया दे, इस तरह प्रवेश कर गया था।

पाँच-पाँच पुत्रों की मृत्यु के समय स्वस्थ रहनेवाली···तलवार-सी यह महारानी सिर्फ आशंका से ही इतनी द्रवित हो उठी, अर्जुन को कल्पना भी नहीं थी।

द्रौपदी और कृष्ण से जुड़ी सभी घटनाएँ उसकी आँखों के सामने से प्रसारित होने लगीं। उसके स्मृति-पटल पर अंकित हो रही सभी घटनाएँ आज मानो उसे कह रही थीं कि "दौड़···पार्थ···अगर आत्मा चली गई तो शरीर भी नहीं रहेगा।"

मूर्च्छित द्रौपदी तंद्रा में अस्पष्ट सा कुछ बड़बड़ा रही थी।

"सखा···मैं जाऊँगी, मैं पहुँच जाऊँगी सखा···मेरी प्रतीक्षा करना सखा, कृष्ण।"

मूर्च्छित अवस्था में अस्पष्ट बड़बड़ाती द्रौपदी को अर्जुन ने अपने दोनों हाथों में उठा लिया। उसका जूड़ा खुल गया था। उसका पल्लू और बाल जमीन पर घिसट रहे थे। उसके दोनों हाथ निष्प्राण हो लटक से रहे थे। उसकी कंचुकी थोड़ी सी नीचे उतर गई थी, जिस कारण स्तनों के बीच की कंदरा अधिक स्पष्ट दिखाई पड़ती थी। गले में पहनी हुई सोने और मोतियों की मालाएँ गले की पिछली तरफ चली गई थीं। वे भी बालों के साथ लटक रही थीं। उसके पाँव निष्प्राण बनकर घुटनों से मुड़ गए थे।

अर्जुन ने उसे उठाकर सीधा रथ में लिटाया और रथ को तेजी से हाँक दिया। रुक्मिणी पल भर उसे देखती रही। उसमें इतना सामर्थ्य नहीं थी कि वह उसे रोक सके, परंतु···मन-ही-मन में उसने जगन्नियंता परमात्मा से प्रार्थना की—"यह स्त्री समय के साथ लगी उसकी स्पर्धा में आगे निकल जाए, कृष्ण तक पहुँच जाए हे ईश्वर! इतना करना। इसी में सब की भलाई है। यह भलाई करना···शांति···शांति··· शांति···!"

◻

वृक्ष के सहारे बैठे कृष्ण ने हलके से अपनी बंद आँखें खोलीं। चारों ओर देखा।

कृष्णायन

दोपहर का तीव्र सूर्य तप रहा था। पीपल का पेड़ कृष्ण के सिर पर फन उठाए शेषनाग बना सुंदर छाया दे रहा था। जरा अभी भी घुटनों के बल उकड़ूँ बैठा था।

"रथ के घुँघरू बोले, भाई?"

"नहीं, प्रभु...अभी तो कोई आया ही नहीं।"

"भ्रम..." कृष्ण के चेहरे पर एक शरारती मुसकान छा गई, "मन कैसा है... नहीं? जिसकी राह देखता हो, उसकी ही कामना करता है...इतना ही नहीं, इस बात को स्वीकार करने से हिचकिचाता नहीं है कि वे यहाँ आ पहुँचेंगे।"

"अर्जुन की राह देख रहे हो न प्रभु?"

"हाँ, अर्जुन की भी..."

"उनके साथ कोई दूसरा भी आएगा, प्रभु?"

"यह तो आनेवाला ही जानता है...।"

कृष्ण की आँखें बार-बार बंद हो जाती थीं। गले में खिंचाव पड़ता था। उनकी बंद आँखों में भी तरह-तरह के रंग लीलाएँ कर रहे थे। मयूर पंख लहरा-लहराकर उनके चेहरे को प्यार कर रहे थे...वृंदावन की गलियों में राधा की पायल बज रही थी कि इंद्रप्रस्थ की गलियों में अर्जुन का रथ द्वारकाधीश के स्वागत के लिए आया था।

रुक्मिणी के चंद्रहार के नन्हे घुँघरू बज रहे थे। सत्यभामा के बालों में जड़ी छोटी-छोटी सुवर्ण वेणियों के फूल सुंदर रणकार करते थे। बिलोनी में दही बिलोती माँ की चूड़ियों की खनखनाहट थी कि माथे पर बार-बार हाथ फेरती हुई देवकी की सूखी हथेलियाँ और हाथ में पहने हुए दो-दो सोने की चूड़ियाँ एक-दूसरे के साथ टकराकर एक अद्भुत सी आवाज करती थीं। न जाने कहाँ से इतनी सारी आवाजें एक साथ कृष्ण के कानों में गूँजती थीं। उन्होंने आँखें बंद कर लीं, फिर एक बार शांत होकर प्रतीक्षा करनी शुरू की।

□

"यह क्या कर रहे हो, सखा?"

"क्यों? इतने बड़े यज्ञ में मेरा भी कोई स्थान तो होना चाहिए न!"

"परंतु यह..." द्रौपदी की आवाज में आश्चर्य था।

"हाथ छोड़ दो सखी, सब देख रहे हैं।" और शरमाते हुए द्रौपदी ने कृष्ण का हाथ छोड़ दिया।

रात को जब महल के प्रांगण में खुले आकाश के नीचे स्वर्णासन बिछा सब एकत्र हो बैठे, तब अर्जुन खिलखिलाकर हँस रहे थे।

"याज्ञसेनी को इतना शरमाते हुए मैंने तो कभी नहीं देखा था।"

"इसमें इतना हँसने जैसा क्या है?" थोड़ी उलझन सी महसूस कर रहे थे भीमसेन।

"मैंने जब सखी से कहा कि सब देख रहे हैं, तब उसने तुरंत मेरे हाथ छोड़ दिए, मानो उस हाथ पकड़ने में कोई चोरी हो।"

अर्जुन अभी भी खिलखिलाकर हँस रहा था—"चोरी तो है ही न, पाँच-पाँच पति होने के बावजूद एक मित्र का हाथ पकड़ना, वह भी सबके सामने।"

"अरे, वे जूठी पत्तलें उठा रहे थे...और मैं रोकूँ भी नहीं?"

"तुमने रोका, उसी में यह मेहँदीवाले, हीरों से मढ़े इस हाथ ने मेरा हाथ सबके सामने पकड़ा, इससे बड़ा सद्भाग्य किसका होगा!" कृष्ण हँस पड़े, फिर लजा गई याज्ञसेनी।

अर्जुन अभी भी हँस रहा था। याज्ञसेनी शरमा रही थी और भीमसेन परेशान से थे।

इंद्रप्रस्थ में राजसूय यज्ञ की समाप्ति की संध्या थी वह।

द्रौपदी अब चक्रवर्ती पतियों की रानी थी...इंद्रप्रस्थ अजेय था।

इन सबके बावजूद हँसते, द्रौपदी का मजाक उड़ाते कृष्ण को आनेवाले पलों की गूँज अंदर-ही-अंदर विचलित कर रही थी। कैसे रोका जाए उस क्षण को, उन्हें समझ नहीं आ रहा था।

अचानक उनकी नजर शांत बैठे सहदेव से जा मिली। सहदेव आकाश में न जाने क्या देख रहा था। कृष्ण से आँखें मिलते ही उसने आँखें झुका लीं। एक शब्द भी कहे बिना दोनों के बीच कई बातों का मानो आदान-प्रदान हो गया।

"फल खाने की इच्छा है, सखी।" कृष्ण ने कहा।

"अभी ले आती हूँ।" द्रौपदी उठी।

"दासियाँ नहीं हैं?" अर्जुन ने द्रौपदी का हाथ पकड़ा।

"सखा के लिए दासियाँ नहीं।" हाथ छुड़ाकर द्रौपदी चली गई।

फिर एक बार सहदेव और कृष्ण ने एक-दूसरे की ओर देखा। इस बार आँखें झुकाने की बारी कृष्ण की थी।

द्रौपदी हाथों में फलों से भरी सोने की थाली ले आई।

महल में चलते द्रौपदी के कान के रत्न-फूल हलके अँधेरे में चमक रहे थे। उन रत्न-फूलों से भी तेजस्वी उसकी आँखें, उसके बालों का खुलने को हो रहा जूड़ा, जूड़े से लटक रही उसकी एक-दो लटें, सीधी व तीव्र नासिका, होंठ और सुंदर गोल ठोढ़ी; लंबी, मोमबत्ती पर नक्काशी की हो, ऐसी गरदन...और गरदन के नीचे दृष्टि ठहर न सके, ऐसे वक्षस्थल की सुंदरता।

उसकी पतली दो हथेलियों में समा जाए, ऐसी कमर, उस पर रत्नजटित कटिबंध...उसकी पायल की मधुर झंकार धीरे-धीरे नजदीक आती गई।

"लो सखा!" उसने सोने की थाली उनके सामने आसन पर रख दी। कृष्ण ने फलों

में रखे चाकू को उठाया और फल काटने लगे। उनसे आँखें मिलते ही सहदेव हँस पड़ा...सकारण!

फल काटते कृष्ण तक सहदेव की हँसी पहुँचे, उससे पहले उनके हाथ में चाकू लग गया और खून बहने लगा। किसी को कुछ भी समझ में आए, उससे पहले द्रौपदी ने अपना अमूल्य जरी और रेशम से बना पल्लू फाड़ दिया और कृष्ण की उँगली पर बाँध दिया।

अर्जुन, भीम और युधिष्ठिर सब स्तब्ध हो देखते रहे।

सहदेव धीरे से हँसता हुआ उठ खड़ा हुआ और फिर एक बार कृष्ण के सामने देख हँस पड़ा।

किसी को भी यह हास्य कृष्ण के अलावा समझ में नहीं आया।

कृष्ण ने द्रौपदी का हाथ पकड़ लिया।

''कृष्णा...सखी...आज इन सबके सामने मैं तुम्हें वचन देता हूँ कि इस वस्त्र में जितने तार हैं उतने वस्त्र मैं तुम्हें समय आने पर पूरे करूँगा।''

फिर हँस पड़ा सहदेव।

''मुझे इतने वस्त्रों की कभी जरूरत नहीं पड़ेगी, वासुदेव! वन में रहने के बाद मुझे अब वल्कल ही पसंद हैं। ये जरी के वस्त्र मुझे चुभते हैं। मुझे उन फूलों के गहनों और वल्कल से मोह हो गया है। इन वस्त्रों में रहे तारों का तो पता नहीं है; परंतु तुम्हारे साथ मेरे संबंध के तार जुड़े रहें, ऐसा वचन दो गोविंद।'' कृष्ण ने स्नेह से द्रौपदी का हाथ पकड़ लिया।

''उस वचन की आवश्यकता है तुम्हें, सखी?'' द्रौपदी सहित वहाँ बैठे सभी की आँखें नम हो गईं। कितना पवित्र, तथापि कितना निजी संबंध था यह! क्या नाम था इस संबंध का? मैत्री? प्रेम? या फिर...

◻

''मुझे दाँव पर लगाने से पहले अपने आपको हार चुके थे मेरे पति...तो फिर मुझे दाँव पर लगाने का अधिकार उन्हें किसने दिया? कौन सी राजनीति है यह? यह प्रश्न मैं आपसे पूछती हूँ, पितामह...महाराज धृतराष्ट्र, काकाश्री विदुर...क्यों, क्यों स्वीकार्य है तुम्हें? मैं आपकी कुलवधू हूँ। क्या कुलवधुओं को जुए में हारा-जीता जा सकता है? यही आपके कुल की मर्यादा, पराकाष्ठा है?'' द्रौपदी का आर्तनाद सारी राजसभा में गूँज रहा थी। सबके नीचे झुके मस्तक द्रौपदी के प्रश्नों के भार से और अधिक झुक रहे थे।

''मैं आपसे पूछती हूँ, मेरे प्रश्न का उत्तर दें?'' द्रौपदी की आवाज में अग्नि-शिखा-सा तेज था।

''प्रश्न? दासियों को प्रश्न पूछने का अधिकार नहीं होता। उन्हें तो आज्ञा का पालन करना होता है। चुप रहो, नहीं तो तुम्हारे मुँह पर भी माँ गांधारी की आँखों पर बँधी है,

वैसी पट्टी बाँध दूँगा!'' दुर्योधन ने अट्टहास किया।

''मुझे चुप करेगा···पर इतिहास को कैसे चुप करेगा, दुर्योधन!''

''इतिहास तुझे कौरव वंश की पटरानी के रूप में याद करेगा। भूल जा यह सब और इन पाँच नपुंसक पतियों को, जिन्होंने तुझे वस्तु समझकर जुए में दाँव पर लगा दिया!''

''तू कौन सा इनसे जुदा है, तूने भी तो एक वस्तु समझकर ही मुझे जीता है न!''

''जीत की महिमा है। हारनेवाले के पास क्या बचता है अपमान के सिवा!''

''दुर्योधन, मुझे तुझसे एक प्रश्न पूछना है—इस कौरव कुल की राजसभा में उपस्थित तमाम पुरुषों से एक प्रश्न पूछना है—मेरे पति पहले स्वयं को जुए में हारे या मुझे? स्वयं को हारने के बाद मुझे दाँव पर लगाने का क्या कोई अधिकार उन्हें है? न्याय क्या कहता है? राजनीति क्या कहती है? धर्म क्या कहता है?''

''कोई कुछ नहीं कहता। दुर्योधन के प्रताप के आगे सब चुप हैं और आनेवाली सदियों तक चुप रहेंगे!''

''तू ऐसा मानता है, दुष्टात्मा!''

''अब एक भी शब्द बोली! तो राजसभा के बीच तेरे वस्त्र उतार तुझे नग्न कर दूँगा!''

''मैं चाहती हूँ कि तू ऐसा करे; क्योंकि अभी मैं शांत हूँ, तुझे शाप दूँ, उस हद तक पीड़ा दे···कि मैं कौरव वंश के सर्वनाश का शाप दे सकूँ!''

फिर दुर्योधन का ठहाका गूँज उठा, जिसकी प्रतिध्वनि राजसभा के गुंबदों में गूँज उठी।

''तू शाप देगी?''

कब से चुपचाप बैठा कर्ण अब शांत न रह सका। अपने अपमान का बदला लेने के लिए अपना मुँह खोला।

''शाप तो सतियाँ देती हैं। पाँच पतियों की पत्नी सती नहीं कहलाती। वेश्या कहते हैं उसे···पांचाली···पाँच पतियों की पत्नी!'' हँसा कर्ण। कड़वा जहर उसकी रग-रग में फैल गया था। आज भी स्वयंवर में सुने उसके शब्द कर्ण की रातों की नींद उड़ा देते थे।

''चुप! याज्ञसेनी है मेरा नाम। यज्ञ में से जनमी, यज्ञ की ज्वालाओं जितनी पवित्र होती है, उतनी ही तेजस्वी···महाराज द्रुपद की पुत्री, द्रौपदी! प्रातः स्मरण की जानेवाली सतियों में नाम है मेरा। एक पत्नी के साथ भी निष्ठा से न जी सकने वाले तुम्हारे जैसे नपुंसकों को कैसे समझ में आ सकता है कि एक स्त्री के लिए पाँच-पाँच पतियों के साथ संपूर्ण निष्ठा और समर्पण से जीना कितना मुश्किल है। एक समान निष्ठा से पाँचों पतियों को प्रेम करना सामान्य स्त्री के लिए संभव नहीं। पाँच पांडवों को अंदर-अंदर लड़ा, एक-दूसरे से अलग कर देना मेरे लिए चुटकी का खेल था। परंतु, उन पाँचों को मैंने बाँध रखा

अपने प्रेम में, अपनी निष्ठा में, अपने सत्य और अपनी पतिव्रता में। वे सब शर्तें स्वीकारीं, वे सब अपमान सहे, दिल में चुभते मार डालनेवाले ठहाके सुनकर भी मैं अपने पतिव्रत वचन से विचलित नहीं हुई।

"मात्र विचार ही करो कि अगर एक पल के लिए भी मैं अपनी निष्ठा से विचलित हुई होती—तो क्या होता? ये पाँच भाई जो आज तुम्हारे सामने बैठे हैं, ये सब अलग-अलग दिशाओं में होते। जिसमें मोती पिरोए जाते हैं, वह डोरी कभी किसी को दिखाई नहीं देती; लेकिन उस डोरी को ही अखंड रहकर मोती की पंक्तियों को बचाए रखने का काम करना होता है। वह कठिन काम किया है मैंने, सबको एक सूत्र में बाँधने, सब को एक साथ रखने का।

"कोई दूसरे को चाहे इसमें पहले व्यक्ति की तरफ निष्ठा कैसे घट जाती है, मुझे समझ नहीं आया। कई लोगों के पास अद्‍भुत क्षमता होती है प्रेम करने की। हाँ, ऐसे व्यक्ति एक से अधिक लोगों के साथ प्रेम कर सकते हैं, भरपूर प्रेम कर सकते हैं, तथापि उनका प्रेम बढ़ता है, घटता नहीं है। दो बेटियों को एक समान प्रेम करनेवाली माँ का कोई विरोध क्यों नहीं करता? और पति या पुरुष की बात आती है तो समाज संकुचित हो जाता है।

"और इस कारण बहुत कुछ सहा है मैंने। मुझे यदा-कदा अपना स्वत्व, स्त्रीत्व और अस्तित्व दाँव पर लगाना पड़ा है। अपने सत्य को सुरक्षित रखने के लिए हर रोज अग्निपरीक्षाओं से गुजरना पड़ा है। एक स्त्री की निष्ठा होने के बावजूद प्रतिदिन अपनी निष्ठा को साबित करना पड़े, यह कितना दुःखदायी है, यह इस पुरुषों की सभा को कभी समझ नहीं आएगा। अभी तत्क्षण उसी निष्ठा के कारण ही सह रही हूँ, परंतु इससे क्या? उससे मेरी निष्ठा और मेरे सम्मान में कोई फर्क नहीं पड़ता। मेरा तो अस्तित्व ही वैराग्नि में से पैदा हुआ है। अपने शरीर से ज्वालाएँ निकाल अभी इसी क्षण इसे भस्म कर सकती हूँ, मेरे पतियों को, जिन्होंने मुझे दाँव पर लगाया अथवा उन्हें, जिन्होंने मुझे वस्तु समझकर जीता।

"एक रजस्वला, श्रृंगार-रहित, एक वस्त्र पहनी हुई स्त्री को राजसभा में लाने से पूर्व क्षत्रिय धर्म का विचार क्यों नहीं किया? मैं इस कुल की कुलवधू हूँ और कुलवधू का सम्मान कुल का सम्मान होता है। आप...पितृ धृतराष्ट्र, चाचा विदुर, गुरुदेव द्रोण सहित सभा में बैठे तमाम वीरों और ज्ञानियों से मैं पूछती हूँ कि जिसने मुझे दाँव पर लगाया, वह आपके ही कुल का पुत्र है। आप में से किसी ने उसे क्यों नहीं रोका? घर के अंदर वायु और घर के बाहर जिसे सूर्य ने भी देखा नहीं, वह मैं याज्ञसेनी द्रौपदी राजसभा में अर्धवस्त्रों में खड़ी हूँ, जिसका कारण मेरे पति हैं। उन्होंने बार-बार मुझे अन्याय दिया है और फिर भी मैं अपने पाँचों पतियों को क्षमा करती रही हूँ, निरंतर...अपने अपमान के लिए अपने पाँच पतियों को क्षमा करती हूँ...और तुझे, तुझे क्षमा नहीं करती दुर्योधन! मेरे इस अपमान का, मेरे एक-एक आँसू का बदला मेरे अर्जुन का एक-एक बाण और मेरे

भीम की गदा का एक-एक प्रहार लेगा! तू इन ठहाकों के बदले में क्षमा चाहेगा, लेकिन"जिस जाँघ पर तूने मुझे निमंत्रण दिया है, उसी जाँघ को चीर उसके लहू से अपने बाल न सींचे, तब तक इन्हें नहीं बाँधूँगी अब"दुर्योधन, तूने एक स्त्री को उसके सम्मान के अंत तक घसीटा है"और स्त्री का वैर आदिम होता है। किसी भी स्त्री को दुश्मनी के लिए कटिबद्ध करना कठिन है, दुर्योधन। स्त्री क्षमा है, स्त्री ममता है, स्त्री प्रेम है और संवेदना है"परंतु जैसे साक्षर को उलटने से राक्षस बन जाता है, उसी प्रकार स्त्री की क्षमा, ममता, प्रेम और संवेदना के दूसरे सिरे पर वैर बसता है, भयंकर जहर जैसा वैर। और आज उस जहर की नीलाई मेरी रगों में फैल गई है। जब तक तेरे रक्त से अपने बाल नहीं सींचूँगी, मेरे इस जहर के वृक्ष को तब तक रोज अपने अपमान की स्मृति का जल पिलाऊँगी, यह मेरा द्रुपद-पुत्री का, याज्ञसेनी का" वायदा है तुझसे मेरी दुश्मनी की आग में तू जलेगा और संपूर्ण कौरववंश भी।''

द्रौपदी के आँसू उसकी आँखों से गुजरते हुए गाल पर, उसकी नाक पर और गले पर होकर नीचे छाती तक बह आए थे। बोलते समय उसके होंठों से लार टपक रही थी। क्रोध अचानक द्रौपदी के चेहरे पर कोई अपार्थिव तेज चमक उठा। और आवाज में कोई अद्भुत मधुरता और सत्य ने मानो प्रवेश किया।

"दुःशासन वस्त्र खींचता रहा" खींचता रहा" खींचता रहा" खींचता रहा"

और द्रौपदी की आवाज राजसभा में गूँजती रही" गूँजती रही" गूँजती रही" गूँजती रही"

''हे गोविंद"हे गोपाल"हे गोविंद"हे गोपाल"!''
''हे गोविंद"हे गोपाल"हे गोविंद"हे गोपाल"!''
''हे गोविंद"हे गोपाल"हे गोविंद"हे गोपाल"!''

मूर्च्छित अवस्था में आँखें बंद किए द्रौपदी अर्जुन के हाथों में अस्पष्ट स्वरों में बड़बड़ा रही थी।

अर्जुन उसे उठाकर एक ही साँस में रथ की तरफ दौड़ने लगा।

मानो अब उसे भी समझ में आ गया था कि उसके प्राणनाथ, उसके गुरु, उसके सखा के अंतिम क्षण और उसके बीच बहुत अंतर रह गया था!

☐

हिरण्य नदी के किनारे सूर्य मध्याह्न को आ पहुँचा था। जरा पीपल के पेड़ के नीचे पैर पीछे किए हुए बैठा था। कृष्ण की आँखें आधी खुली और आधी बंद थीं। उन्होंने शांत मन से अपने आपसे सवाल-जवाब करने शुरू किए—''किसकी राह देख रहे हो, कन्हैया?''

''किसी की नहीं।''

"सचमुच?"

"अर्थात्…जिस की राह देख रहा हूँ, वह नहीं आएगा, यह भी जानता हूँ।"

"अर्थात् इंतजार कर रहे हो, यह तो सत्य है न?"

"चिरनिद्रा की प्रतीक्षा है…मात्र…।"

"बस, इतना ही? कोई ऐसा जिसे पीछे छोड़ आए हो, उसकी प्रतीक्षा तो नहीं है न तुम्हें?"

बंद आँखों से ही कृष्ण हँसे—"उसकी प्रतीक्षा कर क्या करूँगा? अब वह कहाँ आएगी? उसे तो पता भी नहीं होगा कि मैं…"

"अगर आएगी तो कितनी फरियादें, कितने अधूरे वाक्य, कितनी पीड़ा और कितने ही प्रश्न आएँगे उसके साथ…जानते हो?"

"पर आएगी तो न…।"

"सदेह आए तो ही आएगी? उसका स्पर्श, उसका हास्य, उसका रूठना-मानना, उसकी पायल की झंकार, उसकी सुगंध—क्या ये सब अभी वहाँ नहीं हैं?"

"ये तो मेरे अंदर हैं। हमेशा रहे हैं।"

"एक संवाद निरंतर चलता रहा है तेरे अंदर—'हाँ' और 'नहीं' का संवाद। तुम्हारी तमाम बातें, तमाम पीड़ाएँ, तुम्हारे तमाम सुखों में क्या मैं उपस्थित नहीं थी? तो फिर उसकी प्रतीक्षा क्यों करते हो?"

"पता नहीं। सत्य तो यह है कि मैं किसी की भी प्रतीक्षा नहीं कर रहा। मैं तो मात्र शांत होकर एकाकार होने का प्रयास कर रहा हूँ, उस परम सत्य के साथ, जो मेरा अंश है अथवा मैं जिसका अंश हूँ।"

"सत्य…" कृष्ण के अंदर मानो एक और कृष्ण संवाद कर रहे थे—"परंतु तेरे अनेक अंशों में से एक अंश जब विलीन हो रहा है, तब ऐसा कोई चेहरा नहीं है, जिसकी प्रतीक्षा हो तुझे? हमेशा सत्य कहा है तूने, अब क्यों अपने आपको समझाने के प्रयास में…"

"नहीं…नहीं…ऐसे किसी भी भ्रम में नहीं हूँ मैं। समझता हूँ, फिर भी न जाने क्यों, कभी-कभी…"

कृष्ण की आँखें बंद थीं। आँखों के समक्ष एक चंचल, कोमल, सहज-सरल उजले चाँद-सी गोरी, काले घने बाल और नृत्य करती सी भृकुटीवाली एक कन्या तैर जाती। यमुना के जल-सी छलाँगें मारती चंचला, हिरण-सी भोली निर्दोष आँखें कृष्ण को ताक रही थीं और पूछती थीं—"तू अपने आपको क्या समझता है?" उसके चेहरे पर क्रोध और हलकी धूप की लालिमा थी। उसका पूर शरीर पानी में भीगा हुआ था। उसके काले लंबे बालों पर पानी की बूँदें चमक रही थीं। उसके क्रोध में भरे होंठ थोड़े खुले थे, थरथरा रहे

थे। भीगे शरीर पर ओढ़नी चिपक गई थी। उसका बीस हाथ का घाघरा पानी में भीगकर उसके शरीर की एक-एक रेखा स्पष्ट कर रहा था। उसने अपने हाथ आगे किए, उसमें टूटा हुआ मटका था...उसके मटके में अभी भी थोड़ा पानी शेष था...उसने वह पानी कन्हैया पर फेंका...क्रोध में।

"नहीं...नहीं...तुम मुझे एक बात बताओ कि तुम अपने आपको समझते क्या हो? मेरे यहाँ मटके बिना दाम के नहीं आते। यह क्या आदत पड़ गई है तुम्हें। आती-जाती गोप-कन्याओं के मटके फोड़ते हो!" कृष्ण ठहका लगाकर हँस रहे थे। वे जानते थे कि यह क्रोध कोई लंबा चलनेवाला नहीं है। यह तो रोज की बात है। कृष्ण, बलराम और ग्वाले यमुना के किनारे उगे वृक्षों पर छिपकर बैठते थे। वहाँ से गुजरती ग्वालिनों के मटके गुलेल से पत्थर मारकर फोड़ डालते थे।

सभी ग्वालिनें क्रोध से भर उठतीं। वे सब जानती थीं कि यह काम सिर्फ कान्हा का होगा, उसके सिवाय किसी का नहीं है। फिर भी, कान्हा की मनमोहक हँसी के सामने, उसकी मधुर दलीलों और रूठने-मनाने की अदाओं के आगे और उसकी बाँसुरी के सुरों के सामने सब निराधार हो जातीं, विवश हो जातीं। परंतु राधा, वह तो सबसे थोड़ी अलग थी। राधा पर कान्हा का इस तरह मायाजाल कुछ काम नहीं करता था!

और आज राधा की मटकी फूटी थी। बलराम और अन्य ग्वाल बाल तो पेड़ से नीचे उतरने को तैयार ही नहीं थे। सब जानते थे कि राधा का दिमाग अगर खराब हुआ तो सबको बहुत महँगा पड़ेगा।

"तू मुझे बता कि तू अपने आपको क्या समझता है?" राधा ने तीसरी बार पूछा। कन्हैया अभी भी हँस रहा था। राधा नजदीक आई। ग्वाल बाल सब जानते थे कि अब क्या होने वाला है! क्रोध से भरी राधा और शरारती कन्हैया के बीच युद्ध होने का इंतजार करते हुए बलराम और ग्वाल बाल चुपचाप छिपकर बैठे थे; परंतु कन्हैया तो जरा भी डरे बिना वहीं खड़ा था। राधा उसके और करीब आई। उसने कन्हैया की आँखों में देखा। कन्हैया का हँसना जारी था। राधा ने क्रोध में अपने हाथ में पकड़ा टूटा मटका कन्हैया के सिर पर फेंका। थोड़ा पानी कन्हैया के चेहरे से होकर उसके होंठों तक जा पहुँचा। वे दो-चार बूँदें कन्हैया पी गया।

"वाह री राधा, तेरे हाथ का पानी तो गन्ने के रस जैसा लगता है।"

"चुप रह, अच्छा नहीं लगता।"

"किसे, तुझे?" कन्हैया अभी भी हँस रहे थे। हर ठहाके के साथ राधा का क्रोध बढ़ता जा रहा था। ग्वाले पेड़ पर बैठे-बैठे घबरा रहे थे। राधा और अधिक समीप आई, "आज तेरी माँ से शिकायत न करूँ तो मुझे कहना।"

कन्हैया बोले, "चल, मैं तेरे साथ आता हूँ, फिर तू मुझे कहाँ ढूँढ़ेगी!"

"कान्हा, तुझे तनिक भी लाज नहीं आती?"

"ले, मुझे कैसी लाज, मैं कोई स्त्री हूँ!"

अब ज्यादा जिरह करने का कोई अर्थ नहीं है, यह जान राधा ने कहा, "चल, अब मुझे नई मटकी दिला दे।"

"हाँ-हाँ, चल, यह हुई न बात।" कन्हैया ने कहा।

राधा कुछ क्षण उसे देखती रही—वह सहज, निस्स्वार्थ हँसी। वे मोहक आँखें, वह श्याम वर्ण, घुँघराले बाल। बालों में टँका मयूर पंख।

क्यों इसे देखकर मेरा क्रोध शांत हो जाता है? ऐसा क्या है इस कन्हैया में? राधा मन-ही-मन सवाल कर रही थी।

कन्हैया अभी भी वहीं खड़े थे, "चल-चल, तुझे मोर-तोते चित्रित हों जिस पर ऐसी मटकी दिलाता हूँ।"

"मुझे आता है चित्र बनाने काम। मैं खुद ही बना लूँगी मोर-तोते उस पर।"

"तुझे मोर-तोते चित्रित करने आते हैं?" कन्हैया की आँखों में उत्सुकता थी।

"हाँ, बहुत अच्छी तरह से। यह जो मटकी तूने फोड़ी है न, उसको देख जरा, उस पर मैंने कितनी मेहनत की थी!" सचमुच, उस मटकी का टूटा हुआ एक टुकड़ा कन्हैया ने उठाया और देखा, फिर दूसरा टुकड़ा, फिर तीसरा और फिर धीरे-धीरे चलते हुए राधा के पास गया और अपनी बाँसुरी उसके आगे कर दी।

"ले, इसे चित्रित कर दे न।"

"इस पर?" राधा की हिरण समान आँखों में आश्चर्य था, "इस लकड़ी के टुकड़े पर?"

"अरे पगली, यह लकड़ी का टुकड़ा नहीं है।"

"तो फिर यह क्या है?" राधा ने कंधे झटके और उस बाँस के टुकड़े को घुमाकर देखा।

"यह तो बाँसुरी है।"

"बाँसुरी? यह बाँसुरी भला क्या है? यह तो संगीत का एक साधन है, बाजा है। फूँक मारो तो इसमें प्राण आते हैं।"

"जा-जा, ऐसा तो नहीं होता होगा!"

"नहीं मानती तू?"

"जरा भी नहीं। तू तो है ही झूठा, गाँव में सभी कहते हैं।"

"लेकिन तेरे साथ मैं झूठ नहीं बोलूँगा।"

"क्यों?"

"पता नहीं, पर तेरे साथ झूठ बोलने का मन नहीं करता। तेरी आँखों में देखता हूँ तो

न जाने क्यों सब सच बोल उठता हूँ।"

"जा-जा, मुझे तेरे साथ कोई बात नहीं करनी है।"

"बात नहीं करेगी, लेकिन बाँसुरी तो सुनेगी न?"

राधा की आँखों में 'हाँ' थी, उत्सुकता से भरी हुई 'हाँ'। फिर भी उसने गरदन घुमा ली, "जा-जा, मेरे पास समय नहीं है ऐसे लकड़ी के टुकड़े के वाद्य को सुनने का। तू ही बजा और तू ही सुन।" राधा ने अपने घुटनों में झूल रहे घाघरे को पैरों में खुला छोड़ा, झाड़ा, भीगे बालों को झटका, ओढ़नी को ठीक किया और अपने सौंदर्य से सभार हो, लचकती चाल से चलने लगी। अभी वह दस कदम भी गई नहीं होगी कि हवा में जाने कहाँ से एक मधुर आवाज फैलने लगी। यह आवाज उसे अपने पास बुला रही थी। अजब सा खिंचाव था उसमें। अद्भुत भावुकता, अजीब सा सम्मोहन था उस आवाज में!

राधा पीछे तो नहीं मुड़ी, लेकिन उसके कदम ठहर गए।

धीरे-धीरे वह आवाज उसके नजदीक आने लगी। राधा की आँखें बंद होने लगीं—ऐसे जैसे नागिन पर सपेरे की बीन जादू करती है, ऐसे वे सुर उस पर जादू कर रहे थे।

"राधा⋯" यह आवाज भी ऐसा लगता था मानो उस सुर के सम्मोहन का एक भाग थी। एक हाथ उसकी तरफ बढ़ा। उसे लगा मानो उसने फूलों की डाली का स्पर्श किया हो। राधा नहीं जानती थी कि यह स्वप्न था या सत्य, उसे जानना भी नहीं था। उसे तो बस इस सुर की, इन फूलों की, इस महक की तथा इस सम्मोहन से भरी नदी में बस लेटे रहना था। इस नदी में उछलता, पथराता, झाग-झाग होता प्रवाह जहाँ उसे ले जाए, वहाँ उसे जाना था।

बाँसुरी के वे स्वर उसके शरीर के आर-पार होकर उसे बेध रहे थे। वह सम्मोहन उसके चारों तरफ एक नाग की तरह लिपटा हुआ था; लेकिन वह स्पर्श उसे संजीवनी की तरह एक नई राधा बनाकर जगा रहा था।

◻

"माँ, माँ!" की आवाज लगाते हुए एक युवती रसोईघर से कमरे की तरफ आई। उस युवती ने उस स्त्री की तरफ देखा, जिसको उसने 'माँ' कहकर बुलाया था।

कनपटी के पास कुछ सफेद बाल, माथे पर कुछ हलकी लकीरें, चमकती चमड़ी, इस उम्र में भी स्वस्थ-सुडौल काया, जिस पर लाल रंग के अंगवस्त्र से ढकी हुई पीठ, जिसके अंगवस्त्र हलके से खिसक जाने पर सुंदर-सपाट लचकती पीठ का एक भाग दिखाई पड़ता था। हाथों में समाए ऐसा जूड़ा अभी भी काला था। गरदन तक झुके हुए जूड़े में से फैली दो-चार लटें उसके माथे पर, गाल पर झूल रही थीं। विशाल हिरण-सी आँखें बिलोने के पास बैठकर स्थिर हो गई थीं। दो आँखें जो हलकी-हलकी भीगी हुई थीं, वे कहीं दूर कुछ देख रही थीं। दही बिलोने वाले हाथ स्थिर हो गए थे। हाथों पर गोदे गए नाम और दो लाल

रंग के चूड़े ऐसे ही आवाज किए बिना दो लाल होंठों की तरह चुपचाप स्थिर थे।

"माँ, माँ!" एक सुंदर युवती उसे पुकार रही थी—"राधा माँ, ओ राधा माँ!"

स्त्री अचानक चौंकी और उसने उस युवती की ओर देखा।

"किन विचारों में खो गई थीं ?" उस युवती ने पूछा।

स्त्री ने गरदन घुमाए बिना अपनी आँखें लड़की की तरफकीं। हलकी सी झुर्रियोंवाला, लेकिन बहुत सुहाना सा हाथ लड़की के चेहरे पर फेरा।

"कहीं नहीं।" उस स्त्री ने उत्तर दिया, जिसे लड़की ने 'राधा' कहकर पुकारा था, "ऐसे ही।"

"दही तो कब से बिलो लिया है माँ, अब यहाँ बैठे-बैठे क्या कर रही हो ?"

"हैं!" राधा अभी भी ध्यान में नहीं थी।

"रोज देखती हूँ, आप गहरे विचारों में डूब जाती हैं। बैठे-बैठे आपकी आँखों में आँसू आ जाते हैं। क्या बात है, माँ ? किसी ने आपका दिल दुखाया है क्या ?" उस युवती ने अपने गाल पर से हाथ अपने हाथ में ले लिया और चौकड़ी मारकर बैठ गई।

"नहीं...नहीं, ऐसा कुछ नहीं है।" राधा ने उत्तर दिया। उसकी आँखों में हलका सा गीलापन अभी भी था।

"माँ, जरूर कोई बात है, जो आप हमें नहीं बता रही हो। आप मन-ही-मन परेशान हो।"

राधा, यों ही उस लड़की की ओर देख रही थी, "तू भी अजीब है, बिना कहे ही मेरे मन की आवाज, बात समझ लेती है। भगवान् मुझे बेटी देना भूल गए, इसीलिए उन्होंने तुझे भेजा है।" राधा ने उस लड़की को कहा।

"आप बात बदल रही हो।" वह लड़की बात को छोड़ नहीं रही थी।

"बेटा, न जाने क्यों मन बार-बार उलझन में रहता है। ऐसा लगता है, कहीं कुछ अवांछनीय हो रहा है।"

राधा ने यह जानकर उस लड़की के साथ मन खोल दिया कि जब तक वह बताएगी नहीं, यह लड़की उसे चैन से रहने नहीं देगी।

"यह क्या माँ ?" लड़की थोड़ा सकुचाई, फिर उसने राधा की आँखों में गहराई से देखा। उसे दूर-दूर तक केवल निर्मलता और गीलापन दिखाई दिया, "मैंने तो कुछ नहीं किया है न, माँ ? मेरे लिए तो नहीं..."

"अरे, नहीं रे!" राधा ने कहा, "पागल, तेरा चेहरा देखकर ही तो जीने की इच्छा जागती है। कितनी मधुर और प्रेमयुक्त है तू!" लड़की टुकुर-टुकुर राधा की ओर देखने लगी।

"कहीं बापू ने तो कुछ..."

"नहीं...नहीं..." राधा ने कहा।

"तो फिर?" लड़की ने पूछा।

राधा कुछ देर तक शांत रही, चुपचाप, दूर आकाश में सफेद बादलों के झुंड देखती रही, फिर अनंत में देख रही हो, ऐसे धीरे से होंठ फड़फड़ाए—"मुझे लगता है, ऋणानुबंध पूरे हुए।"

"माँ!" उस लड़की के चेहरे पर अनहद आश्चर्य था।

राधा अभी भी आकाश की ओर देख रही थी।

वहाँ किसी खड़े हुए मनुष्य को मानो कुछ कह रही हो, ऐसे उसने कहा, "मुझे पता था...तुझे तो मात्र बहाना ही चाहिए था। लेकिन एक बात याद रखना, जिस तरह गोकुल से मेरी अनुमति लिये बिना नहीं जा सका था, ऐसे ही अभी भी..."

"किसकी बात कर रही हो, माँ?" लड़की ने आकाश की ओर देखा। आकाश में गहरे भूरे बादल इधर-उधर दौड़ते थे, तरह-तरह के आकार रचते थे। रुई के ढेरों की तरह बादल फैले हुए थे। अभी भी राधा उन बादलों के झुंड में जाने क्या ढूँढ़ रही थी।

"माँ, ओ राधा माँ!" उस लड़की ने फिर से राधा की तंद्रा तोड़ डाली।

"हें!" राधा ने चौंकते हुए कहा, फिर ऐसे खड़ी हो गई मानो कही काँटा चुभ गया हो। कोई भी उत्तर दिए बिना रसोई की तरफ बढ़ गई। वह लड़की, जिसका नाम शुभ्रा था, राधा को देख रही थी। इस उम्र में भी उसकी चाल किसी युवती को शरमाए, ऐसी थी।

"श्यामा!" अंदर से राधा ने आवाज लगाई। इस लड़की का नाम यूँ तो शुभ्रा था, लेकिन काफी समय से उसकी सास उसे 'श्यामा' कहती।

राधा को सास की यह समझ में न आनेवाली पहेली कभी परेशान करती, लेकिन यह श्यामा और शुभ्रा की पहेली के बावजूद वह सास राधा को खूब चाहती थी और राधा भी जाने-अनजाने इस लड़की में अपनी जवानी देखने लगी।

शुभ्रा के विवाह को तीन वर्ष हुए थे। एक दिन शुभ्रा और उसके पति आर्यक के बीच बहुत झगड़ा हुआ। झगड़े की जड़ क्या थी, समझ में नहीं आया; लेकिन शुभ्रा सारी रात रोती रही। उसने खाना भी नहीं खाया। राधा ने उसे खूब मनाया। उसके ससुर अयन ने भी मर्यादा को ताक पर रख एक बार उससे भोजन करने का आग्रह किया; लेकिन शुभ्रा नहीं उठी तो नहीं ही उठी।

राधा को सारी रात नींद नहीं आई। रात के तीसरे प्रहर राधा जागी। उसने देखा, अभी भी बरामदे में खंभे से सटकर शुभ्रा ज्यों-की-त्यों बैठी थी। आकाश को देखती उसकी आँखें सूखी हो गई थीं। उसके श्याम वर्ण चेहरे पर अभी भी संध्या की उदासी छाई हुई थी। राधा आकर उसके पास बैठ गई। शुभ्रा को पता था, फिर भी उसने राधा की तरफ नहीं देखा। राधा भी उसे हिलाए-डुलाए बिना उसके सिर में धीरे-धीरे हाथ फिराने लगी।

उसके लंबे सुंदर बालों का बना जूड़ा खोल डाला और उस लड़की ने धीरे से अपना सिर राधा की गोद में रख दिया। राधा की गोद शुभ्रा के आँसुओं से भीगने लगी।

दोनों ऐसी ही स्थिति में घंटों बैठी रहीं। राधा ने एक भी प्रश्न नहीं पूछा और शुभ्रा ने भी अपना मुँह नहीं खोला। आखिर पौ फटने को हुई। आकाश लाल हो उठा, तब शुभ्रा ने राधा की गोद में से अपना सिर उठाया। राधा ने उसके सामने देखा, आँखों में आँखें डालीं—और उसने राधा से पूछा, ''हे माँ! प्रेम करना कोई गुनाह है?''

राधा ने उसके सामने देखा, मानो दर्पण में देख रही हो।

''नहीं बेटा, प्रेम कभी भी गुनाह नहीं हो सकता।'' थोड़ी देर तक दोनों शांत रहीं, फिर राधा की आँखें भीग गईं। उसने लड़की के चेहरे पर, गाल पर हाथ फिराया, ''स्त्री का दु:ख यह है कि उसका प्रेम मात्र अर्पण का होता है, कुछ माँगे बिना वह सिर्फ देती है, दिया ही करती है, फिर भी स्त्री को जवाब देने पड़ते हैं। बेटा, इस समाज में प्रेमी पति हो, यह जरूरी नहीं। इससे भी अधिक दु:ख की बात यह है कि पति भी प्रेमी नहीं होता।''

शुभ्रा ने अपने गालों पर फिरते राधा के हाथ पर अपना हाथ रखा, ''माँ, कभी मैंने अपने काम में मनजोरी की है। कभी अपने फर्ज में चूक की है। पत्नी के रूप में मैंने तन-मन से आर्यक की पूरी सेवा की है; परंतु माँ, मेरा मन...''

''नहीं रहता बेटा, मन किसी के भी वश में नहीं रहता।''

''माँ, पहली बारिश में भीगे मन का एक कोना जीवन भर भीगा रहता है, चाहे कितना ही ताप, कितनी ही तेज धूप उसे सुखाने का प्रयास करे; लेकिन वह कभी सूखता ही नहीं, इसमें कोई क्या करे?''

राधा कुछ भी बोले बिना उसके सामने देख रही थी, फिर उसे नजदीक खींच उसने छाती से लगा लिया। उसके सिर में उँगलियाँ फेरते हुए उसने कहा, ''श्यामा!'' शुभ्रा ने चौंककर राधा की ओर देखा। राधा दूर आकाश की लालियों में बरसों पहले का लिखा इतिहास पढ़ रही थी। यह एक-एक शब्द राधा के लिए चिरपरिचित था। यह बात उसने पहले भी सुनी थी, कितनी ही बार!

''एक स्त्री के लिए उसका प्रेम ही उसकी साँस और प्राण है। वह ही उसे जिंदा रखता है और वही उसे मारता भी है। मेरी बेटी, स्त्री के लिए और पुरुष के लिए प्रेम का अर्थ अलग होता है। पुरुष के लिए प्रेम सिर्फ लेना, लेते रहना ही होता है; जबकि स्त्री नदी की तरह बहती रहती है, बह-बहकर मीठा पानी समुद्र में डाल-डालकर प्रेम करती है। प्रेम और सुगंध का धर्म है देना। पानी की तरह बहता हुआ प्रेम एक ही दिशा में बहकर अपने किनारों की मर्यादा में रहकर बहे तो प्रत्येक बिंदु जीवन का निर्माण करता है; परंतु अगर वह अपने किनारों की मर्यादा तोड़कर बहता है तो विनाश करता है और छोड़ जाता है सिर्फ कीचड़ और विलाप। प्रेम मुट्ठी में समाई हवा जैसा है। मुट्ठी खाली है और फिर

भी खाली नहीं है, लेकिन मुट्ठी में रचित हस्तरेखा विवाह के साथ जुड़ी होती है, बेटा, मेहँदी का रंग चला जाता है, लेकिन हाथ की रेखा नहीं। वह तो जन्म के समय बंद मुट्ठी में आती है और सभी को उस रेखा के अनुसार ही चलते-चलते जीवन जीना पड़ता है।''

दोनों स्त्रियाँ सूरज के उगने तक एक-दूसरे की कथा बिना बोले ही एक-दूसरे को कहती रहीं। उसी दिन से शुभ्रा राधा के लिए श्यामा बन गई।

''श्यामा!'' अंदर से राधा ने आवाज लगाई।

''जी माँ!'' कहती हुई शुभ्रा उठकर अंदर गई; परंतु उसके मन में वह विचार अभी चल ही रहा था कि उस लड़की की बात गलत नहीं थी। पिछले कई दिनों से राधा की आत्मा व्याकुल थी। खाते-पीते, सोते, दही बिलोते, गाय को चारा डालते या दूध दोहते उसे ऐसा लगता मानो बाँसुरी की आवाज उसका पीछा नहीं छोड़ रही।

कितने ही बरसों से यह आवाज तो सुनाई देना बंद हो गई थी। खुद ही उसने सुनना बंद कर दिया था।

कन्हैया जब गोकुल छोड़ मथुरा गए, उसके बाद राधा यमुना में कभी पानी भरने भी नहीं गई।

''कितने वर्ष! किसे खबर!'' चूल्हे के सामने बैठी राधा जलती आग की लपटों को देखती रही। उसके हाथ रोटी के लिए आटा गूँध रहे थे और मन विभिन्न विचारों में गुँधा जा रहा था।

सामने बैठी हुई शुभ्रा चावल बीन रही थी, लेकिन उसकी दृष्टि बार-बार माँ की तरफ ही जा रही थी। उसने राधा को इतने गहरे विचारों में डूबा कभी नहीं देखा था। बरसों बीत चुके थे, लेकिन शुभ्रा ने कभी बात-बात पर राधा की आँखों में भरा हुआ जल नहीं देखा था। व्याकुल है यह स्त्री। क्या जाने इसके मन में क्या होगा?'' शुभ्रा ने चावल की थाली में से कंकर निकालकर बाहर फेंके और उसकी नजर राधा पर पड़ी। खाली तवे पर रोटी नहीं थी और राधा ने अपना हाथ उस पर डाला। राधा का हाथ जल उठा। शुभ्रा दौड़ी, पास ही रखे बरतन में से मक्खन निकाला और हाथ पर चुपड़ दिया। राधा के हाथ पर एक बड़ा सा लाल फफोला पड़ गया, इतने से पलों में! उसने सिर्फ राधा की ओर देखा। राधा ने आँखें झुका लीं। उसकी आँखों में वह भाव था मानो उसे चोरी करता हुआ पकड़ लिया गया हो।

''माँ, कोई याद आता है?'' शुभ्रा ने पूछा। वर्षों पहले एक विवाहित स्त्री की प्रेम कथाएँ ग्वालों में दंत कथाओं की तरह प्रचलित थीं। राधा के बारे में की जानेवाली वे बातें उड़ते-उड़ते शुभ्रा के कानों तक भी पहुँची थीं। राधा कोई भी उत्तर दिए बिना खड़ी हो गई। वह अपने कमरे की ओर बढ़ गई, दरवाजा बंद किया और धम्म सी बिस्तर पर बैठ गई। उसके ठीक सामने सुंदर नक्काशी किया हुआ दर्पण टँगा था। राधा की दृष्टि अनायास

ही उस शीशे पर पड़ी। वह कुछ देर देखती रही अपने ही प्रतिबिंब को, फिर अचानक फूट-फूटकर रोने लगी। उसका यह रुदन उसके कमरे से निकल दलान से होता हुआ रसोईघर तक पहुँच गया; लेकिन शुभ्रा चुपचाप रसोई में काम करती रही। वह वहाँ से न तो उठी और न ही उसने राधा के कमरे के दरवाजे खटखटाए। उस कमरे में से आनेवाला राधा का भयानक रुदन, जो किसी को भी हिला दे···शुभ्रा की आँखों को भिगो रहा था, लेकिन शुभ्रा ने चुपचाप रसोई का काम समाप्त करना जारी रखा।

शाम को अयन और आर्यक जब गोधन ले घर वापस आए तो उन्हें घर का सारा वातावरण भारी लगा। राधा की आँखें रोई हों, ऐसा लगा। शुभ्रा भी मानो जबरदस्ती सामान उठा घिसटते-घिसटते चल रही थी। दोनों ने सोचा कि पहले ऐसा कभी नहीं हुआ, लेकिन शायद आज सास-बहू में झगड़ा हुआ होगा। उन्होंने बात को वहीं छोड़ दिया।

रात का खाना समाप्त कर राधा अपने दालान में बैठी थी। आर्यक और अयन अपने-अपने कमरे में थे, शुभ्रा चुपचाप आकर राधा के पास बैठ गई। उसका हाथ अपने हाथ में लिया। कुछ देर उसे सहलाती रही, फिर राधा के सामने देखे बिना धीमी आवाज में पूछा, "द्वारका यहाँ से कितनी दूर है, माँ?"

राधा ने कोई भी उत्तर दिए बिना अपना हाथ पीछे खींच लिया, जैसे सुबह गरम तवे पर से खींचा था।

"माँ, मैं आपसे पूछती हूँ।" शुभ्रा ने फिर धीमी आवाज में राधा से कहा । उसकी आवाज की स्थिरता और दृढ़ता राधा की हड्डियों के आर-पार हो गई। ठंडी हवा का एक झोंका आया, राधा के भीतर ठंड की कँपकँपी सी हो उठी।

"मुझे नहीं जाना है द्वारका।" राधा ने कहा।

"जाने की बात कौन कर रहा है, माँ? मैं तो सिर्फ पूछ रही हूँ कि द्वारका कितनी दूर है?"

"मुझे क्या मालूम?" राधा ने कहा।

"माँ, आप ही ने कहा था न कि नदी और स्त्री को एक ही दिशा में बहना होता है। वह दिशा खुद बदले या किनारा छोड़े तो भी···"

"बेटा, उपरवास में बेहद बारिश हो रही है, नदी का मन अपने बस में नहीं रहता। कभी-कभी अनिच्छा से भी किनारे टूट जाते हैं।" राधा आकाश की ओर देख रही थी, "अब तो सारी-की-सारी द्वारका भी गोकुल में आ जाए तो भी वह मेरे लिए मुट्ठी भर धूल के सिवा कुछ नहीं है।"

"माँ, तुम्हें कोई शंका हो रही है?" शुभ्रा ने पूछा, "किसी बात का भय लग रहा है?"

आकाश में देखती राधा की आँखें धीरे से शुभ्रा के चेहरे पर आकर ठहर गईं,

"उसने जो चाहा है, वैसे ही होता आया है और वैसे ही होगा। अगर वह हमारे भय-अभय, हमारे भाव या अभाव की चिंता करते होते तो सबकुछ अलग होता।'' राधा ने कहा और फिर आकाश की तरफ देखने लगी, ''हाँ, वह भी किस-किसकी चिंता करे। उसे भी तो उसके काम हैं? उसका काल है और उसकी भी अवधि है।''

''बेटा!'' राधा की आवाज इतनी क्षीण, इतनी गहरी थी मानो किसी गुफा में से आ रही हो।

''नाम नहीं पूछती उसका···नाम लूँगी तो कदंब का पेड़ अपने सारे पत्ते बिखरा देगा। यमुना का पानी अपने किनारे तोड़ गोकुल-मथुरा में जल-थल मचा देगा। गोवर्धन पर्वत हिल जाएगा और बड़ी मुश्किल से सहेजकर रखा यह सारा खेल एक पल में पलट जाएगा।'' राधा ने अपने कान पर दोनों हाथ रख दिए, ''यह आवाज अब सहन नहीं हो रही है। कौन इतनी जोर से बाँसुरी बजा रहा है? बंद करो, बंद करो इस बाँसुरी के सुर को! मेरा खून नसों को फाड़कर बह निकलेगा। मेरा सिर धम-धम होता है, हृदय धड़कना बंद हो जाएगा। बंद करो इस बाँसुरी की आवाज को।''

वह आवाज धीरे-धीरे उसके पास आ रही थी। राधा की आँखें बंद होने लगीं। वे सुर उस पर इस तरह अपना जादू चला रहे थे मानो सपेरे की बीन नागिन पर अपना जादू चला रही हो।

''राधा···!'' यह आवाज भी मानो उन्हीं सुरों के सम्मोहन का एक भाग हो। एक हाथ उसकी तरफ बढ़ा, मानो उसे फूलों की डाली का स्पर्श हुआ। राधा नहीं जानती थी कि यह सपना था कि सत्य। उसे जानना भी नहीं था। उसे तो बस इस स्वर की, इन फूलों की, इस खुशबू की और इस सम्मोहन की बह रही नदी में यूँ ही लेटे रहना था। नदी के लहराते, पथराते, उमड़ते झाग-झाग होते पानी की लहरें उसे जहाँ ले जाएँ, वहीं जाना था।

ये स्वर उसके शरीर के आर-पार जा उसे बेध रहे थे। यह सम्मोहन उसके शरीर के आस-पास इस तरह लिपटा हुआ था मानो कोई साँप पेड़ पर लिपटा हो।

शुभ्रा ने सोचा, पहले वह माँ से पूछे कि बाँसुरी की आवाज कहाँ से आ रही है; लेकिन फिर उसे यह पूछने की जरूरत नहीं लगी। उसे स्वयं को भी न जाने बाँसुरी की गूँज कहाँ से सुनाई देने लगी। उसके रोम-रोम में बाँसुरी के स्वर मानो छिद्र कर रहे थे। उसके शरीर में खून तेज रफ्तार से दौड़ने लगा। उसका हृदय भी धक-धक करने लगा। उसे लगा, मानो सारा गाँव ही बाँसुरी के सुरों में लिपटा हुआ है। वह बस देखती ही रही।

उसने थोड़ा बलपूर्वक राधा का माथा खींचकर अपनी गोद में ले लिया। उसका जूड़ा खोल दिया और धीरे-धीरे उसके काले बालों में उँगलियाँ फेरने लगी। दोनों ही स्त्रियाँ अपने-अपने मन के किसी भीगे हुए कोने को याद कर आँसुओं से धोते हुए बिलख-बिलखकर रो रही थीं। उस घर के दो पुरुष बाँध तोड़कर घर तक आ गई यमुना के पानी

से बेखबर गहरी नींद में सोए हुए थे।

...और बाँसुरी के स्वर घर की दीवारों में दरारें डाल दोनों स्त्रियों की नसों में खून के साथ तेजी से बह रहे थे।

□

पीपल के पेड़ के नीचे सोए बंद आँखें किए हुए कृष्ण कभी गोकुल की गलियों में, इंद्रप्रस्थ के महलों और कभी द्वारका के महल में एक के बाद एक इस तरह क्रमश: चक्कर लगा रहे थे। दोपहर के तेज सूरज की तरह द्रौपदी की तेजस्वी, हमेशा प्रश्न लिये आँखें मानो आकाश में से कृष्ण को देख रही थीं। पूछती थीं, ''सखा, कौन याद आता है इस क्षण?''

रुक्मिणी की निरंतर श्रद्धा से पूर्ण, प्रेम भरी कृष्ण-दर्शन को व्याकुल आँखें नदी के पानी पर चमक रही थीं। आँसुओं से भरी, छलकती मानो कृष्ण के पाँवों पर अपने स्नेह से भरे हुए हाथ फिराती पूछती थीं, ''बहुत पीड़ा हो रही है, नाथ?''

यमुना के जल जैसी गहरी, मछली-सी चंचल और बारिश के बादलों जैसी गहरी घनी आँखें, थोड़े रोष से पीपल के पत्ते की तरह कृष्ण के चेहरे पर झुकी जाती थीं और लहरा-लहराकर कहती थीं, ''कन्हैया, मेरे साथ झूठ बोला न? आखिर मुझे धोखा दिया न। नहीं आए न?''

ये तीन चेहरे एक-दूसरे में मिश्रित हो रहे थे और कृष्ण उन्हें अलग करने का प्रयास कर रहे थे। तीन नदियों के पानी के संगम को एक-दूसरे से भिन्न करके देखने का प्रयास कर रहे थे; परंतु हिरण्य, कपिला और सरस्वती की तरह राधा, रुक्मिणी, की आँखों में पानी बनकर तैर रही थी...। कृष्ण तीनों को एक-दूसरे से अलग करके देखने का प्रयास कर रहे थे, लेकिन सब असफल हो रहा था। कृष्ण ने आँखें खोलीं। दोपहर का समय था। नदी के पानी के प्रवाह के उतार-चढ़ाव के साथ-साथ सूरज का तेज भी किसी दीप-शिखा की तरह कम-ज्यादा हो रहा था। पीपल के पत्ते नदी के पानी के ठंडे झोंके के साथ हिल रहे थे। कृष्ण की बंद आँखें प्रतीक्षा कर रही थीं। वही आवाज, जो उन्हें उन्हीं की तंद्रा में से जगाए, उनके ही शब्द उन्हें फिर से सुनाए—

सर्गाणा मादिरन्तश्च मध्यं चैवाहमर्जुन।
अध्यात्मविद्या विद्यानां वाद: प्रवदतामहम्॥
अक्षराणामकारोऽस्मि द्वन्द्व: सामासिकस्य च।
अहमे वाक्षय: कालो धाताहं विश्वतोमुख:॥
दण्डो दमयतामस्मि नीतिरस्मि जिगीषताम्।
मौनं चैवास्मि गुह्यानां ज्ञानं ज्ञानवतामहम्॥

हे अर्जुन! आकाश आदि सृष्टि का आदि, मध्य और अंत मैं ही हूँ—अर्थात् उत्पत्ति, स्थिति और प्रलय मेरी ही विभूति हैं, ऐसा मानना। विद्या मात्र में भी आत्मविद्या मैं ही हूँ तथा वाद-विवाद करनेवालों का वाद भी मैं ही हूँ।

अक्षर में मैं आकार हूँ, क्योंकि यह सब शास्त्रों में व्यापक है। समास में मैं उभयपद प्रधान द्वंद्व समास हूँ। काल में प्रधान-रूप अक्षय-काल भी मैं ही हूँ तथा कर्म के फल देनेवालों में सर्वत्र, व्यापक, सब कर्मों का फल देनेवाला भी मैं ही हूँ। दमनकारियों में मैं दंड रूप हूँ, जिस कारण नियम का पालन न करनेवाले भी नियम में रहें। विजय की इच्छा रखनेवाले मनुष्यों की साम, दाम आदि नीति भी मैं ही हूँ। गुप्त रखी जाने योग्य वस्तुओं में गुप्त रखने का साधन मौन भी मैं ही हूँ और तत्त्वज्ञानियों का जो ज्ञान है, वह ज्ञान भी मैं ही हूँ।

अर्जुन को लेने गया वह दारुक अभी भी वापस नहीं आया था। आता भी कैसे? हस्तिनापुर गए दारुक को अभी ही पता चला था कि द्रौपदी और अर्जुन तो कब के कृष्ण से मिलने द्वारका पहुँच गए थे।

परंतु द्वारका में भी कहाँ थे कृष्ण?

कृष्ण द्वारका में नहीं थे...गोकुल में नहीं थे...हस्तिनापुर या इंद्रप्रस्थ में नहीं थे तो थे कहाँ?

खुद सर्वत्र रहने के प्रयास में वे कहीं भी पहुँच नहीं पाए थे।

◻

पूर्णिमा के गोल चंद्रमा का उजाला ऐसा लग रहा था मानो यमुना के ऊँचे-नीचे होते जल-प्रवाह के साथ खेल खेल रहा था। एक पल में नदी का पानी चमक उठता था और दूसरे ही पल काला स्याह होकर कल-कल कर बहने लगता।

कदंब के पेड़ों के बीच से छन-छनकर चंद्रमा की चमक राधा के चेहरे को दमका रही थी। राधा की आँखें बंद थीं। उसकी आँखें कृष्ण से सीने से सटी हुई थीं। कृष्ण की लंबी-पतली उँगलियाँ उसके बालों में फिर रही थीं।

राधा के खुले जूड़े से निकले बाल जमीन को छू रहे थे। एक हाथ राधा के बालों में फेर रहे थे कृष्ण और दूसरे हाथ की उँगलियाँ राधा की उँगलियों में पिरो राधा की छाती पर टिका दी थीं। राधा अपने दूसरे हाथ की उँगलियों से खेल खेल रही थी।

''जाऊँ, का...न्हा...'' राधा की बंद आँखों से आँसुओं की धार उसके गाल पर हो कान के पीछे बह रही थीं।

कृष्ण ने बहुत मृदु भाव से उसके आँसू पोंछे, ''जाना ही है, क्यों ठीक है? कभी प्रात:काल का सूर्योदय...तेरी आँखों में देखने का सद्भाग्य मुझे नहीं मिलेगा?''

''कन्हैया...मेरा सूर्योदय किसी और की शय्या में लिखा हुआ है। इसे मैं दुर्भाग्य

मानूँ या सौभाग्य, मुझे पता नहीं है; परंतु छोड़कर आना मेरा स्वभाव नहीं है और छीन लेना तुझे आता नहीं है।''

''मैं तो वचन में बँधा हूँ, लाचार हूँ।''

''मेरा अपना समय भी मेरा अपना नहीं है।''

''आज तुम जाओगे, कभी मुझे भी जाना पड़ेगा, तब मैं जाऊँगी।''

''यह तो मैं जानती ही हूँ कि तुम जाओगे।''

''तुम मुझे रोकोगी नहीं?''

''मेरे रोकने से रुकना होता तो जाते ही क्यों। मैं जानती हूँ कन्हैया, तुम जाने वाले हो। सभी को अपने निश्चित स्थान पर पहुँचना ही होता है। मुझे मेरे घर और तुम्हें तुम्हारे घर...''

''इधर देख, उजाले की ओर।''

''क्यों?''

''तेरी आँखें गीली हैं।''

''ऐसा तुम्हें लगता है, क्योंकि तुम्हारी आँखों में पानी है।''

''मैं जाऊँगा तो तुम रोओगी न?''

''हाँ, कहूँ तो तुम्हें आनंद आएगा न?''

''तू अगर रोएगी तो मुझे अच्छा लगेगा, ऐसा भी हो सकता है क्या?''

''अभी तक तो ऐसा ही हुआ है, कान्हा! मुझे सताना, मुझे रुलाना, मेरी मटकी फोड़ना, वक्त-बेवक्त मुझे बाँसुरी बजाकर बुलाना और फिर खुद छिप जाना—यह सब क्या था?''

''वह तो...वह तो...खेल था, राधा।''

''और यह...यह क्या है?''

''यह सत्य है।''

''एक तुम्हारा खेल, एक तुम्हारा सत्य और मेरा क्या, कन्हैया? इसमें मैं कौन हूँ?''

''तू मेरा ही भाग है। मेरा सत्य और खेल तू ही है। मैं प्रत्यक्ष रूप से जो अनुभव नहीं कर सकता, उसे तेरे द्वारा अनुभव करता हूँ।''

''कान्हा...'' राधा की आवाज में एक तीक्ष्ण धार निकल आई, जो आर-पार चीर डाले, ''सब तुम ही तय करो, ठीक है न? अपना प्रणय, अपना निर्णय...तुम्हारा प्रणय...तुम्हारा निर्णय...मुझे विरह का अनुभव करना और रोना, वह भी तुम्हारा निर्णय...जीवन भर तुम्हें भूल न सकूँ, पल-पल तुम्हारी प्रतीक्षा करना, यह भी तुम्हारा निर्णय।''

कृष्ण राधा के करीब आए, उन्होंने राधा का हाथ पकड़ा, अपने होंठों पर रखा। राधा को न जाने कहाँ से बाँसुरी के स्वर सुनाई दिए। दोनों ही अचेतनावस्था के उस क्षण में जाने कब

तक संगीत की मुग्धता में बहते रहे। फिर अचानक अपना हाथ छुड़ाते हुए राधा ने कहा, "एक बात कहूँ, कन्हैया!" कृष्ण के उत्तर की अपेक्षा किए बिना ही उसने बोलना जारी रखा, "कभी पथिक बनकर चलनेवाले स्वयं ही पथ बन जाया करते हैं। उन्हें समझ नहीं आता कि वे प्रवासी हैं या मार्ग। कान्हा, तुम जा तो रहे हो, लेकिन इतना अवश्य याद रखना कि प्रवासी बनकर प्रवास करना, कहीं चलते-चलते कहीं न पहुँचनेवाला मार्ग मत बन जाना।"

"राधे, मैं तो आकाश में उड़ने वाला हूँ। मेरे साथ के सब रिश्ते टूट जाते हैं। मेरी हथेलियों पर समय की धूल इतनी जम जाती है कि मंद पड़े शीशों में अपना प्रतिबिंब देखने के लिए अगर शीशे को साफ करूँ तो शीशा और भी धुँधला पड़ जाएगा।" कृष्ण की आवाज आँसुओं में डूबी हुई थी। उनकी आँखें दूर शून्य में कुछ देख रही थीं, लेकिन कोरी थीं।

"क्यों जाते हो? गोकुल है, गायें हैं, माँ हैं।" फिर कुछ अटककर वह बोली, "मैं भी तो यहीं हूँ। तुम्हें अब और क्या चाहिए?"

"मुझे? मुझे कहाँ कुछ चाहिए? मैं तो जो साथ लाया हूँ, उसे भी बाँटकर वापस चले जाने वाला हूँ।"

"चले जाने वाले हो...मतलब? कहाँ जाने वाले हो?" राधा बैठ गई।

"आगे...आगे, और अधिक आगे। पीछे मुड़कर देखने का अधिकार मुझे नहीं है। मैं तो स्वयं समय हूँ। मुझसे पीछे मुड़ा नहीं जा सकता, राधिके! अगर मैं चाहूँ भी तो भी...और अगर तू चाहे तो भी।"

"मुझे तुम्हारी ये सब बातें समझ में नहीं आतीं। वैसे भी तुम अपनी इच्छा का ही करते हो। तुम मुझे एक बात बताओ, तुम किसी का विचार करके कभी जिए हो? तुम कहो वह सत्य और तुम करो वह कर्म, वाह, कन्हैया!" राधा की आवाज यमुना के जल जैसी श्याम और गीली हो गई थी।

"मैं स्वतंत्र हूँ, यह सत्य है। एक स्वतंत्र व्यक्ति को ही अपनी इच्छा से आने-जाने की स्वतंत्रता होती है। मैं जा रहा हूँ, क्योंकि मुझे जाना ही है। आया था, क्योंकि आने के सिवाय और कोई विकल्प ही नहीं था मेरे पास। राधा, जो स्वतंत्र होता है न, उसके कंधों पर बहुत उत्तरदायित्व होता है, दूसरों को स्वतंत्र करने का। मुक्त व्यक्ति ही किसी को मुक्ति दिला सकता है। अगर मैं बंधनयुक्त हो जाता हूँ तो दूसरों की मुक्ति का विचार किया है कभी? तुम स्वार्थी नहीं हो, यह मैं जानता हूँ...और मैं तो स्वार्थी हो ही नहीं सकता, क्योंकि 'स्व' ही नहीं तो उसका अर्थ भी कहाँ से लाऊँ?"

"कान्हा, तुम्हारे बिना यहाँ सब खाली, सूना हो जाएगा।"

"मैं तो यहीं हूँ। यहीं रहने वाला हूँ...आवागमन तो अपने मन का होता है, प्रिये! हाँ, इसके अलावा आना और जाना ऐसी कोई प्रक्रिया होती ही नहीं है। हाँ, होता है केवल एक

बिंदु से दूसरे बिंदु के बीच का समय और इन दो बिंदुओं के बीच होता है कहीं अपना अस्तित्व। इस क्षण मैं और तुम एक-दूसरे में गुँथे हुए बैठे हैं। इस क्षण का सत्य इतना ही है। जो बीत गया वह क्षण और जो आने वाला है वह क्षण दो ऐसे बिंदु हैं, जहाँ से हम आए हैं और जिस तरफ हम जा रहे हैं। प्रत्येक क्षण प्रस्थान का क्षण है, प्रिये! प्रस्थान निश्चित है, लेकिन कब? उस प्रश्न का उत्तर ही नहीं होता है हमारे पास···और वह उत्तर नहीं है हमारे पास, इसीलिए दो बिंदुओं के बीच की यह यात्रा इतनी रसप्रद है, इतनी इच्छापूर्ण है, समझी?''

''कान्हा···मुझे सिर्फ एक ही बात समझ आती है कि मैं तुम्हारे बिना जी नहीं सकती।''

''प्रिये, जीवन तो निरंतर जारी है। वह तो बहता ही रहेगा, इस यमुना के जल की तरह। कभी चाँदी-सा चमकता हुआ तो कभी काला स्याह-सा पानी, लेकिन उसका बहना नहीं रुकेगा। मैं होऊँ या न होऊँ!''

राधा फिर एक बार कृष्ण के सीने से सिर टिकाकर बैठ गई। इस बार उसका सिर शिला-से विशाल सीने को मूसलधार बारिश से भिगो रहा था। उसकी आँखों में से बह रही अविरल अश्रुधारा और उसकी हिचकियाँ कृष्ण को पूरी तरह भिगो रही थीं···तथापि राधा की पीठ पर हाथ फेरते हुए वह दूर शून्य में देख रहे थे।

कभी तो गोकुल से विदाई की वेला आनी है। इस बात को वे जानते ही थे और मन-ही-मन निश्चय भी कर चुके थे; क्योंकि उन्हें अंतिम बिंदु तक पहुँचना था और वह भी निश्चित समय अवधि में।

□

द्वारका में पहुँची द्रौपदी को जैसे ही कृष्ण के प्रभासक्षेत्र प्रस्थान की खबर मिली, उसी क्षण डबडबाती हुई जो फट जाए, इतनी जोर से आवाज लगाई थी—

''पार्थ!'' द्रौपदी की आवाज क्षीण होती जा रही थी। ऊपर चढ़ते हुए गिरे बचे अर्जुन और द्रौपदी मूर्च्छित हो, उससे पहले उसने द्रौपदी को पकड़ निकट में पड़े छत्र-पलंग पर सुला दिया। द्रौपदी की आँखें बंद हो गईं। वह मूर्च्छित अवस्था में ''सखा···पार्थ···प्रभास···हे गोपाल···'' बंद आँखों से अर्जुन के हाथ में कुछ अस्फुट स्वरों में बड़बड़ा रही थी।

अर्जुन उसे उठाकर एक ही साँस में रथ की तरफ दौड़ रहा था।

अब शायद उसे भी समझ में आ गया था कि उसके प्राणाधार, गुरु, उसके सखा के अंतिम क्षण और उसके बीच काफी अंतर पड़ गया था।

अर्जुन ने द्रौपदी को रथ पर लिटाया। घोड़े की लगाम हाथ में ली और तेजी से रथ दौड़ाने लगा।

ऐसा लग रहा था मानो उसके अश्व भी समझ गए थे कि आज पवन को भी पीछे छोड़ अर्जुन की बताई दिशा में दौड़ना है, उड़ना है। रथ पवन-वेग से प्रभास-क्षेत्र की दिशा में दौड़ रहा था। थोड़ी दूर जाकर अर्जुन को खयाल आया और उसने घोड़े को जमीन-मार्ग से समुद्र-तट की ओर मोड़ा।

समुद्र-तट पर एक अकेली नाव खड़ी थी। सोने की नावों को ले जाते समय शायद यादवों ने इस लकड़ी की नाव को साथ ले जाना योग्य नहीं समझा होगा।

अथवा ऐसा भी शायद हो कि स्वयं कृष्ण को अर्जुन व द्रौपदी को अपने तक पहुँचने का एक मार्ग निर्देश देना हो, इसलिए यह नाव यहाँ छोड़ दी गई हो। अर्जुन ने अपने दोनों हाथ में मूर्च्छित द्रौपदी को उठाया।

समुद्र-तट की रेत में अभी हाल ही में गए कुछ यादवों के यहाँ चिह्न दिखाई देते थे। रात्रि मध्य समुद्र की लहरों के जोर से काफी निशान मिट गए थे; परंतु उनमें कमल समान निशानवाले देवमूर्ति से पाँव जैसे सुंदर कदमों के निशान देख अर्जुन को यह समझने में पल भर भी नहीं लगा कि ये चरणों के निशान उनके प्रिय सखा कृष्ण के हैं। अर्जुन ने द्रौपदी को जगाने का प्रयास किया, उसे झिंझोड़ा।

"याज्ञसेनी, जागो याज्ञसेनी! देखो, श्रीकृष्ण के चरण...उन्हें यहाँ से गए बहुत अधिक समय नहीं हुआ है। महासागर की मौजों में भी इतनी शक्ति नहीं है कि वे उनके चरणों के निशानों को मिटा सकें। वे तो स्वयं काल हैं, स्वयं समय हैं। उन्हें कुछ नहीं होगा...जागो याज्ञसेनी, और देखो..।"

"गोविंद...गोपाल...गोविंद...गोपाल..." अस्पष्ट-से स्वरों में बड़बड़ाती द्रौपदी ने आँखें खोलीं। श्रीकृष्ण के चरण-कमल के चिह्न द्रौपदी की आँखों में से बहते आँसुओं से भर उठे। रेती में गहरे जमे पाँव के निशानों के गढ़े को द्रौपदी के आँसुओं ने छलका दिया। तब पार्थ को याद आया कि कृष्ण ने कहा था, 'आँसू और कुछ नहीं, मात्र हृदय की भावना छलककर आँखों द्वारा प्रकट होती है, जब शब्द कम हो जाएँ और फिर भी बात अधूरी रह जाए, तब आँसू उसे पूरा करते हैं।'

कृष्ण के चरण-कमल के चिह्न पर मस्तक झुकाती द्रौपदी के बालों की लटें और अंगवस्त्र रेती में लिपट गए थे। उसकी आँखें अभी भी श्रीचरण को भिगो रही थीं। उसके होंठों से अनायास ही एक बार फिर निकल गया—

त्वदीयं वस्तु गोविन्दं तुभ्यमेव समर्पये।

◻

अर्जुन और द्रौपदी के निकल जाने के बाद यह भव्य महल रुक्मिणी के लिए मानो अंधकारमय बन गया था। द्रौपदी और कृष्ण के प्रेम समक्ष रुक्मिणी को ऐसा लगा मानो वह अधूरी है, बहुत तुच्छ है... 'क्यों मैंने कृष्ण को जाने दिया ? क्यों मैं उनके साथ नहीं गई ?

मैंने उनकी बात क्यों स्वीकार की?'' रुक्मिणी के मन में प्रश्न पर प्रश्न खड़े होने लगे।

पाँच-पाँच पतियों के साथ जीवन-यापन करनेवाली यह स्त्री उसके पति को इतना चाहती होगी, इस बात को रुक्मिणी आज तक समझ नहीं पाई थी और यही दु:ख उसे खाए जा रहा था।

''वह बहुत ही अद्भुत स्त्री होनी चाहिए।'' रुक्मिणी के मन में खयाल आया। उसे भी द्रौपदी का कृष्ण-प्रेम स्पर्श कर गया था, वैसे तो स्त्री सामान्यतया ईर्ष्या में ही जीती है।

कृष्ण कहते हैं, ''अगर हम पुरुष और स्त्री के व्यक्तित्व का कोई विशेष लक्षण देखें तो पुरुष अहंकार में जीते हैं और स्त्रियाँ ईर्ष्या में जीती हैं। सचमुच ईर्ष्या अहंकार का ही एक निष्क्रिय स्वरूप है।'' अहंकार ईर्ष्या का सक्रिय रूप है। अहंकार सक्रिय ईर्ष्या है।

ईर्ष्या निष्क्रिय अहंकार है।

रुक्मिणी ने यह समझा, यह स्त्री ईर्ष्या रहित प्रेम में जी सकती है और इन पाँचों भाइयों से कई अर्थों में बहुत ऊँची उठ गई है। ये पाँच भाई बेहद तकलीफ में रहे हैं। द्रौपदी के कारण इन पाँचों के अंदर एक द्वंद्व-युद्ध चलता ही रहा है; परंतु द्रौपदी निर्द्वंद्व और शांत रहकर इस अजब सी घटनाओं में से निकलती चली गई, तथापि वह जिसे चाहती थी, पूजती थी, उसके बारे में जो प्रेम था वह अखंड-निर्विवाद रहा।

जब रुक्मिणी सत्यभामा अथवा अन्य किसी रानी के बारे में विवाद करती, तब कृष्ण कहते थे, ''हमारे समझने में जो गलती होती है, वह हमारे ही कारण होती है। हम प्रेम को मात्र एक और एक से बीच का संबंध ही मान लेते हैं। प्रेम ऐसा है नहीं और इसीलिए हम प्रेम के लिए कई-कई संकटों से घिर जाते हैं। इतना ही नहीं, कई मुश्किलें भी खड़ी करते हैं। प्रेम ऐसा फूल है, वह कभी भी और किसी के लिए भी अचानक फूट पड़ता है, खिल उठता है। उस पर न तो किसी का बंधन है, न उस पर कोई मर्यादा है। हाँ, बंधन या मर्यादा जितनी तीव्र होगी उतनी ही आसानी से हम एक ही निर्णय कर सकते हैं कि हम उस फूल को खिलने ही नहीं देते, फिर ऐसा होता है कि वह किसी एक के लिए भी खिल नहीं पाता। तब हम प्रेम बिना ही जीवन जी लेते हैं। लेकिन हम बहुत अजीब लोग हैं। हम प्रेम बिना जीवन जीना मंजूर कर लेते हैं अथवा अपना जीवन प्रेम बिना ही व्यतीत हो जाए, लेकिन हम यह नहीं सहन करते कि जिसे हमने प्रेम किया है, उसके लिए कोई और भी प्रेम का पात्र हो सकता है।''

...और आज रुक्मिणी ने अपनी आँखों समक्ष देखा था प्रेम, ऐसा प्रेम, जिसमें मात्र समर्पण था। कोई प्रश्न नहीं था, अपेक्षाएँ नहीं थीं, कोई दु:ख अथवा पीड़ा नहीं थी, था तो बस अखंड-निर्विवाद, निरंतर बहनेवाला सजीव प्रेम।

और इसीलिए ही वह प्रेम आज तक ऐसा ही अटूट, बेजोड़ बना हुआ था।

द्रौपदी को वासुदेवस्य सखी कहकर संबोधित करनेवाली रुक्मिणी को स्वप्न में भी खयाल नहीं था कि यह सखी उसके पति के इतनी निकट, इतनी प्रियतम होगी। द्रौपदी के जाने के बाद रुक्मिणी को अहसास हुआ कि कृष्ण के साथ न जाकर उससे बहुत बड़ी भूल हो गई है, इसीलिए रुक्मिणी ने प्रभास जाने की तैयारी शुरू कर दी।

कृष्ण के साथ नहीं जा सकी तो कोई बात नहीं, कृष्ण के पीछे भी जाया जा सकता है।... उसे विचार आया। वैसे भी पति का अनुसरण करना पत्नी का कर्तव्य है और आज जब सब लोग कृष्ण की दिशा में जा रहे हैं तब मैं, उनकी पत्नी, उनकी रानी, उनकी अर्धांगिनी यहाँ क्या कर रही हूँ?

ये वही सीढ़ियाँ थीं, जो कृष्ण के हाथ पकड़कर एक-एक कर चढ़ी थी वह।

फूलों की पँखुड़ियों पर चलकर यहाँ तक पहुँची थी, तब कृष्ण का हाथ था उसके हाथ में और आज अकेली यहाँ से विदाई ले रही थी वह। शायद कृष्ण का हाथ उसके हाथ में था, इसीलिए फूलों की पँखुड़ियाँ थीं उसके पैरो तले...अब कृष्ण का हाथ छूट गया, उसी पल से फूल, सुख, खुशबू और सुंदरता सब चले गए थे उसके जीवन से।

कृष्ण मुझे मिलेंगे?... उसके मन में एक आशंका जागी—क्या मैं समय चूक गई हूँ?

महल की सीढ़ियाँ उतरते हुए मन-ही-मन प्रार्थना की रुक्मिणी ने—"हे ईश्वर! मेरे नाथ जहाँ भी हों, उन्हें वहाँ सुख-शांति मिले। उन्हें कोई पीड़ा, कोई दुःख स्पर्श न करे। उनके तमाम दुःख, तमाम पीड़ाएँ मुझे मिलें।"

रुक्मिणी तेजी से चल रही थी। अपने महल के मुख्य द्वार से निकल महलों के बीचोबीच बने चौक में आ पहुँची। श्वेत, स्वच्छ संगमरमर से बना चौक, चौक के दोनों ओर अशोक-वृक्ष, गुलमोहर, अमलतास और टेसू के फूलों से सुशोभित महालय का परिसर पहले कभी ऐसा निश्चेष्ट, निष्प्राण नहीं रहता था। यहाँ चौक के बीचोबीच एक फौवारा था, फौवारे के चारों ओर एक छोटा सा तालाब और तालाब में सुंदर कमल...कृष्ण अगर द्वारका में हैं और राजसभा अगर जारी है तो यहाँ बहुत भीड़ रहती। चौकीदार, आते-जाते सभा सदस्य तथा नगरजनों से यह निरंतर भरा रहता।

इसी चौक में श्रीकृष्ण ने सुदामा का स्वागत किया था। वे सुदामा के लिए अपने महल को छोड़ यहाँ तक दौड़कर आए थे नंगे पाँव। रुक्मिणी एक पल के लिए फिर वही दृश्य देखने लगी।

इस चौक में कितने ही उत्सव हुआ करते थे। द्वारका के सब नगरवासी यहाँ एकत्र होते। अबीर-गुलाल के बंदनवार यहाँ बाँधे जाते और स्वयं श्रीकृष्ण हर उत्सव में उत्साह से भाग लेते थे। उनका जीवन ही मानो एक उत्सव था। पल-पल को उत्सव बना, महोत्सव बनाकर ही वे जीवन जिए थे और अब मृत्यु का महोत्सव भी मना रहे थे

श्रीकृष्ण। यहाँ, इसी चौक में स्वयं रुक्मिणी कितनी बार बैठी थी। पूर्णमासी की रात, जब संपूर्ण चंद्र खिला हो, वह कृष्ण के साथ ऐसे में बैठती···तब शब्द मानो अप्रस्तुत बन जाते, कुछ कहने-सुनने की बात ही नहीं होती थी उन क्षणों में। श्रीकृष्ण रुक्मिणी के साथ बिताए हर क्षण को अविस्मरणीय और जीवंत बना देते।

इसी स्थान पर देर रात तक उसने कई बार द्रौपदी और कृष्ण को बातें करते देखा था। अपने महल के झरोखे से वह घंटों उन्हें देखती रहती, क्या बातें करते होंगे? ···ऐसे विचार अकसर उसके मन में आते। कभी-कभी थोड़ी ईर्ष्या भी हो आती। अपना पति किसी और स्त्री के साथ अपने मन के विचार इतनी सहजता से, इतनी स्वाभाविकता से कैसे बाँट सकता था, यह देखकर रुक्मिणी के मन में अपने कुछ अधूरे होने की, किसी अभाव का-सा भाव पैदा होता—क्यों वह अपने प्रियतम के इतना निकट नहीं थी? ···ऐसे विचार भी रुक्मिणी के मन में आने लगते···

लेकिन उसने श्रीकृष्ण से इस बारे में कभी कोई चर्चा नहीं की।

एक बार जब द्रौपदी और पांडव द्वारका में थे, तब कृष्ण रात को देर से रुक्मिणी के महल में आए थे। रुक्मिणी को आधी रात को जागते हुए देखकर श्रीकृष्ण ने प्रश्न किया था, "अभी भी जाग रही हो, देवी!"

"आपकी प्रतीक्षा थी। आपने सखी के साथ खूब लंबा समय बिताया? मुझे लगा, अब शायद आप प्रात:काल ही आएँगे।"

कृष्ण हँस पड़े, "देवी, सखी के साथ जितना समय बिताऊँ उतना ही कम है।"

"ठीक है।" रुक्मिणी ने कहा, "उससे मिलने के बाद जो समय बचे उतने में ही हमें संतोष करना होगा, ठीक है न प्रभु!"

कृष्ण रुक्मिणी के करीब आए, "प्रिये, आज तुम्हारे स्वर में हलकी सी कटुता का आभास होता है। क्या तुम्हें सखी से ईर्ष्या होती है?"

रुक्मिणी की आँखों में पानी भर आया, "ना, मुझे किसी से कोई जलन नहीं होती, मात्र अभाव खलता है आपका।"

"प्रिये, मेरा अभाव मुझे स्वयं को भी खलता है कभी-कभी, इसीलिए धीरे-धीरे अब मैंने मुक्ति की तरफ प्रयाण करना शुरू किया है।"

रुक्मिणी मात्र उनके सामने देखती रही, "मुक्ति?" रुक्मिणी ने पूछा।

"हाँ प्रिये, संसार के तमाम नाशवान संबंधों में से मन को खींच परम तत्त्व के साथ संबंध जोड़ने का प्रयास शुरू किया है मैंने।"

"लेकिन प्रभु, आपने तो निरंतर ऐसा ही जीवन व्यतीत किया है, जल-कमलवत्, पानी में रहकर भी पानी जिसे स्पर्श नहीं कर सकता, ऐसे कमल हैं आप।"

"तुम जानती हो, समझती हो, फिर भी मेरा अभाव तुम्हें सालता है, यह आग्रह

तुम्हारे होंठों पर! प्रिये, मैं तो संपूर्ण तुम्हारा हूँ और फिर भी जितना संपूर्ण तुम्हारा हूँ, उतना ही दूसरे का भी हूँ, इतना ही तीसरे का, इतना ही चौथे का और इतना ही सभी का हूँ। मैं कभी देने में कमी नहीं करता...मात्र मेरे स्नेह से अधिक तुम्हारी अपेक्षा बढ़ती है, तभी सवाल खड़े होते हैं।

"अभाव सालते हैं...मेरा जन्म, मेरा जीवन और मेरी मृत्यु किसी पर भी मेरा अधिकार नहीं है। मेरा जन्म ही शुभ के संस्थान के लिए है। यही मेरा कर्तव्य है और यही मेरा अस्तित्व है।

"मात्र याज्ञसेनी ही नहीं, सभी चिंतित हैं। महासंहार के बाद पुन:स्थापन और पुनर्जीवन हेतु। स्त्री होने के कारण वह ज्यादा चिंतित है अथवा व्यग्र होती है, उसने पुत्रों को गँवाया है अपने...विजय उसके लिए शत्रुता की तृप्ति से अधिक कोई संदेश नहीं लाई...तथापि वह महारानी है भारतवर्ष की। माँ हो तुम, माँ की पीड़ा तुम नहीं समझोगी! इतने विशाल साम्राज्य का भविष्य क्या है? उस बारे में उसे चिंता होना स्वाभाविक नहीं। पाँच-पाँच पतियों की पत्नी होकर भी वह अकेली है, दु:खी है...उसकी पीड़ा, उसकी आत्मा की व्यथा, उसके प्रश्न और उसकी आकांक्षाएँ वह केवल मेरे साथ ही बाँटती है। उसे अथाह श्रद्धा है मुझ में...और आप अपने पति में अश्रद्धा और अभाव व्यक्त करती हो।" रुक्मिणी नि:शब्द हो गई और मानो कृष्ण में ही समा जाना हो, इस भाव से प्रभु को आलिंगनबद्ध कर लिया।

वह स्वयं ईश्वर की अर्धांगिनी थी, यह बात उसे बेहद प्रिय लगी थी।

भारतवर्ष की सम्राज्ञी अपने पति को इतना पूज्य, इतना स्तुत्य मानती है, इस बात ने उसके मन में रहा थोड़ा-बहुत शोक भी समाप्त कर दिया। उसे अपने पति की अद्वितीयता अत्यंत मधुर लगी थी तब।

उस रात कृष्ण से आलिंगनबद्ध संपूर्ण रात जागते हुए रुक्मिणी एक ही बात का विचार करती रही, वह ऐसे अद्भुत व्यक्ति की अर्धांगिनी थी खुद! जगत् के सुख के लिए जन्म लिया हो जिसने, जगत् कल्याण हेतु जो जिया और जगत् के कल्याण हेतु ही प्राण त्याग करने वाला उसका अपना यह पति कितना अलग, कितना प्रियकर और कितना अपना लगता था उस रात!

रुक्मिणी चौक छोड़ आगे बढ़ी। दाईं तरफ सत्यभामा का महल था...विशाल गवाक्ष, उसमें से लटकती बेलें, छत पर लटकते सोने के पिंजरों में तोते-मैना, गवाक्ष के गुंबद स्वर्णमंडित, रत्नजटित थे। सत्यभामा का महल उसकी अपनी रसिकता और सौंदर्य के प्रति उसकी समानता की साक्षी दे रहा था।

शायद सबसे सुंदर महल था सत्यभामा का और सबसे ज्यादा दासियाँ भी उसी के पास थीं।

सबसे ज्यादा गहने वही बनवाती थी और सबसे अधिक वस्त्र भी सत्यभामा के महल में ही आते थे।

कृष्ण को पाने के अनेक रास्तों में से एक रास्ता उन्हें आकर्षित करना, मोहित करता, अपने सौंदर्य के जाल में बाँधना होगा, ऐसा सत्यभामा मानती थी।

कृष्ण की सभी रानियों में सबसे छोटी थी सत्यभामा, इसीलिए कृष्ण के साथ-साथ अन्य सब भी सत्यभामा को लाड़-प्यार करते थे और अनजाने में उसके द्वारा हुई गलतियों को हँसकर टाल जाते थे।

रुक्मिणी की समझ और सहनशीलता कृष्ण को आकर्षित करती थी। रुक्मिणी का उदार श्रेष्ठ व्यवहार कृष्ण के मन में रुक्मिणी के प्रति अत्यंत सम्मान की भावना को जन्म देता था और सत्यभामा चाहे स्पष्ट शब्दों में कहती नहीं थी, लेकिन उसे रुक्मिणी से ईर्ष्या होती थी।

रुक्मिणी के साथ कृष्ण का तादात्मक संबंध बिना शब्दों के भी निरंतर रहता। अनुसंधान सत्यभामा को ऐसी प्रतीति करवाता मानो वह कृष्ण के कम समीप है, वह कृष्ण को कम प्रिय है, जो कि सत्य नहीं था; परंतु सत्यभामा के मन के इस भ्रम के कारण ही रुक्मिणी के प्रति उसके मन में ईर्ष्या पैदा होगी।

अनायास ही रुक्मिणी की नजर सत्यभामा के महल की तरफ गई। उसने देखा, चौबारे में अलंकार-रहित, निष्प्राण-सी आँखें लिये सत्यभामा खड़ी थी। उसने सफेद वस्त्र अभी भी पहने हुए थे; परंतु वे कर्णफूल, वे हार, अब कुछ भी उसके शरीर पर नहीं था। अपने लंबे बालों को गूँथकर बनाया हुआ जूड़ा उसने खोल दिया था। उसके काले चमकदार सुहाने बाल उसकी पीठ पर पड़े हुए थे। उसके चेहरे पर हमेशा रहनेवाली मुसकान न जाने कहाँ चली गई थी। उसकी आँखें पथरा सी गई थीं। सत्यभामा जो अत्यंत सुंदर और जीवंत थी, जीवन से भरपूर थी, इस समय एक मूर्ति समान लग रही थी—चौबारे में खड़ी हुई।

रुक्मिणी ने चौबारे में खड़ी हुई सत्यभामा को देखा। उसके हृदय में दुःख की एक टीस उभर आई। उसका मन हुआ, दौड़कर जाए और सत्यभामा को बाहुपाश में ले ले। उसे बहुत प्यार करके माथा चूमकर आशीर्वचन देने की इच्छा जागी रुक्मिणी के मन में।

दूर आकाश में देखती सत्यभामा की आँखें अचानक रुक्मिणी की तरफ गईं। उसने रुक्मिणी को देखा, लेकिन ऐसा लगा मानो वह उसे जानती ही न हो ऐसे उसके चेहरे के भाव यथावत् रहे···वही पत्थर समान आँखें और स्मित-विहीन चेहरा।

न जाने क्यों रुक्मिणी को लगा कि सत्यभामा के एकांत में खलल डालना योग्य नहीं है। ऐसा मान वह आगे बढ़ी। उसे तो अपने प्रभु के पास पहुँचना था।

रुक्मिणी अभी बीस कदम भी नहीं चली थी कि एक आवाज सुनाई दी, ''बड़ी बहन! बड़ी बहन···!''

रुक्मिणी रुक गई। यह तो सत्यभामा की आवाज थी। वह दौड़ते हुए रुक्मिणी के पास आई। उसने रुक्मिणी को कंधों से पकड़ लिया, फिर अपनी तरफ घुमाया और रुक्मिणी की आँखों में आँखें डालकर पूछा, "प्रभु वापस नहीं आएँगे?" रुक्मिणी हतप्रभ सी सत्यभामा की आँखों में देखती रही।

कितनी खाली, कितनी सूखी थीं वे आँखें, मानो उन आँखों के अंदर एक पूरा रेगिस्तान उतर आया था।

त्यक्त होने और धोखा खाने की पीड़ा थी उन आँखों में। रुक्मिणी ने अपनी आँखें झुका दीं। उसे सूझ नहीं रहा था कि सत्यभामा ने फिर से पूछा।

अब सत्य बताने के अलावा रुक्मिणी के पास कोई और रास्ता नहीं था। उसने धीरे से अपने कँधे पर से सत्यभामा का हाथ उतारा। उसे समीप खींचा, छाती से लगाया और पीठ पर हाथ फिराने लगी।

"सत्य बात है, प्रभु यहाँ से प्रभासक्षेत्र गए हैं, वहाँ से स्वधाम..."

"ऐसा...ऐसा कैसे हो सकता है?" सत्यभामा ने कहा। उसकी आँखों में एक दयनीयता, एक करुणा की झलक थी। वह विश्वास ही नहीं कर पा रही थी कि कृष्ण उससे विदाई लिये बिना ही... सत्यभामा ने पूछा, मानो अभी भी रुक्मिणी उसे हाँ कहे तो उसके सब अभाव, सब राग-द्वेष यहीं पूरे हो जाएँ।

"हाँ, बात सच है!" रुक्मिणी ने बच्चे की तरह छाती से लगी सत्यभामा के खुले बालों में उँगलियाँ फेरनी शुरू कीं, "तुझसे निकट, तुझसे प्रिय कौन था प्रभु को? तू तो उनके प्राणों के समान...उनकी अर्धांगिनी, उनकी प्रिया..." एक रूठे हुए बालक को जिस तरह मनाते हैं, कुछ उसी भाव से रुक्मिणी उसे प्यार करने लगी। अचानक ही मुक्त कंठ से रो पड़ी सत्यभामा।

"मुझे क्षमा कर दो बड़ी बहन, मुझे क्षमा करो। मैंने हमेशा आपसे ईर्ष्या की है। प्रभु के साथ आपका तादात्मक संबंध, उनसे आपकी समीपता हमेशा मुझे खलती थी। आपका पटरानी पद भी मुझे निरंतर जलाता था, इसीलिए मैं प्रभु की प्रिय न बन सकी। उन्होंने अंतिम प्रयाण के समय आपसे विदा माँगी, आपको बताया...और मुझे..." उसका हिचकियों भरा रुदन निरंतर चलता रहा।

हृदय से सारी मलिनता धीरे-धीरे बह गई। सत्य सूर्य समान उगा था उसके मन में। आज रुक्मिणी का स्थान उसके मन में स्पष्ट हुआ था और सत्यभामा स्वयं को कृष्ण के जीवन से उपेक्षित, अप्रस्तुत होने का अनुभव कर रही थी।

श्रीकृष्ण ने जो बात रुक्मिणी से कही थी। वही रुक्मिणी ने सत्यभामा तक पहुँचाई।

"वे संपूर्णतया तुम्हारे हैं, तथापि वे दूसरों के भी हैं, उतने ही वे तीसरे, चौथे और सबके हैं। वे कभी देने में कमी नहीं करते। मात्र उनके स्नेह की इच्छा से तुम्हारी अपेक्षाएँ

बढ़ जाती हैं, इसीलिए प्रश्न खड़े होते हैं, अभाव सालते हैं। उनका जन्म, उनका जीवन और उनकी मृत्यु—किसी पर भी उनका या हमारा कोई अधिकार नहीं है। उनका जन्म ही शुभ की स्थापना हेतु हुआ था। वही उनका कर्तव्य है और वही उनका अस्तित्व था।''

सत्यभामा का मन विशुद्ध हो रहा था। जिस कृष्ण के साथ उसने जीवन व्यतीत किया, वे कृष्ण उसे आज सही अर्थों में समझ आए थे...जिस कृष्ण को वह निरंतर ढूँढ़ती रही, वे कृष्ण सत्यभामा को जाने के बाद मिले।

शायद ईश्वर होने का यही अहसास हो कि तुम ढूँढ़ो, तुम चाहो, तुम माँगो, तब वे नहीं मिलें। वे तो स्वयं प्रकट हों, सत्य बनकर आत्मा में से, हृदय में से, मन में से और व्याप्त हो जाएँ रोम-रोम में।

श्रीकृष्ण की सत्या को आज सत्य प्राप्त हुआ था। सत्यभामा सच्चे अर्थों में आज कृष्ण की अर्धांगिनी बनी थी।

रुक्मिणी ने सत्यभामा को आश्वस्त कर दिया और फिर अपने प्रभास-क्षेत्र जाने की बात बताई।

''तुम चलोगी?'' रुक्मिणी ने पूछा।

''नहीं बड़ी बहन, मैं यहीं रहूँगी, इसी द्वारका में। यहाँ श्रीकृष्ण की स्मृतियाँ हैं। उनकी सुगंध है। उनके बिताए दिन और क्षण अभी भी जीवंत हैं यहाँ। मैं उनके साथ जिऊँगी। जो कृष्ण के साथ रात-दिन जीती थी, फिर भी उन्हें पा नहीं सकी, उस कृष्ण को मैं अब पाऊँगी। इस महालय के पत्थरों में उनके चरणों की धूल है। यहाँ के गुंबदों में उनकी आवाज की प्रतिध्वनि है। इन चौबारों में अभी भी प्रभु बैठे हुए दिखाई देते हैं मुझे। इसी चौक में जन्माष्टमी के दिन गुलाल उड़ाते हुए श्रीकृष्ण अभी भी मेरी आँखों में जी रहे हैं। मैं इन सभी यादों को अब नए दृष्टिकोण से देखूँगी। अपने प्रभु के साथ जिए तमाम दिन अब फिर से जिऊँगी...अपनी अंतिम साँस तक अब द्वारका छोड़कर मैं कहीं नहीं जाऊँगी, क्योंकि मेरे नाथ, मेरे प्राण, मेरे प्रभु यहाँ रहते थे, यहाँ रहते हैं और चिरकाल तक यहीं रहने वाले हैं।''

सत्यभामा अभी भी बोल रही थी—अस्खलित, अविरत तथापि असंबद्ध।

रुक्मिणी ने उसे वहीं छोड़ दिया और तेजी से सीढ़ियाँ उतर द्वारका के रास्ते पर आ गई। रुक्मिणी द्वारका के निर्जन, सूने मार्गों पर आगे बढ़ रही थी कि उसे कृष्ण के रथ के पहियों की आवाज सुनाई दी। रथ में बँधी उन चाँदी की घंटियों की मधुर आवाज को रुक्मिणी पहचानती थी। अपने महल के चौबारे में घंटों खड़ी रहती थी वह मात्र इसी आवाज को सुनने के लिए।

और जिस संध्या को इन घंटियों की आवाज उसके महल के आँगन में सुनाई पड़ती थी, वे पल उत्सव बन जाते उसके लिए।

"महारानी, महारानी!" दारुक की आवाज सुनाई दी।

कृष्ण के सारथि की यह आवाज रुक्मिणी के लिए अनजानी नहीं थी। वह रुकी, उसने पीछे मुड़कर देखा तो दारुक रथ लेकर आ रहा था।

शायद कृष्ण वापस आए होंगे, ऐसी भोली आशा से रुक्मिणी ने रथ को देखा, मगर रथ खाली था।

"प्रभु कहाँ हैं?" रुक्मिणी ने दारुक से पूछा।

"पार्थ और माता द्रौपदी कहाँ हैं?" दारुक ने पूछा।

"क्यों?" रुक्मिणी की आवाज में थोड़ी परेशानी झलकी थी, भय की या फिर...

"मैं उन्हें ही लेने आया हूँ।"

"मुझे नहीं...?" यह प्रश्न रुक्मिणी की जीभ तक आकर रुक गया।

"चलो माँ, नहीं तो..." दारुक की जबान रुक गई थी। रुक्मिणी के मन में भी कुछ अमंगल की आशंका आ गई थी। वह और अधिक प्रश्न पूछे बिना ही रथ में आकर बैठ गई। उसके बैठते ही रथ सरपट तेजी से द्वारका के समुद्र-तट की ओर दौड़ने लगा।

"इस ओर कहाँ जा रहे हैं?" रुक्मिणी ने पूछा।

माँ, समुद्र के रास्ते प्रभासक्षेत्र शीघ्र पहुँचा जा सकता है। अभी भी शायद प्रभु से भेंट संभव हो सके।" दारुक ने बहुत ही धीरे, लेकिन डबडबाती हुई आवाज में कहा।

"क्या मतलब?" रुक्मिणी का गला भर आया।

उसे आनेवाले क्षण की स्पष्टता का ज्ञान हो चुका था। दारुक की आवाज, उसके रथ की गति और अपने हृदय में से उठती अमंगल आशंकाएँ रुक्मिणी को और अधिक विचलित कर रही थीं। दोनों द्वारका के समुद्र-तट पर पहुँचे, तब वहाँ एक भी नाव शेष नहीं थी।

"मैं अभी नाव का बंदोबस्त करके आता हूँ।" दारुक ने कहा और दौड़ा।

दोपहर का समुद्र अपने पूरे जोश में था। प्रभास गए यादवों के पैरों के निशान धीरे-धीरे समुद्र के पानी में धुल रहे थे। समुद्र की एक के बाद एक लहर आती और थोड़े से पदचिह्न मिटाकर चली जाती।

रुक्मिणी एक जाने-पहचाने चरण-कमल के पास बैठ गई। उसकी आँखों में से आँसू निकल पड़े। ये वही चरण थे, जिन पर रोज उसकी लटें झुक जाती थीं। प्रतिदिन चंदन की अर्चना उसने इन चरणों पर अपने हाथों से लगाई थी। ये वे चरण थे, जिनके विश्वास पर वह सबकुछ छोड़कर चली आई थी। ये उसके नाथ कृष्ण के चरण थे। ये चरण रेती में काफी गहरे थे। उनसे बने गढ़ों में पानी लबालब भरा हुआ था।

रुक्मिणी के आँसू उस छलछलाते भरे चरण के सरोवर में अभिषेक कर रहे थे। दारुक वहाँ आकर खड़ा हो गया था।

उसकी आँखें आश्चर्य से फटी हुई थीं। उस जल से भरे चरण सरोवर में रुक्मिणी के आँसू भी समा जाते थे। आश्चर्य की बात तो यह है कि एक भी आँसू बाहर नहीं गिरता था।

श्रीकृष्ण के पदचिह्न भी समस्त का स्वीकार करते थे, सबका समान भाव से आदर और स्नेह स्वीकार, यही श्रीकृष्ण का जीवन था।

''माँ, नाव का प्रबंध हो गया है, चलो।''

रुक्मिणी खड़ी हो गई। श्रीचरण की रज उसने माथे पर लगाई और दोपहर के तीव्र सूर्य से बचने हेतु उसने अपने पल्लू से सिर ढक लिया और दारुक के साथ उसकी लाई हुई नाव में बैठ गई। नाव सोमनाथ के समुद्र-तट की ओर आगे बढ़ने लगी।

☐

अर्जुन और द्रौपदी की नाव जब सोमनाथ के समुद्र-तट पर पहुँची, तब धूप नम पड़ चुकी थी। ढलती हुई दोपहर की वह पीली धूप समुद्र के पानी को सुनहरा बनाकर उछाल रही थी।

समुद्र में दोपहर का चढ़ाव थोड़ा कम हो जाने के कारण नाव को काफी दूर लगाना पड़ा। नाव आगे नहीं जा सकी। द्रौपदी समुद्र के पानी में उतरकर तेजी से आगे चलने लगी। पानी के छींटे उड़ रहे थे। द्रौपदी को समुद्र के पानी में चलने के कारण काफी कठिनाई हो रही थी। उसने अर्जुन का हाथ पकड़ लिया और सोमनाथ के समुद्र-तट पर अपने कदम रखे।

सामने ही सोमनाथ का भव्य मंदिर था। चाँदी के स्तंभ तथा मोती, माणिक, रत्नों से जटित विशाल गुंबदोंवाले इस मंदिर का निर्माण श्रीकृष्ण ने ही करवाया था। सोमनाथ के इस मंदिर में जब-तब दर्शन करने पांडवों के साथ द्रौपदी भी आती थी। द्रौपदी को इस मंदिर की भव्यता और यहाँ के स्वयंभू लिंग में अटूट विश्वास था। भगवान् सोमनाथ सबको इच्छित फल देते हैं, ऐसी लोगों की मान्यता थी।

द्रौपदी के पास मंदिर जाने का तो समय नहीं था, लेकिन उसने आँखें बंद कर मन-ही-मन में शिवलिंग का ध्यान किया। उसके मन से प्रार्थना निकल पड़ी, ''हे शिव! हे शंभु! जिसने सबका स्वीकार किया है, उसे आदर और स्नेह से स्वीकार करना, उसे चिर शांति और पीड़ारहित प्रयाण, अंतिम यात्रा प्रदान करना...बस, इससे ज्यादा और कुछ नहीं चाहिए।'' और साथ ही अस्पष्ट से शब्दों में बोल उठी, मानो श्रीकृष्ण के साथ बात करती हो—

''हे गोविंद! आपने खूब दिया है हम सबको—शांति, स्नेह, सम्मान और सुख। वे सब तुम्हें समर्पित करती हूँ। प्रभु, नहीं जानती कि आप तक पहुँच सकूँगी या नहीं, तब आप मुझे स्वीकारेंगे या नहीं; परंतु मैं इसी क्षण आपको संपूर्णतया स्वीकार कर आपके

द्वारा दिए सभी बंधन वापस समर्पित करती हूँ, आपकी मुक्ति की कामना करती हूँ। इस देह के सभी बंधनों को त्याग जिस क्षण आप परम तत्त्व में लीन होने लगें, उस क्षण कोई अड़चन अथवा दुःख में आप न हों, इतनी ही मेरी ईश्वर से प्रार्थना है। मैं जानती हूँ कि यही प्रार्थना मेरे लिए भी काम आएगी, क्योंकि आपको अर्पित सब आप हमें ही दे देते हैं और आपका दिया सबकुछ हमें स्वीकारना ही है। यही सत्य है, यही अंत है। यही अनादि है और यही चैतन्य भी है।

त्वदीयं वस्तु गोविन्दं तुभ्यमेव समर्पये।

आँखें बंद कर शिवलिंग का ध्यान करती हुई द्रौपदी के कंधे पर अर्जुन ने हाथ रखा। द्रौपदी ने आँखें खोलीं।

मानो सभी कुछ शांत हो गया था।

द्रौपदी के चेहरे पर छाया उद्वेग व अशांति अदृश्य हो गए थे। उसके स्थान पर परम शांति, परम सत्य के स्वीकार की आभा झलक रही थी। सभी के लिए परमतत्त्व में लीन हो जाना ही अंत है। यही नई शुरुआत...आत्मा द्वारा एक वस्त्र को उतार दूसरे चोले को पहनने की निरंतर चलती प्रक्रिया का दूसरा अध्याय।

अर्जुन ने द्रौपदी के कंधे पर हाथ रखा, उसकी आँखों में उसे मानो श्रीकृष्ण का प्रतिबिंब दिखाई दिया। कुरुक्षेत्र के मध्य में खड़ा हुआ रथ...युद्ध से पहले ही हार गए अर्जुन...सामने पक्ष में खड़े सब भाई-बंधु और इस पक्ष में न्याय के लिए लड़ते हुए सभी...अपने...और उसी एक क्षण में श्रीकृष्ण के ये शब्द—

वासांसि जीर्णानि यथा विहाय नवानि गृह्णाति नरोऽपराणि।
तथा शरीराणि विहाय जीर्णान्यन्यानि संयाति नवानि देही॥

जिस प्रकार कोई मनुष्य पुराने वस्त्र उतारकर नए वस्त्र धारण करता है, उसी प्रकार देह अर्थात् शरीर की मौलिक आत्मा जीर्ण हुए शरीर को उतार दूसरे नए शरीर में वास करती है।

प्रक्षासक्षेत्र में पहुँचने में बस अब कुछ क्षण ही लगने वाले थे। यहाँ रथ नहीं था, इसलिए द्रौपदी और अर्जुन ने पैदल चलना शुरू किया।

सोमनाथ के भव्य मंदिर से अभी थोड़ी दूर ही गए होंगे कि यादवों के मृत शरीर दिखाई देने लगे। जो यादव लड़ते-लड़ते दौड़ते हुए इस तरफ आए थे, उनमें से कई बहुत खून बह जाने के कारण यहाँ आकर मरे होंगे...आँखें बंद कर शिवलिंग का ध्यान करती हुई द्रौपदी के कंधे पर अर्जुन ने हाथ रखा। द्रौपदी ने आँखें खोलीं।

अर्जुन ने यादवों के दाह-संस्कार किए, यहाँ आकर उनकी अस्थियाँ एकत्र कीं। इसमें काफी समय व्यतीत हो गया आरंभ में द्रौपदी को अपना उतावलापन दिखाना ठीक

नहीं लगा, परंतु अर्जुन को इन सब कामों में व्यस्त होता देख द्रौपदी से रहा नहीं गया, "हम यहाँ सखा से मिलने आए हैं।"

"आए नहीं हैं, सखा ने बुलाया है। उनके अधूरे रह गए कामों को पूरा करने हेतु।" अर्जुन ने कहा। उसे तो कर्मयोग की वह बात इस क्षण भी सत्य और ठीक लग रही थी।

"प्रिये, सखा तो मिलेंगे ही हमें, परंतु इस रास्ते से उन्होंने हमें बुलाया है, उसका विशेष प्रयोजन है। अपने अधूरे कामों को पूरा करने का आदेश बिना बोले ही उन्होंने हमें दिया है। मुझे श्रद्धा है कि सखा यहाँ इस प्रभासक्षेत्र के यादव-स्थल में तो नहीं होंगे। यह सब देखकर ये बहुत व्यथित भी हुए ही होंगे। वे आसपास के किसी मंदिर में अथवा किसी वृक्ष के नीचे ही अवश्य मिल जाएँगे।"

"लेकिन कब?" द्रौपदी ने पूछा।

"जब उनकी इच्छा होगी तब।" अर्जुन ने संपूर्ण श्रद्धा और समर्पित भावना से कहा, "उनकी इच्छा होगी, तब वे स्वयं आकर मिलेंगे।"

अभी तो हमारा कर्तव्य महत्त्वपूर्ण है। कर्तव्य पूर्ण होते ही प्रभु आ मिलेंगे। उन्हें स्वयं आना ही पड़ेगा। जब कोई कार्य संपूर्ण निष्ठा और समर्पण से किया जाता है तो उसका फल मिले बिना रहता नहीं है।"

"पार्थ, न जाने क्यों मुझे लगता है कि सखा हमारी प्रतीक्षा कर रहे हैं। हमें सबसे पहले उनके पास पहुँचना चाहिए।"

"वे कभी किसी की प्रतीक्षा नहीं करते; परंतु हम जब तक उन तक नहीं पहुँचते हैं, हम उस समय को प्रतीक्षा का नाम देते हैं। प्रतीक्षा तो हम करते हैं, लेकिन कहा जाएगा, वे हमें बुलाते हैं। वे हमें अपने तक आने दें, उसकी प्रतीक्षा...वे हमें अपने पास ले जाएँ, अपने निकट ले आएँ, उसकी प्रतीक्षा।"

अस्थियाँ एकत्र हो अर्जुन के अंगवस्त्र में बँध गई थीं।

"चलो देवी!" अर्जुन ने कहा।

"परंतु सखा...?" द्रौपदी अभी भी विचलित थी। अब यहाँ से त्रिवेणी संगम तक जाने में नष्ट होनेवाला समय तथा सखा तक पहुँचने में हो रहे विलंब को द्रौपदी स्वीकार नहीं कर पा रही थी। उसका मन घबरा रहा था, मस्तिष्क चक्कर खा रहा था। इतनी स्वस्थता रखने के प्रयासों के बावजूद द्रौपदी परेशान हो उठती थी। धीरे-धीरे क्रोधित हो रही थी वह अर्जुन के इस व्यवहार पर।

"आप सखा को ढूँढ़ो पार्थ...मैं उन्हें मिले बिना नहीं जाऊँगी।"

"वे भी तुम्हें मिले बिना नहीं जाएँगे।" अर्जुन ने हलकी सी मुसकान के साथ कहा—"अन्यथा तुम्हें इतनी दूर बुलाते? शांत हो जाओ प्रिये, सखा जरूर मिलेंगे।" फिर उसने अस्थियों की पोटली कंधे पर रखी और चलना शुरू किया।

द्रौपदी अर्जुन के पीछे इस तरह चल रही थी, मानो अपने ही शरीर का भार उठा रही हो। दोनों ही त्रिवेणी संगम की तरफ बढ़ रहे थे।

◻

कृष्ण की आँखें दूर क्षितिज में इस तरह देख रही थीं, मानो आनेवाले क्षण को ढूँढ़ रही हों। उनके प्राण प्रतीक्षा में मानो अटके हुए थे। यह प्रतीक्षा किसकी थी? द्रौपदी की, अर्जुन की, रुक्मिणी की, राधा की या स्वयं भगवान महाकाल की, जो कब से उन्हें साथ ले जाने के लिए यहाँ-वहाँ चक्कर खा रहे थे। कृष्ण का संपूर्ण शरीर मानो मयूर पंख बन चुका था। बाँसुरी मनो-मस्तिष्क पर जैसे विदाई बेला के अंतिम सुर छेड़ रही थी। जाने के लिए तैयार, तत्पर कृष्ण अभी भी मानो साँस को मुट्ठी में पकड़ राह देख रहे थे। किसलिए? शायद उन्हें स्वयं भी पता नहीं था। संपूर्ण जीवन मात्र दूसरों के लिए जीनेवाले कृष्ण। आज इस अंतिम वेला में न जाने अपने लिए क्या चाह रहे थे? क्या ढूँढ़ रहे थे?

त्रिवेणी संगम की भूमि दोपहर के ताप से तप चुकी थी, तथापि नदी के किनारे की ठंडी हवा उस भरी दोपहर की तेज गरमी को सहन करने की क्षमता प्रदान कर रही थी। यहाँ कभी-कभी आने वाली इस ठंडी हवा के झोंके के कारण पीपल का पेड़ हिल उठता तब बंद आँखों से बैठे हुए कृष्ण आँखें खोले बिना ही जरा से पूछते, ''देख भाई, कोई दिखाई देता है?''

फिर जरा की चुप्पी से समझ जाते कि जिनकी उन्हें प्रतीक्षा है, वे सब अथवा वह 'कोई' अभी तक नहीं आया है। क्या मुझे अपने प्रियजनों को मिले बिना ही विदाई लेनी होगी?... कृष्ण के मन में एक बार विचार आया, लेकिन तभी तुरंत उनके मन ने उन्हें उत्तर दिया—''विदाई तो हो चुकी है। मेरे जीवन के अति महत्त्वपूर्ण व्यक्तियों ने तो कब से मुक्त कर दिया है। अगर उन्होंने मुझे बाँधा होता तो शायद मैं यहाँ तक भी आ ही नहीं पाया होता। उन्होंने उदार मन से, उदार भाव से मुझे मुक्त किया, इसीलिए यहाँ, इस स्थान पर चिंता-विहीन, मन पर किसी तरह के बोझ से मुक्त, किसी भी उलझन के बिना बैठा हूँ। अपने प्रियतम लोगों को मिलने, उनसे विदाई लेने का समय तो कब से व्यतीत हो चुका है। अब तो किसी की भी प्रतीक्षा बिना, मन और हृदय को बिलकुल रिक्त करके मुक्ति की दिशा में मुझे पंख फैलाने हैं।''

मन-ही-मन में चल रहे इस संवाद में कृष्ण अपने आपसे ही मानो कह रहे थे— प्रतीक्षा व्यर्थ है। प्रतिदिन, पल-पल किसी की प्रतीक्षा में जीना कोई जीवन नहीं है। आकांक्षा है, कुछ पाने, कुछ पाने के लिए जीते जाने की अपेक्षा...सिर्फ जो मिलता है, उसे स्वीकार कर साँस को जीवन मान साँस लेते हुए जीवन जीते जाना अधिक महत्त्वपूर्ण है। वही अधिक सत्य है...और यह मुझसे बेहतर कौन जानता है? जो लोग आज इसलिए जीते हैं कि परसों कुछ होगा, कल भी इसलिए जीते हैं कि परसों कुछ होगा। जो व्यक्ति

प्रतिदिन, आजकल के लिए जिएगा वह कभी जीवन जी नहीं पाएगा; क्योंकि जब भी आएगा, वह आज ही आएगा और उसका जीना हमेशा कल होगा। कल भी ऐसा ही होगा; परसों भी ऐसा ही होगा, क्योंकि जब भी समय आएगा, वह आज की तरह हो जाएगा और यह मानव बँधे हुए पशु की तरह भविष्य द्वारा खींचे गए कल के जाल में ही जिएगा। वह कभी भी जी नहीं पाएगा। उसका सारा जीवन बिना जिए सच्चे अर्थ में बिना जिए ही बीत जाएगा।

मरते समय वह कह सकेगा कि मैंने सिर्फ जीवन की कल्पना की, मैं जी नहीं सका और मरते समय उसकी सबसे बड़ी पीड़ा यह होगी कि अब आगे कोई परिणाम—फल दिखाई नहीं देता और कोई भी पीड़ा नहीं। अगर उसे आगे कोई फल दिखाई देता हो तो मौत को भी स्वीकार करने को तैयार हो जाएगा। इसीलिए मृत्यु-शय्या पर पड़ा व्यक्ति पूछता है, पुनर्जन्म है। मैं मर तो नहीं जाऊँगा?

और तभी कृष्ण को याद आया अपना ही कहा हुआ—

ना हि प्रपश्यामि ममानुपादयात
यच्छोकामुच्छोशानमिंद्रीयानम्।
अवाप्या भूमावसापत्नामृधामे
राज्यं सुरामपि चर्धिपात्यम्॥

संपूर्ण भूमि का पूर्ण समृद्धि से भरा राज्य अथवा स्वर्ग का आधिपत्य मिले तो भी इंद्रियों को शोषण करनेवाला शोक दूर हो, ऐसा कोई उपाय मुझे दिखाई देता नहीं है।

इच्छाओं से मुक्त हो जिया गया जीवन क्या एक डोल मात्र है? कृष्ण को विचार आया। इस जीवन की गिनती की साँसों पर टिके हुए इस जीवन के अंतिम क्षणों में ऐसी कौन सी अपेक्षा, इच्छा है, जो इतनी तीव्रता से उनके रोम-रोम में व्याप्त हो रही है?

□

त्रिवेणी संगम दूर से दिखाई देने लगा।

तीन दिशाओं से बहती तीन नदियों हिरण्य, कपिला और सरस्वती की लहरें कितने समर्पित भाव से अपना इतना संचित, मीठा पानी समुद्र में उड़ेल देती थीं। एक भी प्रश्न पूछे बिना अपने संपूर्ण अस्तित्व को समुद्र में मिला, इतने अधिक मीठे जल को खारे जल में विलीन होने देने पर भी ये नदियाँ समुद्र को मिलने की इच्छा क्यों छोड़ नहीं सकतीं? द्रौपदी को विचार आया—"स्त्री का जीवन क्या एक दिशा में से दूसरी दिशा में निश्चित किनारों के बीच बहते रहना ही है बस?" उसे आखिर में अपने अंदर रही संपूर्ण मिठास, मन में रही तमाम इच्छाएँ-आकांक्षाएँ और भावनाएँ पुरुष को समर्पित कर उसके अस्तित्व के साथ एकरूप होकर जीना ही है"किसलिए? किसलिए यह स्त्री का जीवन है? उसके

क्यों मन नहीं है और अगर मन है तो क्यों कभी उस बारे में कोई प्रश्न खड़ा ही नहीं होता? और अगर कोई प्रश्न खड़ा भी होता है तो क्यों उसे व्यक्त करने की अनुमति उसे नहीं है?... द्रौपदी की आँखों में जाले-से छा गए। उसकी आँखें त्रिवेणी संगम के तट पर उगे वृक्षों के नीचे इधर-उधर भटक रही थीं। एक ऐसे चेहरे को देखने के लिए उसका मन लालायित था, जो उसके संपूर्ण जीवन का पर्याय था।

मेरा मन क्यों इतना विचलित है? सखा के इतने संसर्ग के बावजूद किसलिए, किस कारणवश मैं इतना विचलित हो रही हूँ? अगर उन्होंने मुझे बुलाया है, इतनी दूर से, तो वे मेरी प्रतीक्षा कर ही रहे होंगे, ऐसा मन क्यों स्वीकार नहीं कर रहा है? अब जब मिलन नज़दीक ही है तो फिर मन क्यों इतना उद्विग्न, क्यों इतना शंकाशील हो रहा है?... द्रौपदी शोकाकुल हो नदियों के तट पर फैली रेत की तरफ देख रही थी। अस्त हो रहे सूर्य की किरणें नदियों के जल पर नृत्य कर रही थीं। हिरण्य नदी का पानी मानो सुनहरा हो, इस तरह कल-कल करता बह रहा था। सरस्वती के हलके प्रवाह में तट पर पड़े सफेद और काले गोल पत्थर इतनी दूर से भी स्पष्ट दिखाई दे रहे थे। कपिला का उच्छृंखल जल-प्रवाह भी ऐसा लग रहा था मानो द्रौपदी के मन के साथ स्पर्धा कर रहा हो, इतना उछल-कूद कर तेजी से बह रहा था। अचानक अर्जुन की दृष्टि जरा पर पड़ी। वह उनकी ओर पीठ कर हाथ जोड़कर बैठा हुआ था। जरा के पास ही पीतांबर दिखाई दे रहा था। अर्जुन ने द्रौपदी का हाथ पकड़ा और चुपचाप उसे खींचने लगा। अब द्रौपदी भी पीतांबर देख सकती थी।

समुद्र-तट की रेती में नंगे पाँव दौड़ती द्रौपदी के पाँव जल रहे थे। उसकी ओढ़नी गिर गई थी। बाल खुले हुए उड़ रहे थे। रेत में पाँव रखते और उठाते उसे अच्छी-खासी पीड़ा का अनुभव हो रहा था, तथापि गिरती-पड़ती, उखड़ी साँस से द्रौपदी बावरी बनकर दौड़ रही थी, उस पीतांबर की दिशा में।

दौड़ते हुए रास्ते में पड़ी एक बड़ी शिला को न जाने कैसे द्रौपदी ने देखा ही नहीं। उसकी साड़ी का छोर उसके पाँव के अँगूठे में फँसा और उलटकर द्रौपदी उस शिला पर गिरी। शिला द्रौपदी के कपाल के बीचोबीच टकराई। द्रौपदी के चेहरे पर रक्त की धार बनकर...कपाल से होकर वह धारा उसकी नासिका से गले के नीचे उतरने लगी। पसीना और रक्त दोनों मिश्रित होकर द्रौपदी के मुख पर फैलने लगा था। उसे पोंछने के लिए द्रौपदी ने हाथ फैलाया, तब उसे ध्यान आया कि उसकी ओढ़नी तो कब की गिर चुकी थी।

उसके ध्यान-विहीन पग मात्र पीपल के वृक्ष की तरफ घिसट रहे थे। उसकी आँखें मात्र पीले रंग के पीतांबर के छोर को ही देख सकती थीं। उसके होंठों में से अस्पष्ट स्वरों में मानो जाप चल रहा था—''हे गोविंद, हे गोपाल...हे गोविंद, हे गोपाल!''

पीछे जाते हुए अर्जुन ने एक बार सोचा कि वह द्रौपदी को रोके, परंतु वह जानता था,

पीतांबर को इस तरह धूल में लिपटता हुआ एक बार देख लेने के बाद एक क्षण भी द्रौपदी रुक नहीं सकेगी। इसलिए उसे रोकना या सँभालना व्यर्थ है, ऐसा सोच उसे जाने दिया। वह जब शिला से टकराई और गिरी, तब स्वाभाविक ही अर्जुन के मुँह से चीख भरे स्वर निकल पड़े—''पांचाली ई ई ई ई ई…।''

पीपल के नीचे बंद आँखें किए हुए कृष्ण हँस पड़े। मन भी कैसे-कैसे मायाजाल रचता है। जिस नाम की प्रतीक्षा है, वही नाम चारों ओर प्रतिध्वनित होता है और क्या? कृष्ण ने सोचा।

उसी क्षण जरा ने उतावली साँस में कहा, ''प्रभु, वे लोग आ गए, प्रभु…''
कृष्ण ने आँख खोलीं।

''सचमुच!'' कृष्ण के मन में अभी भी अनिश्चितता थी। ''ये लोग अर्थात् कौन?'' कृष्ण ने फिर सोचा, मैंने तो कई लोगों को आवाज दी है। सबसे पहले मेरी आवाज किसे सुनाई दी होगी? कौन आ पहुँचा होगा?… और उन्होंने प्रयत्नपूर्वक बैठकर पीछे देखा।

डगमगाती, खुले बालों के साथ, रक्त की धाराएँ बहाती, ओढ़नी बिना द्रौपदी लगभग कृष्ण के एकदम करीब पहुँच गई थी।

''सखा…!'' उसने साँस थम जाए, इस तरह से आवाज लगाई।

''मुझे मालूम था कि तुम आओगी। मेरी देह बिना अंतिम संस्कार के यों नष्ट नहीं होने देगा मेरा मित्र, ऐसा विश्वास था मुझे।''

''और मैं? मुझे नहीं बुलाया तुमने?''

''मेरे लिए तुम और फाल्गुन मित्र नहीं हैं, सखी…मैं तुम दोनों को सामंजस्य रूप में देखता हूँ। तुम दोनों एक हो मेरे लिए, अद्वितीय। मैं तुम्हारे कारण फाल्गुन को या फाल्गुन के कारण तुमको अधिक स्नेह करता हूँ, इस बात का मुझे भी ज्ञान नहीं है।''

अब द्रौपदी कृष्ण के चरणों के पास बैठ गई थी। उसकी आँखों से आँसू बह रहे थे। चेहरे, गले और छाती पर पसीने व रक्त की मिश्रित धाराएँ फैल गई थीं। मुँह से लार टपक रही थी। वह रोना चाहती थी। कृष्ण के पैर में लगे तीर को देख उसे वस्तुस्थिति का ज्ञान हो गया था। अब कितने क्षणों की समीपता रह गई है, यह बात भी उसे स्पष्ट हो गई थी। उसका मन इस बह रहे समय को मानो रोक देने के लिए बेचैन हो गया था।

''मैं तुम्हें जाने नहीं दूँगी…तुम जा ही नहीं सकते…'' द्रौपदी ने कहा और कृष्ण का हाथ अपने हाथ में ले लिया।

''सखी, जाना तो मात्र अपनी परिभाषा है और मैं कहाँ जा रहा हूँ? सिर्फ एक और प्रयाण की तरफ गति है मेरी। समयावधि पूरी होते ही यात्रा निश्चित होती है, सखी, तुम तो जानती हो…तथापि व्यर्थ शब्द…''

"मेरा समय क्यों नहीं आया? मेरी अवधि भी पूर्ण करो।"

"वह मेरे हाथ में कहाँ है, सखी? सभी को अपने समय की प्रतीक्षा करनी पड़ती है, मैंने भी की...।"

अब अर्जुन आ गए थे। वे भी कृष्ण के चरणों में अपना मस्तक रख रोने लगे थे, "हम बिलकुल अकेले...अधूरे रह जाएँगे। आपके बिना हमारे अस्तित्व का कोई अर्थ नहीं है, मधुसूदन।" उसका हृदय भर गया था। कृष्ण के अँगूठे में से प्रसारित रक्त अर्जुन के आँसुओं से धुल रहा था।

एक हाथ द्रौपदी के हाथ में था, दूसरा हाथ लंबा कर कृष्ण अर्जुन के बालों को सहलाने लगे, फिर हँसे और आँखें बंद कर लीं। उन्हें बेहद पीड़ा हो रही हो, ऐसी धीमी आवाज में उन्होंने कहा, "फिर से संपूर्ण गीता कहने की शक्ति नहीं है मुझमें और समय भी नहीं रहा है, पार्थ...उठ, जाग और ध्येय-प्राप्ति की दिशा में देख।"

"ध्येय? अब कौन सा ध्येय शेष रह गया है, प्रभु?"

"मुक्ति! तेरी और सभी की...दूसरे ध्येय तो स्तरीय थे, क्षणजीवी...सच्चा ध्येय तो अब तेरी दृष्टि समक्ष आया है। मुक्त हो जा।" फिर कृष्ण ने द्रौपदी के हाथ से अपना हाथ छुड़ाकर दोनों की तरफ देख हाथ जोड़े, "और मुक्त कर दो मुझे। जब तक तुम्हारा मन मुझमें रहेगा, तब तक मेरा मन मुक्त नहीं हो सकेगा।"

अर्जुन ने थोड़ा सा ऊपर देखा, "प्रभु, आप तो मुक्त ही हो। निर्गुण, निस्पृही, निर्लिप्त..."

"फिर भी मानव..." कृष्ण ने कहा, "देह के धर्मों से कौन मुक्त है, पार्थ?"

"आप भी?" द्रौपदी ने पूछा। उसकी आँखों में कोई अपार्थिव इच्छा थी। एक ऐसा प्रश्न था, जो पांचाल देश में पहली बार कृष्ण को देख षोडशी कृष्णा की आँखों में जाग उठा था। वह प्रश्न आज भी वहीं खड़ा था।

"कृष्णा!" कृष्ण के होंठों पर यह संबोधन सुन द्रौपदी का रोम-रोम मानो तृप्त हो गया। यहाँ इसी क्षण द्रौपदी का मन हुआ कि पृथ्वी फट जाए और वह उसमें समा जाए। उसका जीवन और उसका जन्म इस संबोधन के साथ ही सफल हो गया था।

अर्जुन ने द्रौपदी के सामने देखा, उसकी आँखों में एक मित्र का भाव था। उसके मनोभावों को मानो उतनी ही तीव्रता से समझते हों, ऐसे अर्जुन ने द्रौपदी के कंधों पर हाथ रखा, फिर खड़े हुए और मानो दोनों को अकेला छोड़ देना हो, इस तरह कपिला की ओर निकल पड़े।

"पार्थ!" द्रौपदी ने उसे रोकने के लिए उसका नाम लिया, लेकिन जैसे सुना ही न हो, इस तरह अर्जुन कपिला के तट पर स्थिर, संयत कदमों से चलते रहे।

"कृष्णा...!" कृष्ण ने फिर कहा, "चाहना पाना नहीं है...दूसरों के सुख की प्रार्थना

करना, उसके लिए प्रयत्नशील रहना, यह भी प्रेम ही है।"

"ना"एक स्त्री के लिए यह प्रेम नहीं है।"

"मैं स्त्री नहीं हूँ।" इस समय भी कृष्ण के चेहरे पर एक विनोदपूर्ण मुसकराहट थी।

"लेकिन मैं हूँ"और संपूर्ण स्त्री हूँ। अनेक पुरुषों के लिए कामिनी। अपने पतियों को समर्पित और संपूर्ण"तथापि कुछ मेरे अंदर खटकता रहा है! क्या अपूर्ण रह गया कि आज भी पीड़ा देता है? कहो, मुझे सखा, कहो"!"

"कामिनी, जिसकी कामना करो, वह काम्य, ठीक है न? तुम तो हमेशा सहज स्वाभाविक भाव से मेरे पास थीं, मेरे साथ ही थीं। मैं तुम्हारी कामना क्यों करूँ? तुम्हारे स्त्रीत्व को मैंने कभी स्त्रीत्व की तरह देखा ही नहीं। मेरे लिए वह स्वत्व था, व्यक्तित्व था"शायद हमारे बीच का संबंध दो व्यक्तियों के बीच का संबंध है। एक का दूसरे के साथ का संबंध। इसमें स्त्री-पुरुष के भाव को कोई स्थान ही नहीं दिया जा सकता शायद"हम दोनों"।"

"दोनों की बात न करना"आप अपने तक सीमित रहकर ही चर्चा करो। मैंने आपसे प्रेम माँगा था। आपको पहली बार पांचाल में देखा, तब से केवल आपकी ही कामना की थी"स्वयंवर के समय भी मैंने मन-ही-मन आपकी विजय की ही प्रार्थना की; परंतु आपने"आपने मुझे एक अपूर्णता के जगत् में तड़पने के लिए छोड़ दिया"अकेला!"

"तुमने ही कहा था न? त्वदीयमस्ति गोविन्द"वह अपूर्णता शायद मैंने ही दी होगी तुम्हें, और तुमने उसका संपूर्ण स्वीकार किया होगा शायद, इसीलिए तुमने जिस पल अपना सबकुछ मुझे सौंप दिया, तब वह अपूर्णता भी मुझ तक आ गई।"

"आप तो पूर्ण कहलाते हैं, पूर्ण पुरुषोत्तम! आपकी पूर्णता के तो उदाहरण दिए जाते हैं। एक पूर्ण पुरुषोत्तम अपूर्णता की बात ही कैसे कर सकता है? सारा विश्व हिल जाएगा, अगर उनके आराध्य देव, ईश्वर के अवतार माने जानेवाले संपूर्ण जीवन को संपूर्णता से जीनेवाले देवता अगर अपने अंतिम समय में अपूर्णता को स्वीकार करेंगे तो"" द्रौपदी की आवाज में न चाहते हुए भी थोड़ी तीक्ष्णता आ गई थी। उसने अपने आपको सँभाल लिया और आँखों के आँसू पोंछने और आवाज को संयत करने का प्रयास किया।

"स्वीकार तो मेरा धर्म है, सखी! हम पूर्णता की बात करें कि अपूर्णता की"दोनों वैसे देखा जाए तो एक ही हैं। जहाँ से अपूर्णता पूरी होती है, वहीं से पूर्णता की शुरुआत होती है और जहाँ पूर्णता नहीं पहुँच सकती, वह सब अपूर्ण है। जहाँ से पूर्णता अलग होती है, वहाँ से अपूर्णता आरंभ होती है। शब्दों में विरोधाभास जान पड़ता है। दोनों के अर्थ विपरीत हैं, परंतु जीवन में देखा जाए तो समझ में आएगा कि पूर्णता ही अपूर्णता बन जाती है और अपूर्णता पूर्णता में बदल जाती है। वैसे तो जीवन समस्त विरोधों का समागम है।

एक ही तत्त्व के अलग-अलग स्वरूप अपनी दृष्टि को दिखाई पड़ते हैं। तत्त्व एक ही है सखी, उसके अर्थ अलग-अलग हो सकते हैं।''

''शब्द"'फिर एक बार शब्द! सखा, कभी तो शब्दों से ऊपर जाकर मात्र अर्थ का सत्य बनाकर मुझ तक आने दो"'वही मेरी मुक्ति हो सकती है, सखा! मेरी वेदनाएँ, पीड़ाएँ, मेरे अपमान, मेरे सत्य और असत्य उन तमाम को मात्र तुम्हारे एक स्वीकार से ही परम शांति मिलेगी।''

''स्वीकार? मैंने तो कभी कुछ नकारा ही नहीं, सखी। मेरे जीवन में एक छल-विहीन स्वीकृति है।''

कृष्ण हँस पड़े, ''सखी, कोई स्वयं ही अपना स्वीकार कैसे कर सकता है? तुम तो मेरी जीवन का एक भाग हो। तुम्हारी अपूर्णता ने ही मुझे पूर्णता दी हो, ऐसा भी हो सकता है। ऐसी छोटी-छोटी अपूर्णताएँ ही आखिर में पूर्णता को जन्म देती हैं।''

''तुमने मुझे स्वीकार किया है या नहीं, यह एक प्रश्न मेरे स्त्रीत्व को, मेरे समग्र अस्तित्व को गहरे तक ढँकता रहा है। छेदनी की तरह मैं जब-जब उस बारे में विचार करती हूँ तब मेरे समग्र अस्तित्व को छेदकर वह आर-पार निकलता रहा है। मुझे बताओ, सखा, मुझे कहो"'आज नीति को अपने बीच लाए बिना, नैतिकता को एक-दो पल के लिए भुलाकर मैं तुम्हारे मित्र की पत्नी हूँ, इस बात को भूलकर मुझे कहो कि तुमने मुझे प्रेम किया है या नहीं?''

''किया है। मैंने तुम्हें बहुत प्रेम किया है; परंतु मेरे लिए प्रेम का अर्थ पत्नीत्व अथवा पतीत्व नहीं है। विवाह मेरे लिए प्रेम का परिणाम नहीं। मेरे लिए प्रेम कभी भी एक दिशा में बहती दो किनारों में बँधी पानी की धारा नहीं है। मेरे लिए प्रेम संपूर्ण विश्व में फैला, हवा की तरह अपनी साँस में अनिवार्य रूप से आता-जाता, प्राणवायु की तरह अपने अस्तित्व का एक आवश्यक तत्त्व है। बंद मुट्ठी में भी वही है और बंद कमरे में भी वही है। एक पल के लिए भी उसके बिना सजीव का अस्तित्व नहीं है, फिर भी पल-पल साँस लेते सजीव को उसके अस्तित्व की पहचान की आवश्यकता नहीं पड़ती"'सखी, मेरा प्रेम तुम्हारी कुशलता की प्रार्थना है, तुम्हारे मंगल की कामना है, तुम्हारे सम्मान की रक्षा है, तुम्हारे सुख के लिए प्रयत्न है, तुम्हारी प्रार्थनाओं का प्रत्युत्तर है, तुम्हारी इच्छाओं को पूर्ण करने का मेरा सनिष्ठ प्रयास है। सखी, तुम्हारा स्पर्श करना ही मेरे लिए प्रेम नहीं है। तुम्हारे साथ जीना भी मेरे लिए प्रेम का पर्याय नहीं है। हम एक ही छत के नीचे रहें तो ही प्रेम है? मेरे लिए प्रेम आकाश के नीचे खड़े होकर आकाश की तरफ देख तुम्हारी मुसकान की कल्पना करना ही प्रेम है। सखी, मैंने निरंतर और सहज भाव से प्रेम किया है तुम्हें। इस क्षण भी करता हूँ और शायद इसीलिए अपूर्ण रह गए इस संवाद की अपूर्णता ने मुझे अटका रखा था"'मेरी देह के विलय के बाद भी प्रेम रहेगा। शरीर और प्रेम को

जोड़नेवाले अपूर्ण हैं...सच्चे अर्थ में देह से प्रेम को अलग कर के देखो सखी, तुम जिस कृष्ण से प्रेम करती हो अथवा जिस कृष्ण से प्रेम की अपूर्णता का आग्रह कर रही हो, वह कृष्ण कोई देह नहीं, वह कृष्ण तो तुम्हारी कल्पना में जीता हुआ एक प्रेम है, स्वयं। तुम अपनी कल्पना के कृष्ण को प्रेम करती हो। तुम जिस कृष्ण को प्रेम करती हो वह रुक्मिणी का पति नहीं, देवकी का पुत्र नहीं, अर्जुन का मित्र नहीं, वह मात्र तुम्हारा कृष्ण है। वह तुम्हारे तक ही सीमित है। तुम समग्र रूप से उसमें हो और वह संपूर्ण रूप से तुम्हारा है...सखी, तुम जिस कृष्ण को प्रेम करती हो, वह भी तुम्हें बहुत प्रेम करता है। श्रद्धा रखना, तुमने जो माँगा है, वह तुम्हारा ही था, तुम्हारा ही है और उसे तुमसे कोई नहीं ले सकता।''

''सखा,'' द्रौपदी भाव-विभोर नयनों से कृष्ण के सामने देख रही थी, ''तुम्हें पाने का यह क्षण मेरे जीवन का सबसे अमूल्य, धन्य क्षण है।''

''तो अब आज्ञा है मुझे विदाई की?''

''जाओगे?''

''मैं कहाँ आया था कि जाऊँ? मैं तो यहीं था और यहीं रहूँगा; परंतु देह छोड़ने से पहले आत्मा को कई देहधर्म पूर्ण करने होते हैं। यह उन सब धर्मों में से एक है सखी। तुम्हारा मन अगर मुझ में बँधा रहता तो मेरा मन क्या मुक्त हो सकता था? और मन मुक्त किए बिना मेरी आत्मा कहाँ जाए? सखी, मेरा उत्तरदायित्व बनता है तुम्हारे प्रति, तुम्हारे स्नेह के प्रति...''

''मेरा स्नेह तुम्हें वापस खींच लाएगा, सखा, इस पृथ्वी पर...फिर एक बार सशरीर मिलूँगी तुम्हें।''

''यह मोह है, सखी।''

''है तो है, मुझे तुम्हारा मोह है, सखा; क्योंकि मैं मानव हूँ...।''

''तो मैं भी कहाँ ईश्वर हूँ? एक तुम ही तो हो, जिसने मुझे ईश्वर नहीं बनने दिया।''

''सखा, क्यों मुझे उलझन में डाल रहे हो? कहो, साथ छूटने की इस वेला में बताओ, मेरी हस्तरेखाएँ किस दिशा में मुड़ने वाली हैं?''

''तुम्हारी हस्तरेखाओं पर तो पाँच-पाँच नाम लिखे हुए हैं, सखी! दिशाएँ भी चार हैं, तुम तो दिशाओं से भी अधिक दिशाओं में बँटी हुई हो...अब क्यों यह प्रश्न पूछकर मुझे उलझन में डालती हो। शांत हो जाओ...प्रश्नों और उत्तरों के संसार से बाहर एक निर्लेप, निर्गुण, निराकार शांति बसती है। आज उस शांति ने मुझे निमंत्रण भेजा है, कल तुम्हारा निमंत्रण भी आ ही पहुँचेगा।

''कब सखा? कब आएगा मेरा निमंत्रण? अब यह शरीर भार लगता है। बीता

जीवन पल-पल डंक मारता है मुझे। संबंधों के आर-पार जाकर, क्षणों के छिद्रों में से गुजर समय के उस पार जाना है, स्व को, स्वयं को···"

"सखी, अभी इच्छाएँ, अभी कामनाएँ···कहाँ से जाओगी तुम समय के उस पार? समय के उस पार जाने के लिए तो हवा से भी हलका होना पड़ता है। यहाँ ही उतारना पड़ेगा सारा भार। हस्तरेखाएँ मिटा देनी पड़ेंगी। स्मृति-पट पर रँगे हुए दृश्यों को हलके हाथों से पोंछकर स्मृति-पट को कोरा करना पड़ेगा। तब समय अपने बाहुपाश फैलाकर बुलाएगा तुम्हें और तुम्हारी उँगली पकड़कर स्वयं तुम्हें उस पार छोड़ आएगा···इस क्षण तो मैं जा रहा हूँ। क्षणों के छिद्रों को भेदता, एक विशाल तेजपुंज की ओर, जो मेरा ही अंश है अथवा उसका अंश हूँ मैं···हम सब उसके अंश हैं और वह तेजपुंज उसके निश्चित समय पर हमें अपने में समा ही लेता है···समा ही लेगा···

"सखा, मैं···मैं···पांचाली, द्रौपदी, द्रुपद-पुत्री, पांडव-पत्नी, कुरुकुल की पुत्रवधू तुम्हें अपने स्नेह से, अपने मोह से, अपने उत्तरदायित्व से मुक्त करती हूँ और साथ ही मैं भी मुक्त होती हूँ···" भरे हुए गले से उसने कहा—

"त्वदीयं वस्तु गोविन्दं तुभ्यमेव समर्पये।"

इस बार कहे द्रौपदी के इस वाक्य में से ऐसा लग रहा था मानो नितांत सत्य हो। हिरण्य, कपिला और त्रिवेणी संगम की दसों दिशाओं में से यह वाक्य घूम-घूमकर, फिर-फिरकर प्रतिध्वनित होता रहा—

···और कृष्ण ने शांति से अपनी आँखें बंद कर लीं।

वहाँ बैठी द्रौपदी भी आँखें बंद कर हलकी साँस लेते हुए मानो ईश्वर का स्मरण कर रही हो, ऐसे उसके होंठ फड़फड़ाते रहे—

"ॐ पूर्णमदः पूर्णमिदं पूर्णात्पूर्ण मुदज्यते।
पूर्णस्य···पूर्णामादाय पूर्णमेवा वशिष्यते।।"

□

कपिला के प्रवाह को समुद्र की तरफ घिसटते हुए देखकर अर्जुन के मन में एक विचार आया, "जाने कितनी लंबी यात्रा पूर्ण कर यहाँ आई यह नदी जाने कितने संशय और प्रश्न अपने प्रवाह के साथ लाती है। नदी का लंबा पथ जाने कितने मोड़ और कितने उतार-चढ़ाव भरा होता है; परंतु समुद्र के निकट आते ही वह एकदम शांत हो जाती है। उसके सारे संशय, उसके सारे प्रश्न मानो उत्तर पाकर निर्मूल हो जाते हैं।

द्रौपदी भी इस समय जिस मनःस्थिति में बैठी है, उसमें मानो उसके सारे संशय, उत्तर पाकर निर्मूल हो चुके हैं। उसके चेहरे पर एक दिव्य शांति झलक रही है। सखा ने जिस तरह कुरुक्षेत्र के युद्ध से पहले तमाम प्रश्नों के उत्तर देकर शांत, संयत और स्पष्ट कर

डाला था, उसी तरह द्रौपदी भी अब एकदम शांत और स्वस्थ दिख रही थी। संशय का निवारण करना तो मानो सखा का परम धर्म है। व्यक्ति को एक सूर्योदय दिखलानेवाला यह महाबुद्धिशाली, महाज्ञानी पुरुष अब नहीं होगा, यह बात ही मुझे विचलित कर डालती है...अब कौन देगा मेरे संशयों के उत्तर ? अब मुझे कौन शांत करेगा ? जब-जब मैं अवसादग्रस्त हुई अथवा दु:ख में या अशांति में तड़पती होऊँगी, तब कौन मेरे कंधों पर हाथ रखकर कहेगा...''

फिर मानो कृष्ण स्वयं कहते हों, इस तरह उसके हृदय में से उत्तर निकला—

''उद्धरे दात्मानात्मानं नात्मान मव सादयेत्।
आत्मैव ह्यात्मनो बन्धुरात्मैव रिपुरात्मन:।।''

मानव को अपना उद्धार स्वयं करना चाहिए। अपनी आत्मा को कभी निराश नहीं होने देना चाहिए, क्योंकि हर मनुष्य स्वयं अपना बंधु, अर्थात् सहायक है तथा वह स्वयं ही अपना शत्रु भी है।

अर्जुन ने जहाँ कृष्ण थे उस दिशा में चलना शुरू किया।

द्रौपदी और कृष्ण दोनों बंद आँखों से बैठे थे। दोनों के चेहरे पर परम शांति थी, मानो एक भयंकर तूफान आकर कुछ भी नुकसान किए बिना गुजर गया हो, ऐसी शांति थी दोनों के मुख पर। अर्जुन भी वहाँ पहुँच शांत होकर बैठ गया। उसने भी आँखें बंद कर लीं और कृष्ण के चरणों पर अपना हाथ फेरने लगा।

जैसे-जैसे अर्जुन का हाथ कृष्ण के चरणों पर फिर रहा था वैसे-वैसे कृष्ण के चेहरे पर धीरे-धीरे अधिक-से-अधिक शांति व्याप्त हो रही थी, आराम आ रहा था, मानो पीड़ा से मुक्ति मिल रही हो।

तथापि अभी भी कृष्ण के अंदर कुछ खलबली मच रही थी।

अभी कौन बाँध रहा था उन्हें ? किसकी आशंका के कारण उनके अंतिम प्रयाण में विघ्न पड़ रहा था ? किसकी प्रतीक्षा थी, ऐसे उत्तर जिनके प्रश्न पूछने अभी शेष थे।

☐

रुक्मिणी जब सोमनाथ के समुद्र-तट पर नौका से उतरी, तब अर्जुन की नाव देखकर वह स्पष्ट समझ गई कि अर्जुन और द्रौपदी श्रीकृष्ण की दिशा में ही गए होंगे।

वह दिशा कौन सी होगी, उस बारे में उसे जरा भी कल्पना नहीं थी।

कृष्ण ने उसे इस बात का ज्ञान अवश्य दिया था कि प्रभासक्षेत्र में यादवों का अंत होने वाला है, लेकिन वे घटनाएँ कितनी भयावह और दिल दहला देनेवाली होंगी, इस विषय में उसने कल्पना नहीं की थी।

सोमनाथ के मंदिर से प्रभासक्षेत्र की तरफ उतावलेपन में दौड़ती रुक्मिणी को यादवों

की लाशें तो नहीं दिखाई दीं, परंतु जगह-जगह जल चुकी चिताएँ, यादवों के अलंकारों, वस्त्रों, जूठे बतरनों, रथों और शस्त्रों को देख उसे घटना की भयानकता का अंदाज होने लगा।

उसका हृदय दहल गया। एकदम कोमल हृदय के उसके स्वामी ने यह सब कैसे सहन किया होगा, यह सोचते ही रुक्मिणी की आँखों में आँसू आ गए। वह जानती थी कि दूसरों की पीड़ा भी कृष्ण को अपनी ही लगती थी। वे एकदम अनजान व्यक्ति की पीड़ा में भी सहभागी बन जाते थे।

''आज उनके अपने भाई-बंधु, पुत्र-पौत्र तथा स्नेही जनों के शव देखकर तथा स्नेहियों को अपनी नजर के सामने एक-एक कर कालग्रस्त होते हुए देखते समय मेरे स्वामी तो अकेले ही थे। कैसे इतनी पीड़ा को उन्होंने सहन किया होगा!'' रुक्मिणी को रह-रहकर ये विचार विचलित कर रहे थे।

''यह तो सात्यकि का हार है। मैं इसे पहचानता हूँ।'' दारुक ने कहा, फिर रक्तरंजित अंगवस्त्र उठा उसने कहा, ''यह तो कृतवर्मा है।'' फिर अनिरुद्ध, चारुदेष्ण, प्रद्युम्न, अनुज, गद तथा दूसरे कितने ही यादवों के वस्त्र और गहने उसने पहचान कर बताए। किसी का मुकुट, किसी का गले का हार, किसी का बाजूबंद तो किसी के रक्तरंजित अंगवस्त्र चारों ओर बिखरे पड़े थे। दारुक एक-एक को उठा, हृदय-विदारक विलाप करता सबको याद कर रहा था।

विचलित हुई रुक्मिणी इन वस्त्रों, अलंकारों के बीच वैजयंती और पीतांबर ढूँढ़ रही थी। मन-ही-मन प्रार्थना कर रही थी कि वे उसे न मिलें...।

तथापि एक-एक वस्त्र, एक-एक गहना मानो उसकी आत्मा को बेधकर उसे निढाल कर देता। मतिभ्रष्ट हुए व्यक्ति की तरह इधर-उधर दौड़ता हुआ दारुक अचानक ही जमीन पर जा बैठा। उसने वहाँ पड़ी हुई एक पादुका को उठाया। चंदन की लकड़ी पर सुंदर नक्काशी से बनी उस पादुका को देख रुक्मिणी की चीख निकल गई—''नाथ...!'' दौड़कर रुक्मिणी उस पादुका के पास पहुँच गई। उसने वह पादुका हाथ में ली, हृदय से लगाई, आँखों और माथे पर लगाई।

और फिर दूर-दूर तक दूसरी पादुका के लिए नजर दौड़ाई, लेकिन कहीं उसका नामो-निशान नहीं मिला।

अमंगल कल्पनाओं से रुक्मिणी का मन क्षुब्ध हो उठा। उसे तरह-तरह के भयानक दृश्य अपनी आँखों के आगे दिखाई देने लगे। इस क्षण तक उसने जिसकी कल्पना नहीं की थी, वह सब उसकी कल्पना में सजीव होने लगा।

''नाथ, कितनी पीड़ा उठाई होगी? क्या यह पादुका भी...यादवों के वस्त्र-अलंकारों की तरह ही...''

“माँ, यह रही…यह रही दूसरी पादुका।” रुक्मिणी ने काँपते हुए हाथों से उस पादुका को पकड़ा। पादुका का अग्रभाग रक्तरंजित था। रुक्मिणी ने उस पादुका को भी हृदय से लगाया।

“नाथ, मुझे साथ ले गए होते तो आपकी समस्त पीड़ाओं को मैं अपने ऊपर ले लेती। आप तक कोई पीड़ा, किसी दुःख की परछाईं तक नहीं आने देती।”

क्या हुआ होगा ? कैसे हुआ होगा ? किसने किया होगा ? ऐसे मन को दहला देनेवाले प्रश्न रुक्मिणी के अस्तित्व को तीक्ष्ण बाण की तरह छेद रहे थे। उसकी आँखों से मूसलधार बारिश हो रही थी। रक्त-रंजित उन पादुकाओं पर उसके आँसू अभिषेक कर रहे थे और कृष्ण की पादुकाओं पर लगा वह रक्त धीरे-धीरे धुल रहा था।

“नाथ कहाँ गए होंगे ? किस दिशा में ? कहाँ ढूँढ़ूँ मैं उनको ?” रुक्मिणी बेचैन हो गई थी। दारुक ने धीरे से उसका हाथ पकड़ उसे खड़ा किया। रुक्मिणी अभी भी पादुकाओं को अपने दोनों हाथों में पकड़े, छाती से लगाए, मूर्तिवत्, शून्य में ताकती हुई अन्यमनस्क-सी कदम भर रही थी। उसका हाथ पकड़ आगे-आगे चलता दारुक नीचे पड़े हुए खून की बूँदों के निशान से अपनी दिशा निर्धारित कर रहा था।

दूसरी पादुका जहाँ से मिली, वहाँ रक्त का एक छोटा सा आकार बन गया था। पीड़ाग्रस्त पाँव वहाँ से बहुत ही धीरे से उस आकार को लाँघते हुए आगे बढ़े होंगे, ऐसा दारुक को रक्त की बूँदे देखने से लगा था।

“परंतु स्वामी ने स्वयं को चोट पहुँचाई होगी ?” दारुक को विचार आया, जबकि कुरुक्षेत्र के मैदान में भीषण रक्तपात के बीच भी कृष्ण को एक शस्त्र भी स्पर्श नहीं कर सका था, यह चमत्कार तो दारुक ने स्वयं अपनी आँखों से देखा था।

“कौन होगा, जिसने मेरे स्वामी को इतनी पीड़ा पहुँचाई होगी ? मेरी नजर के सामने आए तो टुकड़े कर डालूँगा।” दारुक क्रोध से काँप रहा था। रुक्मिणी का हाथ पकड़ धीरे-धीरे दारुक खून की बूँदें देखते-देखते मार्ग ढूँढ़ रहा था।

“माँ, जरा भी चिंता मत करना। स्वामी जहाँ भी होंगे कुशल होंगे।” रुक्मिणी ने भरे हुए गले और डबडबाई आँखों से कहा, “यह तो रक्त-रंजित पादुका देखकर ही अनुमान लगता है। तुम क्यों झूठे आश्वासन देते हो, दारुक ? प्रभु ने तो द्वारका से विदाई लेते हुए ही मुझे कहा था कि देहधर्म का कार्य पूर्ण हो गया है। उन्होंने तो कब का देह-त्याग कर दिया होगा। मोह बिना एकदम निस्पृह मेरे स्वामी, कहाँ किसी की प्रतीक्षा अथवा जिजीविषा में बँधकर अभी तक साँस ले रहे होंगे, ऐसा मानना भी अपनी अल्पबुद्धि का परिचायक है, दारुक।”

“माँ, स्वामी ऐसे जा ही नहीं सकते।”

“वे तो द्वारका से निकले, तभी हमसे विदाई ले चुके थे। जाने में उन्हें तो बस

किया था, रुक्मिणी की छवि ठीक ऐसी ही थी। उसकी दृष्टि में कृष्ण को न जाने देने की प्रार्थना थी। वह अभी भी उन्हें बाँधना चाहती थी। रो-रोकर उसका चेहरा फीका पड़ गया था। उसकी अश्रु भरी आँखें, उसके आगे किए हुए हाथ, उसके काँपते हुए होंठ और चेहरे पर छाई झुर्रियाँ, काँपती हुई भृकुटी के साथ मानो कुछ कहने को तत्पर थी वह। अत्यंत अशांत और विचलित थी रुक्मिणी।

उसने आकर कृष्ण के चरणों में मस्तक झुका दिया। पसीने के कारण उसका सुहाग-चिह्न फैल सा गया था। सिंदूर का टीका सारे माथे पर पसरकर लाल रंग से सारे कपाल को रँग रहा था।

जैसे ही उसने श्रीकृष्ण के चरणों में अपना माथा रखा, उनके रक्त से मिल माथे के कुमकुम का रंग और भी लाल हो गया।

"यह क्या हो गया है, नाथ? यह कैसे हो गया? किसलिए नाथ? किसलिए आपने यह....."

"प्रिये, मैंने तो तुम्हें द्वारका से निकलते समय ही कह दिया था कि सहजीवन का समय पूर्ण हो चुका है। तुमने मुझे विदाई तो दी, लेकिन संपूर्ण मन से नहीं दी। कहीं कुछ था, मुझे न जाने देने, बाँध रखने की प्रवृत्ति रही होगी और इसीलिए ही आज मैं तुम्हारी प्रतीक्षा करता हुआ यहाँ बैठा हूँ, इसीलिए तुम्हें यहाँ तक आना पड़ा मुझे विदा करने हेतु।" कृष्ण ने मुसकराते हुए कहा, फिर इशारे से रुक्मिणी को अपने निकट बुलाया। रुक्मिणी निकट आई। कृष्ण ने बड़ी मुश्किल से भारपूर्वक अपना हाथ ऊँचाकर उसके गले पर रखा।

"प्रिये, ये आँसू पोंछ डालो। तुम तो क्षत्रिय पुत्री हो। पति की जुदाई के समय यों आँसू बहाना तुम्हारे जैसी क्षत्रिय स्त्री के राजवंश को शोभा नहीं देता। पति को हँसते मुख से अत्यंत वीरतापूर्वक विदा करना ही क्षत्रिय धर्म है।"

"वह तो पति युद्ध के लिए तैयार हो तब। यह कौन सा युद्ध है, प्रभु?"

"यह भी युद्ध है प्रिये, जीवन और मृत्यु के बीच का युद्ध। मानव-देह न जाने के लिए तत्पर हो रही है और ब्रह्मांड आत्मा को अपनी तरफ खींच रहा है। अगर तुम हँसते हुए मुख से विदाई नहीं दोगी तो मैं कैसे जा सकूँगा?"

"नाथ, युद्ध में गया हुआ पति कभी तो वापस आता है और पत्नी को विजय-यात्रा में जाने का सौभाग्य मिलता है। यहाँ तो....." रुक्मिणी का गला भर आया। वह आगे कुछ भी बोल नहीं सकी।

◻

सूर्य मध्याह्न से अब धीरे-धीरे पश्चिम की ओर खिसक रहा था। किरणें थोड़ी झुककर तिरछी हो गई थीं। पेड़ के नीचे बैठे सभी की परछाइयाँ लंबी हो गई थीं, मानो

कृष्णायन

व्यक्तियों की अपेक्षा उनकी परछाइयाँ बड़ी थीं।

इतिहास भी इन व्यक्तियों की अपेक्षा इनकी परछाइयों को बड़ा आँकने वाला था। यह जानता हो, इस तरह सूर्य भी बहुत धीरे-धीरे, बहुत मंथर गति से, परंतु पश्चिम की तरफ जाते-जाते इन सबको देख रहा था।

नदियों का पानी थोड़ा पीला-सा पड़ गया लगता था।

पीपल के पत्तों से छनकर आता सूर्य का ताप सहनीय व सप्तवर्णी बन गया था।

कृष्ण ने एक दृष्टि डूबते सूरज पर डाली। अब मानो उनके भी थमने का समय निकट आ गया हो, इस तरह उन्होंने गहरी साँस ली और रुक्मिणी के साथ हो रही चर्चा को आगे बढ़ाया।

◻

"यहाँ तो क्या प्रिये? तुम तो विदुषी हो। शास्त्र जानती हो। मानव-देह की नश्वरता का ज्ञान है तुम्हें और फिर भी यह···अपना संबंध तो दो आत्माओं का संबंध था।"

"था प्रभु, अर्थात् यह संबंध अब पूरा हो गया।"

"देह के साथ सारे संबंध पूरे होते हैं। शरीर के जाने के साथ पितृ तर्पण कर श्राद्ध की प्रक्रिया का कारण ही यह है कि देह से निकली आत्मा देह से जुड़े तमाम प्रकार के मोह, माया और बंधनों को त्याग मुक्त रूप से प्रयाण कर सके। प्रिया, मेरा यह शरीर जिसे सब कृष्ण नाम से पहचानते हैं, उसमें से आत्मा का तत्त्व निकल जाने के बाद यह देह लकड़ी के टुकड़े अथवा मिट्टी के ढेर से विशेष क्या हो सकती है? जिस मुख को तुम कृष्ण कहती हो, जिसे तुमने खूब प्रेम किया है। वह मुख श्वासोच्छ्वास की प्रक्रिया चलती है, वहाँ तक ही तेजस्वी लगता है, सुंदर है, जीवंत है; परंतु एक बार आत्मा अपने देह-धर्म छोड़कर शरीर में से निकल जाए तो फिर यह मुख विकृत हो जाएगा। तुम भी उसे स्नेह नहीं कर सकोगी, प्रिये, और इसीलिए धर्म अग्नि-संस्कार की विधि का महत्त्व बताता है। तमाम अशुद्ध, निर्जीव और मलिन वस्तुएँ अग्निदेव की गोद में जाकर भस्म हो जाती हैं। अग्नि सबको अपने अंदर जलाकर अशुद्धि स्वाहा करके तत्त्वों को शुद्ध करती है, फिर वह सोना हो या आत्मा।"

रुक्मिणी की आँखों को देखकर कृष्ण को कई संध्याओं का स्मरण हो आया।

ऐसे ही, इसी तरह रुक्मिणी उनकी ओर देखती रहती। रुक्मिणी की दृष्टि में श्रद्धा और स्नेह-दीप बनकर प्रज्वलित रहते थे। कृष्ण को रुक्मिणी के साथ बिताए वे स्नेहशील पल स्मरण हो उठे। उसका लाड़, प्रेम, उसकी समझदारी और विद्वत्ता के बल पर रचित उनके दांपत्य जीवन के सुखमय पलों को कृष्ण आँखें बंद कर निहार रहे थे। उन्हें रुक्मिणी के महल में प्रज्वलित दीपों की माला मानो दृष्टि के सामने दिखाई दे रही थी।

नदियों पर ऊँचा-नीचा होता सूर्य का ताप झिलमिल करता रुक्मिणी के महल के

समाधि ही लेनी है और अपने प्राणों को परमतत्त्व में विलीन कर देना ही है। कितना सरल, कितना आसान काम था उनके लिए। तुझे क्या लगता है, दारुक, वे पीड़ा के घूँट पीते-पीते विदाई के क्षणों को लंबा करते क्यों प्रतीक्षा करें? उन्हें तो परम ब्रह्म में लीन होने की जल्दी होगी।'' और फिर खाली आवाज में आहत हो रुक्मिणी ने कहा, ''इसीलिए तो मुझे अकेले छोड़कर आ गए थे। सप्तपदी के फेरे लेते समय मेरा हाथ पकड़कर उन्होंने कहा था, 'नेति जरामि।' क्या हुआ उस वचन का? मोक्ष के रास्ते अकेले चले गए मेरे स्वामीनाथ। मुझे यहाँ अपने वियोग में अकेले पीड़ा भोगने के लिए क्यों छोड़ गए वे, कहो दारुक, कहो, क्या मोक्ष के रास्ते उनके साथ चलने को मैं सक्षम नहीं थी?''

''क्यों अपनी आत्मा को दुःखी करती हो, माँ? स्वामी कभी अपना उत्तरदायित्व पूर्ण किए बिना नहीं जाएँगे। आपके मन में उठते हुए संशय स्पष्ट करते हैं कि अभी भी तुम्हें एक बार प्रभु को मिलना है। मेरे स्वामी आपके मन के सभी संशय शांत करके आपको मुक्ति का मार्ग बताए बिना स्वयं मुक्त हो जाएँ, इतने स्वार्थी नहीं हैं। मेरी मानो माँ, जल्दी पाँव उठाओ, ये रक्त की बूँदें हमें अपने स्वामी की पीड़ा की दिशा में ले जा रही हैं।''

''सचमुच दारुक, मुझसे अधिक तो तुमने पहचाना है उन्हें। मेरे मन में जो आग उठी है, उससे लगता है कि अभी भी मेरे प्रश्नों का उत्तर देने के लिए वे कहीं मेरी प्रतीक्षा कर रहे हैं। अगर सचमुच उन्होंने प्रयाण कर लिया होता तो मेरे मन की सभी पीड़ाएँ, सभी शंकाएँ और सभी आते-जाते विचारों को मिटाकर उन्होंने मेरे मन को मुक्त और शांत कर दिया होता। शायद वे ही मुझसे मिलने की प्रतीक्षा कर रहे हैं...चल दारुक, मुझे और मेरे स्वामी को कष्ट हो रहा है।''

रुक्मिणी के अभी तक पत्थर समान भारी पाँव अब अचानक हिरण-सी तेजी में बदल गए। वह तेज चलने लगी। उसे ऐसा लगा, मानो सामने से आ रही हवा में कृष्ण की सुगंध है। अत: नीचे की बूँदों के निशान देखने की प्रतीक्षा किए बिना वह अंधाधुंध त्रिवेणी-संगम की दिशा में दौड़ने लगी, मानो उसे श्रीकृष्ण की आवाज सुनाई दे रही हो, इस तरह उसने हवा में आवाज लगाकर कहा, ''रुको नाथ! मैं अधिक दूर नहीं हूँ। तुम्हारी दिशा में ही हूँ...बस, क्षण भर में पहुँच जाऊँगी। रुकना, नाथ!''

कपिला नदी पर उसके प्रवाह से टकराकर उभर आया एक मुख कृष्ण को अपनी जल से भरी आँखों से कह रहा था, ''अभी तो बहुत पूछना है, बहुत कहना है, नाथ! ऐसा लगता है, इतने बरसों के अपने सहवास के मध्य हमने कोई बात ही नहीं की। समय का संकेत हुआ और आपने जाना तय किया, तब अचानक समझ में आया कि मुझे तो आपको अभी बहुत कुछ कहना है...आपसे अभी तो कितना कुछ सुनना है...हमारा संवाद तो अभी भी अधूरा है, नाथ, रुकना...''

कृष्ण ने अचानक आँखें खोलीं, तब उनके मुख पर आए आश्चर्य-मिश्रित प्रतीक्षा के भाव देखकर द्रौपदी ने कहा, ''सखा, अभी कोई आने वाला है। किसकी प्रतीक्षा है तुम्हारे हृदय में?''

''सखी, प्रतीक्षा नहीं, पीड़ा है। किसी की पीड़ा मेरे अंदर उतरकर मुझे व्यथित कर रही है। यह पीड़ा इतनी तीव्र है कि उसे शांत किए बिना मैं जा नहीं सकूँगा।''

''सखा, कौन है वह? वैसे तो तुम्हारे जाने का दुःख सभी को है। तुम पर हम इतने तो निर्भर हैं कि तुम नहीं हो, यह कल्पना मात्र ही हमें सहारा देती है। हमारे सुख और दुःख में तुम्हारा होना अनिवार्य हो गया है, सखा; परंतु यह कौन है, जिसकी पीड़ा इतनी तीव्र है कि तुम्हारी आत्मा को बेड़ियों से बाँधकर जिसने जकड़ रखा है, अभी भी रोका हुआ है।''

''कौन हो सकता है, सखी? मेरी अर्धांगिनी मेरी याद में विचलित है। मैं द्वारका से निकला, तब उसे विदाई दे दी थी; लेकिन वह पूर्ण विदाई नहीं थी। उसकी दृष्टि में मुझे न जाने देने का अनुनय-विनय था। वह अभी भी मुझे बाँध रही है। रह-रहकर उसका चेहरा मुझे याद आता है। उसकी अश्रु भरी आँखें, उसके मेरी तरफ उठे लंबे हाथ, काँपते होंठ और माथे पर पड़ी लकीरें, काँपती भृकुटी के साथ कुछ कहने को तत्पर है...मेरी स्मृति में आ रहा उसका मुख शांत नहीं है। इसका अर्थ यह है कि वह भी शांत नहीं है।''

''हम द्वारका गए तब...''

''तुम द्वारका आई थीं? तो रुक्मिणी क्यों तुम्हारे साथ नहीं आई? सत्यभामा ने तुम्हारे साथ आने की जिद नहीं की?''

''इतना समय ही नहीं था, सखा, मैं स्वयं अपने प्राण मुट्ठी में लेकर पहुँची हूँ।''

''वह आएगी द्रौपदी, रुक्मिणी विदुषी स्त्री है। वह शास्त्रों को समझती है। बहुत संवेदनशील है और इसलिए जानती हो तुम कि अगर उसका मन मुझ में पिरोया हुआ होगा। तो मैं शांत मन से निश्चित होकर प्रयाण नहीं कर सकूँगा...वह जरूर आएगी। वह स्वयं मुक्त होने के लिए अवश्य आएगी और स्वयं मुक्त होकर मुझे मुक्त कर जाएगी। वह जरूर आएगी।''

□

रुक्मिणी त्रिवेणी संगम के नजदीक पहुँची। उसने दूर से द्रौपदी को कृष्ण के चरणों में बैठे हुए देखा। पास ही हाथ जोड़कर गूँगा होकर बैठे जरा को भी देखा। वह आश्चर्यचकित था कि यह कैसा मनुष्य है, जिसे हर बात की जानकारी है। मैंने तो उनका चर्तुभुज स्वरूप देखा है। ये सब जो उनके पास बैठ रो रहे हैं, उन सबको इनके ईश्वर होने का समाचार नहीं होगा? ...अभी तो जरा द्रौपदी और अर्जुन के आगमन को समझे उससे पहले रुक्मिणी बेतहाशा दौड़ती हुई आई और श्रीकृष्ण के चरणों में गिर पड़ी। उसके सारे चेहरे पर हलकी-हलकी पसीने की बूँदें चमक रही थीं, सचमुच जैसा वर्णन श्रीकृष्ण ने

उनसे न मिला होता तो मेरी आत्मा संपूर्णतया मुक्त हो निर्वाण के पथ पर नहीं जा सकी होती शायद। जीवन भर तूने मेरे रथ को हाँका है। मैं तेरा आभारी हूँ।'' कृष्ण ने हाथ जोड़े।

''मैं आपका आभार मानता हूँ प्रभु, कि आपने मुझे अपनी सेवा करने का अवसर प्रदान किया। मेरा तो जन्म सफल हो गया।''

''तू स्वच्छ मनवाला शुद्ध मनुष्य है। मेरी अंतिम साँस तक तू मेरे साथ रहा है। एक विश्वसनीय सेवक बनकर तूने मुझे सबकुछ दिया है, वह सब जिसकी मुझे तुझसे अपेक्षा थी। तू मुक्त है दारुक, तू अपने रास्ते पर जा।''

''मेरा मार्ग तो आपके ही साथ है, प्रभु, आपको छोड़कर मैं कहाँ जाऊँ?'' दारुक फूट-फूटकर रो रहा था।

कृष्ण बड़ी मुश्किल से उठकर बैठे और उसके माथे पर हाथ रखा और कहा, ''तू बहुत लंबा जिए दारुक, तेरी तमाम इच्छाएँ पूर्ण हों। ईश्वर तेरा कल्याण करेंगे। अस्तु।''

रुक्मिणी कृष्ण और दारुक का यह संवाद सुन रही थी। अर्जुन और द्रौपदी मानो पत्थर के बने हों, ऐसे स्थिर बैठे थे। सभी कृष्ण की शांति के लिए, उनकी पीड़ा कम हो, उसके लिए मन-ही-मन प्रार्थना कर रहे थे। तब रुक्मिणी ने बात को जोड़ते हुए कहा, ''नाथ, मुक्ति भी साथिन हो सकती है। आप मुक्ति प्राप्त करो, उसे मैं रोक नहीं सकती; लेकिन मोक्ष के इस चक्कर में मेरा हाथ छुड़ाओगे तो अन्याय होगा…''

''प्रिय, मोक्ष का मार्ग तो अकेले ही जाने का मार्ग है, जबकि अपने हाथों के हस्त-मिलाप के समय से ही हम तो एक हो गए हैं। अब तो इस बंधन के छूटने का प्रश्न ही नहीं उठता है।''

''प्रभु, ये तो ज्ञान की बातें हैं। प्रेम का ज्ञान से क्या संबंध? शब्दों में कही जानेवाली बातें प्रेम की अभिव्यक्ति नहीं कर सकतीं। प्रेम तो एक अनुभूति है और वह अनुभूति व्यक्ति की अपनी बहुत निजी होती है। तुम कुछ भी कहो, मैंने यह अनुभव किया है, यह मेरा सत्य है प्रभु, और मेरे सत्य को आप किस तरह समझ सकते हैं, मेरी प्यास, मेरा एकाकीपन, मेरी तन्हाई तो मेरे ही थे न? उनमें आप कहाँ थे?'' इस सारी चर्चा को सुनते हुए सूर्य भी मानो क्षितिज में मंद गति से अस्त हो रहा था। उसके अस्त होने के साथ ही पृथ्वी पर व्याप्त होने वाला अंधकार अत्यंत शोकाकुल, भयावह और एकाकीपन में डूबा हुआ होगा। लगता है, शायद नियति से वह भी वाकिफ हो, इसीलिए संभव हो वहाँ तक वह भी लंबे समय तक अपना प्रकाश सँभालकर रखना चाहता था।

''ठीक है न, सभी अपने-अपने एकाकीपन में अकेले ही होते हैं। सभी को अपने एकाकीपन का भार स्वयं ही उठाना होता है; परंतु प्रिया, एकाकीपन और तन्हाई के बीच बहुत बड़ा भेद होता है। तन्हाई को एकाकीपन समझने की भूल हम सब कर लेते हैं। एक बार जब आप अपने एकाकीपन को एकाकी होना समझ लेने की भूल करते हो तो पूरा

संदर्भ ही बदल जाता है। एकाकीपन, सुंदरता, भव्यता—सकारात्मक तत्त्व लिये होता है। अकेला होना कंगाल होना, नकारात्मकता, अशुभ और शोकमग्न परिस्थिति का द्योतक है। प्रिया, अकेला होना प्राकृतिक देन है। कोई उससे मुक्त नहीं हो सकता। सभी अकेले ही इस जगत् में प्रवेश करते हैं और अंतिम यात्रा, यानी विदाई भी अकेले ही लेते हैं।''

''तो फिर किसलिए सब विवाह करते हैं? क्यों परिवार खड़ा करते हैं? किसलिए भाई-बंधु, सगे-संबंधी, रिश्तेदार, स्नेही-मित्र सब संबंध बनाते हैं?''

''अकेले होना अपना मूलभूत स्वभाव है, प्रिया; परंतु यह हम जानते नहीं हैं अथवा जानना चाहते नहीं हैं प्रिया, हम अपने आप में ही अपरिचित रह जाते हैं। जो एकाकीपन को समझते हैं, उसके साथ मित्रता करते हैं, वे कहते हैं कि एकाकी होने से सुंदर, शांतिमय और इससे विशेष आनंददायक और कुछ है ही नहीं। तुम स्वयं अकेले होकर सबसे मिल सकते हो। एक हूँ तो अनेक बनूँ का भाव एकाकीपन में से अपने आप प्रकट होता है, प्रिये।''

''और प्रेम का क्या? स्त्री के लिए अनेक प्रेम संभव नहीं हैं। उसके लिए उसका पुरुष ही एकमात्र केंद्र है, उसके सुख का···'' फिर द्रौपदी वहाँ बैठी है, उसका खयाल आते ही रुक्मिणी ने आगे कहा, ''सभी पांचाली जितने सक्षम नहीं हो सकते। मैं तो सामान्य स्त्री हूँ, एक पुरुष को प्रेम करती, उसी के पास से अपने सुख की अपेक्षा रखती, एक अतिसामान्य स्त्री।''

□

कृष्ण को रुक्मिणी का रूठना, मनाना, अपने साथ कभी-कभी छोटे बच्चे की तरह लाड़ लड़ाने के क्षण याद आ गए। रुक्मिणी सचमुच एक सामान्य स्त्री की तरह ही व्यवहार करती रही है। वह चाहे कितनी ही विदुषी है, कितनी ही विद्वान् हो; परंतु स्त्री का हृदय स्त्री का ही रहता है, यह बात कृष्ण को अब इस क्षण एकदम सत्य लगी थी।

फिर भी उन्होंने रुक्मिणी के मन का समाधान करते हुए कहा, ''प्रिया, तुम कोई सामान्य स्त्री नहीं हो, हो ही नहीं सकतीं। कृष्ण की अर्धांगिनी सामान्य कैसे हो सकती है। यह मेरा अभिमान नहीं और न ही मेरा अहंकार है। मैंने जब पार्थ से कहा कि हाथियों में मैं ऐरावत हूँ, वृक्षों में मैं पीपल हूँ, गायों में मैं कामधेनु हूँ, नदियों में मैं गंगा हूँ, वैसे ही स्त्रियों में मैं रुक्मिणी हूँ। प्रिया, तुम श्रेष्ठ हो और इसीलिए मेरे श्रेष्ठतम जीवन का श्रेष्ठतम अंश तुम हो। प्रेम कोई वस्तु पर आधारित नहीं। प्रेम आत्मिक ओज है। स्वात्मा का उजाला जितना व्यापक होगा उतना ही प्रेम और विशाल बनेगा···'' कृष्ण को यह सब बोलने में बहुत श्रम करना पड़ रहा था। उन्होंने आँखें पोंछीं। उनकी साँस मद्धिम हो रही थी। धीरे-धीरे उनकी आवाज क्षीण हो रही थी। पाँव में लगे हुए बाण के कारण बहता हुआ रक्त उनके शरीर को निर्बल बना रहा था। फिर भी उन्होंने कहना जारी रखा, ''स्वप्न में रचने और विवाह से बहुत अधिक अपेक्षाएँ रखनेवाले सभी लोगों को लगता है कि

दीपकों की तरह टिमटिमा रहा था।

"परंतु प्रभु, इतने वर्षों के मध्य हमारे बीच कभी कोई संवाद स्थापित ही नहीं हो सका, जिससे मैं आपको आपकी आत्मा तक पहुँच पहचान पाने का प्रयास कर सकती। आप जब भी मुझे मिले खंडों में विभाजित टुकड़े-टुकड़े ही मिले। जब-जब भी आप मेरे बाहुपाश में थे, तब भी आपके मानो-मस्तिष्क में किसी अन्य की समस्या का प्रश्न था और किसी दूसरे व्यक्ति की पीड़ा में ही व्यस्त थे। हम कभी भी अकेले नहीं थे नाथ, हमारे एकांत में भी निरंतर कोई-न-कोई उपस्थित रहा। कोई ऐसा, जिसे मैं देख नहीं सकती थी, जान नहीं सकती थी, स्पर्श नहीं कर सकती थी; परंतु निरंतर उसका अनुभव करती रही। आप कभी संपूर्णतया मेरे हो ही नहीं सके नाथ; मैंने हमेशा आपको किसी के साथ देखा है। कोई हर समय अलग-अलग था अथवा प्रत्येक समय कोई एक ही था, परंतु कोई अवश्य था। यह आप भी जानते हैं और मैं भी जानती ही थी।"

कृष्ण हँस पड़े, "स्त्रियाँ जितनी पारदर्शक होती हैं, हम पुरुष ऐसे नहीं हो सकते। वैसे तो कहा जाता है कि स्त्री के मन की थाह लेना मुश्किल है। बहुत गहरा मन होता है स्त्रियों का"परंतु आज मुझे अनुभव हुआ कि उस गहरे मन में भरा हुआ जल अत्यंत स्वच्छ और निर्मल होता है। जल की सपाटी पर पड़ा छोटे-से-छोटा कंकर भी दिखाई दे, इतना स्वच्छ। प्रिये, तुम क्या मानती हो, तुम्हारी यह पीड़ा, तुम्हारा यह उलाहना शब्दों में मुझे बताओ तो ही मुझे पता चलेगा? तुम्हारी आँखों में, तुम्हारे स्पर्श में यह पीड़ा मैंने निरंतर अनुभव की है।"

"परंतु नाथ, इस बारे में आपने कभी कुछ कहा भी नहीं। मुझे आपका जो समय चाहिए था, वह समय आपने मुझे कभी नहीं दिया। कहिए तो, मुझे क्या चाहिए था। पटरानी का पद, सिंहासन पर आपके साथ का स्थान, वस्त्र-अलंकार, भव्य महल" सब तो मुझे शिशुपाल के यहाँ भी मिल सकते थे। मैंने इसलिए आपको पत्र नहीं लिखा था। आर्यावर्त के श्रेष्ठ पुरुष को पत्र लाज-शर्म को ताक पर रखकर इसलिए लिखा था कि मैं आपके साथ जीवन जीना चाहती थी। आपकी पत्नी बनकर, अपना पल-पल आप में विलीन कर, एकाकार कर, स्वयं को भूल मात्र कृष्ण की बनकर जीना चाहती थी मैं।"

"तो फिर यह पश्चात्ताप किसलिए? यह तड़प, अफसोस किस बात का? तुम तो कृष्ण बनकर जीवन जी हो प्रिये, और कृष्ण बनकर जीने का अर्थ है अपने अहं, स्व को भूल जाना। मुझे कभी अपने लिए भी समय नहीं मिला, इस बात का अफसोस नहीं हुआ। मेरे समय पर तो वैसे भी अन्य किसी का अधिकार है, जिसे जब चाहे वह कृष्ण को मिल ले, यही मेरे अस्तित्व का अर्थ है, प्रिये! तुम इस व्यक्ति को या उस व्यक्ति को प्रेम नहीं करती। तुम केवल प्रेम करती हो और धीरे-धीरे स्वयं प्रेम बन जाती हो। प्रेम जब किसी एक व्यक्ति में सीमित हो जाता है, तब वह बँधे हुए पानी की तरह—बंद कमरे की तरह

मलिन और दूषित हो जाता है। कोई मेरा है, मैं किसी का हूँ, यह अहंकार है और प्रेम का अहं, अहंकार के साथ कोई संबंध कभी भी नहीं रहा है।''

''परंतु नाथ, किसी भी स्त्री के लिए अपने पति के साथ का समय मात्र उसका ही, उस अकेली का ही हो, यह अपेक्षा रखना क्या अधिक बात है? आप चाहे हर रोज रात मेरे साथ व्यतीत न करें, हर रोज मेरे बालों में फूल लगाएँ अथवा मुझे वस्त्र-अलंकारों की भेंट दें, मैं उसकी इच्छा नहीं रखती; परंतु आप जब मेरे पास आएँ, तब आपकी सब चिंताएँ, जिम्मेदारियाँ और प्रश्न मुकुट की तरह मेरे कक्ष के बाहर ही उतारकर आएँ, इतनी अपेक्षा भी मुझे नहीं रखनी चाहिए थी?''

रुक्मिणी की भीगी आँखें देख कृष्ण द्रवित हो उठे। वे मन-ही-मन सोचने लगे, 'क्या माँगती है स्त्री, प्रेम? अनर्गल, अविरत, अविभाज्य प्रेम...'

सचमुच स्त्रियों को सुखी करना बहुत आसान है। उनकी अपेक्षाएँ बिलकुल सूक्ष्म अथवा अल्प होती हैं। पुरुष उसे समझ नहीं सकते शायद। इसीलिए स्त्री अपूर्णता, अधूरी रहने का अनुभव करती है। विवाह करके भी उसके मन की क्षुधा शांत नहीं होती, क्योंकि पति उसको दिए जानेवाले समय में भी संपूर्णतया उसका नहीं हो पाता। फिर रुक्मिणी के सामने देख कृष्ण ने कहा, ''प्रिया, आप तो बंधन की बात करती हो और दांपत्य बंधन नहीं, सामंजस्य है। मेरी जिम्मेदारियाँ, मेरी चिंताएँ अथवा मेरे प्रश्न मेरे हैं। क्या तुम चाहती हो कि मैं अपनी अपूर्णता को लेकर तुम्हारे कक्ष में आऊँ? मेरी पूर्णता ही इन प्रश्नों, इन जिम्मेदारियों और मुझमें निहित अन्य लोगों के कारण ही संभव है। उन सबको अगर मैं निकालकर बाहर फेंक दूँ, तो मैं खुद ही अपूर्ण बन जाऊँ देवी। दो प्रेमी कोई अदृश्य वस्तु, कोई अत्यंत मूल्यवान् वस्तु को प्रेम करते हैं। वे किसी संवाद के आधार को भरते हैं, परंतु ऐसा करते हुए भी स्वतंत्र रहते हैं। वे अपने आपको दूसरों के सामने खोल सकते हैं, क्योंकि उसमें कोई भय नहीं है। दो बीज बँध नहीं सकते। वे खुद बंद ही होते हैं, परंतु दो खुले हुए पुष्प एक-दूसरे के साथ संबंध बना सकते हैं।

रुक्मिणी और कृष्ण के बीच चल रहे इस संवाद के बीच दारुक इधर-उधर दौड़कर जड़ी-बूटी ले आया। पत्थर पर घिसकर उसका लेप बनाया। कृष्ण के पाँव में जहाँ बाण लगा था, उसे खींच वह लेप लगाने ही वाला था कि कृष्ण ने कहा, ''रहने दे भाई, यह सब व्यर्थ है। यह बाण वहीं रहने दे। जब तक यह बाण मेरे अँगूठे में चुभा रहेगा, तब तक ही मैं अपने प्राण इस देह के साथ बाँधकर रख सकूँगा...पीड़ा-मुक्त होने के पल अब देह-मुक्त होने के पल में बदल जाएँगे और यह जड़ी-बूटी का लेप लगाने से मेरे शरीर के घाव अब ठीक नहीं हो पाएँगे।''

''परंतु प्रभु...'' दारुक ने कुछ बोलना चाहा।

''तू महारानी रुक्मिणी को यहाँ तक लाया, यह तेरा बहु बड़ा उपकार है। अगर मैं

कहीं…अभी किसी की दो आँखें मेरी तरफ देखकर कह रही हैं, ''कान्हा…जाओगे? आज भी मेरा विचार नहीं करोगे?''

''सखा…'' रुक्मिणी का हृदय पल को रुक-सा गया।

''वह आएगी?'' द्रौपदी के मन में प्रश्न था।

☐

''माँ…क्यों इतना रोती हो?''

''मैं क्या जानूँ? एक बार यहाँ से जाने के बाद उसने कहाँ मेरी सुध ली है?''

फिर उसे खयाल आया मानो उसे यह बात नहीं करनी थी, ऐसा सोच उसने खड़े होने का प्रयास किया।

शुभ्रा ने हाथ पकड़कर उसे उठने से रोका।

''कोई हमें भूल जाए तो भी हम उसे भूल सकते हैं?''

''देख श्यामा, मुझे इस विषय पर कोई लंबी-चौड़ी बातें नहीं करनी।'' राधा खड़ी हो गई, ''मुझे बहुत काम है।''

''माँ, देखना कहीं ऐसा न हो कि तुम्हारी आत्मा किसी को मिले बिना अधूरी ही रह जाए।''

राधा का गला भर आया था। आवाज भी रुदन भरी हो गई। इसके बावजूद उसने शुभ्रा की बात का उत्तर देते हुए कहा, ''मुझे यह समझ में नहीं आया कि तू किसलिए उसका इतना पक्ष लेती है? तू तो उसे जानती भी नहीं।''

शुभ्रा की आँखें मानो यमुना के जल में तैरती हुई मछली हों, इस प्रकार चंचल हो गई, ''कौन कहता है, मैं उन्हें नहीं जानती? रोज-रोज तुम्हारी आँखों में देखती हूँ उनको। मेरे नाम के साथ उनका नाम जुड़ा हुआ है। आप जब-जब शुभ्रा के बदले मुझे 'श्यामा' कहकर बुलाती हो, तब मुझे द्वारका से उत्तर देने का मन होता है।''

''द्वारका के साथ मुझे क्या?'' राधा ने शुभ्रा की आँखों में देखना अनदेखा किया?

''द्वारका में रहते हैं वे। उनके साथ जुड़ी हुई सभी बातें द्वारका के आसपास से बहती रही हैं।''

शुभ्रा मानो आज राधा का पीछा नहीं छोड़ने वाली थी, लेकिन राधा ने आज मन नहीं देने का निर्णय कर लिया था, ''मैं उसे नहीं पहचानती। सुना है, वह तो राजा है। स्वर्णनगरी द्वारका का राजा। सुना है, ज्ञान की, योग की, भक्ति की बातें करता है अब तो। जिसे मैंने चाहा है, वह तो यहीं रहता है। गोकुल की गलियों में यमुना के किनारे, कदंब के पेड़ों के बीच, गायों के झुंड में और माँ यशोदा की आँखों में।''

''माँ, वो आ जाए तो?… तुमको मिलने…''

''पागल…जानेवाला कभी वापस नहीं आता। अगर उसे आना ही होता तो वह जाता

ही क्यों? वह तो समय है मेरा। उसका कोई नाम अथवा आकार कहाँ है?''

शुभ्रा एकटक राधा को देखती रही। जीवन को एक धर्म मानकर जीवन व्यतीत करनेवाली यह स्त्री कहीं भी कम नहीं रही। श्रेष्ठ पत्नी, श्रेष्ठ माँ बनकर उसने यत्नपूर्वक सबको सँभाला। जीवन के हर मोड़ को ठीक से बनाए रखने हेतु एक पल भी उसने गँवाया नहीं। पीछे मुड़कर तो देखा ही नहीं था। बस, चलती ही रही थी वह। आगे की ओर—

आज क्या हो गया था कि यह प्रौढ़ा स्त्री जीवन के एक मोड़ पर आकर रुक गई थी, मानो उसके पैरों में मन-मन की बेड़ियाँ डाल दी गई हों, वह आगे बढ़ ही नहीं पा रही थी। इतना ही नहीं, मुड़-मुड़कर पीछे देखती थी, मानो उसे कोई आवाज लगा रहा था। आज इस प्रौढ़ा की आँखें उसे सोलह बरस की कन्या-सी लगती थीं। ऐसी षोडशी, जो अभी-अभी ही किसी से प्रेम करने लगी हो। ऐसी षोडशी, जिसकी जवानी अभी कल शाम को ही उसके शरीर पर अपना रंग चढ़ा उस युवती में से मेघ-धनुष बनाकर गई थी।

''माँ, मैं तुमसे पूछती हूँ? वो आएँ तो? तुम्हें मिलने।''

''तो? तो मुझे भी नहीं पता कि मैं क्या करूँगी; लेकिन एक बात कहूँ तुझे, गोकुल के किवाड़ मैंने चारों तरफ से इतने जोर से बंद कर दिए हैं कि यहाँ से कोई बाहर नहीं जा सकता और एक बार बाहर गया हुआ व्यक्ति फिर गोकुल वापस नहीं आ सकता।''

''लेकिन क्यों माँ, उनके बिना आपके जीवन की तड़प को मैंने देखा है। देखा है कि जीवन के हर क्षण में प्रतीक्षा की है आपने उनकी।''

''प्रतीक्षा हम करते हों तो कोई आएगा ही, ऐसा कहाँ है? अथवा कोई आने वाला है, इसलिए प्रतीक्षा करना ऐसा भी नहीं है। प्रतीक्षा तो इसलिए है कि प्रत्यक्ष कोई नहीं है।''

''अर्थात् प्रत्यक्ष कोई न हो, उसकी प्रतीक्षा होती है, ठीक है न?''

राधा की आँखें मानो बीता हुआ कल देखती थीं—''लड़की, बहुत प्रश्न पूछती हो। संबंध जब पूर्ण हो जाते हैं तो ऋण भी उतरता जाता है। व्यक्ति मुक्त होना चाहता है। तमाम बंधनों से, लेन-देन से और अपने आपको परम आत्मा के साथ जोड़ने को तत्पर हो जाता है। मैं ऐसा तो नहीं कहूँगी कि ऋण उतर गया, परंतु ऋण उतारने के लिए जो चाहिए, वह मैं वापस दे देने को तैयार हूँ और देखो, उसका दिया हुआ ही उसे वापस नहीं दूँ तो वह जाएगा कैसे? मैं तो उसकी कर्जदार हूँ, जन्म-जन्मांतरों से। जो माँगे उन्हें दे ही दूँ, ऐसा मेरा जीवन भर प्रयास रहा है, क्योंकि वे जो कुछ माँगते हैं, वह सब उनका ही तो है।''

''माँ, एक बात पूछूँ?'' आज शुभ्रा मानो राधा के हृदय में झाँकने का संकल्प कर बैठी थी। उसने राधा का संपूर्ण विषाद, संपूर्ण पीड़ा अपने अंदर समा लेने का दृढ़ निश्चय कर लिया था।

एकदम अकेली निरंतर अपने आपसे संवाद करती हुई राधा वैसे तो जानती थी कि शुभ्रा जो चाहती है, वह करती है। शुभ्रा ने निरंतर राधा के साथ रहकर राधा के मन की

विवाह प्रेम नहीं अथवा विवाह से पहले जो प्रेम था वह यह नहीं है; परंतु प्रेम एक गहरी समझ है, जिससे कोई व्यक्ति किसी रूप में आपको पूर्ण बनाता है। कोई आपको संपूर्ण आकार का बना देता है। जीवन में दूसरे की उपस्थिति आपकी उपस्थिति में वृद्धि करती है, प्रेम तुमको 'तुम' बनाने की स्वतंत्रता देता है और अगर किसी व्यक्ति की उपस्थिति पर ही सुख और दु:ख की भावना आधारित हो तो प्रिया, किस तरह तुम सुखी हो सकती हो ?

''प्रिया, जो समय हमने साथ बिताया, वह हम दोनों का श्रेष्ठ समय था। हमारा सुख एक साथ था, भागीदार था। हमारे आनंद के क्षण बँटे हुए थे। हम दोनों ने एक-दूसरे को बहुत सुख दिया है। तुम्हारे पक्ष में शायद समर्पण अधिक हो सकता है; परंतु पति-पत्नी के रूप में हमने एक अद्वैत अद्भुत अनुभव किया है, ऐसा सोचकर अगर देखो भी तो समझ में आएगा कि जो मिला वह नहीं मिले की संभावना से कहीं अधिक था।''

रुक्मिणी के साथ-साथ द्रौपदी के मन में भी कुछ प्रकाश हुआ। विषाद के गहराए हुए बादल बिखर गए और रुक्मिणी जिस तरह से शांत हुई, कृष्ण के मुँह की ओर देखती रही, उसे देखकर मानो द्रौपदी को भी सांत्वना मिली। रुक्मिणी की सारी व्यथा, सारा विषाद मानो इस संवाद के बाद विशुद्ध होकर उसके अंतरमन को धोकर निकल गया था।

यह उसके स्वामी थे, जो उसे कितना स्नेह करते थे, कितना सम्मान था उसका उनके हृदय में। कितने भिन्न, कितने अनन्य और कितने शाश्वत थे उनके साथ बिताए वे पल। आज तक रुक्मिणी को जो क्षण रिक्त, निरर्थक और अकेले लगते थे, वे सब क्षण अनायास ही भरे-भरे, सुगंधित बनकर उसके आसपास नृत्य करने लगे। एक पूर्ण, प्रेम भरा और अद्वितीय दांपत्य जीवन प्राप्त करने का परम संतोष...उसके चेहरे पर साफ जगमगा रहा था।

''नाथ, सचमुच अगर वह संवाद न हुआ होता तो मेरे मन में कहीं कुछ बिच्छू की तरह डंक मारता रहता। मैंने एक श्रेष्ठ पत्नी बनने का सनिष्ठ प्रयास किया; परंतु मेरे अंदर एक अभाव मुझे हमेशा सालता रहा, जो मुझे पीड़ा देता रहा। आज आपने हलके हाथ से उस अभाव के बादल को खिसका दिया और मेरे मन में स्पष्टता का उजाला बिछा दिया। नाथ, अब जब पीछे मुड़कर देखती हूँ, तब समझ में आता है कि जिसे मैंने आपकी अवगणना समझा, वह मुझे दिया गया अवकाश था। जिसे मैंने आपके अंदर बसते रहस्य जान मन-ही-मन विषाद खड़ा किया, वास्तव में तो यह बात थी कि आप अपनी पीड़ाएँ मुझ तक पहुँचने ही नहीं देना चाहते थे। जिसे मैंने समय का अभाव माना, वह तो दूसरों के लिए संपूर्ण रूप से समर्पित आपका सेवाभाव था और मैंने जब अकेलेपन का अनुभव किया, तब-तब आपने मुझे अपने और अधिक निकट आने का अवसर प्रदान किया। नाथ, स्त्री को मात्र वस्तु अथवा शरीर मान उसे भोगनेवाले पुरुषों की अपेक्षा आप कितने ऊँचे, कितने भिन्न हैं...पत्नी सचमुच सातवें फेरे में मित्र बन जाए, सप्तपदी के वचन को आपने

पूरा कर दिखाया है। नाथ, मुझे क्षमा करें, मैं आपकी उदारता को अपनी अवगणना समझ मन-ही-मन दु:खी होती रही।''

''प्रश्न तो वही होता है। हम सामनेवाले व्यक्ति को उसके दृष्टिकोण से समझने का प्रयास नहीं करते। वह क्या कहना चाहता है अथवा क्या कह सकता है, इस बात का विचार करने की अपेक्षा उसने जो कहा, उसका यही अर्थ हो सकता है, ऐसा मानकर उत्तम संबंधों को निम्न कक्षा तक ले जाते हैं। तर्क व्यक्ति में निहित पुरुष है और मन व्यक्ति में निहित स्त्री है। जब-जब युद्ध होता है, तब तर्कशक्ति को आगे रख युद्ध लड़ना चाहिए; लेकिन जब-जब संवेदनशीलता की बात आती है, तब-तब मन का कहा मानना चाहिए। स्त्री स्त्री है और पुरुष पुरुष है। दोनों के विचारों में, व्यवहार में और जीवन में भेद है। स्त्री को अपना अलग व्यक्तित्व बनाए रखना चाहिए। घर्षण खड़ा करने की अपेक्षा स्त्री को अपने तमाम गुणों को और भी शुद्ध कर स्त्रीत्व को विकसित करना चाहिए। मन और तर्क के बीच के घर्षण को एक ओर रखने का श्रेष्ठ उपाय है कि व्यक्ति निरंतर आँखें खुली रखे और खुली आँखों से दिखाई देनेवाली बात को पहले अनुभव करे और फिर उसे तर्क तक ले जाए। अगर इतना हो सकता है तो दांपत्य जीवन में उठने वाले प्रश्न खड़े ही नहीं होंगे। प्रिया, मैंने तुम्हें खूब प्रेम किया है। तुम्हारे समर्पण का मेरे जीवन में बहुत ऊँचा स्थान है और फिर जन्म लूँगा तो तुम्हें ही अपनी अर्धांगिनी के रूप में पाने की प्रार्थना रहेगी।''

रुक्मिणी फूट-फूटकर रो पड़ी। रो-रोकर उसकी हिचकियाँ बंद हो गईं। रो-रोकर मानो उसके हृदय की मलिनता धुल रही थी। इतने साल कृष्ण के साथ रहकर भी वह खुद उन्हें समझ नहीं सकी, इन विचारों से रुक्मिणी अत्यंत अस्वस्थ हो गई थी। कृष्ण के मनोभावों का उसने गलत रूप में मूल्यांकन किया, ऐसा विचार कर व्यथित रुक्मिणी कृष्ण के चरणों में मस्तक झुका फूट-फूटकर रो रही थी। कृष्ण का स्नेह से भरा हाथ उसकी पीठ पर फिर रहा था, मानो कह रहा हो, 'निकाल दो मन की सारी मलिनता। शुद्ध हो जाओ, मुक्त हो जाओ और मुझे भी मुक्त कर दो; क्योंकि जहाँ तक तुम्हारा मन मुझे मुक्त नहीं करेगा, तुम्हारे प्रति उत्तरदायित्व में से मैं मुक्त नहीं हो जाऊँगा, तब तक मेरी अंतिम साँस, अंतिम प्रयाण संभव नहीं।'

''नाथ, आपका दिया सबकुछ इसी बार में तुम्हें ही समर्पित करती हूँ। त्वदीयं वस्तु गोविन्दं तुभ्यमेव समर्पये।'' रुक्मिणी ने कहा और आँसू पोंछकर एक बार सिर उठा कृष्ण के सामने देखा। कृष्ण की आँखें परम शांति में बंद थीं। रुक्मिणी को आघात-सा लगा। उसने कृष्ण की छाती पर हाथ रखा। बंद आँखों से कृष्ण ने दोनों हाथों से रुक्मिणी का हाथ हृदय पर दबा रखा।

''देर है अभी...अभी शायद थोड़े समय शायद इस शरीर में रहना है मुझे। अभी कोई मुझे याद कर रहा है...अभी पीड़ा बनकर चुभ रहा है...अभी किसी के प्रश्न अधूरे हैं

"मुझे किसी को मुक्ति देनी है। मैं अगर मुक्त नहीं होऊँगी तो वे कैसे मुक्त होंगे? और मुक्ति बिना उसे शांति कैसे मिलेगी? मैं तो सुख हूँ उसके जीवन का, उसकी संपूर्ण कोमलता, उसका संगीत, उसके जीवन का राग हूँ मैं...मैं उसके जीवन की पीड़ा किस प्रकार बनूँ? उनके प्रयाण के समय जाते हुए मुझसे विदाई की अपेक्षा है उन्हें और मुझे तो वह उन्हें देनी ही होगी...मुझे तो उन्हें सिर्फ सांत्वना देनी है। यही मेरा धर्म है और मुझसे उन्हें अपेक्षा भी यही है...।"

◻

द्रौपदी ने बंद आँखों से सोए हुए कृष्ण की ओर देखा। उनके चेहरे पर पल-पल में बदलाव आ रहा था। चेहरे के हाव-भाव देखकर ऐसा प्रतीत हो रहा था मानो वे किसी से संवाद कर रहे थे। उनके चेहरे का रंग प्रतिपल बदल रहा था। किसी पुरानी बात को याद कर एक पल के लिए उनके चेहरे पर मुसकान फैल जाती तो दूसरे ही क्षण गहरे विषाद की कालिमा उनके चेहरे पर अंकित हो उठती।

रुक्मिणी, दारुक, अर्जुन, द्रौपदी और जरा कृष्ण को घेरकर बैठे हुए थे।

इतने सारे लोगों की उपस्थिति के बावजूद कृष्ण मानो बिलकुल अकेले हों, ऐसे मन-ही-मन अपने आपसे संवाद कर रहे थे।

कृष्ण की आँखें बंद थीं। आँखों के सामने एक चंचल, कोमल, थोड़ी उजली चाँद-सी गोरी, घने काले बाल और नाचती भृकुटि वाली एक कन्या तैर गई। यमुना के जल में आते उछाल समान चंचल, हिरण-सी भोली, निर्दोष आँखें कृष्ण को देख रही थीं और पूछती थीं—

"अब क्या बाँध रहा है तुझे? जा ना, जाना है तो..."

"मात्र तुझे मिलने को ही ये प्राण प्रतीक्षित हैं...तू नहीं आएगी वहाँ तक मुझे इस देह में बँधकर तेरी प्रतीक्षा करनी पड़ेगी।"

"व्यर्थ है यह प्रतीक्षा, मैं नहीं आनेवाली।"

"ऐसा तो तू रोज ही कहती और फिर मेरी बाँसुरी की धुन में बँध खिंचती चली आती, तुझे याद है न?"

"नहीं, मुझे तो कुछ भी याद नहीं।" उसके चेहरे पर थोड़े क्षोभ और थोड़ी धूप की ललाई छा गई थी।"

"चली आ...तू नहीं आएगी तो मैं जाऊँगा कैसे?" कृष्ण ने मन-ही-मन में राधिका से प्रार्थना की।

◻

ढलती हुई संध्या की धूप की किरणों का रंग अब केसरी हो गया था। दूर जहाँ नदियाँ समुद्र में मिलती थीं, वहाँ सूरज अस्त होने के पल आ गए थे। नदियों का जल

इतना केसरी हो गया था मानो गेंदे के फूल दूर-दूर तक बिछे हों। सारा आकाश भगवा चादर ओढ़कर लगभग साधुत्व के रूप में सूर्य को विदा करने को मन कठोर बना चुका था।

सूर्य का केसरी ताप कृष्ण के चेहरे पर एक अजब सा रंग डाल रहा था।

संध्या के अद्भुत रंग चारों ओर बिखरे हुए थे।

पीपल के पत्ते भी केसरी दिखाई देते थे।

कृष्ण आँखें बंद कर डूबते हुए सूर्य के साथ अपने मन के आकाश में तैरती राधा की छवि के साथ संवाद कर रहे थे।

''मैं…मैं कैसे आऊँ? दिशाएँ तो कह चुकी हैं कान्हा…जिस क्षण तुमने गोकुल छोड़ा, उस पल से आज तक हम दोनों ने एक-दूसरे से विरुद्ध दिशाओं में ही प्रवास किया है। अब अगर मैं तुझ तक आना भी चाहूँ तो पहले मेरे भाग के फिर तुम्हारे भाग का प्रवास करना पड़ेगा…बहुत अंतर पड़ गया है, कान्हा।''

''अंतर तो उसे पड़ता है, जिसका हाथ छोड़ा हो। हमने चाहे कितनी ही विरुद्ध दिशा में प्रवास किया हो, लेकिन एक-दूसरे का साथ हमने कभी नहीं छोड़ा है। दिशा कोई भी हो, दशा तो एक-सी ही रही है न दोनों की।''

''कान्हा तू तो पहले से ही बहुत चतुर है। शब्दों का खेल खेल मुझे फुसलाना तुझे अच्छी तरह आता है। जब जाना था तो वैसे फुसला लिया, अब बुला रहा है, तो फिर शब्दों का खेल खेल रहा है; लेकिन याद रखना, मैं अब छोटी नहीं हूँ। वो पहलेवाली भोली, तेरी बातों में आ जानेवाली राधा नहीं रही हूँ मैं अब।''

''मेरे लिए तो तू वही है। तुझे छोड़ा गोकुल के साथ, फिर मेरे लिए तेरा स्वरूप कभी भी बदला ही नहीं। मुझे तो आज भी तू रोती, रूठती, मेरे लिए पागल बनती राधा ही दिखाई देती है।''

''ठीक ही तो है, क्योंकि उस राधा को तू चाहे उस तरह से नचाता था।''

''तो अब तू नचा मुझे।'' कृष्ण के चेहरे पर शरारत भरी मुसकान फैल गई, मानो राधा के साथ वाद-विवाद करने का आनंद आज भी उतना ही तीव्र था।

''तेरी उँगलियों में जादू है, कान्हा, संपूर्ण आर्यावर्त नाचता है तेरी उँगलियों के इशारे पर।'' राधा ने अपने कंधे झटके।

''लेकिन अभी भी उन उँगलियों की पोरों पर तेरे स्पर्श की सुगंध वैसी-की-वैसी ही है, राधिके…कभी अपनी ही उँगलियाँ अपनी नासिका के पास ले जाता हूँ तो मुझे उनमें से भी तेरी ही त्वचा की सुगंध आती है।''

''और वो तेरी रानियाँ…सोलह हजार एक सौ आठ?''

''वे पत्नियाँ हैं मेरी, अर्धांगिनियाँ। तू तो मेरी आत्मा है। मेरा सत्य, मेरा अस्तित्व, मेरी

थाह पाने की कोशिश की, मन की पीड़ा कम करने में राधा की मदद की थी।

ऐसी बहुत सी बातें थीं, जिन्हें राधा अपने आपसे कहते हुए भी हिचकिचाती थी। कभी राधा को खुद भी शुभ्रा अपने निकट ले आती थी। जिस नाम तथा जिन क्षणों को राधा ने अँधेरी कोठरी में बंद कर ताला लगा दिया था, आज उस कोठरी के दरवाजे शुभ्रा ने खोल डाले थे। अब झिलमिल प्रकाश राधा के जीवन के हर क्षण में व्याप्त हो गया था। वह शुभ्रा को जब-जब उत्तर देती, तब-तब वह ऐसी स्वाभाविक और सच्ची बन जाती मानो अपने ही मन को उत्तर दे रही हो।

शुभ्रा मानो उसके अंदर जीवित एक दूसरी ही स्त्री बन गई थी।

समय के साथ मानो राधा के मन के दो हिस्से हो गए थे। एक, अयन की पत्नी, आर्यक की माँ, गोकुल के दही-दूध-मक्खन बेचती एक ग्वालिन राधा—और दूसरी, एक कृष्णमय, कृष्ण की होकर जीने वाली स्त्री, जिसके अस्तित्व में कृष्ण के अलावा और कुछ भी नहीं था। उसकी साँस कृष्ण के नाम पर चलती थी। उसके शरीर में रक्त-संचार कृष्ण के नाम से था। उसकी आँखें केवल कृष्ण को देखती थीं। उसका मन प्रत्येक क्षण कृष्ण के साथ संवादरत रहता था...और फिर भी अयन की पत्नी को कभी नैतिकता के प्रश्नों का सामना नहीं करना पड़ता था। राधा ने संपूर्ण मन, वचन और कर्म से अयन की सेवा की थी। वह संपूर्ण सुरक्षित थी, एक पत्नी के रूप में, फिर भी उसके प्रेमिका के रूप में कभी कोई कमी नहीं आई थी।

"माँ, कैसे जी सकीं आप दो-दो जीवन? एक ही शरीर में रहकर?"

"शरीर? शरीर तो कभी का नश्वर बन चुका था। जिस क्षण उसने गोकुल छोड़ा, उसी क्षण से मेरे शरीर में प्राण कहाँ हैं? मैं तो सिर्फ अपना समय पूरा कर रही हूँ। प्रतीक्षा कर रही हूँ, ऐसे निमंत्रण की जो मुझे मुक्ति दे।"

शुभ्रा बहुत ही आत्मीयता से उसका हाथ अपने हाथ में लेकर पूछने लगी, "माँ, आपका कभी द्वारका जाने का मन नहीं हुआ? यह जानने के लिए कि वे क्या करते हैं? कैसे जीते हैं? उनके साथ कौन रहता है? कौन-कौन उनके अधिक निकट रह उन्हें समझता है, उनकी संवेदनाओं का अनुभव करता है?"

"नहीं।" राधा ने एक अक्षर में उत्तर दे दिया।

शुभ्रा भी हार माननेवाली नहीं थी।

"क्यों?" उसने पूछा।

"क्योंकि मैं जानती हूँ कि उसका उत्तर प्राप्त करने के बाद मैं द्वारका से वापस नहीं आ पाऊँगी। अपना स्थान छोड़ कहीं और जाकर बसना मेरा स्वभाव नहीं और मुझे अपने स्थान के अलावा वह कहीं और स्वीकारे, यह उसकी प्रकृति नहीं है।"

"परंतु माँ...यह अतृप्ति, एकाकीपन, यह मिलन की प्रतीक्षा की छटपटाहट, यह

वेदना, यह रिक्तता की पीड़ा—इन सबसे क्या मिलेगा?''

''सुख, नियति ने जो निश्चित कर दिया हो, उसके स्वीकार में ही सुख है। वास्तव में यह हमारी मूर्खता ही है कि हम इस अहं में डूब जाते हैं कि हम कुछ कर सकते हैं। हमारा मिलन नियति से तय था। हमारा वियोग भी हमारे मिलन के पल से ही तय हो गया था। हर क्षण बीत जाने के लिए ही जन्म लेता है। हम सब पलों को बाँधकर रखने की कश्मकश में ही अधिक-से-अधिक पीड़ा का अनुभव करते हैं। मैं उसे रोक ही न सकी होती; परंतु उनके बिना की यह अतृप्ति, यह एकाकीपन और जिसे तू वेदना कहती है न, वह सुख मेरे लिए उसके साथ मेरे जुड़ाव की प्रतीति है। अगर उसने मुझे बिसरा दिया होता तो मुझे भी अधिक समय नहीं लगता उसे भुलाने में। यह तो अग्नि समान है, जो ईंधन न डालो तो तुरंत ठंडी हो जाए; लेकिन मुझे मालूम है, मेरी आत्मा जानती है कि उसने प्रति क्षण आग में ईंधन डाला है और इसीलिए यह अग्नि इतनी प्रज्वलित है।''

''माँ, बापू ने कभी···आपको पूछा नहीं?''

''वे जानते हैं···वे जानते हैं कि उनकी पत्नी मात्र उनकी ही पत्नी है। संपूर्ण रूप से समर्पित, निष्ठावान्, उसके ही घर की चार-दीवारों में घिरकर जीनेवाली और जो दूसरी स्त्री है उनकी पत्नी के शरीर में उसके साथ, उन्हें कोई सरोकार नहीं। वह तो अपनी ही तरह से किसी और को चाहती है।''

''लेकिन फिर भी एक पुरुष के लिए यह कठिन नहीं है?''

''एक के लिए ही क्यों? दोनों पुरुषों के लिए कठिन है। किसी की पत्नी को इतना प्रेम करना या अपनी पत्नी को कोई प्रेम करे, ये दोनों ही बातें आसान नहीं हैं। और इधर देख तो श्यामा, प्रेम की अनुभूति ही सरल नहीं है। इस अनुभूति के साथ कितनी तड़प, कितनी बैचेनी और कितनी ही पीड़ा जुड़ी हुई है।''

''परंतु माँ, सुख की अनुभूति भी प्रेम ही देती है न?''

इस प्रश्न के साथ ही राधा का रोम-रोम मानो बाँसुरी बन गया। कान्हा के होंठ रोम-रोम स्पर्श कर रहे थे और राधा के संपूर्ण शरीर में से एक अद्‌भुत स्वर निकल रहा था। उस कन्हैया के साथ बिताए तमाम क्षण सजीव हो आसपास उड़ते दिखाई दिए···प्रेमानुभूति का सुख उससे अधिक भला कौन जान सकता था!

''हाँ, और मैं अपनी इस प्रेमानुभूति के कारण ही सुखी हूँ। वे जहाँ भी हैं, वहाँ मुझे याद करते हैं, मुझे चाहते हैं। यह बात मुझे उनके साथ जीने की अपेक्षा अधिक सुखमय और रोमांचक लगती है।''

''अगर इतना ही सुख का अनुभव करती हैं आप तो पिछले कई दिनों से मैं यह क्या देख रही हूँ? कौन सा ऐसा विषाद है, जो आपको घेरकर खड़ा हुआ है? क्या पीड़ा देता है आपको? कौन सी ऐसी जिजीविषा है, जिस कारण आपके प्राण इतने बेचैन हैं, माँ?''

कमनीयता, मेरा होना तू है। सोलह हजार एक सौ आठ में से किसी का भी नाम नहीं जुड़ा है मेरे साथ, राधिके···सारा संसार राधा-कृष्ण कहता है। तेरा नाम पहले और मेरा नाम बाद में।''

''जा-जा, ये तो सब बातें हैं। इतने बरसों में कभी मुझे पुकारा? बुलाया मुझे?''

''तुझे कैसे बुलाऊँ, राधे? तू तो पल-पल मेरे पास थी। तेरे बिना एक पल भी रह जाता तो जरूर मैंने तुझे पुकारा होता। तेरे बिना मेरा अस्तित्व ही अधूरा है।''

''इसीलिए मुझे छोड़कर चला गया?'' अचानक ही राधा की आँखों में यमुना दिखने लगी।

कृष्ण का हाथ अचानक ही उठ गया राधा की आँखें पोंछने के लिए, फिर उन्होंने अपना हाथ पीछे खींच लिया। वह कहाँ थी यहाँ?

परंतु उसकी याद भी इतनी तीव्र थी कि मानो यहाँ के कण-कण में राधा की उपस्थिति का अहसास होता था।

''हाँ···सचमुच इसीलिए ही···अगर तेरे पास रहता तो तेरी पूर्णता में ही रचा-बसा रहता। कुछ खोजने, कुछ पाने का प्रयास ही न किया होता मैंने। मेरे समस्त कार्य, मेरी सारी प्रवृत्तियाँ तेरे आसपास ही गुँथी रहती, राधे।''

''और मेरा क्या होगा, इस बात का जरा भी विचार नहीं किया? झूठ बोलकर गया था तू। तूने कहा था कि तू वापस आएगा—मेरे लिए, मेरे पास।''

''लेकिन जा ही कहाँ सका? जाता तो अवश्य वापस आता। मैं तो अपना संपूर्ण अस्तित्व ही तेरे पास छोड़कर निकल गया था, राधे। आज भी इस क्षण में मैं ढूँढ़ रहा हूँ उस कृष्ण को, जिसे मेरे साथ लेकर आया था। वापस जाते समय उसे ले जाना पड़ेगा···मुझे मेरा वह कृष्ण वापस दे दो।''

''वह तेरा कहाँ है? वह तो मेरा है। अभी तो तूने यह कहा कि उस कृष्ण को तो तू गोकुल में ही छोड़ गया था। मैंने उसे सँभाला है, इतने साल। कभी तू उसे माँगे और मैं झट से वापस दे दूँ? जा-जा···सभी कुछ तेरी इच्छा अनुसार ही हो, ऐसा थोड़े होता है, कान्हा···''

''प्रिया, राधिके···बस, तुझसे एक यही तो वापस माँग रहा हूँ।'' कृष्ण की आवाज में एक भोले, निर्दोष बालक की याचना थी, मानो मक्खन की मटकी ले दूर खड़ी राधा कृष्ण को दूर से माखन दिखा रही थी और कृष्ण किसी भी प्रकार से माखन भरी वह मटकी लेना चाहते थे।

''लेकिन मेरे पास तो इतना ही है। अगर उसे दे दूँगी तो मेरे पास क्या शेष बचेगा?'' राधा की आवाज में उससे भी अधिक प्रार्थना थी, जिद थी। अपना एकमात्र प्रिय खिलौना कोई माँगे और बच्चा जिस तरह उसे सीने से लगा ले, इस तरह राधा ने कृष्ण के स्मरण को अपनी छाती से लगा लिया।

कृष्ण ने आवाज में गंभीरता भर राधा को समझाना शुरू किया, ''हम दोनों ही

अपने-अपने आकारों को पूर्ण कर सकेंगे। आज तक एक ही आकार में घिरकर एक-दूसरे के लिए जीते रहे। एक-दूसरे की कामना करते रहे। इस विश्व ने मुझे पूर्ण पुरुषोत्तम कहकर सिर पर बैठाया, परंतु तू संपूर्ण स्त्री है, जिसने मुझे संपूर्ण पुरुषोत्तम बनाया। तेरे सिवा मेरे अस्तित्व की कल्पना भी कैसे की जा सकती है, राधा? मेरे अंदर जो कुछ भी स्त्री सुलभ है, कोमल है, वह सब तू ही है। मेरे भीतर जो कुछ शुद्ध है, आधारभूत है, गहराई है, मजबूत नींव है, वह सब तू ही है राधा, इस शरीर की संपूर्ण इमारत मेरे अंदर समाई राधा के सार तत्त्वों से ही बनी हुई है। तू मेरा यथार्थ है। तू ही निष्कर्ष है मेरे सारे जीवन का। तू ही मेरा वैश्विक रूप है। तू सृष्टि में विहार करनेवाली मेरी वह चेतना है, जिसने मुझे आज तक अस्पृश्य, एकरूप, परिशुद्ध बनाए रखा है।''

''कान्हा, बहुत बड़ा मनुष्य बन गया है। बड़ी-बड़ी ज्ञान की बातें करने लगा है। मुझे तो हृदय की बातें समझ में आती हैं। ऐसी कठिन भाषा समझ नहीं आती कान्हा।''

''सही बात है। इन ज्ञान और राजनीति की बातों में उलझकर मैं ब्रजभूमि की पवित्र सुगंध भूल गया। आज तू आई है तो फिर वही सुगंध लेकर आई है। आज फिर मुझे ऐसा लगता है मानो मैं यमुना के तट पर बैठा हूँ। मेरे हाथ में तेरा हाथ पकड़ा है"'कदंब के वृक्षों में से छनकर आती चंद्र-किरणों का उजाला तुझे स्पर्श कर रहा है।''

''कन्हैया, चल मेरे साथ। तुझे फिर वापस ब्रज में ले चलूँ, इन सबसे दूर, फिर एक बार उस छोटे से गाँव की सुंदरता, वे बरसात की बूँदों से निर्मल हृदय, गायों के वे झुंड और माँ के हाथ से दही-मक्खन खाने। चल, ले चलूँ तुझे।''

''राधिके, कैसे आऊँ अब? अब तो बहुत देर हो चुकी है।''

''अभी कहीं कोई देर नहीं हुई है। अभी सब तेरी राह देखते हैं। अभी सब कुछ वैसे-का-वैसा ही है वहाँ। वहाँ खेलने की, नाचने की, घूमने की, लूटने की, लुटाने की, रूठने, मनाने, गाने, गायों को चराने, आग्रह करने, मीठी ईर्ष्या करने, धोखा देने व धोखा खाने, मटकी फोड़ने की"'सभी क्षण वहाँ अभी तक वैसे-के-वैसे खड़े हैं। आ, चल मेरे साथ।''

''राधिके, मेरा तो भाग्य ही विपरीत है। जिस दिशा से एक बार गुजर गया उस दिशा में दोबारा फिर जा ही नहीं सकता। मैं मूल में से विस्तार की तरफ जाता हूँ। धारा बनकर बहता हूँ, परंतु तू तो राधा है। धारा जब उलटी होती है तो राधा बनती है। विस्तृत जगत् में से सबकुछ समेटकर तू मूल की तरफ भी बह सकती है। सौभाग्यशाली हो, सबकी मूलभूत इच्छा को तूने प्रेम का रंग लगाया है।''

◻

इस संवाद के साथ-साथ कृष्ण के मन में कितने ही दृश्य लहराते और मिट जाते थे। गोकुल में बरसती मूसलधार बारिश, कदंब के पेड़ों के पत्तों से टपकती बूँदें, यमुना के जल में खिले लाल और सफेद कमल, अपने ऊपर पानी की एक बूँद भी टिकने न देते, उसके

बड़े-बड़े पत्ते, मोर का नृत्य, गायों के गले में बँधी घँटियों की आवाज, उनके रँगे हुए सींग, प्रतीक्षारत आँखें और आँखों के ऊपर माथे पर लगा रक्तिम सूर्य-सा तिलक, अपना मयूर पंख और माँ जिस कोठरी में बाँध देती, उस आँगन की सूनी पड़ी कोठरी...एक-एक दृश्य नजर के सामने उभरता और मिट जाता। कृष्ण के चेहरे पर उभरनेवाले हर दृश्य के साथ एक भाव उठता और जैसे ही वह दृश्य अदृश्य होता, वह भाव भी मिट जाता।

द्रौपदी और रुक्मिणी कृष्ण के चेहरे पर चल रही यह भावों की नर्तन-लीला देख रही थीं। अपनी बंद आँखों से मानो कृष्ण ब्रजभूमि में विहार कर रहे थे। बाल कन्हैया माँ को सताता हुआ इधर-उधर दौड़ रहा था तो कभी राधा की मटकी फोड़ कदंब के वृक्ष पर छिप जाता था। कभी मित्रों के साथ छींका तोड़ मक्खन खाता तो कभी सुदामा के साथ वृक्ष पर बैठकर मूसलधार बारिश में थर-थर काँपता।

◻

"कान्हा, मुझे एक बात बता।"

"बोल ना प्रिये!"

"तू जितना जिया, जो जिया वह सब सच था? या फिर वह भी कहीं छल था, अपने आपके साथ और दूसरों के साथ भी?"

"छल नहीं किया मैंने कभी; लेकिन हाँ, इतना जरूर कहूँगा कि जैसे जीना था वैसे जिया ही नहीं। मेरा कर्तव्य, मेरा कर्म मुझे हमेशा ही खींचता रहा। मेरा मन कुछ और ही माँगता था। मैंने पीड़ा बहुत दी है सबको...कभी किसी को अन्याय भी लगा होगा, लेकिन स्वार्थवश कुछ नहीं किया।"

"कन्हैया, कितना सरल, मधुर और भोला था तू...! यह राजनीति, यह ज्ञान, यह लेन-देन और इन कार्यों के जाल में कहाँ फँस गया तू?"

"मुझे कभी-कभी इसका विचार आता था। कभी-कभी इस महायुद्ध के बीच भी तुझे याद करता था। शस्त्रों की आवाजों, हाथियों की चिंघाड़ों, घोड़ों की टापों और मरणासन्न मनुष्यों की चीखों के साथ पाञ्चजन्य की आवाज सुनकर बाँसुरी की याद आती थी मुझे; लेकिन वापस आना मेरे लिए असंभव था।"

"जानती हूँ। अगर संभव होता तो तू वापस आया ही होता। तेरी वापसी नहीं हुई, उसके पीछे तेरी कोई विवशता ही रही होगी। किंतु तू मुझ तक वापस न पहुँचे, ऐसा हो ही नहीं सकता, कान्हा।"

"लेकिन तू कभी मुझे मिलने क्यों नहीं आई? देखने कि मैं कैसा हूँ। जैसा हूँ वैसा सुखी हूँ या नहीं?"

"तू तो गोकुल छोड़कर चला गया...फिर दोनों में से किसी एक को तो गोकुल में रहना ही पड़ेगा न? तेरा कर्म और मेरा धर्म...हम किस तरह इकट्ठे हो सकते हैं, कन्हैया?"

"राधा, मुझे पता नहीं कि तू मानेगी या नहीं, लेकिन मुझे कभी-कभी ऐसा अवश्य लगता कि सबकुछ छोड़कर गोकुल वापस चला जाऊँ। ऐसा लगता कि यह राजनीति, यह जिम्मेदारी, यह सिंहासन और ये सभी उलझनें छोड़कर तेरे पास आ जाऊँ। बस, सिर्फ तेरे पास बैठा रहूँ घंटों—चुपचाप…और फिर वापस चला आऊँ।"

"कान्हा, मैं तो मानती हूँ, क्योंकि कई बार यमुना के किनारे जब मैं अकेली बैठी होती, तब मेरे पास ही यमुना के पानी में विभिन्न आकार रचते हुए देखे हैं। मैंने अनुभव किया है कि मेरे बाजू में बैठ लंबी-लंबी गहरी साँस लेकर, मौन रहकर कोई अपनी वेदना व्यक्त करता था। मैं मानती हूँ कान्हा, तू अवश्य आया होगा।"

"न आऊँ तो फिर कहाँ जाऊँ? मुझे जब-जब सत्य में से, स्वयं की श्रद्धा की नींव के पाए डगमगाते हुए-से लगे, तब मैंने तेरा ही विचार किया। तेरी इन दो आँखों ने ही मुझे जीवन भर जीवन-विमुख होने से रोका। अपने तमाम उत्तरदायित्व, अपने तमाम कर्तव्य मैंने सिर्फ तेरी आँखों के आधार पर ही तो निभाए हैं।" फिर कुछ क्षण रुककर उन्होंने बात को पलटा।

"राधिके, सब ठीक ठाक है न? तेरा पति, तेरे बच्चे? तू सुखी है न?"

"कान्हा, न जाने क्यों मुझे सुखी रहने का अभिशाप है। मैं किसी भी स्थिति में, कहीं भी अपने सुख को ढूँढ़ ही लेती हूँ।"

◻

सूर्य अस्त होने लगा था। समुद्र-तट की ठंडी हवा फर-फर करती बह रही थी। सभी लोग कृष्ण को भूतकाल में विचरण करते हुए देख सकते थे। सारा आकाश केसरी रंग से रँग चुका था। अग्नि के गोले समान केसरी रंग का सूरज क्षितिज पर आकाश और सूरज के दरमियान आ कर खड़ा हो गया था।

"राधा, तू सुखी है, यह जानकर मुझे बहुत अच्छा लगा है।" राधा की आँखों में एक अनजान सा भाव आ गया। कृष्ण को राधा की आँखें समझ न आई हों, ऐसा कभी भी नहीं हुआ था…परंतु आज उसकी आँखों का भाव दुर्बल, इतना शिथिल था कि कृष्ण के मन में विषाद घिर आया?

"इस तरह दु:खी होकर मत देख। मैं सचमुच तेरे सुख की कामना करता हूँ।"

"मेरा सुख तो मेरे आसपास ही है, कान्हा, पति और बच्चे तो मेरा धर्म है। उसमें मेरा सुख नहीं है। तेरा प्रेम, तेरी याद और तेरे साथ गुजरा समय ही मेरे सुख की सच्ची व्याख्या है। कन्हैया, तू भी इस तरह पूछेगा तो मुझे दु:ख नहीं होगा? एक तू ही है, जो मुझे भीतर से जानता है और दूसरी है श्यामा…"

"श्यामा?"

"तेरी आवाज में ये ईर्ष्या का आभास क्यों होता है? श्यामा तो स्त्री है, मेरे आर्यक की बहू…।"

"मेरे सिवाय तुझे कोई भीतर से पहचाने, तो मुझे उससे ईर्ष्या होगी ही राधा, तेरे भीतर तो सिर्फ मेरे अकेले का वास है..."

"तुझे भगवान् कहते हैं सब। ऐसे एक सामान्य मानव की तरह बात करते हो?"

"राधिके, एक तू ही तो है, तुझ तक पहुँचकर मैं सरल, सामान्य बन जाता हूँ। मेरे ऊपर चढ़ी हुई परतें एक के बाद एक उतर जाती हैं और मैं धीरे-धीरे अपने भूतकाल में पहुँच जाता हूँ। तू मुझे धमका सकती है, मुझ पर क्रोधित हो सकती है, झगड़ सकती है और जिसके लिए मेरे मन में संपूर्ण अधिकार की बात है, वह एकमात्र तू ही है। मैं तुझ पर आधारित हूँ। अपने भीतर से मुझे कभी भी निकालना मत राधिके, मैं न होऊँ तो भी।"

राधा की आँखों में कब से रुके हुए आँसू अब बह निकले। उसका गला भर आया और क्रोध से उसने कान्हा से कहा, "अब असल बात की तूने। कब से कहता ही नहीं...कहाँ जाना है अब?"

"जहाँ से आया था, वहीं तो और कहाँ।"

"कहाँ से आया है—गोकुल से? चल, तुझे लेने ही आई हूँ।"

☐

कृष्ण की आँखें बंद थीं, मगर मुक्त मन से वे हँस पड़े। द्रौपदी, अर्जुन, रुक्मिणी और दारुक इनमें से किसी ने भी कृष्ण को इस प्रकार हँसते हुए पहले कभी नहीं देखा था। किसी बच्चे के भोलेपन, शरारती और उन्मुक्त भावों से भरा वह हास्य कृष्ण के चेहरे को इस तरह तरो-ताजा कर गया, मानो जीवन अमृत में भिगोकर निकला हो। सभी जानते थे कि कृष्ण का मन-ही-मन संवाद किसके साथ चल रहा होगा। रुक्मिणी और द्रौपदी दोनों स्त्रियाँ राधा के अहोभाग्य के बारे में सोच-सोचकर गद्गद हो उठीं। कृष्ण का ऐसा हास्य केवल राधा के लिए ही था।

"कह तो सही, तू कहाँ से आया है?"

कृष्ण की आवाज ऐसी थी मानो पाञ्चजन्य शंख हो, चारों ओर से प्रतिध्वनित होने लगी। द्रौपदी, रुक्मिणी, दारुक और जरा सहित सभी इस ध्वनि के केंद्र में डूब गए। अर्जुन को कुरुक्षेत्र में सुनी कृष्ण की आवाज का स्मरण हो उठा। कृष्ण बंद आँखों से बोल रहे थे—

"मैं पूर्व दिशा में से नहीं आया,
मैं पश्चिम दिशा में से नहीं आया,
मैं उत्तर दिशा में से नहीं आया,
मैं ऊर्ध्व दिशा में से नहीं आया,
मैं अधो दिशा में से नहीं आया,
मैं किसी भी दिशा अथवा विदिशा में से नहीं आया,

मैं आया ही नहीं, मैं तो था ही, हूँ ही और रहूँगा भी।''

''चुप रह, मुझे यह सब सुनना नहीं है।''

''ठीक है; परंतु गोकुल से पहले, मथुरा के कारावास से भी आगे और श्रावण मास की अष्टमी के बादलों से घिरी उस रात से भी पहले, माँ देवकी की कोख में प्रवेश होने से पहले मैं जहाँ था, वहाँ अब जाऊँगा।''

''तो जा न, जाता क्यों नहीं ? ऐसा तो नहीं कि पहले की तरह मुझे चिढ़ाकर, दुःखी कर, रुलाकर, तड़पाकर जाना चाहता है ?'' उसकी आँखों में से झर-झर आँसू बह रहे थे, ''क्या आनंद मिलता है तुझे ? बार-बार मुझे यूँ छोड़कर जाने में, कह तो सही। तुझ पर क्रोध तो इतना आता है कि तुझे इस पीपल के पेड़ के साथ बाँध दूँ।'' राधा ने कहा।

''अभी इतना तो बाँध रखा है तूने, अब और कितना बाँधेगी ? और बाँध देगी तो भी जाऊँगा...जाना ही होगा प्रिये, आज तक तूने नहीं बाँध रखा था। अब तो मुझे मुक्त कर, ताकि जा सकूँ।''

''जा ना...अब तुझे रोकने वाली नहीं हूँ।''

''वचन देती है ?''

''कान्हा अब मुझे अधिक क्रोधित मत कर।''

''तू क्रोधित होती है तो और भी प्रिय लगती है।''

''प्रिय लगती है।'' नकल उतारते हुए राधा ने कहा, ''इसीलिए तो छोड़कर जा रहा है।''

''सचमुच, इसीलिए छोड़कर जा रहा हूँ। तू ऐसे ही मुझे प्यार करती रहेगी तो मैं कभी भी जा नहीं सकूँगा। जाने कितनी सदियाँ मुझे ऐसे ही बँधकर रहना पड़ेगा, जानती हो ?'' राधा भोली सी आँखों से कुछ भी समझे बिना कृष्ण को टकटकी लगाकर देख रही थी।

''क्या कहते हो ?'' राधा ने पूछा।

''कुछ नहीं।''

''तुम क्या कहते हो, वह मुझे कभी भी समझ नहीं आता।''

''मुझे भी पूरा कहाँ समझ आता है। इसीलिए तो प्रवास करना है, जाऊँ ?''

''जा, चला जा और फिर कभी वापस नहीं आना।'' राधा मुड़ गई। कृष्ण मन-ही-मन में मानो खड़े होकर राधा के पास गए।

''फिर से बोल तो...'' बंद आँखों से पीपल के नीचे सोए हुए कृष्ण अस्पष्ट से शब्दों में बड़बड़ाए।

''हाँ-हाँ, चला जा और फिर कभी यहाँ वापस नहीं आना।''

कृष्ण की आँखें भर आईं। उन्होंने अत्यंत करुणा से मुड़ गई राधा की तरफ देखा।

बंद आँखों से भी उन्हें राधा की पीठ स्पष्ट दिखाई पड़ रही थी। वे मानो राधा का स्पर्श कर सकते हैं, इतनी निकटता का अनुभव किया। अपना ऊपर उठाया हुआ हाथ राधा के कंधों पर रखने का विचार किया, फिर न जाने क्यों पल भर ऐसे ही खड़े रह गए।

बंद आँखों से भी मानो सारा दृश्य उनकी आँखों के आगे चित्रित हो रहा था।

राधा की पीठ उन्हें इतनी दूर लगी, मानो उनका हाथ वहाँ तक नहीं पहुँच पाएगा। ऊपर उठाया हुआ हाथ उन्होंने वैसे ही रहने दिया और कहा, "तथास्तु!"

उनका गला रुँध गया। बंद आँखों से निरंतर अश्रुधारा प्रवाहित हो रही थी और उस अश्रुधारा में राधा की छवि धीरे-धीरे धुलकर मंद पड़ रही थी।

कन्हैया की तरफ पीठ कर धीरे-धीरे दूर जाती हुई राधा ने एक बार पीछे मुड़कर कृष्ण की तरफ देखा।

आँसुओं से छलकती आँखों से राधा ने कृष्ण को संबोधित करते हुए कहा, "जा कान्हा, जा...और अब वापस मत आना। तेरा दिया हुआ सब मैं तुझे अब वापस करती हूँ और मुझ में बँधे तेरे मन को भी मुक्त करती हूँ, क्योंकि बाँधना मेरा स्वभाव नहीं है। मैंने तो तब भी तुझे बाँधा नहीं था तो अब क्यों बाँधूँगी। जा कान्हा, चला जा।"

और खुद पीठ फेरकर इस तरह दूर जाने लगी, मानो वहाँ से दूर चले जाने का निश्चय कर लिया हो, ऐसे चल पड़ी।

◻

कृष्ण ने आँखें खोलीं।

द्रौपदी, अर्जुन, दारुक, रुक्मिणी और जरा उनके आसपास बैठे हुए थे।

एक अजब सी शांति थी। दूर क्षितिज में सूरज अस्त हो रहा था। समुद्र और आकाश के बीच मात्र एक केसरी रेखा दिखाई पड़ती थी।

कृष्ण ने एक गहरी साँस ली और आँखें बंद कर लीं।

अपने अंदर से कुछ बहुत ही वजनदार, बेहद कीमती उन्होंने वहीं छोड़ दिया और हलके से मानो बड़बड़ाते हों, इस तरह उनके होंठों, से शब्द निकलने लगे।

"अब कोई बंधन नहीं, कोई कामना नहीं, कोई अपेक्षा नहीं, कोई ऋण नहीं, कोई प्रश्न भी नहीं, कोई उत्तरदायित्व नहीं, कोई संघर्ष नहीं, कोई प्रतीक्षा नहीं। मैं पृथ्वी से भी ज्यादा सत्त्वशील, हवा से भी अधिक हलका, प्रकाश से भी अधिक तेजस्वी, जल से भी अधिक निर्मल और आकाश से भी ज्यादा व्याप्त हो रहा हूँ। मेरी दिशा निश्चित हो गई है। मैं देख सकता हूँ। मेरी दिशा में प्रकाश का पुंज मुझे अपनी ओर बुला रहा है।"

हजारों ब्राह्मण एक साथ वेदगान कर रहे हों, इस प्रकार चारों दिशाओं में से गूँज रहा था—

ममैवशो जीवलोके जीवभूतः सनातनः।
मनःषस्ठानींद्रियाणि प्रकृतिस्थानि कर्षते।।

मेरा ही सनातन अंश इस मृत्युलोक में जीव बनकर पाँच इंद्रियों तथा छठा मन अपने आपमें खींच लेता है।

उनकी साँस एकदम धीमे चलने लगी। उनके चेहरे पर एक भाव परम शांति की आभा से जगमगा उठा। सामने दूर क्षितिज पर सूर्य अस्त हो रहा था। समुद्र के अंदर भी मानो कोई प्रकाश-पुंज फैल गया था, जिस कारण समुद्र का जल सोने जैसा सुनहरा हो गया था।

श्रीकृष्ण ने अपने हाथ जोड़े और एक गहरी लंबी साँस ली।

आसपास बैठे सभी लोग परम तत्त्व के इस अंश को फिर एक बार परमतत्त्व में विलीन होते देखते रहे—

चारों तरफ मानो एक आवाज गूँज रही थी और कह रही थी—

नैनं छिन्दन्ति शस्त्राणि नैनं दहति पावकः।
न चैनं क्लेदयन्त्यापो न शोषयति मारुतः॥
अच्छेद्योऽय मदाह्योऽयमकेल्द्योऽशोष्य एव च।
नित्यः सर्वगतः स्थाणुरचलोऽयं सनानतः॥
जातस्य हि ध्रुवो मृत्युर्धुवं जन्म मृतस्य च।
तस्मादपरिहार्येऽर्थे न त्वं शोचितुमर्हसि॥
अव्यक्तादीनि भूतानि व्यक्तमध्यानि भारत।
अव्यक्तनिधनान्येव तत्र का परिदेवना॥

इस आत्मा को शस्त्र कभी भेद नहीं सकते और अग्नि कभी जला नहीं सकती, वैसे ही पानी उसे नष्ट नहीं कर सकता, भिगो नहीं सकता और वायु उसे सुखा नहीं सकती।

आत्मा व्यव-रहित होने के कारण कोई इसे भेद नहीं सकता, जला नहीं सकता, भिगो नहीं सकता। यह सर्वव्यापी, स्थिर और अचल है तथा सनातन, अर्थात् चिरंतन है।

क्योंकि जिसका जन्म है, उसकी मृत्यु भी निश्चित है। उसी प्रकार जिसकी मृत्यु होती है—अर्थात् इस अपरिहार्य वस्तु के लिए शोक करना योग्य नहीं है।

अव्यक्त कहते हैं जिसे माया, यही उसका पूर्व स्वरूप है, ऐसे इस शरीर के जन्म तथा मरण के मध्यकाल में माया स्पष्ट रूप में प्रत्यक्ष दिखाई देती है, जिसके फलस्वरूप उसका लय भी माया में ही होता है, इसलिए उसका शोक क्यों मनाना चाहिए!

□□□